Annabelle Tilly
Lady Liberty – Der Weg in die Freiheit

AF203650

TINTE
&
FEDER

Das Buch

Die junge Journalistin Camille St. Laurent schreibt entgegen aller Vorbehalte.

Paris, 1885: Ihre Schwestern mögen in ihren Ehen aufgehen – Camille St. Laurent hat einen anderen Traum. Sie will sich als Journalistin beweisen. Ihre Chance bekommt sie, als der Figaro sie ins ferne New York entsendet. Sie soll über den Aufbau der Freiheitsstatue berichten, dem Geschenk der Franzosen an die Amerikaner. Allerdings unter einem männlichen Pseudonym.

Dass der amerikanische Zeitungsverleger Joseph Pulitzer ihr einen Kollegen zur Seite stellt, irritiert Camille zunächst. Aber allmählich erobert Patrick O'Sullivan mit seinem irischen Charme ihr Herz. Als zwei Morde die Stadt erschüttern und die Spur des Mörders zum Bau der Freiheitsstatue führt, berichten Camille und Patrick als Verbündete gemeinsam darüber. Doch dabei gerät die schöne Französin selbst in Lebensgefahr …

Die Autorin

Annabelle Tilly hat nach dem Studium der Pharmazie und der Geschichte gegen alle Vernunft beschlossen, historische Romane zu schreiben. Exakt recherchierte Fakten und spannende, romantische Fiktionen miteinander zu verbinden, ist ihre große Leidenschaft.

ANNABELLE TILLY

LADY LIBERTY

Der Weg in die Freiheit

ROMAN

Deutsche Erstveröffentlichung bei
Tinte & Feder, Amazon Media EU S.à r.l.
5 Rue Plaetis, L-2338 Luxembourg
Mai 2018
Copyright © der Originalausgabe 2018
by Annabelle Tilly
All rights reserved.

Umschlaggestaltung: semper smile, München, www.sempersmile.de
Umschlagmotiv: © Gregory Costanzo / Getty; © IanDagnall Computing /
Alamy Stock Photo;
© daniel desmarais / Shutterstock; © irin-k / Shutterstock; © hxdbzxy /
Shutterstock; © Lukasz Szwaj / Shutterstock; © Maksim Shmeljov /
Shutterstock; © Groundback Atelier / Shutterstock
Lektorat: Stefan Wendel
Korrektorat: Manuela Tiller/DRSVS
Gedruckt durch:
Amazon Distribution GmbH, Amazonstraße 1, 04347 Leipzig /
Canon Deutschland Business Services GmbH,
Ferdinand-Jühlke-Straße 7, 99095 Erfurt /
CPI Books GmbH, Birkstraße 10, 25917 Leck

ISBN 978-2-919-80039-1

www.tinte-feder.de

*Dieses Buch ist allen Menschen gewidmet,
die sich für die Freiheit einsetzen.*

PROLOG

»Warum ich?«, flüsterte die junge Frau verzweifelt.

Statt einer Antwort öffnete eine Hand gewaltsam ihren Kiefer.

Sie spürte, wie ein Knebel tief in ihren Rachen geschoben wurde. Jetzt konnte sie nicht einmal mehr um ihr Leben flehen. Die Gefangene würgte. Sie meinte, augenblicklich ersticken zu müssen, und wusste plötzlich, dass nichts und niemand sie jetzt noch retten konnte.

Ihre Augen waren verbunden. Die Stricke, mit denen ihre Arme auf dem Rücken gefesselt waren, schnitten tief in die Haut ihrer Handgelenke. Der nahe Tod schärfte ihre Sinne für alles, was um sie herum geschah, trotz der Schmerzen, die sie am ganzen Körper fühlte. Von fern hörte sie das tiefe Tuten eines Nebelhorns. Schwach nahm sie die salzige Luft und den Geruch von Fisch und Hafen wahr. Wir sind bei den Docks, schoss es ihr durch den Kopf.

In dem Moment wurde die Tür der Kutsche aufgerissen. Ein eisiger Windstoß fegte ins Wageninnere. Schneeregen benetzte ihr Gesicht.

Die starke Hand ihres Mörders legte sich schwer auf ihren Rücken. Sie erstarrte. Bebend vor Angst hörte sie die leise Stimme ihres Peinigers dicht an ihrem Ohr: »Endstation.«

Verzweifelt versuchte sie, das Vaterunser zu beten, doch in ihrer Todesangst fand sie die Worte nicht. Gott steh mir bei! Kalter Schweiß rann ihr den Nacken hinunter.

Plötzlich traf sie ein harter Tritt. Sie verlor das Gleichgewicht und stürzte kopfüber in die Tiefe. Hart schlug sie auf die Wasseroberfläche auf. Das eiskalte Meer nahm sie auf. Während ihr Bewusstsein schwand, sank sie tiefer und tiefer …

1. KAPITEL

Paris, April 1885

»Brillant, einfach brillant! Ich bekomme nicht jeden Tag so einen Artikel auf meinen Schreibtisch. Was Sie da geschrieben haben, ist scharfzüngig, intelligent, provokant, mutig!« Jules Aragon fixierte sein Gegenüber mit stahlblauen Augen, ehe er fortfuhr: »Aber leider völlig inakzeptabel.« Dann begann er laut vorzulesen:

> »*Fast zwanzig Jahre sind vergangen, seit in unserem Land die grandiose Idee geboren wurde, dem amerikanischen Volk ein Geschenk zu überreichen. Nun ist es endlich so weit! Die Freiheitsstatue ist vollendet und macht sich bald auf den Weg ins Land der unbegrenzten Möglichkeiten. Eine Frau, die das Symbol für Freiheit ist, verlässt Europa und sucht ihr Glück in der Fremde. Wer, wenn nicht sie, sollte die brennende Fackel der Freiheit in ihrer erhobenen Hand halten? Sie muss im wahrsten Sinne des Wortes ein leuchtendes Beispiel sein. Ihr wollen wir folgen und für unsere Rechte kämpfen. Doch wer ist*

sie? Was wissen wir über sie? Bisher reichlich wenig. Sie ist groß, hohl und stumm!

Hoffentlich wird sie sich in ihrer neuen Heimat für das weibliche Geschlecht stark machen, nachdem sie hier kein Gehör gefunden hat. Wird sie in Amerika die Situation von uns Frauen endlich zum Besseren ändern können? Zu ihren Füßen liegen geborstene Ketten. Es ist an der Zeit, dass sich alle Menschen aus ihren Fesseln befreien!

Ihr ebenmäßiges Antlitz lässt befürchten, dass sie sich mit den vordringlichsten Fragen der Frauenbewegung bisher nicht genügend auseinandergesetzt hat. Fragen wie zum Beispiel: Wie viele Jahrhunderte wird das sogenannte ›schwache Geschlecht‹ noch die allgegenwärtige männliche Vorherrschaft und die permanente, unterschwellige Verachtung ertragen müssen? Wann werden Frauen endlich die gleichen Rechte haben wie die Männer? Den gleichen Lohn?

Bis heute konnte die Dame in Frankreich leider nicht viel bewirken. Sie wurde nur staunend und ungläubig angegafft. Jetzt geht sie auf Reisen. Beten wir, dass sie in Amerika erreichen kann, was uns in Europa versagt ist: das Wahlrecht für Frauen!

Die kupferne Statue wird nun zerlegt und in Kisten verpackt. Welche Französin sehnt sich nicht danach, augenblicklich ihre Koffer zu packen und mit Lady Liberty zu neuen Horizonten aufzubrechen? Mit ihr fahren all unsere Hoffnungen und guten Wünsche über den Großen Teich.

Wir, die wir zurückbleiben, sehen uns einer weiteren Demütigung ausgesetzt: In Bälde wird uns Monsieur Eiffel ein monumentales Phallussymbol in

Paris vor die Nase setzen. Wie viel Schmach müssen
wir noch erdulden? Wann bündeln wir unsere Kräfte
und unsere vielfältigen Talente? Der Weg in die
Freiheit ist steinig. Frauen, schließt euch zusammen
und kämpft Seite an Seite!«

»Beim letzten Absatz sind Ihnen wohl die Pferde etwas durchgegangen.« Der Chefredakteur der größten französischen Zeitung *Le Figaro* seufzte, ließ das Papier auf seinen Schreibtisch fallen und erhob sich schwerfällig von seinem Stuhl. »Als ich Ihren Vornamen las, hegte ich noch die leise Hoffnung, dass Sie vielleicht doch ein Mann wären. Den Namen Camille tragen üblicherweise mehr Männer als Frauen.«

Camille St. Laurent lächelte verschmitzt. »Meine Eltern hegten den großen Wunsch nach einem Stammhalter und waren vermutlich ähnlich enttäuscht wie Sie, keinen Jungen zu bekommen. Sie hatten gar nicht in Erwägung gezogen, dass das Schicksal sie mit einem weiteren Mädchen strafen könnte. Sie müssen wissen, ich habe noch fünf ältere Schwestern.«

»Oh«, entfuhr es Monsieur Aragon und er schluckte betreten. »Sechs Töchter sind allerdings eine Herausforderung. Als es mir dämmerte, dass nur eine Frau so etwas geschrieben haben könnte, befürchtete ich – verzeihen Sie den Ausdruck –, mit einer alten Jungfer konfrontiert zu werden. Ehrlich gesagt hatte ich Sie mir nach der Lektüre ganz anders vorgestellt. Ich hatte nicht erwartet, dass hinter diesen männerfeindlichen Zeilen eine so bildschöne, junge Frau steckt. Sie können von Glück reden, dass Ihr Artikel bei mir gelandet ist und nicht bei einem meiner Kollegen. Ich bitte Sie, Mademoiselle St. Laurent, kein Mann, der *Le Figaro* kauft, will so etwas lesen! Ihr Pamphlet wird natürlich nie gedruckt werden. Das versteht sich von selbst, nicht wahr?«

Camille St. Laurent errötete und strich sich enttäuscht eine widerspenstige, schwarze Locke aus der Stirn, die sich aus ihrer Hochsteckfrisur gelöst hatte. Abrupt stand sie auf, griff ihre Pelerine und Handtasche und ging mit ausgestreckter Hand auf den Chefredakteur zu. »Es war einen Versuch wert. Ich hatte mir ohnehin keinerlei Hoffnungen gemacht, Monsieur Aragon, deshalb trifft mich Ihre Absage nicht allzu sehr. Es hätte mich im Gegenteil zutiefst verwundert, wenn Sie sich als erster Chefredakteur in ganz Frankreich dazu durchgerungen hätten, das ›große‹ Wagnis einzugehen, eine Frau für Ihre Zeitung schreiben zu lassen. Sie sind leider wie alle anderen Männer auch. Au revoir, und danke, dass Sie sich überhaupt Zeit für mich genommen haben.« Erhobenen Hauptes durchquerte sie, ohne sich noch einmal umzuwenden, das großzügige Arbeitszimmer und wollte gerade die hohe Eichentür öffnen, als sie plötzlich sanft am rechten Arm festgehalten wurde.

»Nicht doch, Mademoiselle. Ich habe lediglich gesagt, dass Ihre Streitschrift im Papierkorb landen wird.«

Erstaunt sah Camille den kleinen, rundlichen, älteren Mann an, der mit einer freundlichen Geste auf den Stuhl deutete, von dem sie sich eben erst erhoben hatte.

»Sprechen Sie Englisch, Mademoiselle?«

»Ja, fließend.«

»Das ist ausgezeichnet!«

»Warum?«

Jules Aragon nahm erneut Camille gegenüber Platz und zündete sich eine dicke Zigarre an. Dann blickte er Camille St. Laurent durchdringend an.

»Wenn ich kein Interesse an Ihnen haben würde, hätte ich mir wohl kaum die Mühe gemacht, Sie eigens einzuladen, oder?« Er blies den weißen Rauch der Zigarre langsam durch die Nasenlöcher aus. »Ich habe Sie zu mir gebeten, weil ich

Ihnen tatsächlich Ungewöhnliches zutraue. Sie haben beachtliches Talent. Ich möchte Sie engagieren.«

Perplex zog Camille ihre fein geschwungenen Augenbrauen hoch.

»Allerdings kann ich Sie keinesfalls hier in Paris für mich arbeiten lassen. Frauen sind in dieser Zeitung nicht willkommen, um nicht zu sagen unerwünscht. Ihre männlichen Kollegen würden Ihnen das Leben zur Hölle machen, das können Sie mir glauben! Eines schönen Tages wird sich das vielleicht ändern, wer weiß? Doch jetzt zur Sache. Erlaubt Ihr familiäres Umfeld einen längeren Auslandsaufenthalt?«

Camille schluckte. »Worum geht es denn überhaupt?«

»Seit Wochen suche ich dringend einen fähigen Reporter, der bereit ist, für *Le Figaro* nach New York zu reisen. Ich brauche jemanden, der sich in die Seele unserer amerikanischen Freunde einfühlen kann und uns Franzosen berichtet, was sie bewegt. Nicht nur bezüglich der Freiheitsstatue, der Sie auf Ihre provokante Art ein interessantes Eigenleben verliehen haben. Es geht auch nicht nur um Politik und die Beziehungen unserer beiden Völker. Ich brauche jemanden, der das New Yorker Flair einfangen kann. Was treibt die Menschen in dieser aufregenden Weltstadt um? Welche Stücke werden in den Theatern und in der Oper gespielt? Welche Schauspieler und Schriftsteller sind gerade en vogue? Was trägt die Dame, was trägt der Herr? Welche zukunftsweisenden Erfindungen stehen kurz vor dem Durchbruch? Wie verhält es sich mit der amerikanischen Demokratie? Wie gestaltet sich das Leben zwischen den schwarzen und den weißen Amerikanern? Das ist nur ein Bruchteil der Themen, die unsere Leser brennend interessieren.« Der Chefredakteur machte eine vielsagende Pause und beobachtete die junge Frau neugierig. »Ihnen würde ich die Aufgabe durchaus zutrauen. Falls Sie Ja sagen, bestünde die Möglichkeit, unsere Lady Liberty von hier nach Amerika zu begleiten. Darum habe ich Sie zu mir gebeten, nicht wegen Ihres Pamphlets.«

Camille St. Laurent schnappte nach Luft. »Sie sehen mich vollkommen überrascht, und das kommt selten vor.«

Jules Aragon lachte schallend. »Sie führen nicht nur eine scharfe Feder, Sie haben auch Humor. Das gefällt mir. Als ich Ihren Artikel las, kam mir die aberwitzige Idee, Sie könnten genau die richtige Person sein. Eine Frau, die schreibt wie ein Mann, aber denkt und fühlt wie eine Frau. Zugegebenermaßen ein großes Wagnis für mich. Ich riskiere Kopf und Kragen. Wie gesagt, hier in Paris könnte ich Sie unmöglich beschäftigen, aber wenn Sie von Amerika aus schreiben, kräht kein Hahn danach, wer Sie sind. Dankenswerterweise lässt Ihr Vorname ja keine Rückschlüsse auf Ihr Geschlecht zu. Hauptsache, die Berichterstattung ist überragend. Mein Angebot ist folgendes: Ich gebe Ihnen das gleiche Gehalt wie meinen anderen Reportern. Davon wird man nicht reich, aber Sie können Ihren Unterhalt bestreiten. Nicht mehr und nicht weniger. Gleichberechtigt, so wie Sie es wünschen.«

»Treiben Sie Scherze mit mir oder meinen Sie es tatsächlich ernst?«, fragte Camille ungläubig.

Aragon schmunzelte und beugte sich zu ihr vor. »Ganz uneigennützig ist mein Angebot nicht. Seit geraumer Zeit streite ich mich mit unserem Verleger. Er behauptet, dass er sofort erkennen würde, wenn ein Artikel von einer Frau verfasst wäre. Seiner Meinung nach schreiben Frauen viel zu emotional, unsachlich, banal und grundsätzlich am Thema vorbei. Es wird mir eine Freude sein, ihn eines Besseren zu belehren. Wir haben um zehn Fässer Bordeauxwein gewettet. Wissen Sie, ich habe auch zwei Töchter. Die eine schreibt ganz reizende Gedichte, und die andere verfasst die schönsten Fabeln. Unter uns gesagt, ist es an der Zeit, so manchen alten Zopf abzuschneiden. Ich liebe Experimente, und man muss ab und zu etwas Neues wagen!«

»Es ist überraschend und schön, solche Ansichten aus dem Mund eines Mannes zu hören«, unterbrach ihn Camille.

»Bringen Sie mich nicht in Verlegenheit, Mademoiselle.« Der Chefredakteur lachte. »Doch zurück zum eigentlichen Thema. Wenn Sie auf meinen Vorschlag eingehen, darf kein Mensch in Frankreich erfahren, dass Sie eine Frau sind.« Er sah Camille fragend an. »Sollte ich die Wette gewinnen, und das Schreiben bleibt Ihre Leidenschaft, werde ich mich dafür einsetzen, dass Sie beim *Figaro* Karriere machen. Also, junge Dame, was halten Sie von meinem Angebot?«

2. KAPITEL

Paris, April 1885

Jetzt oder nie! Camille ließ ihren Blick über die lange, festlich geschmückte Tafel schweifen. Das Personal hatte schon vor Tagen damit begonnen, das angelaufene Silber hervorzuholen und auf Hochglanz zu polieren. Die blütenweiße, gestärkte Leinentischdecke duftete nach Lavendel.

Ihre Mutter hatte sich für das wertvolle vergoldete Familienservice aus Lyon entschieden. Die Kristallgläser und die Kandelaber funkelten im Schein der Kerzen.

Seit dem Tod des Vaters war die Familie nicht mehr vollzählig zusammengekommen. Alle waren da! Sie feierten heute mit Kind und Kegel den sechzigsten Geburtstag der Mutter.

Nachdem der Hauptgang abgetragen worden war, begannen Camilles zahlreiche Nichten und Neffen, unruhig zu werden. Camille spürte, dass sich die Kinder danach sehnten, aufzustehen und herumtoben zu dürfen. Sie faltete ihre weiße Serviette zusammen, holte tief Luft und klopfte schwungvoll mit dem kleinen goldenen Löffel an das mit Champagner gefüllte Kristallglas. »Liebe Maman, liebe Schwestern, liebe Schwäger, meine lieben Neffen und Nichten.« Erwartungsvoll blickte sie in die Runde. »Keine Angst, ich langweile euch nicht mit einem selbstverfassten Gedicht. Ich habe euch etwas Erfreuliches mitzuteilen.«

Ihre Lieblingsschwester Dominique sprang so schnell auf, dass ihr Stuhl umfiel. »Camille, wie heißt der Glückliche?« Vorwurfsvoll boxte sie Camille in die Seite. »Du hast mir nichts gesagt! Wie konntest du nur.« Dann beugte sie sich zu Camille hinunter und flüsterte ihr ins Ohr: »Ich bin so froh, dass du den schrecklichen Wüstling überwunden hast.«

»Endlich hat sich einer erbarmt«, witzelte ihr Schwager zur Rechten, während ihre älteste Schwester Lucille quer über die Tafel rief: »Wie hast du das nur geschafft? Dein Verlobter muss taub sein, bei den männerfeindlichen Reden, die du von früh bis spät führst!«

»Hübsch bist du ja, Camille, aber ich habe immer gedacht, du bist die Einzige von uns sechs Schwestern, die sich nie an einen Mann binden wird.«

»Glückwunsch, Camille! Was für ein schönes Geburtstagsgeschenk für Maman. Endlich muss sie sich keine Sorgen mehr um deine Zukunft machen. Warum hast du deinen *fiancé* nicht mitgebracht? Kennen wir ihn?« Das Gesicht ihrer zweitältesten Schwester Louise verzog sich zu einem breiten Grinsen.

»Lasst mich doch endlich zu Wort kommen, damit ich meine Neuigkeiten loswerde.« Camille räusperte sich. »Ich gehe nach Amerika!«

»Wie bitte? Du heiratest einen Amerikaner?«, rief Louise empört.

Camille bemerkte, dass ihre Mutter am anderen Ende der Tafel kreidebleich wurde.

»Gott sei Dank muss das unser lieber Vater nicht mehr erleben!«, echauffierte sich Cosette.

»Gütiger Herr im Himmel, warum hast du dich ausgerechnet in einen Ausländer verliebt? Und dann noch in einen Amerikaner! Jeder weiß doch, was für ungehobelte und primitive

Barbaren das sind. Als wenn es nicht genügend Franzosen gäbe«, spottete Louise erneut.

»Es ist alles ganz anders, als ihr denkt.« Wütend sprang Camille auf. »Ich habe Besseres vor als zu heiraten! Ich wurde vom Chefredakteur des *Figaro* engagiert, als erster weiblicher Reporter in New York! Ich werde über die Freiheitsstatue berichten. Und ich sage es euch gleich: Ihr könnt es mir nicht ausreden, ich bin erwachsen und kann machen, was ich will. Mein Entschluss steht fest, egal, ob ihr dafür oder dagegen seid!« Mit einer saloppen Handbewegung warf sie ein großes Kuvert mitten auf die Tafel. »Das ist mein Billett für die Schiffspassage. Ich reise in fünf Tagen ab.«

Für einen Moment herrschte absolute Stille im Speisezimmer.

Ihr Schwager Baptiste sah sie entgeistert an. Bedächtig zog er den Fahrschein aus dem Umschlag. »Royan–New York. Hier steht es schwarz auf weiß. Es ist also wirklich wahr. Du bist wahnsinnig!« Mit der flachen Hand schlug er sich auf die Stirn. »Wir haben deine ewigen Fisimatenten langsam alle gründlich satt! Kannst du nicht einfach so sein wie deine Schwestern?«

»Du hast von unserem Vater genug Geld geerbt, um ein standesgemäßes, unbeschwertes Leben führen zu können. Tu das unserer Mutter nicht an«, flehte Lucille.

Plötzlich riefen alle durcheinander.

»Was willst du ganz allein in New York?«

»Hast du auch nur einen Gedanken daran verschwendet, dass es dort für dich gefährlich sein könnte? Als schutzlose Frau?«

»Du bist doch hoffentlich nicht so naiv und glaubst, Paris und New York ähneln sich auch nur im Mindesten. Sodom und Gomorra erwarten dich dort! Amerika wird nicht umsonst der Wilde Westen genannt. Die Menschen dort sind unzivilisiert und haben keinerlei Kultur. Wilde sind das, nichts anderes!«

»Und was willst du dort überhaupt die ganze Zeit machen? Über eine langweilige, monströse Statue aus Stahl schreiben? Da ist doch alles in drei Sätzen gesagt: Französische Arbeiter haben sie zerlegt. Sie wurde über den Atlantik verschifft. Amerikanische Arbeiter haben sie wieder zusammengesetzt. Oh, wie spannend! Paris wird Kopf stehen und deine aufregenden Berichte aus der Neuen Welt verschlingen. Ich weiß schon, warum Monsieur Aragon dir die Stelle angeboten hat: Weil sich nämlich sonst niemand finden ließ. Da hat sich der gute Mann gedacht, zur Not nehme ich halt eine Frau.« Ihr Schwager Claude prustete lauthals über seinen schlechten Witz.

Camille musste sich zusammenreißen, um nicht in Tränen der Wut auszubrechen. Was hatte sie nur für eine ignorante Familie – alle zusammen! Ihre Schwestern wählten, seit sie sich erinnern konnte, den Weg des geringsten Widerstands. Eine nach der anderen hatte den erstbesten reichen Mann geheiratet und Kinder in die Welt gesetzt. Jetzt wohnten sie in pompösen Häusern oder riesigen Stadtwohnungen und kümmerten sich nur noch um Kinder, Küche, Kirche. Camille hegte den Verdacht, dass sie nur deshalb so lautstark protestierten, weil sie insgeheim neidisch waren auf ihre Reise und die Aufgabe, die sie in New York erwartete.

Plötzlich umarmte Dominique sie und sah sie aufmunternd an. »Ich freue mich für dich, Camille! Endlich stürzt sich eine von uns Schwestern in ein richtiges Abenteuer. Was soll schon passieren? Wenn es Camille nicht gefällt, kommt sie einfach wieder zurück. Was meinst du, liebe Maman?«

Ihre Mutter hatte bisher als Einzige keinen Kommentar abgegeben. Jetzt stand sie auf und schritt zum Porträt ihres verstorbenen Gatten.

Alle verstummten, selbst die quirlige Kinderschar hielt inne und schaute gebannt zu ihr hinüber.

Nach längerem Schweigen drehte sich die Jubilarin um und blickte ihre jüngste Tochter liebevoll an. »Ich kenne diesen Tonfall, Camille. Schon als kleines Mädchen hat mir deine Stimme verraten, wenn du dir etwas in den Kopf gesetzt hattest, von dem du nicht abzubringen warst.«

Camille nickte.

»Eines habt ihr alle vergessen, Kinder. Camille wird in New York nicht auf sich allein gestellt sein. Wir haben Verwandtschaft dort. Meine Schwester, eure Tante Catherine, wird Camille gewiss bei sich aufnehmen. Ich weiß nicht, wie es sich heute um sie verhält, aber früher war Catherine etwas eigenwillig und unberechenbar.« Sie machte eine kurze Pause, ehe sie fortfuhr: »Ihr habt sie leider nie kennengelernt, da sie schon vor über dreißig Jahren mit ihrem Mann ausgewandert ist. Im Lauf der Zeit habe ich den Kontakt zu ihr fast verloren. Ich habe mir so eine weite Reise nie zugetraut, und sie ist nie nach Frankreich zurückgekehrt. Jetzt schreiben wir uns nur noch zu Weihnachten. Vielleicht ist nun der Zeitpunkt gekommen, dass die Familie wieder ein bisschen näher zusammenrückt. Meinen Segen hast du jedenfalls, Camille. Ich stehe deinen Plänen nicht im Weg.«

Camille umarmte ihre Mutter stürmisch und küsste ihr erleichtert die Hand. »Danke, liebste Maman.«

»Ich werde Catherine sofort schreiben. Wenn es dir in Amerika gelingt, deine schriftstellerischen Ambitionen zu verwirklichen, freut es mich. Dein verstorbener Vater und ich haben nicht umsonst so viel Mühe auf deine Erziehung und Bildung verwendet. Außerdem war er von der Idee der Freiheitsstatue immer begeistert. Ihr wisst, dass er mit Leib und Seele ein Republikaner und Freimaurer gewesen ist, trotz seines blauen Blutes! Gott sei seiner Seele gnädig.«

Dominique pflichtete ihrer Mutter bei: »Wenn Camille die Lady Liberty begleitet und den Sprung über den Großen Teich wagt, ist das doch wunderbar!«

Nach und nach freundeten sich auch die anderen Familienmitglieder mit dem Gedanken an, dass Camilles Entschluss unumstößlich war.

Camille lächelte fröhlich in die Runde. Sie steckte das Billett wieder in das Kuvert. »Es lag mir wie ein Wackerstein im Magen, euch in meine Reisepläne einzuweihen. Ich wusste nicht, wie ihr es aufnehmen würdet, und bin nun sehr erleichtert. Ihr Lieben, ich werde jetzt mit dem Packen beginnen und mir überlegen, was ich alles mitnehme!«

Camille ließ sich erschöpft auf ihr Bett fallen. Im Nachhinein ist alles besser gelaufen, als ich insgeheim befürchtet hatte, dachte sie. Dass sich ihre Mutter so schnell auf ihre Seite schlagen würde, hatte sie nicht zu hoffen gewagt. Der Moment der stillen Zwiesprache zwischen ihrer Mutter und ihrem verstorbenen Vater war geradezu anrührend gewesen.

Camille wusste, dass ihr Vater sie in ihrem Vorhaben bedingungslos unterstützt hätte. Von klein auf war sie sein Augenstern gewesen. Sie war als Kind ein richtiger Wildfang und zog es vor, ihren Vater zur Jagd zu begleiten, statt mit Puppen zu spielen. Als sie älter wurde, diskutierte sie stundenlang mit ihm über Gott und die Welt. Er war es gewesen, der ihr vorschlug, an der Sorbonne zu studieren, obwohl es für Frauen mehr als ungewöhnlich war. »Dir trau ich es zu, Camille«, hatte er ihr immer wieder Mut gemacht, doch sie war unentschlossen gewesen. Dann war er plötzlich von einem Tag auf den anderen an einem Hirnschlag gestorben.

Kurz darauf hatte sie sich an der Pariser Universität eingeschrieben und ihr Studium aufgenommen, weil sie wusste, dass er recht gehabt hatte. Sie war die einzige Frau in ihrem Semester gewesen. Zwei Jahre lang hatte sie Sprachen und Geschichte studiert.

Camille schwang die Beine über die Bettkante und zog ihren schweren ledernen Reisekoffer aus der Abseite. Sie pustete den Staub herunter. Das letzte Mal hatte sie das gute Stück gebraucht, als sie die Universität wieder verlassen und sich für einige Wochen aufs Land zurückgezogen hatte, um Abstand zu gewinnen.

Dies erinnerte sie voller Bitterkeit an Professor Julien Dupont, den Mann, der ihr auf so schmerzvolle und erniedrigende Art das Herz gebrochen hatte. Sie hasste ihn mit jeder Faser ihres Körpers und hegte nun die Hoffnung, dass die lange Reise nach New York dazu beitragen könnte, ihn ein für alle Mal zu vergessen.

Wie hatte sie nur so dumm sein können? Immer wieder ärgerte sie sich über sich selbst.

Während des Abschlusssemesters war sie zunächst nur geschmeichelt gewesen von der Aufmerksamkeit, die der noch relativ junge Professor für alte französische Geschichte ihr entgegenbrachte. Der Gelehrte diskutierte stundenlang mit ihr, gab ihr wertvolle Anregungen und bestärkte sie darin, eigene Ansichten zu entwickeln. Der von ihren männlichen Kommilitonen gefürchtete Wissenschaftler ließ keinen Zweifel daran, dass er die Arbeit und die Ergebnisse seiner Studentin über die Maßen schätzte. Das ehrte Camille und spornte sie an, sich noch tiefer in ihr Studium zu stürzen. Die übrigen Lehrkräfte an der Sorbonne hatten sie bis dahin unmissverständlich spüren lassen, dass sie an der Universität eine Frau eher für fehl am Platz hielten. Keiner der anderen Professoren war bereit gewesen, seine Vorurteile gegenüber Frauen in der Wissenschaft zu überprüfen oder gar infrage zu stellen.

Da war es nur natürlich gewesen, dass Camille den fortschrittlichen Professor Dupont glühend verehrte. Sollte doch der konservative Lehrkörper über das weibliche Geschlecht denken, was er wollte. Camille war glücklich, unter all den eingebildeten Herren an der Sorbonne einen gefunden zu haben, der sie verstand und förderte.

Eines Abends las sie in der Bibliothek einen Aufsatz über die Herrscher Frankreichs im ausgehenden 14. Jahrhundert. Sie fand nichts Außergewöhnliches daran, als sich Professor Dupont neben sie setzte, ihre Hand nahm und aufmerksam ihren Ausführungen lauschte. Doch als er sie dann plötzlich zart auf die Stirn küsste und ihr mitteilte, dass er stolz auf sie sei und noch nie einer so begabten Studentin begegnet sei, merkte sie, dass zwischen ihm und ihr eine tiefere Verbindung bestand, als dies zwischen einem Professor und seiner Schülerin üblich war. Camille erschrak, und gleichzeitig fühlte sie, wie ihr Herz heftig zu schlagen begann.

Sie konnte es kaum erwarten, bis das Wochenende verstrichen war und sie ihn am Montag endlich wiedersah. Sie hatte sich zum ersten Mal richtig verliebt.

Professor Dupont gab sich so einfühlsam und voller Verständnis. Er war der erste Mann, mit dem sie seit dem Tod ihres Vaters über alles reden konnte. Sie sehnte jede Begegnung mit ihm geradezu herbei.

Zu Hause erntete sie nur ein Kopfschütteln, wenn sie versuchte, ihr neu erworbenes Wissen kundzutun. Von ihren Schwestern wurde sie entweder belächelt oder verspottet. Dagegen Professor Dupont …

Dann kam der Tag, an dem er ihr eröffnete, dass jeder Mann in ihrer Nähe spüren müsse, welche Leidenschaft in ihr schlummere, und sich nur wünschen könne, sie zur Frau zu bekommen. Da war es vollends um sie geschehen gewesen. Der berühmte Professor Julien Dupont wollte sie heiraten! Camille konnte ihr Glück nicht fassen.

Zur Feier des mit Bravour bestandenen Examens lud Professor Dupont sie in ein kleines Restaurant am Montmartre ein. Camille hätte die ganze Welt umarmen können.

Nachdem sie zu Ende gegessen hatten, griff Julien Dupont nach ihrer Hand. Er blickte ihr eine halbe Ewigkeit in die Augen und küsste sie dann voller Leidenschaft. »Ich habe noch eine Überraschung für Sie«, raunte er ihr ins Ohr.

Camille erinnerte sich an die Worte, als wenn es gestern gewesen wäre. Wie ein Blitz hatte es sie durchfahren. Jetzt wird er mir einen Heiratsantrag machen!

In Wahrheit hatte er ein kleines Zimmer in einem diskreten Hotel reserviert. Diese Tatsache traf sie vollkommen unvorbereitet.

Professor Dupont gestand ihr, dass er vom ersten Augenblick an von ihr bezaubert gewesen sei. »Ich bin von dir besessen. Ich kann an nichts anderes mehr denken!« Dann war er wie ein Tier über sie hergefallen. Er stieß sie auf das Bett und warf sich mit seinem ganzen Gewicht auf sie.

Camille war völlig überrumpelt gewesen. »Hören Sie auf!«, hatte sie geschrien und sich mit Händen und Füßen gewehrt. Als sie um Hilfe rufen wollte, drückte er ihr grob seine Hand auf den Mund und flüsterte ihr immer wieder ins Ohr: »Du willst es doch auch!«

Nach einer Weile waren ihre Kräfte versiegt, und sie hatte alles mit sich geschehen lassen.

Gierig riss Dupont ihr die Kleider vom Leib und öffnete seine Hose. Grob fasste er sie an den Armen und drückte sie in die klamme, raue Bettwäsche. Mit dem Knie hatte er ihre Schenkel gespreizt. Dann war er brutal in sie eingedrungen. Sie hatte vor Schmerz geschrien. Jeder seiner Stöße war eine einzige Qual gewesen. Hektisch keuchend hatte er ihr Gesicht mit nassen Küssen überzogen, während sie sich vor Ekel wand.

Als sich Professor Dupont nach wenigen Minuten erschöpft auf sie fallen ließ, liefen ihr die Tränen über die Wangen.

Sie hatte so unter Schock gestanden, dass sie mit niemandem darüber reden konnte und verzweifelt versuchte, sich nichts anmerken zu lassen.

Zwei Tage später hatte sie Julien Dupont bei der Übergabe der Abschlusszeugnisse wiedergetroffen.

Nachdem die feierliche Zeremonie vorüber war, trat er an sie heran und sah sie lüstern an: »Gratulation, Mademoiselle St. Laurent.« Leise hatte er hinzugesetzt: »Wann sehen wir uns wieder?«

In dem Moment war eine große, hochschwangere Dame direkt auf Camille zugekommen. »Meinen herzlichsten Glückwunsch. Sie haben nicht nur das beste Examen aller diesjährigen Absolventen, sondern auch einen Sieg im Kampf für die Emanzipation errungen. Zwar lässt sich die Tragweite Ihres Erfolges heute noch nicht übersehen, aber vielleicht wird es schon für unsere Töchter selbstverständlich sein, an jeder Universität im Land studieren zu können.« Während sie dies sagte, streichelte die Frau liebevoll über ihren gewölbten Bauch. »Bravo, mein junges Fräulein! Ich hoffe, mein Gemahl hat Ihnen keine Steine in den Weg gelegt? Möchtest du uns nicht bekannt machen, Julien?«

Fassungslos hatte Camille Madame Dupont angestarrt. Solange es die Höflichkeit verlangte, riss sie sich zusammen und parlierte mit dem Ehepaar. Nachdem seine Frau sich aber einem anderen Absolventen zugewandt hatte, bedachte sie Professor Dupont mit einem Blick, in den sie alle Verachtung legte, zu der sie fähig war. »Sie hinterhältiges, gemeines Schwein!«

Gott sei Dank war sie nicht schwanger geworden. Nicht auszumalen, wie ihr Leben sonst weiterverlaufen wäre. Sie hatte Glück im Unglück gehabt und würde von nun an auf der Hut sein. Sie schwor sich, so etwas würde ihr nie wieder passieren.

Camille seufzte. Von Männern hatte sie ein für alle Mal die Nase voll. »Auf zu neuen Ufern«, flüsterte sie.

3. Kapitel

New York, April 1885

Patrick O'Sullivan begutachtete sein Äußeres in dem kleinen ovalen Spiegel hinter der Tür seines Büros. Er fuhr sich mit der rechten Hand über die linke Wange. Weich wie Seide, dachte er und lächelte. Die glatten, hellbraunen Haare, die er streng nach hinten gekämmt trug, hatten einen leichten, rötlichen Schimmer. Sein Fassonschnitt saß tadellos. Mit wachen grünen Augen zwinkerte er sich selbst zu. Klar, sein blendendes Aussehen hatte nicht unwesentlich zu seinem beruflichen Erfolg beigetragen.

Einzig das rechte, leicht abstehende Ohr störte die Symmetrie seines gut geschnittenen, prägnanten Gesichts. Er wusste um seine Wirkung auf das weibliche Geschlecht. Doch Patrick war ein leidenschaftlicher Junggeselle und verspürte nicht den leisesten Wunsch, sich an eine Frau zu binden. Er liebte sein Leben so, wie es war.

Bevor er heute Morgen zur Arbeit gegangen war, hatte er sich beim Barbier rasieren lassen. Genüsslich sog er den Duft des herben Rasierwassers ein, das er immer noch schwach riechen konnte. Wenn man sich rasieren lässt, fühlt man sich gleich wie ein anderer Mensch, dachte er. Es hatte ganz einfach Stil, ein Frisörgeschäft zu betreten, auf einem bequemen Lederstuhl Platz zu nehmen, die Augen zu schließen und darauf zu warten, bis warme, feuchte, duftende Tücher die empfindliche Gesichtshaut entspannten. Das morgendliche häusliche Prozedere vor seinem winzigen Waschbecken hingegen, mit Seifenschaum, Rasiermesser und dem Abziehen der Klinge am Lederriemen, war ihm zuwider. Jetzt endlich verdiente er genug Geld, um auf den schönen Luxus nicht mehr verzichten zu müssen. Dank der letzten Gehaltserhöhung war dies nun ohne Weiteres möglich.

Sein Beruf machte es zwingend notwendig, dass er auf ein korrektes, gepflegtes Äußeres achtete. Er traf jeden Tag mit so vielen Menschen zusammen, vom Portier über den Polizeioffizier bis hin zum Bürgermeister. Da war es unabdingbar, vom Scheitel bis zur Sohle korrekt zu erscheinen.

Patrick O'Sullivan war Journalist mit Herz und Seele. Seine Artikel waren zurzeit das Beste, was man in New York lesen konnte. Immer wieder sprachen ihn Menschen auf der Straße an und machten ihm Komplimente für seine originellen Reportagen und Berichterstattungen. Mit seinen achtundzwanzig Jahren hatte er bereits ein beachtliches Stück der Karriereleiter erklommen. Er hoffte, dass es nur noch eine Frage der Zeit war, bis er zum Chefredakteur der *New York World* ernannt werden würde. Sollten sich die mittelmäßigen Kollegen ruhig das Maul über ihn zerreißen und hinter seinem Rücken tuscheln. Er würde niemals wie sie mit Ärmelschonern an seiner Schreibmaschine versauern und über entflogene Papageien, entlaufene Ehefrauen oder das Wetter berichten.

Patrick hatte einen untrüglichen Instinkt für gute Storys. *Wenn ein Hund einen Mann beißt, ist das keine Nachricht, weil das so häufig geschieht. Aber wenn ein Mann einen Hund beißt, ist das eine Nachricht.* Sein Boss Joseph Pulitzer, der Herausgeber der Zeitung, hatte ihm diese Maxime des Journalismus bestimmt an die hundert Mal vorgebetet. Inzwischen verstand er, worauf es beim Schreiben ankam und wie man die Zeitungsleser begeistern und fesseln konnte.

»Betty, in drei, spätestens vier Stunden bin ich wieder im Büro. Falls Sie dann schon gegangen sein sollten, legen Sie mir bitte vorher meinen Artikel …«

Betty, seine Sekretärin, hämmerte weiter auf ihre Schreibmaschine ein, ohne aufzublicken. »… auf den Schreibtisch, wie immer. Schönen Abend, Boss.« Plötzlich hielt sie inne. »Patrick, auch wenn ich mich wiederhole: Seien Sie vorsichtig! Die Lower East Side ist ein gefährliches Pflaster. Gestern gab es wieder einen Überfall mit drei Toten. Mit den Gestalten, die da herumlungern, ist nicht gut Kirschen essen …«

»Betty, Sie vergessen immer wieder: Das ist meine Heimat. Ich bin in der Lower East Side geboren. Wenn wir uns vor ein paar Jahren dort begegnet wären, hätten Sie mich sicher auch für einen Ganoven gehalten. Wie überall sonst auf der Welt gibt es auch hier die Guten und die Bösen.« Er täuschte einen rechten Haken an und sagte selbstironisch: »Außerdem wissen Sie doch, dass ich ein ungeschlagener Boxchampion bin.« Gut gelaunt knöpfte er sich seinen schwarzen Mantel zu, nahm den Hut vom Garderobenhaken, nickte Betty kurz zu und verließ das Büro.

Als Patrick am Polizeirevier Manhattan-Süd ankam, war es bereits dunkel.

Am Tresen nahm ein Wachtmeister gerade die Aussage einer Frau auf. Der Polizist nickte Patrick freundlich zu. »Oh, Mr O'Sullivan, Sie wollen sicher zum Boss. Der ist hinten in seinem Büro, gehen Sie nur durch.« Der Polizist hielt Patrick die hüfthohe Schwingtür auf und bemerkte: »Sie müssen sich aber bestimmt noch einen Augenblick gedulden. Luke ist nicht allein.«

»Okay Bob.«

Patrick klopfte trotz des Hinweises an die Tür des leitenden Officers.

»Jetzt nicht!«, brüllte eine tiefe, Respekt einflößende Stimme. »Hat man hier nicht mal zwei Minuten seine Ruhe?«

»Wohl schlecht gelaunt«, murmelte Patrick.

Luke Smith war der beste Freund seiner Eltern gewesen und seit deren Tod für Patrick und seine Schwester ein väterlicher Freund. In seiner Jugend war Patrick einige Male mit dem Gesetz in Konflikt geraten. Luke hatte ihn mit verständnisvoller Strenge immer wieder auf den richtigen Weg zurückgeführt.

Sooft es seine Zeit erlaubte, besuchte Patrick ihn. Während er ihn früher nach Feierabend häufig auf eine Partie Billard oder zu einem Boxkampf abgeholt hatte, waren es inzwischen auch berufliche Gründe, wenn er abends noch im Polizeirevier vorbeischaute. Er lauschte fasziniert den Fällen, die Luke und dessen Kollegen in Atem hielten. Mit welcher Hinterlistigkeit die Mörder, Vergewaltiger, Diebe und Gauner in der großen Stadt vorgingen, ließ ihm immer wieder die Nackenhaare zu Berge stehen. Luke Smith versorgte ihn mit brisanten Informationen, die andere Reporter erst Tage später erfuhren.

Patrick schätzte seinen Freund wegen seines Scharfsinns und seiner sensiblen Art, die er meist hinter einer Fassade aus Ruppigkeit verbarg. Oft diskutierten die beiden bei einer Flasche Whiskey bis spät in die Nacht. Was ging in dem Kopf eines vermeintlich normalen, harmlosen Familienvaters vor, der plötzlich wegen eines nichtigen Anlasses zum Küchenmesser griff und seiner Frau im Schlaf die Kehle durchschnitt? Welches Motiv bewog eine sechzigjährige ehemalige Prostituierte, sich einen Revolver zu besorgen und hinterrücks fünf junge Nutten in ihrem Viertel zu erschießen? Wie groß mochte der

Leidensdruck der minderjährigen Mutter gewesen sein, die ihren neugeborenen Säugling wie eine Katze in einem Sack im Hudson River ertränkt hatte? Die Menschen hinter den grausamen Geschichten faszinierten und erschreckten sie beide.

Patrick nahm auf einem der Stühle Platz, die vor dem Büro des Revierleiters standen. Er schlug seine langen Beine übereinander und blickte auf seine verdreckten schwarzen Schuhe hinunter, die nach den wenigen Schritten von der Redaktion bis zum Polizeirevier aussahen, als wären sie noch nie mit Schuhfett und Bürste in Berührung gekommen. Ungeduldig wippte er mit der Fußspitze auf und ab. Er überlegte, ob er seinen Besuch bei Luke verschieben und stattdessen seine Schwester Olivia von der Orchesterprobe abholen sollte. Er war schon im Begriff aufzustehen, da öffnete sich die Tür, und eine attraktive, aufreizend gekleidete junge Frau mit verweintem Gesicht huschte an ihm vorbei. Kurz blickte er ihr hinterher, dann betrat er das Büro seines Freundes. »Kann ich reinkommen?«, fragte Patrick leise.

Luke saß hinter einem Schreibtisch, auf dem sich Aktenstapel türmten, und lächelte müde. »Du hast mir gerade noch gefehlt. Setz dich. Ich bin gleich so weit.«

»Interessiert es mich, was dir die hübsche Frau gerade eben mitzuteilen hatte?«

»Sicher nicht. Es ist immer die gleiche Geschichte. Zwei junge Mädchen sind auf der Suche nach Freiern und ein bisschen Spaß. Plötzlich verschwindet eine spurlos. Die andere zerbricht sich erst tagelang den Kopf, wo ihre Freundin bleibt, und erwartet jetzt, dass wir ganz New York umpflügen, um sie zu finden. Als hätten wir sonst nichts zu tun! In neun von zehn Fällen hat sich die Vermisste längst in eine andere Stadt abgesetzt und wollte bloß nicht vor ihrer Freundin zugeben, dass sie es in diesem Moloch nicht länger ausgehalten hat.«

»Reich mir mal die Personenbeschreibung der Vermissten rüber.«

Patrick überflog die Suchanzeige. »Nicht gerade die beste Adresse. In der Alden Street gibt es kaum Frauen und Mädchen, die nicht der Prostitution nachgehen müssen.«

Luke Smith seufzte nur.

»So verheult, wie diese junge Frau aus deinem Büro kam, nimmt es sie sehr mit, dass ihre Freundin verschwunden ist. Wie heißt die Vermisste überhaupt?«, fragte Patrick.

»Olivia, wie deine Schwester.«

»Ah, hier steht es ja. Und es gibt sogar noch mehr Gemeinsamkeiten: Sie sind im selben Jahr und beide am 7. März geboren.« Patrick schluckte betreten.

»Die Vermisste hat ein auffallendes Merkmal. Ihr fehlt der kleine Finger der rechten Hand. Sie hat ihn bei einem Unfall verloren.«

Ehe Luke Smith weiterreden konnte, betrat Sergeant Bob das Büro.

»Boss, soeben wurde eine Frauenleiche aus dem East River gefischt.«

»Wo?«

»Beim alten Speicherhaus.«

»Okay, ich komme. Dann wird es heute leider nichts mehr mit unserer Partie Billard.«

»Kann ich dich begleiten, Luke?«

»Klar, gern!«

Luke Smith öffnete den Wagenschlag. »Warum zum Teufel muss es ausgerechnet jetzt auch noch anfangen zu regnen? An deiner Stelle würde ich in der Kutsche sitzen bleiben oder mir zu Hause vor dem warmen Ofen einen Whiskey gönnen.«

»Nichts da, ich komme natürlich mit.«

»Dir ist nicht zu helfen. Manchmal glaube ich, du hättest besser Polizist als Reporter werden sollen«, antwortete Luke und trat auf das Pflaster.

»Ich liebe das Schreiben. Für mich gibt es nichts Schöneres.«

Patrick blieb noch einen Augenblick auf der harten Bank sitzen und beobachtete ein paar Männer, die unter dem Vordach eines Lagerhauses Schutz vor dem Schneeregen suchten. Was war bloß aus dieser Gegend geworden! Nur ein paar Straßen weiter war er zur Welt gekommen. Patrick riss sich zusammen. Jetzt war nicht die Zeit, melancholischen Erinnerungen nachzuhängen.

Er gab sich einen Ruck und stieg ebenfalls aus der Kutsche.

Trotz des Schneeregens standen etwa zehn Personen unschlüssig beieinander und starrten auf die Leiche, die unter einer zerschlissenen grauen Wolldecke auf den nassen Pflastersteinen lag.

Obwohl irgendjemand für ein bisschen Licht gesorgt hatte und sowohl ein paar rußende Fackeln als auch eine funzelige Gaslampe brannten, konnte man nicht viel erkennen.

Patrick sog den unangenehmen Geruch von Teer und verfaultem Unrat ein. Er näherte sich den Männern unter dem Vordach und bemerkte erst jetzt, dass sie weite Regenmäntel anhatten und Angelruten in den Händen hielten.

»Habt ihr die Frau gefunden?«

Die Männer nickten schweigend.

Gemeinsam verfolgten sie, wie sich Luke neben die Leiche kniete. »Dann wollen wir mal …«, murmelte er und schlug die durchweichte Decke zurück.

»So, wie die Frau angezogen ist, war sie eher arm«, bemerkte Patrick, der hinter Luke getreten war. Mit Grausen besah er sich den nassen Schädel. Das noch vor ein paar Tagen junge, vielleicht schöne Gesicht war nun stark entstellt. Patrick wurde es von dem Anblick fast übel. Vor allem die Tatsache, dass statt eines zweiten Auges eine schwarze, fleischige Höhle den Blick tief ins Innere des Schädels freigab, war kaum zu ertragen.

Luke strich die Haare der Toten sanft aus dem aufgedunsenen Gesicht. »Das junge Ding wird schon eine ganze Weile im kalten East River getrieben sein. Seht mal, ihre Hände sind gefesselt. Die Fische haben sich schon in ihre rechte Augenhöhle vorgefressen. So ein Ende hat niemand verdient. Wer hat sie gefunden?«

»Einer von den Männern, die hier angeln. Plötzlich hatte er die Tote am Haken. Er hat gezogen wie ein Irrer; er glaubte, den Fang seines Lebens gemacht zu haben«, sagte einer der Polizisten und trat fröstelnd von einem Bein aufs andere.

»Dabei hat er mit seinem Angelhaken die halbe Backe aufgerissen. Die Verletzung an der Wange ist frisch.«

Luke Smith richtete sich wieder auf. »Los, Männer, schaffen wir die arme Frau zu Dr. Norton. Vielleicht kann er uns irgendetwas Aufschlussreiches über die Todesumstände sagen.«

Das schummrige Licht einer Petroleumlampe schuf eine gespenstische Atmosphäre in dem kahlen Kellerraum.

»Darf ich erfahren, warum Sie immer noch hier herumstehen und nicht mit Ihren Kollegen gegangen sind?«

»Entschuldigen Sie, Dr. Norton, ich bin kein Polizist. Mein Name ist Patrick O'Sullivan. Ich bin Journalist bei der *New York World*.«

»Ermächtigt Sie dieser Umstand, hierzubleiben? Wohl kaum«, erwiderte der große, drahtige Arzt, der noch recht jung für seine ergrauten Haare wirkte.

Verlegen sah Patrick zu Boden. »Ich habe schon viel von Ihnen gehört. Erlauben Sie mir bitte, Ihnen bei der Obduktion über die Schulter schauen zu dürfen. Ich bin ein neugieriger Mensch. Ihr Handwerk hat etwas Faszinierendes.« Nach einer kurzen Pause setzte er hinzu: »Und etwas Abstoßendes. Falls Sie zu dem Ergebnis gelangen sollten, dass die junge Frau ermordet wurde, kann es eine Story für meine Zeitung werden. Wenn jemand aus der Lower East Side zu Tode kommt, ist es normalerweise kaum eine Meldung wert. Schon gar nicht, wenn es sich womöglich um eine Nutte handelt. Das kann ich nicht akzeptieren. Die anderen Zeitungen berichten über das neueste Diamantcollier der Lady Astor oder wie kurz die Röcke in dieser Saison sein dürfen. Ich bemühe mich in meinen Artikeln, an das kaum vorhandene soziale Gewissen dieser Stadt zu appellieren. Nicht zuletzt, weil ich auch aus dieser sogenannten Gosse stamme.«

Dr. Norton musterte Patrick einen Moment, dann drehte er sich um und begann, gründlich seine Hände zu waschen. »Viele haben den Respekt gegenüber ihren Mitmenschen verloren, egal, ob arm oder reich, lebendig oder tot.« Er griff nach einem Handtuch. »Meinetwegen können Sie bleiben, Ihre Einstellung gefällt mir. Wenn ich hier erst mal anfange, werden Sie von ganz allein die Flucht ergreifen.«

Mit diesen Worten ging der Arzt zu dem Holztisch, auf dem die Polizisten die Leiche abgelegt hatten. Behutsam zog Dr. Norton die schäbige Wolldecke herunter, in die die Frau eingewickelt worden war. Als er die Leiche vorsichtig zur Seite drehte, um den Stoff unter ihr wegzuziehen, schoss ein Schwall faulig riechendes Wasser aus dem Mund der Toten.

Patrick musste all seine Willenskraft aufwenden, um nicht augenblicklich aus dem Keller zu rennen. »Lieben Sie Ihre Arbeit?«, fragte er trotzdem.

»Wollen Sie einen Artikel über Gerichtsmediziner schreiben oder fragen Sie mich von Mensch zu Mensch?« Während der Arzt die Frage stellte, legte er die Frau wieder vorsichtig auf den Rücken.

»Von Mensch zu Mensch.« Patrick hatte ein Taschentuch aus seiner Manteltasche gezogen und hielt es sich vor die Nase, um den unerträglichen Verwesungsgeruch etwas zu mildern.

Dr. Norton bedeckte die Tote von der Brust bis zu den Füßen mit einem weißen Laken. Mit einem kleinen Schwamm begann er, das Gesicht vom Schlamm und von Wasserpflanzen, die darauf klebten, zu reinigen. »Vor über zwanzig Jahren, als ich hier in New York gerade mein Medizinstudium beendet hatte, wollte ich abends mit meinem Kumpel feiern gehen. Er kam nicht zum verabredeten Treffpunkt. Ich dachte, er wäre vielleicht noch zu Hause, also machte ich mich auf den Weg zu seiner Wohnung. Seine hysterisch schreiende Vermieterin kam mir entgegengerannt. Mein bester Freund Jack hing tot an einem Seil auf ihrem Dachboden. Der Anblick war grauenhaft. Ich war fassungslos. Wir kannten uns von Kindheit an; wenn er sich mit Selbstmordgedanken getragen hätte, hätte Jack mit mir darüber geredet. Ich wusste, dass er hin und wieder die Nähe zu zwielichtigen Kreisen gesucht hatte. Mein Gefühl sagte mir, dass an seinem Tod etwas faul war und er ermordet worden war. Jemand wollte die Tat als Selbstmord tarnen. Doch wie sollte ich meinen Verdacht beweisen? Obwohl ich Arzt war, konnte ich nichts Ungewöhnliches an der Leiche entdecken. Sein Genick war gebrochen, wie bei allen Erhängten. In meiner Verzweiflung bat ich den Gerichtsmedizinprofessor der Harvard-Universität, Jacks Leichnam anzuschauen. Er brauchte nur fünf Minuten, um meinen Verdacht zu bestätigen. Mein Freund war erst erstickt und dann aufgehängt worden. Zwei Wochen später ergriff die Polizei seinen Mörder, der sonst heute noch frei herumlaufen würde. Beantwortet das Ihre Frage?«

Patrick nickte betroffen. »Ja. Danke, dass Sie so offen waren. Es muss schlimm sein, einen Freund auf diese Art und Weise zu verlieren. Es tut mir leid.«

Mit einem Kamm kämmte Dr. Norton der Toten die Haare aus dem Gesicht. Das wächserne Antlitz, dem ein Auge fehlte und in dessen rechter Schädelhälfte ein riesiges Loch klaffte, ließ trotz allem erahnen, dass die junge Frau sehr hübsch gewesen sein musste.

Während Patrick den Arzt dabei beobachtete, wie er die Haare der Toten zu einem Zopf band, ging ihm durch den Kopf, dass der Doktor die Leiche geradezu liebevoll behandelte.

Als hätte der Mediziner seine Gedanken gelesen, sprach dieser weiter: »Nach dem Mord an Jack bin ich ein ganz normaler Feld-Wald-und-Wiesen-Arzt geworden. Seit zwanzig Jahren behandle ich alle Menschen in meinem Viertel, vom Baby bis zum Urgroßvater. Mein Wartezimmer ist immer voll. Trotzdem hat mich die Gerichtsmedizin weiterhin fasziniert. Ich helfe der Polizei, wann immer sie mir eine Leiche bringt. Und wissen Sie, jedes Mal sehe ich Jack vor mir liegen. Egal, was der oder die Tote getan hat, sie war der Freund oder die Freundin von jemandem, der Mann, die Frau, das Kind von jemandem, der nun einen schlimmen Verlust zu betrauern hat. Deshalb zolle ich den Toten den größtmöglichen Respekt.«

Dr. Norton stieg immer mehr in Patricks Achtung.

»Um Ihre Neugierde zu befriedigen, werde ich Ihnen jetzt meine ersten Eindrücke schildern, Mr O'Sullivan. Danach setze ich Sie vor die Tür. Wenn ich diesen Körper öffne, möchte ich Sie lieber nicht dabeihaben.«

Patrick nickte.

»Auch das hat etwas mit der Würde der Toten zu tun. Sie verstehen, was ich meine?«, fuhr Dr. Norton fort. »Sie haben übrigens jetzt schon länger durchgehalten, als ich Ihnen zugetraut habe. Also, ich fasse kurz zusammen: Die Wunde am Kopf der Frau kann sowohl von einem Unfall als auch von ihrem Mörder herrühren. Das kann ich noch nicht mit absoluter Gewissheit sagen. Vielleicht kann ich das nie, denn die Tote lag viel zu lang im Wasser. Unzweifelhaft ist, dass ihr jemand allergrößte Schmerzen zugefügt hat. Auch deshalb gehe ich davon aus, dass sie ermordet wurde. Sehen Sie sich einmal ihr Dekolleté an.«

Patrick spürte, wie seine Knie nachgaben. Die zarte, blasse Haut über ihrer Brust war zerschnitten.

»Irgendwer – vermutlich der Mörder – hat sie furchtbar zugerichtet, und da hat sie vielleicht noch gelebt.« Dr. Norton stellte seine Instrumententasche neben sich auf den Stuhl und nahm eine Schere heraus. »Ich nehme an, die junge Frau ist ertrunken. Sie wurde mit gefesselten Händen ins eiskalte Wasser gestoßen. Sie hatte keine Chance.« Er schnitt den Strick auf und bettete die weißen Arme rechts und links vom Körper.

Entsetzt bemerkte Patrick, dass an der rechten Hand der Toten der kleine Finger fehlte.

4. KAPITEL

Auf hoher See, Mai 1885

Camille St. Laurent hing würgend und mit grünem Gesicht über der weißen Emailschüssel, die ihr der Kapitän des Seglers *Isère* freundlicherweise in die Kabine hatte bringen lassen. In dem Moment wurde das Schiff so heftig von dem seit zwei Tagen andauernden Sturm getroffen, dass der Stuhl neben ihrer Koje scheinbar schwerelos durch die Kabine flog und an der gegenüberliegenden Wand mit einem lauten Krachen zerbrach.

»Mein Gott, mach bitte, dass das endlich aufhört!«, stöhnte sie.

Verzweifelt richtete sich Camille auf und wischte ihren Mund mit einer Serviette ab. Ihre Familie hatte sie zwar davor gewarnt, sich auf das Abenteuer einzulassen, aber dass die wochenlange Überfahrt so an ihren Kräften zehren würde, hatte sie sich in ihren ärgsten Befürchtungen nicht ausgemalt.

Noch nie in ihrem Leben war ihr so elend zumute gewesen. Sie wollte am liebsten auf der Stelle sterben.

Als die nächste große Welle kam, klammerte sie sich mit aller Kraft an das dünne Seil, das neben ihrem schmalen Bett an der Kajütenwand befestigt war. Zum wiederholten Mal fragte sie sich, wie es nur Männer geben konnte, die freiwillig ihr ganzes Leben auf hoher See zubrachten und darüber auch noch glücklich waren.

Zu Anfang war sie von der Seefahrt begeistert gewesen. Immer wieder war Camille zum Bug gegangen und hatte in unbeobachteten Momenten ihre langen schwarzen Haare von den Haarnadeln befreit und im Wind wehen lassen. Sie hatte sich noch nie so frei gefühlt. Der Blick in die endlose Weite war grandios. Zum ersten Mal in ihrem Leben wurde ihr bewusst, wie viele verschiedene Blautöne es gab. Das helle Blau des Himmels prallte auf das Türkisblau des Wassers oder verschwamm mit ihm. Wasser, Wasser, überall nur Wasser, so weit das Auge reichte. Es war unglaublich beruhigend, auf das Meer zu schauen. Sanft pflügte die *Isère* durch die Wellen.

Die Wolken und die Sonne, denen sie in Paris kaum je Beachtung geschenkt hatte, waren an Bord der Fregatte plötzlich Naturgewalten, die sie den ganzen Tag über faszinierten. Ständig wechselten sie ihr Aussehen. Stundenlang hätte sie der Sonne zuschauen können, wie sie gemächlich übers Firmament wanderte. Camille wurde es nie langweilig. Zu ihrer großen Freude hatte sie sogar einen riesigen Walfisch gesehen, der seine gewaltige Wasserfontäne nur wenige Meter von der *Isère* entfernt ausstieß. Sie war immer noch tief berührt von der Begegnung mit dem Meeressäuger.

Der Anblick von Wasser, Himmel und Sonne waren nach den hektischen Tagen der Reisevorbereitungen Balsam für ihre aufgewühlte Seele gewesen.

Dann war vor zwei Tagen unvermittelt der heftige Sturm losgebrochen. Von einem Moment auf den anderen hatte sich das Meer plötzlich verändert. Ein beängstigendes Gewitter war heraufgezogen. Innerhalb weniger Augenblicke verfärbte sich der Himmel bedrohlich schwarz. Camille hatte die Nervosität der Mannschaft gespürt, und selbst dem Kapitän, der nach eigener Aussage bereits seit vierzig Jahren zur See fuhr, war die

Anspannung ins Gesicht geschrieben. Die wenigen Passagiere, die auf dem Segler mitfuhren, waren unter Deck gebeten worden. Durch das kleine Bullauge ihrer Kajüte konnte Camille immer wieder mächtige weiße Blitze am schwarzblauen Himmel aufzucken sehen, dann rollte ein ohrenbetäubendes Donnergrollen heran.

In dem Moment, als der Sturm loswütete, hatte augenblicklich ihre Seekrankheit eingesetzt. Es war der reinste Albtraum. Sie konnte nichts mehr bei sich behalten.

Wieder traf eine riesige Welle das Schiff. Hätte sich Camille nicht an dem Seil festgeklammert, wäre sie genauso an die gegenüberliegende Wand geschleudert worden wie vor wenigen Minuten der Stuhl. Sie hatte Angst! Todesangst!

Sollte die *Isère* sinken, werde ich wenigstens zusammen mit Lady Liberty untergehen, dachte sie sich. Vielleicht trat die Prophezeiung ihrer früheren Gouvernante Mademoiselle Montabon, dass es mit ihr noch ein schlimmes Ende nehmen würde, jetzt schon ein!

Wenn kein Wunder geschah, würde sie im Bauch des Schiffes auf dem Meeresgrund ihr ewiges Grab finden. Sie wäre tot, noch bevor ihr Leben richtig begonnen hätte. Wäre sie doch bloß in Paris geblieben! Zum ersten Mal, seit sie Monsieur Aragons Angebot angenommen hatte, kamen ihr Zweifel, ob es nicht ein Fehler gewesen war, Frankreich zu verlassen.

Camille seufzte. Vorsichtig streckte sie sich auf der schmalen Koje aus und starrte an die Holzdecke. Sie stellte ihren rechten Fuß auf die blank gescheuerten Holzdielen, um das Karussell in ihrem Kopf zum Anhalten zu bringen. Ihre Gedanken wanderten zu dem Frachtraum unter ihr. Dort ruhte Lady Liberty in zweihundertdreißig Kisten, weich in Stroh gebettet. Voller Neid dachte Camille daran, dass der Statue die Seekrankheit erspart blieb. Sie zwang sich, an ihre Zukunft zu denken. »Amerika, ich komme«, murmelte sie erschöpft. Dann musste sie sich wieder übergeben.

Gott sei Dank – der Sturm war überstanden! Trotzdem türmten sich die Wellen immer noch beängstigend hoch. Der Segler durchpflügte schwerfällig das Meer, und jedes Mal, wenn der Bug den Kamm einer Welle erklommen hatte und kurz darauf wieder in die Tiefe krachte, zog sich Camilles Magen krampfhaft zusammen. Das Meer war aufgewühlt, und sie war es auch.

Sie hatte ihre Kabine verlassen und in der Offiziersmesse einen kleinen Imbiss, bestehend aus Tee, gebuttertem Zwieback und einem Rührei, zu sich genommen.

»Mademoiselle St. Laurent, Sie müssen irgendetwas essen und an die frische Luft gehen. Ich bestehe darauf«, hatte der Kapitän mit väterlicher Strenge angeordnet.

Camille, die der einzige weibliche Passagier an Bord war, wollte sich dem erfahrenen Seemann nicht widersetzen. Niemand sollte nach der Ankunft in New York erzählen können, dass einzig eine Frau alle gut gemeinten Ratschläge in den Wind geschlagen und deshalb während der Überfahrt die meiste Zeit mit dem Kopf über einer Spuckschüssel zugebracht hatte.

Entgegen ihrer Erwartung war Camille die leichte Mahlzeit sogar bekommen. Deshalb beschloss sie, auch der zweiten Empfehlung des Kapitäns Folge zu leisten.

Als sie das Oberdeck betrat, war sie froh über ihren eleganten Fuchspelzmantel. Was für ein Glück, dass sie das gute Stück im letzten Moment doch noch in einem ihrer Überseekoffer verstaut hatte. Er wärmte wunderbar und schützte sie vor der feuchten Kälte. Sie hielt sich mit einer Hand an der Reling fest, um nicht hin und her zu schwanken. Camille schloss die Augen und sog die frische Meeresluft tief ein.

»Wie geht es Ihnen, meine Liebe?«

Camille fuhr zusammen. Sie hatte überhaupt nicht bemerkt, dass Baron Quisac hinter ihr aufgetaucht war. Sie zwang sich zu einem Lächeln.

»Haben Sie den Sturm gut überstanden, *ma chère*?«

Camille hatte sich schon mehrere Male mit dem charmanten älteren, rundlichen Mitreisenden unterhalten. Er war der Vizepräsident der Franko-Amerikanischen Union und führte die Delegation an, die die Statue zu ihrem Bestimmungsort begleitete. Er hielt ein Buch in der Hand, das Camille seit Kindesbeinen kannte: *The English Language*.

»Mademoiselle, hätten Sie die Freundlichkeit, mich ein bisschen abzufragen? Ich beneide Sie um Ihre hervorragenden Englischkenntnisse. Mir scheint es geradezu unmöglich, dass ein normaler Mensch jemals diese absolut unmelodiöse Sprache erlernen kann. Dabei bin ich sonst durchaus begabt, was Fremdsprachen anbelangt. Italienisch zum Beispiel parliere ich ohne jegliche Mühe, und auch einer deutschen Unterhaltung kann ich immerhin folgen. Aber Englisch! Diese Sprache hat eine Grammatik, die die Bezeichnung gar nicht verdient. Doch das Allerschlimmste ist die indiskutable Aussprache. Wie können diese Engländer und Amerikaner freiwillig lispeln und so tun, als würden sie gleichzeitig essen und sprechen?«

Camille lachte. »Die Englischstunde verschieben wir bitte auf morgen, lieber Baron. Ich bin noch nicht wieder ganz auf der Höhe. Der Sturm hat mir ziemlich zugesetzt. Erzählen Sie mir etwas. Am liebsten von der Freiheitsstatue. Ich kenne die Geschichte unserer wertvollen Fracht zwar in groben Zügen, aber wenn Sie so freundlich sein wollten und mir mit eigenen Worten berichten würden, wie die Idee geboren wurde, würde ich mich glücklich schätzen.«

»Mademoiselle, bei aller Hochachtung, die ich gegenüber dem weiblichen Geschlecht empfinde, glaube ich nicht, dass Sie die politischen Ränkespiele verstehen würden, die der Geburt der Statue vorangingen. Politik ist Männersache. Sie sollten Ihren Geist nicht mit derlei komplizierten Dingen belasten.«

Camille ignorierte den Einwand, sie musste an sich halten, um nicht aus der Haut zu fahren. Was hatte dieser Baron nur für ein überholtes Frauenbild! »Trotzdem interessiert mich, was Ihren republikanischen Männerbund zu diesem außergewöhnlichen Geschenk an das amerikanische Volk bewogen hat.«

»Also gut, wenn Sie mich so hartnäckig fragen, werde ich mein Möglichstes tun und es Ihnen wenigstens in groben Zügen erklären. Aber beklagen Sie sich nicht, wenn ich Sie damit langweile.«

Camille lächelte ihr Gegenüber aufmunternd an.

Der Baron bot ihr vergnügt seinen rechten Arm an. »Lassen Sie uns in die Offiziersmesse umziehen. Hier draußen serviert uns gewiss niemand ein Glas Bordeaux!«

»Ich habe Sie gewarnt«, begann der Baron seinen Vortrag, nachdem sie es sich an einem Mahagonitisch bequem gemacht hatten. »Bereits 1865 hatte der leider vor zwei Jahren verstorbene Republikaner Édouard de Laboulaye die grandiose Idee, den Vereinigten Staaten von Amerika zum hundertjährigen Jubiläum der Unabhängigkeitserklärung ein Kunstwerk zu schenken. Er hat nie vergessen, dass die Amerikaner die Bewohner von Paris im Französisch-Preußischen Krieg mit Lebensmittelpaketen unterstützten. Er gab ein festliches Diner in seinem Haus in der Nähe von Versailles, bei dem auch ich das Vergnügen hatte, zugegen sein zu dürfen. Monsieur Laboulaye war ein begeisterter Anhänger der Nordstaaten während des Sezessionskrieges. An jenem Abend prägte er den Satz: ›Sollte ein Denkmal in den Vereinigten Staaten errichtet werden, das an ihre Unabhängigkeit erinnert, dann denke ich, dass es nur natürlich ist, wenn es durch vereinte Kräfte entsteht – ein gemeinschaftliches Werk unserer beiden Nationen.‹ Laboulaye hatte diese Bemerkung gar nicht als konkreten Vorschlag beabsichtigt, doch sie inspirierte den grandiosen Bildhauer Frédéric-Auguste Bartholdi, der bei dem Festessen auch anwesend war. Der von mir hochverehrte Künstler begann noch am selben Abend mit den ersten Skizzen, wie er mir später verriet.«

»Von der Idee bis zur Umsetzung hat es aber sehr, sehr lange gedauert«, warf Camille ein.

»Das ist zweifellos richtig. Das hat keiner geahnt, der damals an dem Abendessen teilnahm. Der arme Laboulaye hat die Vollendung, wie gesagt, nicht mehr erlebt. Können Sie mir folgen?«

Camille beherrschte sich, nicht genervt die Augen zu verdrehen. »Ohne Mühe. Aber war es nicht verwunderlich, dass ausgerechnet wir Franzosen dem freien Amerika schon damals auf diese Weise huldigen wollten?«

Der Baron sah Camille erstaunt an. »Ich muss schon sagen, Sie treffen unbewusst den Nagel auf den Kopf, Mademoiselle. Ein junges Fräulein wie Sie kann schnöde Politik doch unmöglich interessant finden?«

»Doch! Fahren Sie bitte fort«, entgegnete Camille selbstbewusst.

»Es war durchaus die Absicht unseres guten Freundes Laboulaye, mit eben dieser Geste seine Opposition gegenüber dem kaiserlichen Regime Napoleons III. zum Ausdruck zu bringen. Wer weiß, ob dies nicht auch dazu beigetragen hat, dass wir inzwischen eine Republik sind.«

»Und weshalb ist dann so viel Zeit vergangen, bis unsere amerikanischen Freunde endlich mit dem Bau des Sockels begonnen haben? Immerhin ist das Geschenk doch von beachtlichem Wert. Es ist das größte Denkmal der Welt. Da müsste es doch eine Kleinigkeit sein, einen Sockel herzustellen, auf dem das Monument errichtet werden kann?«

»Wie immer liegt es am Geld. Keiner will die Kosten übernehmen. Die Dinge sind viel komplizierter, als Sie es sich mit Ihrem reizenden Köpfchen ausmalen können.«

Camille überhörte den letzten Satz, auch wenn er als Kompliment gemeint sein mochte. Musste sie dem alten Herrn denn wirklich jedes Wort aus der Nase ziehen? »Was meinen Sie: Wie wird die Freiheitsstatue in der Neuen Welt aufgenommen werden?«

»Junges Fräulein, Sie fragen mich so viele Sachen! Wenn ich es nicht besser wüsste, müsste ich annehmen, Sie wären einer dieser aufdringlichen, naseweisen Zeitungsreporter.«

Camille errötete. »Nun ja, das bin ich ja auch.«

Der Baron sah sie ungläubig an. »Sie schreiben tatsächlich für ein Journal?«

»Ich bin Korrespondentin von *Le Figaro*.« Camille hätte sich auf die Zunge beißen können, doch es war zu spät. Die Arroganz des Barons gegenüber Frauen hatte sie dazu verführt, mehr von sich preiszugeben, als ihr lieb war.

»Unfassbar! *Le Figaro* ist doch eine exzellente Zeitung. Gibt es dort keine Männer mehr? Erachtet man die Freiheitsstatue als so nebensächlich, dass man ein junges Fräulein beauftragt, darüber zu berichten? Über ein Thema höchsten Belanges? Das ist ja unerhört! Das ist außenpolitisches Terrain.« Empört sprang der Baron auf und warf in der Erregung sein halb volles Rotweinglas um.

Während Camille hastig die Flecken auftupfte, wollte er wissen: »Ist Monsieur Aragon noch immer der Chefredakteur?«

Camille nickte.

»Dass ich mich echauffieren muss, richtet sich nicht etwa gegen Sie persönlich, Mademoiselle St. Laurent. Sie gefallen mir ganz ausgezeichnet. Sie trifft absolut keine Schuld. Aber dieser Monsieur Aragon weiß offenbar nicht, was sich gehört! Ich werde mich an einflussreicher Stelle beschweren, dass es *Le Figaro* nicht für nötig hält, die Reise der großartigen Freiheitsstatue zu ihrem Bestimmungsort von einem gestandenen Journalisten begleiten zu lassen.«

»Monsieur Aragon betrachtet es als ein Experiment, mich über Lady Liberty schreiben zu lassen. Außerdem hofft er, mit mir fünf Fässer besten Bordeaux zu gewinnen.«

Baron Quisac griff nach Camilles Hand. »Mein liebes Kind, das ist doch nichts für Sie. Eine Frau mag von mir aus ihre Gedanken einem Tagebuch anvertrauen oder einen Roman verfassen, aber doch nicht für eine Zeitung schreiben.«

»Ich bitte Sie inständig, lieber Baron, sich vorerst nicht an Monsieur Aragon zu wenden, geben Sie mir eine Chance zu beweisen, was ich kann.«

»Nein, tut mir leid, junges Fräulein. Das ist ein Affront gegen die Franko-Amerikanische Gesellschaft, den ich nicht hinnehmen kann.«

Camille zog ihre Hand zurück. Wie ignorant sich der Baron ihr gegenüber verhielt! Er hatte noch keine einzige Zeile von ihr gelesen und sein borniertes Urteil bereits gefällt. Sie beschloss, sich auf subtile Art an ihm zu rächen. Sie würde seinen Ehrgeiz, Englisch lernen zu wollen, sabotieren, indem sie ihm von jetzt an eine ganze Palette falscher englischer Vokabeln unterjubeln würde.

5. Kapitel

New York, Mai 1885

Patrick stand knöcheltief im Morast vor einer der vielen schäbigen Holzbaracken in der Alden Street. Er musste zweimal auf seinen Zettel schauen, ob die Adresse auch wirklich stimmte. Dann holte er tief Luft und klopfte an eine graue, wurmstichige Tür, die schräg im Rahmen hing. Als niemand öffnete, trat er zögernd ein. Aufgrund seiner Größe musste er den Kopf einziehen.

»Hallo, ist hier jemand?« Er erhielt keine Antwort. Trotzdem spürte er, dass er nicht allein war.

Es dauerte eine Weile, bis sich seine Augen an das dämmrige Licht gewöhnt hatten. Eine einzige Kerze in einem roten Glas spendete schwaches Licht. Im hintersten Winkel des schmalen Flurs war statt einer Tür ein ausgefranster, schwarzer Samtvorhang befestigt. Gerade wollte Patrick nachsehen, was sich hinter dem Vorhang befand, da vernahm er ein lautes Stöhnen.

»Hallo?«, rief er noch einmal.

Wieder stöhnte es.

Er trat noch einen Schritt näher, als eine Frauenstimme schimpfte: »Du bist zu früh! Ich brauch noch zwei Minuten.

Oder willst du zuschauen? Das kostet aber extra. Los, Charly, schlaf nicht ein! Mein nächster Freier wartet schon.«

»Sorry.« Peinlich berührt trat Patrick den Rückzug an. Er setzte sich auf die gedrechselte Bank neben dem Hauseingang.

Plötzlich öffnete sich eine Tür direkt vor ihm, die er bisher gar nicht wahrgenommen hatte. Eine hübsche Brünette, die nur notdürftig bekleidet war, lehnte sich an den Türrahmen und sah ihn auffordernd an. Patrick erkannte sie sofort wieder.

»He, Amanda, wenn du sehen würdest, was ich sehe, würdest du dir nicht so viel Zeit mit Charly lassen …« Die junge Frau stellte aufreizend langsam ihr nacktes Bein auf einen Hocker. »In dem Fall spring ich gern für dich ein.«

»Untersteh dich, Susan!«

»Sie habe ich gesucht«, sagte Patrick.

»Kommst du auf Empfehlung?«

Patrick erhob sich von der Bank. »Ich heiße Patrick O'Sullivan und möchte mit Ihnen über Ihre verstorbene Freundin reden.«

Susans Gesicht veränderte sich schlagartig. Ihr laszives Lächeln gefror zu einer starren Maske, und Patrick konnte trotz der Dunkelheit erkennen, dass sich ihre Augen im Nu mit Tränen füllten. Ehe er sich's versah, machte Susan auf dem Absatz kehrt und schlug die Tür hinter sich zu.

Bei allem Verständnis für ihre Trauer merkte er, dass Wut in ihm aufstieg. »Ich bin nicht extra hierhergekommen, um mir die Tür vor der Nase zuknallen zu lassen!«, rief er zornig.

»Sind Sie von der Polizei?«, fragte Susan mit erstickter Stimme.

»Nein. Keine Sorge. Ich bin Reporter.«

»Was haben Sie hier zu suchen?«

»Können wir das vielleicht in Ihrem Zimmer besprechen?«

»Meinetwegen. Moment noch, ich zieh mir nur schnell was über.«

Patrick warf einen Blick zu dem Vorhang, hinter dem Amanda und Charly auffallend ruhig geworden waren.

Dann öffnete Susan die Tür. Sie hatte sich einen roten Morgenmantel übergestreift und bedeutete ihm einzutreten.

Das Zimmer war spärlich eingerichtet. Außer einem schmuddeligen Bett, einem schmalen Schrank und einem Waschtisch war es leer. Es fiel ihm schwer, ihre halb aufgeknöpfte schwarze Korsage zu ignorieren und nicht auf ihren wohlgeformten Busen zu starren. Bedrückt dachte er, dass sie viel zu jung war, um diesem Gewerbe nachzugehen.

»Normalerweise empfange ich meine Besucher immer im Bett.« Susan setzte sich auf die fleckige Matratze und lehnte sich abwartend an ein Kissen.

»Danke. Ich bleibe lieber stehen.«

»Was wollen Sie von mir? Ich habe der Polizei schon alles gesagt. Olivia wurde von mir identifiziert. Es war das Schlimmste, was ich in meinem ganzen Leben tun musste.« Susan schluchzte. Sie stand auf, ging zu ihrem Kleiderschrank, nahm ein Taschentuch heraus und schnäuzte laut hinein. »Hat man den Mörder endlich geschnappt?«

»Nein, leider noch nicht.« Er räusperte sich. »Ich war dabei, als sie gefunden wurde. Ihre Freundin geht mir nicht aus dem Kopf. Sie hieß nicht nur wie meine Schwester, sie hatte auch am selben Tag Geburtstag wie sie. Ein Zufall, aber deswegen fühle ich mich mit der Toten verbunden. Leider hält sich das Engagement der Polizei, wenn es sich um Todesfälle von Prostituierten handelt, in Grenzen. Vielleicht können wir beide etwas Licht in den Mordfall bringen. Ich weiß von einem Freund, der bei der Polizei ist, dass nichts mehr unternommen wird, um das Verbrechen aufzuklären. Ihre Befragung durch die Polizei hat wohl keine neuen Erkenntnisse gebracht. Ich versichere Ihnen, dass mir Olivias Schicksal am Herzen liegt.« Patrick machte eine Pause und sah Susan lange an. »Wenn

Olivia meine Schwester wäre, würde ich nicht eher ruhen, bis der Mörder gefasst ist.«

Susan schluchzte auf und verbarg das Gesicht hinter den Händen. »Wer hat ihr das nur angetan? Wir haben doch keine Feinde. Olivia hat keiner Fliege was zuleide getan!«

Patrick trat näher und setzte sich nun doch auf das Bett. Er legte seinen Arm tröstend um ihre schmale Schulter. »Ich will, dass dieser Mord aufgeklärt wird. Deshalb bin ich hier. Viel zu viele Täter laufen frei herum. Erzählen Sie mir von Olivia. Ich weiß, Sie mussten alles schon bei der Polizei zu Protokoll geben, aber vielleicht habe ich andere Fragen. Jede noch so kleine Kleinigkeit, die Ihnen einfällt, kann wichtig sein.« Patrick kramte in seiner Manteltasche und zog einen zerfledderten Notizblock und einen Bleistift heraus.

»Der Bulle, der hier vorbeikam, hat mich behandelt wie den letzten Dreck. Dem habe ich gar nichts erzählt.« Susan richtete sich auf und fixierte Patrick misstrauisch.

»Ich verstehe, dass Sie mir gegenüber vorsichtig sind. Gott sei Dank! Glauben Sie mir, ich kenne wie Sie das harte Brot der Straße. Ich bin auch in der Lower East Side geboren. Ich habe nichts geschenkt bekommen. Den feinen Zwirn, den ich heute trage, musste ich mir mühsam erarbeiten. Außerdem steht es mir nicht zu, Ihr Gewerbe zu verurteilen, so wie es viele andere ohne nachzudenken tun.« Patrick strich sich eine Haarsträhne aus dem Gesicht. »Können Sie mir vertrauen?«

Susan zögerte, dann nickte sie langsam.

»Ich will einfach nur wissen, warum Olivia einen so grausamen Tod sterben musste. Mehr nicht.«

Susan sah ihn prüfend an. Dann gab sie sich einen Ruck. »Womit soll ich denn anfangen? Was wollen Sie von mir wissen?«

Patrick war erleichtert. Das Eis war gebrochen. »Wie haben Sie sich kennengelernt?«

»Wir stammen beide aus Brooklyn. Sind Tür an Tür groß geworden. Im Slum kriegt man von der Schule nicht viel mit. Keine Ausbildung. Kein Job. Irgendwann kam der erste Freier. Was blieb uns anderes übrig als Augen zu und durch? Mehr brauch ich nicht zu sagen, oder? Jetzt wohnen wir hier, und das Geschäft läuft, mal besser, mal schlechter.« Susan zuckte mit den Schultern. »Vor einiger Zeit hat Olivia jemanden kennengelernt, der ganz anders war als unsere sonstigen Kunden.«

»Wissen Sie seinen Namen?«

»Nein. Das war alles sehr geheimnisvoll. Olivia musste diesem Mann schwören, dass sie mit niemandem über ihn redet. Daran hat sie sich natürlich nicht gehalten. Wir sind schließlich Freundinnen. Aber seinen Namen hat sie mir wirklich nie gesagt. Er war jung und sehr reich, stand mit seiner Familie auf Kriegsfuß. Er hat es ernst mit ihr gemeint, das weiß ich. Ein paar Mal hat er sie mit einer schwarzen Kutsche abgeholt. Er hat ihr die schönsten Geschenke gemacht. Kleider, Schuhe, Schmuck. Wie im Märchen. Olivia war im siebten Himmel.« Ein Lächeln huschte über Susans Gesicht, dann wurde sie wieder ernst. »Kurz bevor sie verschwand, kam sie von einem dieser Rendezvous zurück und war völlig aus dem Häuschen. Sie hat mir erzählt, dass ihr Verehrer ihr einen Heiratsantrag gemacht hat. Ich habe sie noch nie so glücklich gesehen.« Susan schluchzte auf. »Und am nächsten Tag war sie plötzlich wie vom Erdboden verschluckt.«

»Meinen Sie, dieser mysteriöse Freier könnte ihr Mörder sein?«

»Nein, bestimmt nicht. Darum habe ich der Polizei auch nichts von ihm erzählt.«

»Warum sind Sie sich so sicher?«

»Nachdem Olivia weg war, kam er noch einmal hierher und hat nach ihr gefragt. Er war genauso verzweifelt wie ich.«

»Wie sah der Mann denn aus? Würden Sie ihn wiedererkennen?«

»Nein. Es war stockdunkel. Er war ganz in Schwarz gekleidet. Der Schatten seines Zylinders fiel ihm ins Gesicht. Er wollte offensichtlich nicht erkannt werden. Außerdem hatte ich gerade einen Stammkunden, ich habe ihn nur kurz zwischen Tür und Angel gesehen.« Nach einer Pause fügte sie hinzu: »Allerdings würde ich seine Stimme sofort wiedererkennen. Sie war so auffallend tief und sanft. Eine Stimme zum Verlieben! Wenn ich ehrlich bin, war ich ein bisschen eifersüchtig auf Olivias Glück.«

Sie zuckte mit den Schultern. »Er war außergewöhnlich großzügig. Ich zeige Ihnen jetzt etwas, was niemand weiß.«

Verwundert verfolgte Patrick, wie sie ein exquisites dunkelrotes Brokatkleid aus dem schmalen Schrank herausholte und am Kleiderbügel vor sich hielt.

»Wunderschön, oder? So ein Kleid kostet ein Vermögen, Mr O'Sullivan. Drehen Sie sich mal um.«

Patrick tat, was sie verlangte. »Sie brauchen das Kleid aber nicht meinetwegen anzuziehen.«

»Das hab ich gar nicht vor! Ich will Ihnen noch etwas zeigen, aber Sie sollen nicht sehen, wo ich das versteckt habe. So, jetzt dürfen Sie sich wieder umdrehen.« Susan reichte ihm ein Kästchen, das mit dunkelblauem Samt überzogen war.

Vorsichtig öffnete Patrick den Deckel. Ungläubig starrte er auf ein glitzerndes Diamantcollier, das ihm als Erstes ins Auge sprang. Noch nie hatte er so ein Schmuckstück gesehen. Es musste eine Unsumme gekostet haben.

»Er hat sich nicht lumpen lassen«, flüsterte Susan ehrfurchtsvoll.

Als Nächstes fischte Patrick einen goldenen Ring mit einem großen dunkelroten Rubin aus der Kassette. Dann ein filigran gearbeitetes Medaillon. Allein die Kette war ein Meisterwerk. Das Schmuckstück lag schwer in seiner Hand und war sicher aus purem Gold. Sein Herz begann heftig zu pochen, als er entdeckte, welches Symbol die Vorderseite zierte. Es war ein Zirkel und ein Winkelmaß, die in Form einer Raute übereinandergelegt waren: das Erkennungszeichen der mächtigen New Yorker Freimaurerloge.

Patrick hatte vor nicht einmal einem Jahr eine große Reportage über die Freimaurer hier in der Stadt geschrieben. Wochenlang hatte er recherchiert, Interviews geführt und in alten Büchern und Dokumenten gestöbert. Der Artikel hatte einiges Aufsehen erregt und dazu geführt, dass Joseph Pulitzer ihn zum Ressortleiter beförderte.

Er öffnete vorsichtig den feinen Verschluss des Medaillons und klappte es auf. Im Inneren erblickte er zwei Frauenporträts. Auf der linken Seite befand sich ein schwarzer Scherenschnitt, der ein Profil zeigte. Auf der rechten Seite sah ihm das Gesicht einer auffallenden Schönheit entgegen. »Ist das Olivia?«, fragte er teilnahmsvoll.

»Ja. Sie war etwas ganz Besonderes. Auf der Straße drehten sich alle Männer nach ihr um. Jeder im Viertel hat sie gekannt.« Wieder huschte ein Lächeln über Susans Gesicht.

»Und wer ist die andere Frau?«

»Keine Ahnung.«

Patrick schloss das Kästchen und gab es Susan zurück. »Passen Sie gut darauf auf. So ein Schatz bekommt schnell flinke Beine. Sie können den Schmuck unmöglich hier aufbewahren.«

»Ich weiß noch ein besseres Versteck, ich bin bloß noch nicht dazugekommen ...«

»Machen Sie das so schnell wie möglich. Hier ist die Gefahr zu groß, dass er gestohlen wird. Der Schmuck ist ein Vermögen wert.«

»Wahrscheinlich müsste ich ihn zur Polizei bringen, aber das will ich nicht ...«

Patrick nickte. »Verständlich. Aus den Magazinen der Polizei ist auch schon allerhand verschwunden. Bei Ihnen ist er in guten Händen. Ich hoffe, dass uns der Schmuck helfen wird, den Mörder zu finden.«

Jetzt war nicht der richtige Zeitpunkt, um Susan dazu zu überreden, Luke den Schmuck als Beweismittel zu übergeben. Patrick wollte das gerade gewonnene Vertrauen nicht gleich wieder verlieren. Er wechselte das Thema. »Sie sind eine kluge junge Frau, Susan. Wer könnte Olivia das angetan haben? Überlegen Sie bitte noch einmal.«

»Wie oft denn noch – ich weiß es nicht! Sie war ein herzensguter Mensch und hatte keine Feinde.«

»Wenn sie so schön war: Könnte eine andere Frau eifersüchtig auf sie gewesen sein?«

Susan zuckte mit den Achseln.

»Oder war ihr wohlhabender Verehrer vielleicht verheiratet?«

»Daran habe ich auch schon gedacht. Mein Bauchgefühl sagt mir aber, dass ihr Freier sie wirklich geliebt hat. Ich habe keine Ahnung, wer es gewesen sein könnte. Ich versteh die Welt nicht mehr.« Wieder brach sie in Tränen aus.

»Schildern Sie mir bitte noch einmal ganz genau, wie es war, als Sie Olivia das letzte Mal gesehen haben.«

Susan verdrehte die Augen. »Noch mal? Da gibt's nicht viel zu erzählen. An dem Morgen wollte Olivia zum Kaufhaus Macy's an der Sixth Avenue, um ihr Lieblingsparfüm zu kaufen. Sie strahlte vor Glück und warf mir eine Kusshand zu. Ich konnte ja nicht ahnen, dass es ein Abschied für immer sein würde …«

Plötzlich klopfte es an der Tür.

»Kundschaft! Ich muss jetzt weiterarbeiten«, sagte Susan, setzte sich an den kleinen Waschtisch und zog sich die Lippen mit einem grellroten Lippenstift nach.

Patrick klappte sein Notizbuch zu und steckte es in die Manteltasche. »Sie haben mir sehr geholfen. Dank Ihnen habe ich den Eindruck, Olivia ein bisschen kennengelernt zu haben. Ich klemme mich hinter die Geschichte. Darf ich wiederkommen, wenn ich noch Fragen habe?«

Susan grinste verschmitzt. »Aber sicher doch. Bei mir darf jeder wiederkommen!«

6. Kapitel

Auf hoher See, Juni 1885

Camille warf sich unruhig von der rechten auf die linke Seite. Das gleißende Licht des Vollmonds hatte sie geweckt. Sie setzte sich auf und spähte zum Bullauge hinaus. Die Aussicht war atemberaubend. Der runde, weiße, volle Mond bildete einen unglaublichen Kontrast zu der endlosen schwarzen Wasseroberfläche. Schwarz und weiß. So wie das Leben!

Camille musste sich zusammenreißen, um nicht melancholisch zu werden. Schon in wenigen Tagen würde die *Isère* in New York anlegen. Je näher der Termin rückte, desto größer wurden ihre Sorgen. Plötzlich hatte sie Angst vor ihrer eigenen Courage. Vielleicht hatten ihre Schwestern recht und die große, fremde Stadt war wirklich nichts für sie.

Baron Quisac hatte ihr bei der letzten Begegnung in den düstersten Farben das Elend und die Armut der einfachen Bevölkerung in den Slums von New York geschildert. Kinder schliefen dort halb nackt und fast verhungert auf der Straße. Schweine stritten sich mit Bettlern um die Abfälle. Horden von Ratten fielen in Scharen über Tote her, die elend am Straßenrand gestorben waren. Weiber hoben ihre Röcke und gebaren vor aller Augen ihre Kinder, deren weiteres Schicksal hoffnungslos war. So wohlbehütet, wie sie selbst aufgewachsen war, hatte sie schon in ihrer Heimatstadt Paris große Schwierigkeiten, wenn sie mit dem dortigen Elend konfrontiert wurde.

Bei Baron Quisacs Schilderungen konnte es einem angst und bange werden. Selbst wenn er maßlos übertrieben haben sollte und nur ein Bruchteil stimmte, war Camille unsicher, was sie in der amerikanischen Metropole erwarten würde.

Ihr Reisegefährte hatte erzählt, dass Hunderttausende jährlich aus China, Europa, aus dem arabischen Raum, dem Balkan, Russland und Irland ins Land ihrer Hoffnungen einwanderten. Anscheinend gab es Viertel in dieser riesengroßen Stadt, in denen kein Englisch, sondern nur Chinesisch oder Italienisch gesprochen wurde. Fast alle kamen in Ellis Island an, weil sich dort die Immigrantensammelstelle befand. New York war ein Schmelztiegel für Menschen aus der ganzen Welt.

Widerwillig ertrug Camille Baron Quisacs Schimpftiraden und einseitige Schilderungen. Wie konnte er blind sein für all den Fortschritt, den es von New York doch sicherlich auch zu erwähnen galt? Als sie einwarf, dass sie die Emanzipationsbewegung der Frauen von ganzem Herzen bewunderte und bejahte, hatte er nur mit dem Kopf geschüttelt. »Warum sollten Frauen wählen dürfen? Und warum sollten sie studieren?«

»Das Gleiche könnte ich Sie fragen!«, war ihre wütende Antwort gewesen.

Sie hatten beide einen Moment geschwiegen.

Im Gegensatz zu ihr war der Baron schon zweimal in Amerika gewesen. Heute beim Diner hatte er ihr unter einer weißen Serviette seine Pistole gezeigt, die er eigens für den Amerikaaufenthalt erworben hatte.

»Glauben Sie mir, mein Kind, nur wer sich wehren kann, überlebt in diesem Moloch. Wenn Sie kein junges Fräulein wären, würde ich darauf bestehen, dass Sie sich eine Waffe zulegen. Als Frau verlassen Sie dort am besten nicht das Haus. Zumindest nicht ohne männliche Begleitung.«

Sie war froh, als die Unterredung mit Baron Quisac zu Ende gewesen war.

Wie würde sie von ihrer fremden Tante aufgenommen werden? Würde sie für ihre Sicherheit sorgen können, ohne sie in ihrer Freiheit einzuschränken? Womöglich bevormundete sie sie die ganze Zeit, so wie es ihre großen Schwestern in Paris versuchten.

Ihre größte Angst aber, nämlich als Reporterin zu versagen, hatte Camille bisher erfolgreich verdrängt. Doch der Augenblick der Wahrheit rückte nun unaufhaltsam näher. Wie gelang es dem von ihr so bewunderten Schriftsteller Honoré de Balzac nur, die banalsten Dinge so lebendig und präzise zu schildern, dass jeder Leser in den Bann der Geschichten gezogen wurde? Wie schaffte es Gustave Flaubert in seinen Romanen, die Fantasie der Leser so anzuregen, dass man meinte, den Protagonisten selbst begegnet zu sein?

Mit Schrecken stellte Camille fest, dass keine einzige Frau sich unter ihren literarischen Vorbildern befand.

Würde sie in ihren Reportagen aus Amerika die richtigen Worte finden und ihre Leser erreichen? Vielleicht war es ja positiv, dass es endlich auch einmal eine weibliche Perspektive in der Berichterstattung gab. Ihr Pamphlet, von dem Monsieur Aragon so angetan gewesen war, war nur so aus ihr herausgesprudelt. Ohne Erwartungen erfüllen zu müssen, hatte sie spontan alles niedergeschrieben, was ihr in den Kopf geschossen war. Sie war immer noch von sich selbst überrascht, dass sie die Streitschrift an *Le Figaro* geschickt hatte, ohne sich die Konsequenzen auszumalen. Je länger sie darüber nachdachte, desto mehr ärgerte es sie, dass sie letztlich ihre Reise einer blöden Wette zwischen dem Chefredakteur und dem Verleger verdankte.

Ihr wurde immer mehr bewusst, dass sie nicht wirklich journalistisches Handwerkszeug besaß. Sie war mehr oder weniger eine Autodidaktin. Für eine Zeitung hatte sie noch nie geschrieben.

Camille versuchte, sich selbst Mut zuzusprechen. Immerhin hatte sie es gegen alle Widerstände geschafft zu studieren. Nein, sie würde die Flinte nicht ins Korn werfen, dafür war sie schon zu weit gekommen.

Camille ließ sich wieder aufs Kissen fallen. Wie jede Nacht genoss sie das Gefühl, über der im Frachtraum verstauten Lady Liberty zu schlafen. Zusammen mit der Freiheitsstatue nach New York zu reisen, war ein Traum! Niemals hätte sie das für möglich gehalten. Wie so oft in den letzten Wochen auf hoher See dachte sie an ihre allererste Begegnung mit der Statue. Den Tag würde sie niemals vergessen.

Vor sieben Jahren war sie zusammen mit ihrer Gouvernante und Hauslehrerin Mademoiselle Montabon zur feierlichen Eröffnung der Weltausstellung gegangen. Paris zeigte sich an diesem Sonntag von seiner schönsten Seite. Es schien, als ob die ganze Stadt auf den Beinen wäre. Das Marsfeld und der Chaillot-Hügel waren für die internationale Leistungsschau hergerichtet worden wie nie zuvor. Die Besucher, die zu Tausenden herbeiströmten, trauten ihren Augen nicht, welche neuen Erfindungen und Maschinen in den diversen Pavillons gezeigt wurden. Die Begeisterung über den unaufhaltsamen Fortschritt der Technik kannte keine Grenzen. Alle waren hellauf entzückt, ihre Stimmung war ausgelassen und fröhlich. Es roch verführerisch nach gebrannten Mandeln und frisch gebackenen Crêpes. Die mannshohen lila und weißen Fliederbüsche, die extra gepflanzt worden waren, standen in voller Blüte und verbreiteten ihren schweren Duft über dem ganzen Gelände. Von einem Heer von Gärtnern waren zahllose Blumenrabatten für das große Ereignis angelegt worden und erfreuten jetzt die

Besucher mit ihrem bezaubernden Farbenspiel. Auf der ganzen weitläufigen Anlage hätte sich schwerlich jemand finden lassen, der die enormen Anstrengungen, die für die Weltausstellung unternommen worden waren, nicht in den höchsten Tönen lobte und bewunderte. Das Publikum war international. An jeder Ecke hörte man eine andere Sprache. Die Gäste dieser Weltausstellung genossen sichtlich die weltoffene Atmosphäre. Frankreich präsentierte sich am heutigen Tag als perfekter Gastgeber und übertraf alle Erwartungen.

Dort hatte Camille zum allerersten Mal den Kopf der Freiheitsstatue erblickt.

Camille musste grinsen bei der Erinnerung an Mademoiselle Montabons Entrüstung, weil sie in diesem Moment einfach losgestürmt war.

»Camille, komm sofort zurück!«, hatte sie sie noch rufen gehört.

Sie schaute nicht nach rechts und nicht nach links. Sie hatte keine Augen für die vielen anderen Attraktionen, die auf der Ausstellung präsentiert wurden. Weder die Halle, in der die Dampfmaschinen standen, noch das Zelt, in dem die größte Orgel der Welt ausgestellt war, vermochten sie in ihren Bann zu ziehen. Nicht einmal der mächtige rot-blau gestreifte Ballon, der von einer Menschenmenge umringt war, ließ sie ihren Schritt verlangsamen.

Wie mit Scheuklappen ausgestattet, steuerte Camille auf ihr Ziel zu. Neben einer hohen, hellgrün belaubten Buche stand der gewaltige Kopf. Die sieben Zacken der Krone ragten in den stahlblauen Frühlingshimmel.

Camille erinnerte sich, wie ihr Herz damals vor Aufregung und Freude schneller zu schlagen begonnen hatte. Magisch fühlte sie sich von dem leeren Blick der Freiheitsstatue angezogen. Sie ist ja noch viel größer, als ich dachte, war ihr erster Gedanke gewesen.

Die Freiheitsstatue war eine der Hauptattraktionen der Weltausstellung. Dicke Absperrseile waren gespannt worden, und Aufsichtspersonal wachte darüber, dass die zahlreichen Besucher gebührenden Abstand hielten. Eine lange Menschenschlange stand in Reih und Glied und hoffte darauf, endlich so nahe wie möglich an das monumentale Kunstwerk herantreten zu dürfen.

Ihre gute Erziehung völlig vergessend, schlängelte sie sich rücksichtslos an den geduldig wartenden Besuchern vorbei. Sie merkte gar nicht, dass ihre Drängelei für strenge Blicke und empörte Missfallensäußerungen sorgte. Endlich hatte sie es geschafft und stand ganz vorn am Absperrseil: ergriffen, überwältigt und ungläubig, von Angesicht zu Angesicht. Sie vergaß alles um sich herum.

Camille hätte im Nachhinein nicht sagen können, wie lange sie so versunken vor dem sechs Meter hohen Kopf verbracht hatte.

Plötzlich war sie grob aus ihren Träumen gerissen worden.

Zwei Hände hatten sie an der Schulter gepackt.

»Hab ich dich endlich gefunden, du Ausreißerin! Seit bald einer Stunde suche ich dich. Gerade wollte ich die Gendarmerie alarmieren.« Mademoiselle Montabon zerrte Camille wütend hinter sich her. »Wenn ich deinen Eltern berichte, dass du mir einfach davongerannt bist! Warum kannst du nicht so sein wie deine Schwestern? Warum bist du nur so ein ungezogener Wildfang? Camille St. Laurent, eines sage ich dir: Mit dir wird es ein schlimmes Ende nehmen!«

Diese düstere Prophezeiung hatte Camille nie vergessen.

Sie stand auf und ging zu ihrem Koffer. Ganz unten hatte sie eine Flasche Champagner verstaut. Gekonnt entkorkte sie das edle Getränk und goss sich ihren Zahnputzbecher randvoll. In einem einzigen Zug leerte sie das ganze Glas. Sogleich füllte sie den Becher erneut. In der schummrig beleuchteten Kajüte prostete sie sich selbst zu. »Liebe pessimistische, unkende Mademoiselle Montabon, liebe angepasste Schwestern mit euren ach so klugen Mannsbildern, lieber wettbegeisterter Monsieur Aragon ... Ich bitte um Entschuldigung, falls ich jemanden vergessen haben sollte ... Ich werd's euch allen zeigen!«

7. KAPITEL

New York, Juni 1885

»Patrick, wo waren Sie so lange? Mr Pulitzer hat schon zweimal nach Ihnen fragen lassen!« Betty sprang aufgeregt von ihrem Stuhl auf, als Patrick zur Bürotür hereinkam.

»Ich wurde aufgehalten. Weiß man, wie seine Stimmung heute ist? Hat er schon rumgebrüllt?«

Betty schüttelte den Kopf. »Keine Ahnung. Er hat einen Laufburschen geschickt. Auf jeden Fall scheint es dringend zu sein. Also beeilen Sie sich lieber und lassen Sie ihn nicht noch länger warten.«

Patrick O'Sullivan nahm sich Bettys Ratschlag zu Herzen und legte nicht einmal seinen Mantel ab. Er benutzte nicht den Fahrstuhl, sondern rannte die zwei Treppen hinauf, um möglichst schnell in das Büro des Verlegers zu kommen.

Joseph Pulitzer hasste Unpünktlichkeit. Seine Stimmungen kippten oft wegen der kleinsten Anlässe. Patrick hoffte, dass der Verleger der *New York World* heute gut gelaunt und ausgeglichen war.

Pulitzer war Patricks großes Vorbild. Der Mann hatte einen unbeugsamen Willen und konnte jetzt schon, mit noch nicht einmal vierzig Jahren, auf einen Lebenslauf zurückblicken, der mehr als einfach nur Anerkennung verdiente. Alle bei der *New York World* kannten die Erfolgsgeschichte ihres Chefs.

Joseph Pulitzer hatte eine steile Karriere hingelegt, wie sie nur in Amerika möglich war. Vom »No Name« zum Besitzer einer der größten Zeitungen der Welt.

Pulitzer war in Ungarn geboren worden, hatte wohlhabende jüdische Eltern und war im Alter von siebzehn Jahren nach Amerika gekommen. Da er damals zwar fließend Ungarisch, Deutsch und Französisch, aber kaum Englisch sprechen konnte, hatte er sich zunächst als Kofferträger und Kellner durchgeschlagen. Schnell merkten die Menschen in seiner Umgebung, mit welch intelligentem Kopf sie es zu tun hatten, und so dauerte es nicht lange, bis Pulitzer für verschiedene Rechtsanwälte arbeiten durfte. Nebenher studierte er selbst Jura und schloss innerhalb kürzester Zeit das Studium ab. 1867, mit zwanzig Jahren, wurde er amerikanischer Staatsbürger, und die Urkunde hing heute in seinem Büro. Ein Jahr später begann er in St. Louis im Staat Missouri als Reporter zu arbeiten. Innerhalb der nächsten Jahre kaufte er mehrere Zeitungsverlage auf und krempelte sie völlig um. Er heiratete eine stadtbekannte Schönheit aus Washington und war inzwischen mehrfacher Vater.

Sein Charakter war schwierig. Da es mit seiner Gesundheit nicht zum Besten stand, war er immer launischer geworden.

Vor zwei Jahren hatte dieser Teufelskerl die marode, finanziell stark angeschlagene *New York World* erworben. Seither ging es mit dem Blatt steil bergauf. Die Auflage hatte sich innerhalb kürzester Zeit erst verdoppelt, dann sogar verdreifacht. Pulitzer bläute seinen Reportern bei jeder Redaktionskonferenz ein, dass sie einen völlig neuen Stil entwickeln mussten, um sich von der Konkurrenz abzusetzen. Er verlangte reißerische Schlagzeilen, sensationelle Artikel, solide recherchiert und spannend geschrieben.

Wer diese Anforderungen nicht erfüllte, wurde sofort gefeuert.

Dafür entlohnte Pulitzer die Journalisten, mit denen er zufrieden war, überdurchschnittlich gut. Viele Artikel, die in den letzten zwei Jahren erschienen waren, hatten in New York großes Aufsehen erregt und die Stadt in Atem gehalten. Noch nie hatte eine Zeitung so offen Korruptionen in der Politik und in der Wirtschaft angeprangert, überhaupt scheute sich Pulitzer nicht, auf Missstände aufmerksam zu machen, die andere Zeitungen aus Angst vor Repressalien wie einem Anzeigenboykott lieber verschwiegen.

Patrick, der zu den Reportern gehörte, die übernommen worden waren, war begeistert von dem neuen Wind, der nun in der Redaktion herrschte. Seit Pulitzer die Zeitung übernommen hatte, war der alte Mief verflogen, und alle Angestellten sprühten nur so vor Kreativität und Engagement.

»Er wartet schon auf Sie, Mr O'Sullivan.«

Patrick nickte Pulitzers Sekretär im Vorzimmer kurz zu, klopfte an die große Eichentür und öffnete sie dann beherzt.

Joseph Pulitzer wirkte klein hinter seinem riesigen Schreibtisch. Er war gezwungen, eine sehr dicke Brille zu tragen, was seine Augen unnatürlich vergrößerte. Deshalb vermied Patrick es, ihn direkt anzuschauen.

»Da sind Sie ja endlich! Legen Sie Ihren Mantel ab und nehmen Sie Platz. Wir haben keine Zeit zu verlieren.«

Patrick folgte der Aufforderung. Er beschloss, erst einmal abzuwarten, weshalb sein Boss ihn herzitiert hatte.

»Mir ist heute Nacht eine Idee gekommen, die ein Geniestreich werden könnte. Es geht um den vermaledeiten Sockel für die Statue, die wir bald von den Franzosen geschenkt bekommen. Ich habe Nachricht aus Frankreich erhalten, dass die Lady in den nächsten drei Wochen eintreffen wird, wenn das Wetter mitspielt. Dank meines Spendenaufrufs kommen die Dollars langsam ins Rollen. Mir geht das aber immer noch nicht schnell genug! Patrick, ich möchte, dass wir von heute an täglich einen Aufruf drucken. In jeder Ausgabe. Die New Yorker sollen an nichts anderes mehr denken. Ich will, dass jeder Einzelne, der auch nur den kleinsten Betrag spendet, namentlich in der *New York World* genannt wird. Egal, ob Mann, Frau oder Kind. Schreiben Sie anrührende Geschichten darüber. Über den kleinen John aus Irland, den Schuhputzer, der sich mit seinen zwölf Jahren nicht zu schade ist, einen Dollar zu spenden, auch wenn er sich dann eine Woche lang keine Zigaretten kaufen kann. Oder über Patsy, die Prostituierte, die ihrem Zuhälter einen Dollar unterschlägt und ein blaues Auge dafür riskiert. Die Miederverkäuferin Ruth aus Berlin, die trotz ihres kranken Kindes Überstunden macht, um einen Dollar abzwacken zu können. Solche Geschichten verlangen unsere Leser! Anrührend, patriotisch und selbstbewusst wollen wir für den Sockel werben. Wir, die Bürger New Yorks, nehmen unser Schicksal selbst in die Hand! Die Regierung hat sich bisher standhaft geweigert, die Kosten für den Sockelbau zu übernehmen. Denen werden wir's zeigen! Die werden schnell sehen, dass wir New Yorker zusammenhalten wie sonst niemand auf der Welt. Wir haben über zwei Millionen Einwohner. Wenn jeder nur ein paar Cent spendet, würde das fast schon reichen. Wie immer sind es die sogenannten ›kleinen Leute‹, die bereit sind, etwas zu geben. Darum will ich, dass jeder einzelne Name in meiner Zeitung steht. Schwarz auf weiß! Das ist meine Art, meinen Respekt für sie auszudrücken. Die Bürger von New York bekommen einen Sockel, der von ihrem Geld gebaut wird, und nicht etwas vor die Nase gesetzt, das wieder einmal einer der wenigen Millionäre unserer Stadt aus reiner Eitelkeit spendet. Ich will keinen Namen nennen, aber einer dieser Neureichen hat mir doch glatt fünftausend Dollar in Aussicht gestellt, wenn seine Spende auf zwei Seiten von uns gewürdigt wird. Ich habe dankend abgelehnt, wie Sie sich vorstellen können.« Joseph Pulitzer rieb sich gut gelaunt die Hände. »Der Gedanke gefällt mir! Die Freiheitsstatue, die vom französischen Volk bezahlt wurde, steht auf einem Sockel, der von den sogenannten kleinen Leuten New Yorks finanziert wird. Nicht schlecht, oder?«

Patrick nickte bestätigend. Auch ihm gefiel die Idee. Zwischendurch hatten sich sogar zwei andere Städte, Boston und Philadelphia, angeboten, die Kosten zu übernehmen, dafür aber verlangt, dass das Präsent der Franzosen in ihrer Stadt aufgestellt werden würde. Es war nicht zuletzt dem Engagement Joseph Pulitzers zu verdanken gewesen, dies zu verhindern. Er hatte in einem mitreißenden Artikel seine Überzeugung formuliert, dass die New Yorker allein für die Kosten aufkommen würden. Patrick wusste nicht, wie sein Boss es bewerkstelligt hatte, doch ihm war es tatsächlich gelungen, die Spendengelder zum Fließen zu bringen.

»Patrick, bis das Schiff mit der Statue eintrifft, werden Sie jeden Tag Artikel schreiben, die die Leute in Spendenlaune versetzen. Ich weiß, dass Sie das können, und verlasse mich auf Ihr Talent! Die Ankunft der Statue ist ein historisches Ereignis. Ich möchte, dass Sie so viele New Yorker hinterm Ofen vorlocken wie nur möglich. Tausende sollen zur Begrüßung am Kai stehen, wenn die Kupferlady ankommt. Das ist Ihre ausschließliche Aufgabe für die nächsten Wochen. Begeistern Sie die Leser, lassen Sie sie spüren, dass jeder, der faul im Bett liegen bleibt, sich sein Leben lang in den Hintern beißen wird, weil er nicht dabei war, als das Schiff in den Hafen eingelaufen ist. Mobilisieren Sie die Massen. Bringen Sie sie zum Frohlocken. Ich will die Augen der New Yorker leuchten sehen!«

Patrick biss sich auf die Zunge. Er kannte Pulitzer gut genug, um zu wissen, dass er den Mund halten musste. Jetzt war nicht der richtige Zeitpunkt, um die Geschichte mit der ermordeten Olivia anzusprechen.

»Okay, Boss, wird gemacht. Gibt es sonst noch etwas?«

»Nein.«

Patrick erhob sich und griff nach seinem Mantel.

»Ach, Moment, eine Kleinigkeit habe ich noch vergessen. Ein Kollege aus Paris, Monsieur Aragon vom *Figaro*, mit dem ich schon seit vielen Jahren in freundschaftlicher Verbindung stehe, hat mir geschrieben, dass ein junger Reporter von ihm auf dem Schiff mitfährt. Er begleitet unsere Lady sozusagen. Der junge Mann wird über ihre Errichtung sowie die Einweihung der Statue im *Figaro* berichten. Ich möchte, dass Sie sich um den Burschen kümmern. Sie werden mit ihm zusammenarbeiten. Nehmen Sie ihn ein bisschen an die Hand. Zeigen Sie ihm unsere Sehenswürdigkeiten, gehen Sie zu einem Boxkampf, zur Brooklyn Bridge oder in die Oper. Ihnen wird schon etwas einfallen. Der Franzose wird es hier nicht leicht haben, da er vermutlich kein Englisch kann. Ich erinnere mich noch allzu gut, wie unangenehm es ist, wenn man niemanden versteht. Sehen Sie es als Chance an, einen Europäer kennenzulernen, es wird Ihren Horizont erweitern. Fragen Sie ihn aus, bis ihm nichts mehr einfällt. Er muss ein kluger Kopf sein, denn er hat an der Sorbonne studiert, einer der besten Unis der Welt. Sein Name ist Camille St. Laurent, alter französischer Adel, sag ich nur. Wie auch immer, Sie werden sich seiner annehmen und sich nicht lumpen lassen, verstanden?«

8. KAPITEL

New York, 19. Juni 1885

Camille strich nervös über den Saum ihres in verschiedenen Weißtönen changierenden Rockes. Die Strapazen der langen Überfahrt hatten ihr so zugesetzt, dass ihr hübscher Gürtel nun lose um die Taille hing. Kurz überlegte sie, ob die orangefarbene Seidenbluse, für die sie sich entschieden hatte, zu auffällig war. Aber nach den Tausenden blaugrauen Farbnuancen von Meer und Himmel wollte sie an dem Tag, an dem sie endlich wieder Land unter den Füßen spüren würde, unbedingt einen kräftigen Farbton tragen. Und nachdem Baron Quisac sie darauf vorbereitet hatte, dass die Ankunft sicherlich spektakulär werden würde, hatte Camille beschlossen, gleich am ersten Tag in Amerika ihr wertvolles breites Goldarmband anzulegen. Den gelben Strohhut mit der großen weißen Schleife setzte sie keck halb schräg auf.

Die Sonne beschien das blitzblank gescheuerte Deck, und man merkte der ganzen Mannschaft die Erleichterung an, dass die weite Reise glücklich ihrem Ende zuging.

Camille sog die frische Seeluft ein und ließ ihren Blick über die beeindruckende Silhouette New Yorks schweifen. Sie gesellte sich zu Baron Quisac, der im Frack am Bug stand und mit seinem Zylinder den Booten grüßend zuwinkte, die der *Isère* entgegenkamen.

»Sie haben wirklich nicht zu viel versprochen, lieber Baron. Was für ein Empfang! Ganz New York scheint auf den Beinen zu sein, um die Lady Liberty willkommen zu heißen.«

Strahlend wandte sich der Baron zu ihr um und bemerkte: »Mon dieu, Mademoiselle St. Laurent, Sie sehen ja hinreißend aus. Das Orange Ihrer Bluse zu Ihren wunderbaren schwarzen Haaren ist eine Augenweide. Sie repräsentieren unsere Nation aufs Vorzüglichste.«

Gut gelaunt hakte sich Camille bei ihm ein und schaute wieder über die Reling. Boote so klein wie Nussschalen im Vergleich zu der mächtigen Fregatte *Isère*, voll besetzt mit jubelnden Menschen, schaukelten gefährlich nah vor dem Bug. Auf dem Deck eines größeren Ausflugsdampfers hatte sich ein in Blau-Weiß-Rot gekleideter Chor aufgestellt, der die französische Nationalhymne schmetterte.

»Die Melodie klingt ja recht ordentlich. Aber der Text ist leider nicht zu verstehen!«

»Die Marseillaise«, flüsterte Camille gerührt. »Mir läuft ein kalter Schauer den Rücken hinunter. Allein die Tatsache, dass heute nur Kisten in New York ankommen, versetzt die Menschen in Entzücken. Ich bezweifle, dass wir Franzosen im umgekehrten Fall zu einem so enthusiastischen Empfang in der Lage wären. Mein erster Eindruck von den Amerikanern ist, dass es sich um außerordentlich begeisterungsfähige, herzliche Menschen handelt!«

Aufgeregt zupfte Baron Quisac an Camilles Blusenärmel. »Schauen Sie, Camille, das ist nur die Vorhut. Hier ist mein Fernrohr. Der Kai ist schwarz vor Menschen … Das müssen Hunderttausende sein!«

Mit weichen Knien blickte Camille in die Richtung. So etwas hatte sie noch nicht erlebt. Laute Jubelschreie hallten zu ihnen herüber. Das vielfache Gebimmel von Schiffsglocken und das mächtige Tuten von Nebelhörnern vermischten sich zu einem gewaltigen Lärmpegel.

Während sie nicht wussten, wohin sie zuerst schauen sollten, machte ein Stewart mit einem Tablett die Runde, auf dem für alle Passagiere Champagnerkelche standen.

»Der Kapitän lässt sich entschuldigen. Er kann die Brücke nicht verlassen und überwacht das Landemanöver, wie Sie sicher verstehen.«

Der Baron nickte einsichtig und bemerkte zu Camille: »Es wäre ja mehr als peinlich, wenn wir nach der geglückten Überfahrt im letzten Moment ein Boot oder gar die Kaimauer rammen würden. Doch von hier aus könnten wir zur Not ans Ufer schwimmen. Unser Leben ist jetzt nicht mehr in Gefahr. Es ist also nicht verfrüht, auf das Wohl unseres Kapitäns anzustoßen. Er hat seine ganze Seemannskunst bewiesen und uns mit Gottes Hilfe glücklich ans Ziel gebracht. Erheben wir also unsere Gläser auf den Kapitän. Santé!«

Inzwischen hatten sich die anderen ausschließlich männlichen Mitglieder der Delegation ebenfalls am Bug eingefunden. Kopfnickend stimmten sie dem Baron zu. Die gestandenen Männer strahlten. Fröhlich ergriffen alle ihre Gläser und riefen aus voller Kehle ein dreifaches »Vivat auf den Kapitän«.

Der Kapitän öffnete das kleine Fenster der Brücke und winkte der Delegation dankend zu.

»Liebe Mitreisenden, ich möchte nicht nur auf den Kapitän, sondern auch auf unsere Lady Liberty anstoßen. Mögen ihr eine glückliche Zukunft und ein langes Leben beschieden sein«, ergriff der Baron das Wort. »Ich hoffe, dass Sturm und Salzwasser unserem Geschenk nichts anhaben werden und zukünftige Generationen bei der Einfahrt in den Hafen von

New York ihre Freude an Bartholdis imposanter Schöpfung haben werden!«

»Ja, auf Lady Liberty!«, riefen die Delegationsmitglieder begeistert. Eine weitere Flasche Champagner wurde geköpft, und die Gläser wurden erneut gefüllt.

Gerührt sah der Baron Camille an. »*A votre santé!* Mademoiselle Camille, ich möchte mich in aller Form bei Ihnen entschuldigen. Ich habe meine engstirnige Meinung inzwischen gänzlich revidiert: Monsieur Aragon hat ein gutes Näschen gehabt, Sie als Begleiterin der Lady Liberty auszuwählen. Ich werde ihm einen Brief schreiben und ihm gratulieren. Seien Sie großherzig und nehmen Sie meine Entschuldigung an!«

»Danke, Baron. Ihre Worte bedeuten mir sehr viel.« Sie drückte ihrem überraschten Gegenüber einen Kuss auf die Wange.

Plötzlich griff Baron Quisac aufgeregt nach Camilles Arm. »Sehen Sie doch, dort ist Bedloe's Island! Der Sockel …«

Noch ehe der Baron den Satz zu Ende sprechen konnte, kamen die anderen Mitglieder der Delegation aufgebracht auf sie zugestürmt.

»Baron, ein Skandal! Der Sockel ist noch nicht fertiggestellt. Die Amerikaner haben nicht Wort gehalten!«

Irritiert hielt der Baron sein Fernrohr vors Auge. »Das darf nicht wahr sein! Im letzten Brief vor unserer Abreise hat Bürgermeister Grace noch voller Stolz berichtet, dass die Bauarbeiten so gut wie abgeschlossen seien. Und jetzt das …«

»Der Sockel ist noch eingerüstet, die Bauarbeiten sind noch in vollem Gang«, bemerkte ein älterer Mitreisender düpiert.

»Sehen Sie, die französische Flagge weht uns wenigstens zur Begrüßung entgegen. Sicher benötigt man das Gerüst, um die Freiheitsstatue aufzubauen«, beruhigte Camille die echauffierten Herrschaften.

»Es ist noch längst nicht die richtige Höhe erreicht! Das sehe ich mit bloßem Auge.«

»Das versteh ich nicht!« Baron Quisac schüttelte fassungslos den Kopf. »Unsere amerikanischen Freunde hatten doch mehr als genug Zeit. Wenn sich die Bauarbeiten wirklich so verzögert haben, werde ich mich an höchster Stelle beschweren.«

»Was für eine grenzenlose Unverschämtheit! Wir Franzosen haben weder Einsatz noch Mühen gescheut, um für ein gutes Gelingen zu sorgen, und jetzt diese Blamage!«

Camille versuchte, die erhitzten Gemüter zu beruhigen. »Meine Herren, lassen Sie uns nicht kleinlich sein. Es kommt doch nicht auf ein paar Wochen an, es wird ja auch einige Zeit in Anspruch nehmen, bis die Statue zusammengesetzt und verlötet ist. Wir wollen nicht das Kind mit dem Bad ausschütten und uns unsere gute Laune verderben lassen.«

Baron Quisac hob erneut sein Champagnerglas und prostete Camille zu. »Wie recht Sie haben, Mademoiselle. Sie haben diplomatisches Feingefühl und Geschick. So hören Sie doch, die Musikkapelle spielt einen zünftigen Marsch.«

In dem Moment wurde von einem der Begleitboote ein Tau an Deck geworfen. Einer der Matrosen fing es geschickt auf. »Ziehen Sie, Monsieur, am Ende des Seils befindet sich eine Überraschung.«

Mit vereinten Kräften hievten zwei Matrosen einen Korb an Bord, der voll roter, reifer Erdbeeren war.

»*Superbe*!« Camille spürte, wie ihr beim Anblick der Früchte das Wasser im Mund zusammenlief. Während ihrer langen Überfahrt hatte sie sich nichts sehnlicher gewünscht, als endlich einmal wieder nach Herzenslust frisches Obst essen zu können. Wie zuvorkommend von den Amerikanern, die Gäste noch vor ihrer Ankunft damit zu verwöhnen!

Voller Freude und gierig machten sich alle Seereisenden über die Aufmerksamkeit her.

Inzwischen war die *Isère* bis auf wenige Meter an die Kaimauer herangekommen.

Der Kapitän, der in seiner Galauniform auf der Brücke stand, sorgte für ein reibungsloses Anlegemanöver. Die Wurfleinen wurden am Kai geschickt in Empfang genommen, die dicken Taue an Pollern festgemacht und mit der Winsch gespannt. Unter lautem Getöse wurde die Gangway an die Fregatte herangeschoben und befestigt.

Während des ganzen Anlegemanövers jubelte die Menschenmenge ohne Unterlass und schwenkte Fähnchen.

Alle Passagiere hatten sich an Deck aufgereiht und winkten ebenso begeistert zurück.

Camille spürte, wie sie ihre Gefühle übermannten. In ihrem ganzen Leben hatte sie noch nie solche Menschenmassen gesehen. Nicht einmal bei der Weltausstellung in Paris. Es mochten ein paar Hunderttausend sein, die eigens zum Hafen gekommen waren, um Lady Liberty zu begrüßen. Das hätte sie in ihren kühnsten Träumen nicht für möglich gehalten. Nach den vielen einsamen Wochen auf See war ihr der Trubel fast zu viel. Gleichzeitig war sie überwältigt. Sie zwang sich, sich alle Einzelheiten des grandiosen Empfangs einzuprägen, um spätestens heute Abend den ersten Artikel für *Le Figaro* zu schreiben, solange die Eindrücke noch frisch und lebendig waren.

Ein kalter Schauer lief ihr über den Rücken. Ihr Herz begann wild zu pochen. Plötzlich wurde ihr bewusst, dass sie, außer ihrer Tante, die Erste in ihrer Familie war, die in Kürze amerikanischen Boden betreten würde. Sie wünschte, ihr Vater könnte sie sehen. Er wäre sicher stolz auf sie gewesen.

Auf ein unsichtbares Zeichen hin verstummte die Musikkapelle. Die vielen Zuschauer forderten sich zischend auf, still zu sein.

Langsam und würdevoll bestiegen mehrere Männer in schwarzen Gehröcken und Zylindern nacheinander ein schlichtes Podest. Schließlich trat einer von ihnen an ein Rednerpult. Ihm wurde ein Sprachrohr vorgehalten.

»Ich, William Russell Grace, Bürgermeister der wundervollen Stadt New York, heiße Sie alle aufs Herzlichste willkommen!«

Stürmischer Applaus brandete auf.

»Wir alle begrüßen besonders herzlich unsere hochgeschätzten Gäste aus Frankreich. Sie haben wahrlich große Strapazen auf sich genommen, um dieses wertvolle Geschenk sicher über den Atlantik in unseren Hafen zu bringen ...«

Camille bemerkte, wie sich Baron Quisac bei den Worten des Redners stolz in die Brust warf.

Jetzt wurde es also wirklich wahr. In wenigen Minuten würde sie amerikanischen Boden betreten! Ihr Herz klopfte heftig vor Aufregung und Vorfreude. Camille ertappte sich dabei, wie ihre Gedanken abschweiften und sie immer weniger den Worten des Redners folgte. Plötzlich musste sie an Christoph Kolumbus denken. Rund vierhundert Jahre vor ihr hatte der Seefahrer Amerika entdeckt, aber im Gegensatz zu ihm wusste sie wenigstens, wo sie gelandet war. Camille musste schmunzeln. Wäre das nicht ein origineller Einstieg für ihre erste Reportage?

Sie fuhr sich nervös über ihren langen Rock. Auf der Fregatte gab es nirgends einen großen Spiegel, und sie konnte nur hoffen, dass ihr Äußeres keinen Grund zur Beanstandung gab und den hiesigen Gepflogenheiten entsprach.

Ihre Augen suchten den Kai ab. Wo mochte nur Tante Catherine sein? Sie holte die zerknitterte Zeichnung mit deren Porträt hervor und prägte sich ein letztes Mal die Gesichtszüge genau ein. Ihre Mutter hatte sie zwar gewarnt, dass die Zeichnung schon über zwanzig Jahre alt sei, dennoch war sie zumindest eine Orientierungshilfe.

In diesem Moment brach die Rede des Bürgermeisters ab, und eine vielköpfige Blaskapelle intonierte eine mitreißende Marschmusik.

»So, meine Liebe, haken Sie sich bitte bei mir ein. Ich schmücke mich nur allzu gern mit so einem bezaubernden, hübschen Geschöpf wie Ihnen. Lassen Sie uns Seite an Seite das ›gelobte Land‹ betreten.«

Camille nahm das Angebot dankbar an, zumal sie merkte, dass ihre Beine ein wenig zitterten.

Ihnen folgten die anderen Mitglieder der Delegation. Während sich die Mannschaft an Bord aufstellte, stieß der Kapitän sichtlich stolz zu ihnen und schritt ebenfalls über den Steg an Land.

Tosender Applaus und Jubelrufe ertönten von allen Seiten.

»Wir wollen Lady Liberty sehen!«, rief ein Hüne in der vordersten Reihe. »Seit Stunden stehen wir uns hier die Beine in den Bauch und müssen jetzt dafür belohnt werden!«

»Wo ist denn nun die Riesenfrau?«, riefen ein paar Kinder, die sich an den Honoratioren vorbei ganz nach vorn gedrängt hatten.

Der Bürgermeister ergriff wieder das Wort: »Ich verstehe Ihren Wunsch, die Freiheitsstatue in ihrer vollen Pracht zu sehen, aber ich fürchte, wir alle werden uns noch etwas gedulden müssen. Für alle, denen es nicht klar sein sollte: Die Freiheitsstatue wurde natürlich nicht am Stück zu uns gebracht. Sie ruht in Kisten verpackt im Bauch des Schiffes.«

Ein enttäuschtes Geraune ging durch die Menge.

Baron Quisac wandte sich zum Kapitän und flüsterte ihm etwas ins Ohr. Daraufhin nickte dieser und erteilte knappe Befehle an fünf Matrosen, die ihm am nächsten standen.

Erneut erklang Musik.

Hurtig sprangen währenddessen die Seemänner in den Lagerraum hinunter und erschienen wenig später mit einer mannsgroßen Kiste wieder, die sie umständlich an Land hievten. Mit Brechstangen wurde die Holzkiste geöffnet. Unter dem Stroh, das kurzerhand ins Hafenbecken geworfen wurde, kam unter donnerndem Applaus ein überdimensional großes Ohr zum Vorschein. Die Matrosen hatten sichtlich Mühe, das schwere Kupferstück so in die Höhe zu halten, dass möglichst viele Zuschauer es erblicken konnten.

Ungläubiges Staunen erfasste die Menge.

»Wenn ich so große Ohren hätte, würde meine Mama nicht mehr daran ziehen«, rief eine helle Kinderstimme.

Die Zuschauer lachten schallend.

Die heitere Stimmung wirkte sich auch auf Camille aus. Sie genoss das Gefühl, nach so langer Zeit wieder festen Boden unter den Füßen zu haben.

Auf ein Zeichen des Bürgermeisters hin erklomm ein Kinderchor mit zwanzig Jungen und Mädchen das Podest. Die Sänger waren alle blau-weiß-rot gekleidet und augenfällig aufgeregt. Als sie das französische Volkslied »Au clair de la lune« mit ihren glockenhellen Stimmen sangen, spürte Camille, wie ihr beim Gedanken an ihre Heimat die Tränen in die Augen stiegen. Sie machte den Champagner dafür verantwortlich, dass ihre Gefühle heute so sprunghaft waren. Gerade noch war sie voller Begeisterung über den unglaublichen Empfang in New York gewesen, und jetzt übermannten sie beim Klang des Liedes mit einem Mal heftiges Heimweh und die Sehnsucht nach ihrer zurückgebliebenen Familie.

Aus dem Chor trat ein blonder Junge hervor. Mit beiden Händen umklammerte er einen prachtvollen Strauß aus Kornblumen, Margeriten und Klatschmohn. Er trat auf Camille zu und machte einen artigen Diener.

Gerührt nahm sie die Blumen entgegen und streichelte ihm über die Wange.

Der Sekretär des Bürgermeisters berührte sie leicht am Ärmel und überreichte ihr eine Papiertüte voller duftender Karamellbonbons.

»Soll ich jedem Kind ein Bonbon geben?«, fragte Camille verwirrt.

»Nein, das würde zu lange dauern.« Der Sekretär machte eine ausholende Bewegung mit der rechten Hand.

»Wirklich?«

Der Sekretär zwinkerte ihr zu und nickte.

Beherzt nahm Camille eine Handvoll Bonbons und warf sie in die Kinderschar.

Die Kleinen jubelten und riefen: »Mehr, mehr!«

Aus dem Augenwinkel bekam Camille mit, dass nun auch etliche Buben und Mädchen aus der Zuschauermenge vorstürmten und versuchten, eine Süßigkeit zu erhaschen. Der Platz am Kai wurde schon bedenklich voll. Um nicht noch mehr Kinder anzulocken, schmiss Camille kurz entschlossen die restlichen Süßigkeiten in die Menge.

Camille hatte es gut gemeint, doch jetzt brach ein regelrechter Tumult los. Sämtliche Kinder, die bisher an den Händen ihrer Eltern brav ausgeharrt hatten, rissen sich los und drängten unter lautem Gejohle nach vorn.

Entsetzt sah Camille, wie sich einige Jungen um die auf dem Boden liegenden Bonbons zu prügeln begannen. Ihr stockte vor Schreck der Atem, als ein kleiner rothaariger Junge von einem größeren Jungen geschubst wurde und kopfüber ins Hafenbecken stürzte.

Alle Umstehenden schrien auf.

»Mein Kind, mein Kind!«, rief die Mutter mit schriller Stimme. »Er kann doch nicht schwimmen! Warum hilft denn niemand?«

Die Matrosen auf der *Isère* rannten los und warfen schnell ein Tau und mehrere Rettungsringe ins Wasser.

Die Umstehenden blickten hilflos von der Kaimauer auf die drei Meter unter ihnen liegende aufgewühlte Wasseroberfläche, die den Jungen bereits verschlungen hatte.

Camille war vor Schreck zur Salzsäule erstarrt. In dem Moment bemerkte sie einen jungen Mann, der sich im Laufen die Schuhe auszog und sein Hemd vom Leib riss. Er bahnte sich den Weg nach vorn und hechtete mit einem Kopfsprung ins Hafenbecken.

9. Kapitel

New York, 19. Juni 1885

Patrick schnappte nach Luft. Das eisige Wasser raubte ihm den Atem. Wo war das unglückselige Kind nur? Er holte tief Luft und tauchte wieder unter. Das Wasser war vom Müll und Unrat so trüb, dass er kaum etwas erkennen konnte. Mit ein paar kräftigen Schwimmzügen versuchte er, noch tiefer zu kommen. Plötzlich meinte er, einen Arm vor sich auszumachen. Sofort griff er zu und spürte erleichtert, dass er den Jungen gefunden hatte. Er zog ihn hinter sich her an die Wasseroberfläche. Der kleine Körper hing leblos in seinen Armen. Von einem der Ruderboote, die die *Isère* begleitet hatten, reichte ihm ein Mann eine Stake, an der er sich mit einer Hand festklammern konnte. »Komm, Bursche, du hast es geschafft! Atme!«, flehte Patrick inständig, aber das Kind blieb bewusstlos.

»Reich mir den Jungen!«, rief der Mann vom Boot aus.

Zusammen hoben und schoben sie den kleinen Kerl aus dem Wasser. Erleichtert sah Patrick, wie der alte Mann im Ruderboot dem Buben beherzt rhythmisch auf die Brust drückte. Plötzlich schoss ein Schwall Wasser aus dessen Mund, und prustend und hustend kam er zu sich. Als sich der Junge im Boot aufsetzte und verdutzt umsah, brach lauter Applaus auf dem Kai aus.

»Dem Himmel sei Dank«, murmelte Patrick, während er langsam zurückschwamm.

Die Matrosen hatten eine Strickleiter heruntergelassen, und er zog sich erschöpft daran hoch. Hilfreiche Hände griffen nach ihm und halfen ihm, an Bord der *Isère* zu gelangen. Ein Seemann klopfte ihm auf die Schulter und reichte ihm eine Decke, mit der er sich notdürftig abtrocknen konnte.

»Gut gemacht«, lobte ihn einer der Matrosen.

Patrick nickte abwesend. »Gebt mir mal zwei Minuten, Männer, damit ich wieder zu mir kommen kann.«

Er lehnte sich zurück, streckte seine langen Beine aus und wackelte mit den Zehen.

Wenn er heute Morgen gewusst hätte, dass er in die Kloake des New Yorker Hafenbeckens springen müsste, hätte er sich weiß Gott etwas anderes angezogen. Er hatte sich gefreut, nicht den ganzen Tag im Büro sitzen zu müssen, sondern beim Empfang der *Isère* mit dabei sein zu können. Auch wenn er es niemandem gegenüber zugeben würde, war er doch gespannt auf seinen neuen Kollegen. Er war noch nie in seinem Leben einem waschechten europäischen Journalisten begegnet. Obwohl er befürchtete, dass der junge Adlige ein arroganter Schnösel sein würde, spürte er doch eine gewisse Vorfreude, sich mit diesem in den nächsten Wochen messen zu können. Konkurrenz belebte bekanntlich das Geschäft. Patrick hatte sich schon ein paar passende Sätze zurechtgelegt, mit denen er ihn beeindrucken wollte. In nasser Hose, ohne Hemd und Schuhe standen seine Karten dafür jetzt allerdings schlecht ...

Patrick erhob sich und begann, sich trocken zu rubbeln. Wütend suchten seine Augen das Publikum ab. Wo steckte die blöde französische Kuh, der er den ganzen Schlamassel zu verdanken hatte?

Sie war ihm in ihrer orangefarbenen Bluse sofort ins Auge gestochen. Seine Begeisterung für ihre auffallende Schönheit war schnell abgekühlt, als er sah, an wessen Arm sie ging. Offensichtlich war es auch in Europa üblich, dass sich junge, hübsche Frauen von alten, reichen Männern aushalten ließen. Das war schon peinlich genug, aber wie konnte sie sich auch noch so ungeschickt verhalten und wie eine Multimillionärin mit ihren Wohltaten um sich schmeißen? Sie hatte offensichtlich noch nie Heißhunger auf etwas Süßes gehabt. Es lag wohl außerhalb ihrer Vorstellungskraft, dass die Kinder alles vergessen und sich auf die Leckereien stürzen würden. Dass es zu dem Unglück gekommen war, war einzig ihre Schuld gewesen!

In dem Moment entdeckte er sie. Sie starrte ihn an und winkte ihm freudig zu, als wäre sie nicht die Ursache für das Chaos gewesen. Das war der Gipfel!

Außer sich schleuderte Patrick die nasse Decke auf die Schiffsplanken. Ihm blieb wohl nichts anderes übrig, als halb nackt die französische Delegation zu begrüßen. Barfuß, mit klatschnassen Hosen und blankem Oberkörper stapfte er über den Steg an Land.

Von links und rechts klopften ihm wildfremde Menschen auf die nackte Schulter und beglückwünschten ihn. Er wäre am liebsten im Boden versunken. Seinen Friseurtermin heute Morgen hätte er sich sparen können. Er beschloss, sich kurz vorzustellen, seinen Kollegen wohl oder übel in Empfang zu nehmen und dann so schnell wie möglich das Weite zu suchen. Eigentlich hatte er mit diesem Camille St. Laurent bei einem befreundeten Wirt ein Trinkduell zum besseren Kennenlernen austragen wollen, aber das konnte er sich in seinem Zustand nun abschminken.

Verunsichert wegen der vielen ungewohnten Aufmerksamkeit steckte er seine Hände in die triefenden Taschen. Mein Gott, meine Uhr!, schoss es ihm durch den

Kopf. Er zog seine Taschenuhr heraus, das einzige Erbstück von seinem Vater. Entsetzt sah er, dass das Ziffernblatt mit Salzwasser vollgelaufen war. Patrick spürte, dass er kurz vor einem Wutanfall stand. In dem Moment kam die Mutter mit dem geretteten Kind auf dem Arm auf ihn zugestürzt. »Danke, danke, tausend Dank. Ich weiß nicht, wie ich Ihnen danken kann, Mister.«

»Nicht der Rede wert.« Patrick wurde gewahr, wie ihn alle in seinem Aufzug anstarrten. Er wollte so schnell wie möglich an der Mutter und dem geretteten Kind vorbei, als der Junge ihm seine dicken Ärmchen um den Hals schlang und ihm unter dem Jubel des Publikums einen nassen Schmatzer auf die Backe gab.

»Schon gut, mein Kleiner. Ich gebe dir einen gut gemeinten Rat: Halte dich zukünftig von Frauen mit Süßigkeiten fern!«

Hinter dem Kopf des Jungen sah Patrick die Bonbonwerferin zielstrebig auf sich zukommen. Sie trug sein Hemd und seine Schuhe in der Hand.

Patrick griff zornig nach seinen Kleidern. Er streifte sich hektisch sein Oberhemd über und schlüpfte in seine Stiefel. Ungehalten fuhr er sie an: »Sie haben mir gerade noch gefehlt!« Er starrte in ihre verdutzten Augen. »Verstehen Sie mich überhaupt?«

Die Unbekannte nickte zögernd.

»Ich suche ein Mitglied Ihrer Delegation. Einen französischen Adligen.«

Sie deutete auf den älteren, distinguierten Herrn, an dessen Arm sie an Land gekommen war.

Der Franzose kam gerade schnaufend angerannt. »Das 'aben Sie ausgezeichnet gömacht, mein junger Freund«, rief er in schlechtem Englisch. »Wir danken Ihnen. Darf isch misch vorstellen? Isch bin Baron Quisac.«

»Sind Sie der französische Journalist, Monsieur?«, fragte Patrick irritiert. Er wollte hier nur noch weg. Seine nassen Hosen begannen, an seinen Beinen unerträglich zu jucken.

»Gott bewahre! Glauben Sie, isch 'abe es nötig zu arbeiten?« Der Baron lächelte ihn überlegen an.

Diese überhebliche Bemerkung brachte bei Patrick das Fass zum Überlaufen. Von dieser französischen Delegation hatte er ein für alle Mal die Nase voll. Besonders von diesem Baron und seiner bonbonwerfenden Ehegattin, wegen der er nun dastand wie ein begossener Pudel.

»Kann ich etwas für Sie tun?«, fragte die schwarzhaarige Schönheit mit dem charmantesten Lächeln, das Patrick je gesehen hatte. Kurz verschlug es ihm die Sprache. Er erinnerte sich an seine kaputte Taschenuhr. »Sie, Madame Quisac, haben heute schon mehr als genug für mich getan«, fuhr er sie an. Ihm war nicht nach Konversation zumute. Offenbar war dieser ominöse Kollege auf der Fregatte gar nicht mitgereist. Oder war er auf einem anderen Schiff? Hier war dieser Camille St. Laurent jedenfalls nicht, da musste er nicht weiterfragen. Er schlotterte vor Kälte und sollte sich schleunigst trockene Kleidung anziehen, wenn er sich keine Lungenentzündung holen wollte. Grußlos drehte er sich um und marschierte davon.

10. Kapitel

New York, Juni 1885

Sehr geehrter Monsieur Aragon,
nach einer recht stürmischen Überfahrt sind
wir heute Morgen mit unserer wertvollen Fracht
endlich wohlbehalten im Hafen von New York
eingetroffen.

Von meiner Tante Catherine wurde ich herzlich
aufgenommen und habe bereits ein wunderschönes
Zimmer im ersten Stock ihrer reizenden Villa
bezogen. Während ich hier in der Abendsonne sitze
und Ihnen schreibe, genieße ich einen grandiosen
Blick über die Baumwipfel des Central Parks. Ich
habe mich gleich nach der Ankunft an die Arbeit
gemacht und alles niedergeschrieben, solange meine
Eindrücke noch frisch und lebendig sind.

Mein Artikel »Die Ankunft der Freiheitsstatue«,
den ich meinem Brief beilege, stößt hoffentlich auf
zustimmendes Interesse bei unserer geschätzten
französischen Leserschaft.

Es war fantastisch, in New York von Bord zu gehen! Jeder, der Rang und Namen hatte, war zur Begrüßung der Isère *gekommen, nicht nur Honoratioren, auch einfache und brave Leute, die sich das Spektakel nicht entgehen lassen wollten. Unsere amerikanischen Freunde haben uns einen wahrlich einmaligen Empfang bereitet, den ich mein Leben lang sicher nicht vergessen werde.*

Ich hatte den Eindruck, dass jedermann, der sich halbwegs auf zwei Beinen halten konnte, zum Hafen gestrebt war, um der Freiheitsstatue und uns frenetisch zuzujubeln.

Zum Glück haben unser guter Kapitän und Baron Quisac geistesgegenwärtig gehandelt und eine Kiste, in der sich ein Ohr unserer Lady Liberty befand, unverzüglich der wartenden, gespannten Zuschauermenge präsentiert. So bekam das Publikum wenigstens einen kleinen Eindruck von unserem Mitbringsel, und eine Enttäuschung konnte verhindert werden.

Ein kleiner Wermutstropfen muss trotzdem vermeldet werden. Die Arbeiten am Sockel konnten allem Anschein nach, trotz gegenteiligen Versprechens, noch immer nicht abgeschlossen werden.

Der Bürgermeister hat jedoch beim Lunch, der uns zu Ehren im Rathaus stattfand, glaubhaft versichert, dass vorangegangene schlechte Witterungsverhältnisse leider eine schnellere Bautätigkeit vereitelt haben. Er rechnet fest damit, dass der Sockel in den nächsten ein bis zwei Monaten fertiggestellt wird und dann zügig mit dem Aufbau unserer Freiheitsstatue begonnen werden kann. Allerdings kam mir das sich in New York hartnäckig haltende Gerücht zu Ohren, dass schlicht und ergreifend noch nicht genügend Dollars für die Vollendung des Sockels aufgetrieben werden konnten. Sobald ich mehr darüber in Erfahrung gebracht habe, melde ich mich bei Ihnen.

Unsere amerikanischen Freunde strotzen derart vor Zuversicht und Elan, dass mir nicht bange ist, und dieses großartige Projekt der Freundschaft und Völkerverständigung bald vollendet werden kann.

Der Kontakt zu Mr Joseph Pulitzer ist leider noch nicht zustande gekommen. Ich werde jedoch, sobald die Koffer ausgepackt sind, sogleich die Redaktion der New York World *aufsuchen, mich vorstellen und Ihnen, verehrter Monsieur Aragon, auch davon berichten.*

Meine französische Heimat und Paris grüße ich aufs Herzlichste und freue mich nun auf das Abenteuer, die Stadt New York zu entdecken.

Ihre
Camille St. Laurent

PS: Meine Postadresse lautet: c/o Catherine Montgomery, Fifth Avenue/Ecke 48th Street, New York.

Camille schraubte den Federhalter zu und nahm sich zum x-ten Mal den Artikel zur Hand, den sie an den Chefredakteur des *Figaro* senden wollte. Die stimmungsvollen Bilder, die sich ihr bei der Begrüßung im Hafen dargeboten hatten, waren von ihr exakt wiedergegeben worden. Jeden einzelnen Repräsentanten und Redner hatte sie mit Namen und Amt aufgezählt und war auf den Inhalt seiner Ausführungen eingegangen. Jede

Blaskapelle und jeder Chor, jedes Musikstück, alles hatte sie genau beschrieben.

Camille hatte natürlich tunlichst vermieden, den tragischen Unfall des kleinen Jungen im Hafenbecken auch nur mit einer Silbe in ihrem ersten Artikel aus New York zu erwähnen. Gott sei Dank war der fremde Mann wie ein rettender Schutzengel aus dem Nichts aufgetaucht. Noch nie hatte sie in so grüne Augen geschaut. Ihre Schwester Dominique wäre sicher gleich Feuer und Flamme für diesen gut aussehenden Amerikaner gewesen. Mit den verstrubbelten Haaren und seinem nackten Oberkörper sah er aber auch wirklich blendend aus!

Während alle Umstehenden in hilfloser Panik erstarrten oder hysterisch schrien, hatte sich der Mann einfach seiner Kleidung entledigt und war kopfüber ins Hafenbecken gesprungen, um das Kind vor dem Ertrinken zu bewahren. Er hatte keinen Moment lang gezögert! Warum war er nur so unfreundlich zu ihr gewesen, als sie ihm seine Schuhe und sein Hemd reichte? Womöglich gab er ihr die Schuld an dem Unfall? Sie hatte doch nur getan, worum sie gebeten worden war. Gott sei Dank hatte sie mit eigenen Augen gesehen, dass ein großer Junge den Rotschopf weggeschubst hatte und nicht etwa die Bonbons selbst die Ursache für den Sturz ins Wasser gewesen waren. Nicht auszudenken, wenn es gleich an ihrem ersten Tag in Amerika zu einem tragischen Unglück gekommen wäre! Woher hätte sie auch wissen sollen, wie fatal sich die freundliche Geste, Süßigkeiten unter den Kindern zu verteilen, entwickeln würde? Die herablassende, unfreundliche Art des Amerikaners schob sie auf die mehr als ungewöhnliche Situation und auf seine Aufregung. Außerdem musste es dem Retter sicher peinlich gewesen sein, halb nackt vor so vielen Menschen zu stehen. Deshalb hatte sie ihm auch sofort sein Hemd und seine

Schuhe gebracht. Er war leider so schnell davongerannt, dass sie ihn nicht nach seinem Namen hatte fragen können, um sich offiziell im Namen der französischen Delegation bei ihm zu bedanken. Schade. Sie würde ihn in einer so großen Stadt wie New York sicherlich nie wiedersehen. Wie gern hätte sie dieses Versäumnis nachgeholt. Doch das Einzige, was zählte, war, dass dem Kind nichts zugestoßen war.

Es klopfte an der Tür.

»Sorry, Ma'am, ich hoffe, ich störe nicht.« Die dunkelhäutige Hausangestellte Valerie trat ein. Sie war vielleicht zehn Jahre älter als Camille und schon lange bei ihrer Tante in Stellung.

»Haben Sie noch Wünsche? Ich habe bereits Ihren Koffer ausgepackt und Ihr Nachthemd aufgebügelt und aufs Bett gelegt. Hier ist ein Schlummertrunk nach dem anstrengenden Tag.« Lächelnd stellte sie ein Tablett mit einer Tasse dampfenden Tees auf den Nachttisch und sah Camille erwartungsvoll an.

»Danke, Valerie. Das ist sehr nett von Ihnen. Ich bin sehr müde und wunschlos glücklich.«

»Soll ich Ihnen beim Entkleiden behilflich sein?«

»Nein, danke. Das ist nicht nötig. Gute Nacht.«

Während sich Camille vorsichtig ihre orangefarbene, inzwischen völlig zerknitterte Bluse aufknöpfte, dachte sie an den liebevollen und ungewöhnlichen Empfang ihrer Tante.

Kaum war der junge Mann in der Menge verschwunden gewesen, hatte Camille eine offene Kutsche bemerkt, die sich trotz der vielen Menschen ihren Weg durch die Masse bahnte. Mehrere Polizisten versuchten vergeblich, den Wagen zu stoppen. Davon unbeeindruckt fuchtelte eine alte grauhaarige, zierliche Frau darin mit einem Ebenholzstock in der Luft herum und dirigierte den entnervten Kutscher geradewegs auf das Podest zu.

»Aus dem Weg! Ich will meine Nichte abholen!«, rief sie mit schriller Stimme.

Camille hatte erstaunt den Kopf gehoben. Sollte das etwa ihre Tante sein? Sie hatte sie sich ganz anders vorgestellt. Ruhig und zurückhaltend wie ihre Mutter.

Die Dame erhob sich von ihrem Sitz und wies den Kutscher an stehen zu bleiben. Daraufhin stieg sie aus und trippelte erstaunlich flink auf das Podest mit den Festrednern zu. Sie trug ein blau-weiß gestreiftes Kostüm und hatte ihren Gehstock mit einem weißen Sonnenschirm getauscht.

»Du musst Camille sein. Du siehst deiner Mutter zum Verwechseln ähnlich. Mein Kind, lass dich umarmen!«

Camille errötete. Das also war ihre Tante!

»Ist dieser ganze Rummel und Aufmarsch nur wegen dieser dämlichen Statue? Das kann doch nicht wahr sein. Ich habe Monsieur Bartholdi schon vor bald fünfzehn Jahren gesagt, dass ich nichts, aber auch gar nichts von diesem Monstrum halte. Das ist die idiotischste Idee, von der ich je gehört habe. Und jetzt bringt ihr Franzosen uns damit auch noch in die Bredouille, weil sich hier in Amerika niemand findet, der den vermaledeiten Sockel bezahlen will.«

»Erlauben Sie, Madame, das ist ja ungeheuerlich, was Sie da von sich geben.« Baron Quisac trat entrüstet zu Camille heran. »Kennen Sie diese impertinente Person etwa?«

»Ja, darf ich vorstellen, meine Tante Catherine Montgomery, Baron Quisac.«

Glücklicherweise begann in dem Moment die Musikkapelle wieder zu spielen.

Camille fasste ihre Tante am Arm. »Pst, wir müssen etwas leiser sein, sonst stören wir den feierlichen Akt.«

»Kind, es ist wirklich ein unglücklicher Zufall, dass du ausgerechnet mit dieser jämmerlichen Fregatte reisen musstest. Konntet ihr keine Schiffspassage auf einem modernen

Ozeandampfer bekommen? Du warst hoffentlich nicht die einzige Frau an Bord?«

»Tante, ich erkläre dir alles heute Abend. Jetzt muss ich mit der französischen Delegation zum Lunch ins Rathaus. Wir sehen uns später.«

Empört klappte ihre Tante den Sonnenschirm zu. »Das kommt ja überhaupt nicht infrage. Ich lasse dich nirgendwo allein hingehen. Schließlich bin ich für dich verantwortlich! Ich komme selbstverständlich mit zum Lunch.«

Das kann ja lustig werden, hatte Camille gedacht und kapituliert.

Jetzt, im Haus ihrer Tante, musste sie im Stillen über die Situation lachen. Tante Catherine hatte das ganze Gespräch im Rathaus an sich gerissen. Und kein gutes Haar an der Freiheitsstatue gelassen. Es hätte nicht viel gefehlt und der Bürgermeister hätte sie des Tisches verwiesen.

Als Camille ihr auf der Rückfahrt vom Essen in der Kutsche eröffnete, dass sie als Reporterin im Auftrag des *Figaro* in New York war, kannte das Entsetzen ihrer Tante keine Grenzen.

»Was? Du gehörst auch zu diesen Schmierfinken? Als Frau? Wenn sich Männer dafür hergeben, ist es schon schlimm genug. Aber junge Frauen! Seit wann brauchen Frauen einen Beruf? Eine Frau hat sich um ihren Mann zu kümmern! Ich werde dafür sorgen, dass du hier in Amerika einen Mann findest, der dich ernähren kann. Offenbar ist deiner Mutter das Geld ausgegangen, sonst hätte sie von dir nicht verlangt, dich hier als Schreiberling zu verdingen. Oder bist du etwa eine von diesen verrückten Frauenrechtlerinnen?«

Camille war so erschöpft gewesen, dass sie beschlossen hatte, ihre Tante erst in den nächsten Tagen genauer über ihren Auftrag ins Bild zu setzen. So sympathisch sie ihre Tante in vielerlei Hinsicht fand, merkte sie doch, dass sie im Begriff stand, einen goldenen Käfig gegen den anderen zu tauschen.

Nun freute sie sich erst einmal über ein Dach über dem Kopf, festen Boden unter den Füßen und auf das einladend große, frisch bezogene Bett. Gott sei Dank hatte sie das Schaukeln des Schiffes hinter sich gelassen. Gut gelaunt horchte sie auf die Geräusche der Großstadt. Nein, sie war keine Seemannsbraut. Morgen würde sie sich erst einmal erholen, um am nächsten Tag ausgeschlafen gleich die Redaktion der *New York World* aufzusuchen.

11. Kapitel

New York, Juni 1885

Patrick nahm seine kaputte Taschenuhr vom Regal. Er hatte sie dort zwei Tage lang trocknen lassen, in der Hoffnung, dass sie dann wieder funktionieren würde. Er klopfte mit dem Zeigefinger auf das Ziffernblatt, aber nichts tat sich. Immer noch war Wasser im Gehäuse. Die Uhr war kaputt, so viel stand fest! Wahrscheinlich würde es sich nicht lohnen, sie zum Uhrmacher zu bringen, aber es war nun mal das einzige Erinnerungsstück an seinen Vater, darum wollte er nichts unversucht lassen.

Heute war sein freier Tag.

Pulitzer erwartete vermutlich von ihm, dass er sich erneut auf die Suche nach diesem Journalisten aus Paris machen würde, vielleicht war er ja tatsächlich inzwischen mit einem der vielen Segler eingetroffen. Falls er gar nicht auftauchen sollte, musste Patrick wenigstens kein Kindermädchen spielen.

Für einen professionellen Journalisten sollte es nicht allzu schwer sein, sich zum Hauptgebäude der *New York World* durchzuschlagen. Vielleicht saß er ja inzwischen schon bei Pulitzer im Büro.

Jetzt wollte Patrick sich erst einmal um den Schaden kümmern, den er letztlich dieser französischen Zicke zu verdanken hatte. Er zog sein Jackett über und steckte die Uhr in die Hosentasche. Plötzlich fiel ihm etwas ein. Wenn er sich schon ins Uhrmacher- und Goldschmiedeviertel aufmachte, könnte er eigentlich auch gleich die wertvollen Ketten mitnehmen, die ihm Susan Adams gezeigt hatte. Die Stücke erschienen ihm außergewöhnliche Unikate zu sein. Vielleicht würde einer der Goldschmiede den Schmuck wiedererkennen oder könnte sich sogar an den Auftraggeber erinnern.

Er hatte so viel zu tun gehabt, dass er sich nicht mehr um den mysteriösen Mord an der Prostituierten gekümmert hatte. Als er erfuhr, dass die Polizei den Fall inzwischen ad acta gelegt hatte, war er mit Luke aneinandergeraten.

»Mann, lass mich mit deinem Nuttenmord in Ruhe. Wir haben getan, was wir konnten. Es gehört zum Beruf eines Polizisten, dass manche Fälle unaufgeklärt bleiben. Das kennst du als Journalist vielleicht nicht.«

In seiner Wut hatte Patrick Luke nichts von dem Schmuck erzählt. Es war nicht seine Aufgabe, den rechtmäßigen Besitzer der Juwelen zu finden. Sollte Susan seinetwegen alles behalten. Dann musste sie wenigstens nicht ihren Körper feilbieten.

Gut und schön, wenn sein Boss ihm vorschrieb, sich während seiner Arbeitszeit vorrangig um die Freiheitsstatue zu kümmern. Was er in seiner Freizeit tat, ging jedoch niemanden etwas an.

Er beschloss kurzerhand, Susan einen Besuch abzustatten. Hoffentlich hatte sie seinen Rat befolgt und die wertvollen Schmuckstücke inzwischen an einem sicheren Ort versteckt.

Vielleicht konnte er sie irgendwie überreden, ihm die Juwelen kurz mitzugeben, damit er sie von den Goldschmieden begutachten lassen konnte. Falls nicht, würde er sie bitten, ihn zu begleiten.

Die Leute würden sich zwar wundern, wenn er mit einer Dirne durch die Straßen lief, aber das war ihm reichlich egal.

Als er auf die Straße trat, ließ ihn ein gellender Pfiff herumfahren.

»Jimmy?«, rief er. »Ich glaub es nicht, endlich bist du wieder da! Ich habe mir schon Sorgen gemacht.« Lächelnd umarmte Patrick einen schlaksigen, dunkelhäutigen jungen Mann, der fast so groß war wie er.

»Dein Rabe muss stocktaub sein!« Patrick lachte. »Anders kann ich mir nicht erklären, warum Spy nicht jedes Mal vor Schreck wegfliegt, wenn du so laut pfeifst!« Er streichelte dem Rabenvogel vorsichtig über den Kopf, der dies mit einem lauten Krächzen quittierte.

»Erziehung ist alles!«

Patrick hatte Respekt vor dem Vogel, seit er einmal erlebt hatte, wie sich das Tier bei einem Menschen, den es nicht leiden konnte, verhalten hatte. Mit scharfem Schnabel und ausgefahrenen Krallen hatte es seinen Gegner attackiert, bis dieser schreiend die Flucht ergriffen hatte.

»Wo hast du die ganze Zeit gesteckt? Ich hätte dich ein paarmal dringend gebraucht.«

Jimmy antwortete nicht sofort. Er legte den Stapel Zeitungen, den er unter dem Arm getragen hatte, vor sich auf den Boden und zündete sich einen Zigarettenstummel an. »Willst du auch eine?«

Patrick schüttelte den Kopf.

Jimmy war vor fünf Jahren bei der *New York World* aufgetaucht und hatte durch seine witzige, charmante Art einen der begehrten Jobs als Zeitungsjunge direkt vor dem Stammhaus ergattert.

Sie hatten fast zur gleichen Zeit bei der *New York World* angefangen, das schweißte zusammen, und Patrick hatte ihn sofort ins Herz geschlossen. Er half ihm, wo er konnte, und Jimmy revanchierte sich auf seine Art. Er informierte Patrick über alles, was in den Straßen New Yorks passierte. Kein

Gerücht, das er nicht als Erster aufschnappte. Der junge Mann war ehrgeizig und hatte eine beachtliche Auffassungsgabe.

Patrick war bis zum heutigen Tag sprachlos, was dieser gerade erst Zwanzigjährige an Geheimnissen zutage gefördert hatte.

Irgendwann war Patrick aufgefallen, dass Jimmy weder lesen noch schreiben konnte. Daraufhin hatte er ihm Unterricht erteilt. Er war heute noch überrascht, wie schnell Jimmy alles kapierte und wie viele Bücher er inzwischen jede Woche verschlang. Auch ein verblüffend guter Zeichner war er. Besonders Porträts gelangen ihm vortrefflich, obwohl ihm niemand den Umgang mit Papier und Stift beigebracht hatte. Selbst Pulitzer mochte Jimmys Karikaturen und hatte ihm schon Aufträge erteilt.

Patrick und Jimmy waren ein eingespieltes Team, jeder konnte sich auf den anderen verlassen.

»Willst du mich begleiten? Ich muss in die Alden Street, komm doch mit, dann können wir reden!«

Die beiden gingen los, und Patrick boxte Jimmy freundschaftlich in die Seite. »Und? Erzähl schon!«

Jimmy grinste. »Ich wollte endlich mal ohne deine Hilfe richtig Geld verdienen. Ein Cousin hatte mir einen gut bezahlten Job im Schlachthaus besorgt, er arbeitet da als Metzger. Du weißt, ich bin ständig knapp bei Kasse. Das verzweifelte Schreien der armen Tiere und den widerlichen Geruch von frischem Blut habe ich aber nicht ausgehalten. Ich musste den Job wieder aufgeben.«

»Du bist und bleibst eine sensible Seele.« Insgeheim beschloss Patrick, sich dafür einzusetzen, dass der Junge endlich von der Straße wegkam und seinen Fähigkeiten entsprechend beschäftigt wurde. Vielleicht ergab sich ja irgendeine Chance, wenn er mit seinem Boss mal über Jimmys Zukunft sprach.

»Ich bin da an einer Geschichte dran«, nahm Patrick den Gesprächsfaden wieder auf, »die stinkt zum Himmel. Eine Prostituierte wurde ermordet, und kein Schwein schert sich darum. Das ist ja nichts Neues. Aber die Umstände sind mehr als dubios. Wenn mich nicht alles täuscht, führt die Spur direkt in die höchsten Kreise der New Yorker Gesellschaft. Hör zu, ich erzähle dir alles, was ich bisher herausgefunden habe …«

Die beiden hatten ihr Ziel, die Alden Street, fast erreicht.

»Das ist ja wirklich ein dicker Hund. Du kannst auf meine Hilfe zählen«, sagte Jimmy aufgebracht.

»Jimmy, ich werde mehr Hilfe brauchen denn je, weil Pulitzer mich neuerdings nur noch über die Freiheitsstatue schreiben lässt. Das monströse Ding ist vorgestern im Hafen angekommen.«

»Was du nicht sagst«, meinte Jimmy lakonisch.

»Wenn du nicht verschwunden gewesen wärst, hätte ich dich mitgenommen. Dann hättest du ein mannsgroßes Ohr zu Gesicht bekommen. Und du hättest eine zwar schöne, aber reichlich dämliche Französin kennenlernen dürfen. Sie hat es auf einzigartige Weise verstanden, ausgehungerte Kinder mit Bonbons ins tiefe Hafenbecken zu locken. Wie die Sirenen bei Odysseus. Ich musste das Schlimmste verhindern.«

»Versteh ich nicht«, sagte Jimmy.

»Ach, ist auch egal. Ich habe heute einfach schlechte Laune, weil ich demnächst den Aufpasser für einen dummen Franzosen spielen muss. Saint Laurent! Bei dem Namen kann der Kerl doch nur ein eingebildeter Schnösel sein, oder?« Patrick verdrehte die Augen und imitierte, als er fortfuhr, einen französischen nasalen Akzent: »Den 'abe isch, falls är denn jemals auftaucht, bis zur offiziellen Einwei'ung der Lady Liberty an die Backe.«

Jimmy prustete vor Lachen. »Mein Beileid.« Er sah sich um. »Bist du sicher, dass wir hier in der richtigen Straße sind?

Ich kann mir kaum vorstellen, dass sich hierher ein halbwegs wohlhabender Mensch verirrt. Ich habe schon Dreck gefressen, aber hier schaut es echt übel aus!«

»Wir sind gleich da. Du wirst erstaunt sein. Diese Susan hat das Herz am rechten Fleck und würde bestimmt lieber heut' als morgen ein anderes Leben führen. Susan ist clever, das kannst du mir glauben. Wer sich hier durchsetzen will, muss gewitzt sein und sich eine raue Schale zulegen. Falls sie dich anpflaumt, nimm es ihr nicht krumm.«

Jimmy spuckte auf den Boden. »Na toll. Du bereitest mich ja vor, als wenn ich zur Audienz beim Papst müsste.«

Patrick lachte. »Sei froh, dass ich dich vorwarne. Und wenn wir schon dabei sind: Das letzte Mal hat mich Susan praktisch nackt empfangen.«

Jimmy verlangsamte seinen Schritt und sah Patrick herausfordernd an. »Ich wollt mir gerade eine Ausrede überlegen, warum ich jetzt heimmuss, aber bei solchen Aussichten wirst du mich so schnell natürlich nicht los.« Er kraulte seinen Raben am Hals und flüsterte ihm so laut zu, dass Patrick jedes Wort verstand: »Dir sollte ich allerdings lieber die Augen verbinden!«

Als Patrick an Susans Zimmertür klopfte, sprang diese unvermittelt auf, und Susan stand splitterfasernackt vor ihnen.

»Oh, sie ist in Arbeitskleidung«, hörte Patrick Jimmy seinem Raben zuflüstern.

»Entschuldigung, Susan, ich bin's, Patrick.« Er zog die Tür hastig wieder zu, während er weitersprach: »Offensichtlich kommen wir ungelegen?«

Sie hörten, wie im Zimmer die Schranktür quietschte.

»Moment. Ich streif mir nur schnell was über.«

»Ach, machen Sie sich wegen uns doch keine Umstände«, meinte Jimmy und konnte sich ein Lachen nicht verkneifen.

»Was haben Sie denn da für einen Witzbold mitgebracht?«, fragte Susan, als sie wieder in der Tür erschien. Sie trug jetzt einen roten, abgewetzten Morgenmantel.

Jimmy pfiff anerkennend.

»Was auch immer ihr drei Spaßvögel wollt, ich habe jetzt frei.«

»Umso besser«, sagte Patrick. »Erst einmal möchte ich Ihnen meinen Freund Jimmy und seinen Raben Spy vorstellen. Sie sind ein tolles Gespann. Zuverlässig und mutig. Falls Sie mal Hilfe brauchen, können Sie sich jederzeit hundertprozentig auf uns drei verlassen!«

»So redet der Zuhälter von meinen Freundinnen auch immer. Hoffentlich muss ich auf das Angebot nie zurückkommen.«

»Susan, ich bin noch mal hier, weil mir der Tod Ihrer Freundin weiterhin keine Ruhe lässt. Ich habe vor, zusammen mit Jimmy in meiner Freizeit weitere Nachforschungen anzustellen. Hat sich seit unserem letzten Treffen irgendetwas ereignet?«

»Nein, gar nichts.«

»Haben Sie den Schmuck noch? Ist er gut versteckt?«

»Jetzt kommt in Gottes Namen erst mal rein. Ich will nicht hier auf dem Flur darüber reden. Hier haben die Wände Ohren!« Die junge Frau schloss die Tür hinter den beiden Männern und sah Patrick durchdringend an. »Ehrlich gesagt, ich bin enttäuscht von Ihnen, Sie sind keinen Deut besser als die von der Polizei. Wir sind euch allen scheißegal!«

»Susan, es tut mir leid. Das stimmt nicht. Und jetzt bin ich ja da. Vorgestern ist meine Taschenuhr mit Wasser vollgelaufen, und ich will sie reparieren lassen. Da ist mir eingefallen, dass wir einem Goldschmied den Schmuck von Olivia zeigen könnten. Bitte ziehen Sie sich etwas Ordentliches an. Wir fahren zusammen ins Goldschmiedeviertel. Glauben Sie mir, wenn wir zusammen hingehen, ist es viel unauffälliger, als wenn Sie dort allein auftauchen.«

Susan überlegte einen Augenblick. »Setzt euch aufs Bett, ich bin gleich wieder da.«

Es dauerte etwa fünf Minuten, bis sie mit dem Kästchen in der Hand zurückkam.

Patrick fielen ihre dreckigen Fingernägel auf, aber er sagte nichts. Offenbar hatte Susan den Schmuck irgendwo draußen vergraben.

»Wartet vor dem Haus, bis ich angezogen bin.«

»Du hast nicht zu viel versprochen«, meinte Jimmy draußen auf der Straße. »Sie ist echt ein heißer Feger und dazu noch richtig nett.«

»Kommt ihr jetzt endlich?«, fragte Susan wenig später.

Die beiden Männer fuhren herum.

Jimmy klappte der Unterkiefer herunter. Ungläubig starrte er Susan von oben bis unten an. »Mein Gott, bist du schön!«, entfuhr es ihm.

»Kompliment«, pflichtete Patrick ihm bei. »Das Sprichwort stimmt: Kleider machen Leute. Du könntest im Salon von Lady Vanderbilt ein- und ausgehen, und keiner würde ahnen …« Den Rest des Satzes verschluckte er.

Susan errötete vor Freude. Sie hatte sich sehr dezent geschminkt und trug eines der wertvollen Kleider von Olivia. Es saß wie angegossen, und sie sah umwerfend darin aus. »Na, wenn wir schon downtown fahren, möchte ich auch passend angezogen sein.«

Patrick winkte eine Kutsche herbei.

Als sie eingestiegen und losgefahren waren, fragte Jimmy, ob er einen Blick auf die Schmuckstücke werfen dürfte.

Susan reichte ihm bereitwillig das Samtkästchen. »Ich weiß zwar nicht, warum, aber du gefällst mir und ich vertrau dir.«

Lächelnd nahm Jimmy die Schmuckschatulle und murmelte: »Geht mir mit dir genauso.« Dann öffnete er die Kassette und starrte mit großen Augen hinein. »Patrick, du hast nicht übertrieben. Nicht, dass ich mich mit Edelsteinen auskenne, aber das sieht jeder Idiot, dass die Klunker etwas ganz Besonderes sind.«

»Hast du deinen Block und deine Stifte dabei?«, fragte Patrick, dann wandte er sich an Susan: »Haben Sie was dagegen, wenn Jimmy eine Zeichnung macht?«

»Nur zu.«

»Während Jimmy am Werk ist, erzähle ich Ihnen von meinem Plan. Wir fahren jetzt zu Charles Tiffany. Er ist der bekannteste Juwelier der Stadt und hat den schönsten Schmuckladen von ganz New York. Bei ihm kauft die Hautevolee der Stadt ein, die Vanderbilts, Astors und Whitneys geben sich bei ihm die Klinke in die Hand, und sogar europäische Adelshäuser zählen zu seinen Kunden. Wenn sich einer mit außergewöhnlichem Schmuck auskennt, dann er.«

Die Kutsche bog unterdessen in die Fifth Avenue ein.

Plötzlich fragte Patrick: »Susan, wie alt sind Sie eigentlich?«

»Warum wollen Sie das wissen? Eine Lady fragt man nicht nach ihrem Alter.«

»Hört, hört! Patrick, im Umgang mit Damen musst du anscheinend noch eine ganze Menge lernen«, feixte Jimmy.

»Wie alt bist du denn?«, wollte Susan von Jimmy wissen.

»So um die zwanzig, schätze ich, man hat mir nie gesagt, wann genau ich geboren wurde.«

Susan schaute aus dem Fenster. »So alt bin ich auch ungefähr.«

»Ich habe nur aus einem Grund nach dem Alter gefragt: Wir sollten im Schmuckladen plausibel erklären können, wie wir zusammengehören. Wenn wir da herumstammeln, machen wir uns bloß verdächtig. Für meine Tochter sind Sie zu alt,

Susan, ich werde sagen, dass du meine kleine Schwester bist. Ab sofort duzen wir uns und du sagst nur noch Patrick zu mir, okay?«

»Ich bin gespannt, wie du mich in eurer kleinen Familie unterbringen willst«, bemerkte Jimmy mit einem breiten Grinsen; seine weißen Zähne strahlten in seinem dunklen Gesicht.

»Tja ...«, Patrick verdrehte die Augen, »du weißt, ich verachte die Rassentrennung. Für mich bist du wie ein Bruder!« Dann fuhr er fort: »Das ganze Unternehmen ist nicht ohne Risiko. Womöglich handelt es sich bei dem Schmuck um Diebesgut.«

Susan bedachte Patrick mit einem empörten Blick. »Na hör mal!«

»Susan, bei aller Liebe. Kein Verehrer, der seinen Reichtum auf legale Weise erworben hat, beschenkt eine Prostituierte mit solchen Kostbarkeiten. Egal, wie hübsch Olivia war. Ich weiß natürlich, dass viele wohlhabende Freier sehr großzügig sein können. Sie zahlen für das Glück, das sie mit euch erleben, und es ist ihnen viel wert. Aber in dem Fall habe ich meine Zweifel. Und die Polizei gibt den Juwelieren manchmal Listen mit gestohlener Hehlerware. Wenn der Juwelier sich irgendwie merkwürdig verhält, müssen wir sofort die Beine in die Hand nehmen. Zur Not haut uns ein befreundeter Polizist raus, aber das will ich nur, wenn es sich nicht vermeiden lässt.«

Als sie ihr Ziel erreicht hatten, zog Jimmy eine Zigarette aus seiner Jacke und zündete sie an. »Ich warte hier draußen auf euch. Spy kann so Läden nicht leiden!«

Patrick klopfte Jimmy auf die Schulter. Er bewunderte ihn für seine sensible Art. Sie wussten natürlich beide, dass ein Schwarzer bei Tiffany nicht willkommen war.

Patrick bot Susan seinen Arm.

»Wenn die merken, dass ich im ältesten Gewerbe der Welt tätig bin, komme ich ganz schnell wieder raus und leiste dir Gesellschaft«, meinte Susan und zwinkerte Jimmy zu.

»Also, dann wollen wir mal, Schwesterchen!«

Beim Eintreten stellte Patrick erleichtert fest, dass sie die einzigen Kunden in dem berühmten Juweliergeschäft waren. Der geräumige Laden war recht dunkel und mit etlichen großen Vitrinen vollgestellt. In den Glasregalen lagen die unterschiedlichsten Ringe, Colliers, Armbänder und Uhren. Daneben stand ein großer geöffneter Safe mit unzähligen Schubfächern. Ein junger Angestellter eilte ihnen devot entgegen.

»Womit kann ich den Herrschaften dienen?«

Susan und Patrick lächelten.

»Ich nehme an, Sie sind auf der Suche nach einem Ring? Oder gleich zwei? Verlobungsringe vielleicht?«, fragte der Angestellte unsicher.

»Nein. Das junge Fräulein ist meine Schwester. Erkennen Sie nicht, wie ähnlich wir uns sehen?«

Patrick legte seine Wange an Susans Gesicht und grinste. Er holte seine ramponierte Taschenuhr hervor und reichte sie dem Verkäufer. »Meine Uhr ist voll Wasser gelaufen. Sehen Sie, hier.«

Amüsiert beobachtete Patrick, wie pikiert der junge Angestellte über das billige Taschenuhrmodell war, aber krampfhaft versuchte, sich dies nicht anmerken zu lassen.

»Oh, das sieht nicht gut aus. Ich kann sie in die Werkstatt geben, aber die Kosten der Reparatur werden den Wert der Uhr um ein Vielfaches übersteigen.«

Patrick zuckte mit den Schultern und sagte: »Sei's drum. Die Uhr bedeutet mir viel, es ist das einzige Erbstück von meinem verstorbenen Vater.«

Der Angestellte verschwand hinter einem türkisblauen Samtvorhang.

Susan schaute sich fasziniert um. »Ich bin noch nie in so einem schönen Laden gewesen. Es muss wundervoll sein, wenn man so reich ist, dass man hier kaufen kann, was man mag.«

»Vorerst solltest du damit zufrieden sein, dass du so einen netten Bruder wie mich hast.«

Nach wenigen Augenblicken kam der Verkäufer mit hängenden Schultern zurück. »Es tut mir leid, aber der Uhrmachermeister sieht keine Möglichkeit, das Uhrwerk wieder in Gang zu bringen. Wollen Sie sich vielleicht nach einer neuen Uhr umschauen?«

Patrick unterdrückte mit Mühe seine Wut über den Verlust der Taschenuhr. Er sah Susan kurz an, und Susan reichte ihm das blaue Samtkästchen.

»Meine Schwester und ich haben von unserer Mutter diesen wunderbaren Schmuck geerbt und würden ihn gern schätzen lassen. Wären Sie so nett, einen Blick darauf zu werfen?«

Ehrfurchtsvoll nahm der junge Mann ein Stück nach dem anderen heraus und legte sie behutsam auf eine grüne Filzmatte. »Oh mein Gott, wenn alle Steine echt sind ... So etwas Wunderbares habe ich schon lange nicht mehr gesehen. Ich muss meinen Vorgesetzten holen, er verfügt über mehr Erfahrung. Möchten die Herrschaften nicht so lange hier im Separee Platz nehmen?«

Kurze Zeit später kam er in Begleitung eines älteren grauhaarigen Herrn zurück.

»Leider ist Mr Tiffany selbst zurzeit nicht im Hause, womit kann ich Ihnen dienen?«

»Wir möchten gern diesen Schmuck schätzen lassen«, sagte Patrick.

Sie beobachteten, wie der Juwelier seine Lupe ins rechte Auge klemmte und ein Stück nach dem anderen eingehend untersuchte. Immer wieder murmelte er »Einzigartig, phänomenal ...« vor sich hin. Dann richtete er sich auf und schaute

Susan und Patrick direkt in die Augen. »Ich dachte, mein junger Kollege hätte übertrieben. Aber der Schmuck gehört zum Besten, was ich je gesehen habe. Leider kann ich nicht behaupten, dass er aus unserem Haus stammt. Mir fällt nur ein alter Goldschmiedemeister hier in der Stadt ein, der diese Preziosen angefertigt haben könnte. Ich weiß nicht, ob er überhaupt noch lebt. Sein Name ist Michael Potter.«

»Können Sie uns sagen, welchen Wert die Schmuckstücke in etwa haben?«

»Dafür könnten Sie sich ein Schloss in Europa kaufen!«

Susan schnappte hörbar nach Luft.

Der Juwelier hüstelte. »Die beiden Frauenporträts im Medaillon kommen mir irgendwie bekannt vor.«

Patrick horchte auf.

»Darf ich fragen, um wen es sich handelt? Sind es Ihre verehrte Frau Mama und Ihre Schwester? Die beiden sehen bezaubernd aus.«

Patrick bemerkte, dass Susan Tränen in die Augen stiegen. Und auch dem Juwelier schien dies nicht entgangen zu sein.

»Entschuldigen Sie, wenn ich Ihre Gefühle verletzt habe. Sie beabsichtigen doch hoffentlich nicht, sich von den kostbaren Stücken zu trennen? So etwas vererbt man von Generation zu Generation. Wenn Sie mir den Schmuck hierlassen würden, könnte ich weitere Erkundigungen anstellen und Ihnen in ein paar Tagen den ermittelten Schätzwert mitteilen.«

Ehe Susan etwas erwidern konnte, stieß Patrick sie unterm Tisch mit dem Fuß gegen ihr Schienbein. »Danke, das ist nicht nötig. Wir nehmen uns Ihren Rat zu Herzen und werden den Schmuck an unsere Nachkommen vererben.« Patrick legte seinen Arm um Susans schmale Schultern. »Komm, Schwesterchen, wir gehen. Wir danken Ihnen, dass Sie sich so viel Zeit für uns genommen haben, Sir.«

Der Juwelier packte die Wertgegenstände vorsichtig einzeln zurück in das Kästchen und starrte dem ungleichen Geschwisterpaar kopfschüttelnd hinterher, das hastig den Laden verließ.

»Es bedarf keiner großen Hellsicht, um zu bemerken, dass an der Geschichte dieser beiden jungen Leute nichts, aber auch gar nichts den Tatsachen entspricht«, rief der Juwelier seinem jungen Kollegen zu. »Hol sofort die Polizei!«

12. Kapitel

New York, Juni 1885

Kaum war Camille zum Frühstück im Salon erschienen, brach ihre Tante schon den ersten Streit vom Zaun.

»Ich konnte die ganze Nacht nicht schlafen, mein Kind. Habe ich dich richtig verstanden? Du willst ein weiblicher Journalist werden? So etwas hat eine St. Laurent doch nicht nötig. Seit wann arbeiten wir für Geld?«

»Erst einmal guten Morgen.« Camille küsste ihre überraschte Tante sanft auf die Wange, ehe sie ihr gegenüber an der langen, üppig gedeckten Tafel Platz nahm. Sie goss sich eine Tasse Tee ein und schmierte sich einen Toast mit Himbeermarmelade. »Himmlisch«, entfuhr es ihr. »Es ist herrlich, endlich wieder festen Boden unter den Füßen zu haben. Ich habe wunderbar geschlafen. Oh, du hast ja einen kleinen Zwergspitz!« Camille beobachtete über den Tassenrand hinweg, ob es ihr gelungen war, Tante Catherine von ihrem Thema abzulenken. Sie erhob sich und streichelte den Hund. »Du bist ja ein putziges Tierchen. Wie heißt du denn?«

»Wenn du glaubst, Napoleon Bonaparte würde dir antworten, kannst du lange warten. Er macht mir die einsamen Stunden auf dem Sofa erträglich.«

»Wächst er noch?«, fragte Camille neugierig.

»Nein. Warum, glaubst du, habe ich ihn Napoleon genannt?«

Camille grinste. Offenbar war das Ablenkungsmanöver vorerst gelungen, denn ihre Tante wollte wissen: »Und, meine Liebe, was wollen wir heute anstellen? Seit ich erfahren habe, dass du zu Besuch kommst, plane ich tagein, tagaus Ausflüge, die wir zusammen unternehmen können. Es ist so eine Freude, nicht mehr ganz allein mit den Angestellten in diesem großen Haus sein zu müssen. Wollen wir einkaufen oder essen gehen, oder soll ich dich den Damen meiner Bridgerunde vorstellen? Wir könnten auch eine kleine Bootspartie auf dem See im Central Park machen. Obwohl, mir fällt gerade ein, dass ich dich dafür wohl nicht begeistern kann, nach deiner langen Schiffsreise!«

Camille musste lachen. »Ein Vorschlag von dir ist schöner als der andere! Aber versteh mich nicht falsch, ich muss mich heute in der Redaktion der *New York World* zeigen. Es bedeutet mir viel, dass Monsieur Aragon so großes Vertrauen in mich gesetzt hat und ich die Reise hierher machen durfte. Ich bin nicht in Ferien hier.«

»Es war also kein Scherz, dass du zu Mr Pulitzer willst? Von allen Zeitungen, die es in New York gibt, ist die *New York World* die allerschlimmste! Da tropft Blut raus, wenn man das primitive Blatt nur aufschlägt. Kindchen, glaub mir! Falls du aus mir völlig unerfindlichen Gründen etwas arbeiten willst, dann geh in eine Kochschule für junge Fräulein oder widme dich der Orchideenzucht. Ich könnte meine Freundin Lady Hellen bitten, dir ihre Gewächshäuser vorzuführen.«

»Tantchen, darum geht es gar nicht.«

»Kannst du reiten? Ich habe zwei wunderbare Rennpferde, die bewegt werden müssen. Wir engagieren einen feschen, charmanten Reitlehrer für dich, und du reitest durch den Central Park.«

»Liebe Tante Catherine, danke, das ist ein nettes Angebot. Aber die Zeiten haben sich gewandelt. Jedenfalls für mich. Ich möchte mich dafür einsetzen, dass sich die Situation von uns Frauen zum Besseren verändert.« Camille holte tief Luft, ehe sie fortfuhr. »Für mich war es ein großer Schritt, mich als einzige Frau mit meinen männlichen Kommilitonen an der Sorbonne zu messen. Und ich habe mit Fleiß und Durchhaltevermögen etwas erreicht, auf das ich stolz sein kann.«

»Wie bitte? Du hast studiert? So etwas habe ich ja noch nie gehört. Das hat mir meine Schwester wohlweislich verschwiegen. Ich hatte ja keine Ahnung, dass ich mit dir eine Frauenrechtlerin untergejubelt bekomme.«

»Bevor du wütend wirst und mich vor die Tür setzt, lass mich dir erklären, was mich bewegt: Ich bin eine Frau und habe auch ein Recht auf Bildung und einen Beruf. Kinder, Küche, Kirche sind für mich kein Lebensmodell. Ich will etwas anderes aus meinem Leben machen. Und dieses Recht sollte allen Frauen zustehen.«

Schockiert sah Tante Catherine sie an.

»Frauen können so viel. Denk nur an die Heilkunde. Heute wird die Medizin nur noch von Männern dominiert. Das Wissen um die Heilung lag aber seit alters in den Händen der Frauen. Die Mütter gaben ihre Erfahrungen an ihre Töchter weiter. Erlerntes Können und weibliche Intuition begründeten den Ruf der Heilerinnen als weise Frauen. An der Sorbonne habe ich einen Aufsatz über die hohe soziale Stellung der Frauen in der keltischen Kultur geschrieben. Es gab früher über vierzig Göttinnen!«

»Hört, hört, was bist du für ein kluges Kind!« Die Tante schenkte sich Tee nach und ermunterte sie tatsächlich mit ihrem Blick fortzufahren.

»Wenn wir gerade schon dabei sind: Seit Jahrtausenden unterstützen sich Frauen bei der Geburt. Und heute schreiben den begüterten Frauen ausschließlich männliche Ärzte vor, wie sie ihre Kinder gebären sollen, weil die werdenden Mütter den Hebammen nicht mehr trauen. Bei uns in Europa ging es so weit, dass die heilkundigen Frauen auf dem Scheiterhaufen verbrannt wurden, um sie mundtot zu machen.«

»Aber Kindchen, das ist doch Ewigkeiten her.«

»Noch keine einhundert Jahre«, entgegnete Camille. »Ich glaube an den Fortschritt! Aber daran sollten wir Frauen auch Anteil haben.«

»Es macht mir richtig Freude, mit dir zu diskutieren, Camille. Ich liebe Wortgefechte! Und du lässt dir die Butter nicht vom Brot nehmen.«

»Ich liebe es auch, mich mit dir zu unterhalten. Zu Hause haben meine Schwestern, Schwäger und Mama immer fluchtartig den Raum verlassen, sobald ich eines dieser Themen nur angeschnitten habe. Ich verstehe, dass ich anstrengend sein kann mit meinen Ideen und Überzeugungen, aber das, was meine Familie vorlebt, ist sehr ignorant. Nur ein Beispiel: Meine Schwestern und ich wurden nie aufgeklärt. Ich weiß nicht, ob ich eines Tages Kinder haben will. Aber wenn ich welche haben sollte, werde ich ohne Tabu mit ihnen über alles reden. Weil ich von zu Hause als völlig naives Geschöpf in eine fremde Welt entlassen wurde, musste ich eine schreckliche Erfahrung mit einem Mann überstehen.« Camille hielt inne. Hatte sie der Tante gegenüber gerade zu Intimes preisgegeben?

»Es ehrt mich, dass du dich mir anvertraust.«

»Danke, dass du mir dein Ohr schenkst, Tante. Weißt du, dieser Mann hat es schamlos ausgenutzt, dass ich kaum über Männer Bescheid wusste. Niemand hatte mir beigebracht, dass eine Frau auch Nein sagen kann. Dass ich nicht schwanger geworden bin, war ein großes Glück, denn sonst …«

Tante Catherine schaute ihre Nichte fassungslos an. »So viel habe ich noch nie von einem Menschen in so kurzer Zeit erfahren.«

»Entschuldige bitte, ich habe noch nie mit jemandem darüber geredet. Auch mit Maman nicht. Und jetzt war ich über sechs Wochen als einzige Frau an Bord dieser Fregatte und konnte mit niemandem offen reden. Da bricht alles einfach aus mir heraus. Verzeih mir bitte.«

»Nein, nein, im Gegenteil. Wir werden gute Freundinnen werden, das weiß ich jetzt schon.« Tante Catherine stand auf und umarmte ihre Nichte. »Es tut mir von Herzen leid, dass du so eine schlimme Erfahrung machen musstest. Ich hingegen bin nur nach Amerika gekommen, weil dein verstorbener Onkel ein so hinreißender Liebhaber war. Ich wünsche dir, dass du eines Tages auch so ein Glück mit einem Mann teilen wirst. Wenn ich dich anschaue, sehe ich ein bildschönes junges Menschenkind, aufgeweckt und selbstsicher. Pass auf, der richtige Mann wartet schon irgendwo auf dich und lässt dich alles Negative vergessen.«

Valerie betrat den Frühstückssalon und balancierte auf ihrem Tablett zwei Gläser Orangensaft und eine Platte mit Rührei und Speck.

»Jetzt vergessen wir erst einmal alles, was hinter uns liegt, und stärken uns für den Tag, der vor uns liegt«, meinte Tante Catherine.

Sie aßen eine Weile schweigend, bis Camille wieder das Wort ergriff.

»Nun ist es mir doch peinlich, dir schon so viel von mir erzählt zu haben. Ich bin gerade erst einen Tag bei dir, und du kennst schon mein halbes Leben.«

»Camille, wenn du erst einmal meine Freundinnen und ihre Familien kennengelernt hast, dann wirst du verstehen, warum ich deine offene, frische Art so liebenswert finde. Die

New Yorker Society ist an Langeweile und Prüderie kaum zu übertreffen. Du bist ein Geschenk des Himmels für mich!«

»Ich danke dir, das ist ein schönes Kompliment.« Camille trank ihren Orangensaft in einem Zug aus. »Köstlich!«

»Das Gespräch mit dir hat mir in vielerlei Hinsicht die Augen geöffnet. Als ich in den Fünfzigerjahren aus Frankreich hierherkam, hatte ich den Eindruck, dass Amerika äußerst fortschrittlich ist. Ich bin aus der Monarchie in ein demokratisches Land übergesiedelt. Die Amerikanerinnen kamen mir immer viel freier vor als die Frauen bei uns in Frankreich. Aber wenn ich dich jetzt so reden höre, merke ich, dass auch hier im Land der unbegrenzten Möglichkeiten beileibe nicht alles zum Besten steht.«

Die Standuhr schlug elf Uhr.

»Oh, es ist ja schon so spät!«, rief Camille. »Die Zeit mit dir verging wie im Flug. Ich muss mich noch umziehen. An meinem ersten Tag will ich einen guten Eindruck machen. Inzwischen habe ich ja den Verdacht, dass die Kollegen in der *New York World* nicht mit einer Frau, sondern mit einem Mann rechnen.«

»Das wäre ja köstlich. Wie kommst du auf die Idee?«

»Bei unserer Ankunft, kurz bevor du mich abgeholt hast, fragte ein junger Mann nach einem adligen Journalisten. Ich habe in dem Moment gar nicht reagiert. Heute Nacht fiel mir ein, dass er womöglich mich gemeint haben könnte.«

»Der, der das Kind aus dem Wasser gefischt hat?«

»Ja, genau der. Er war so unwirsch, ich hatte fast den Eindruck, er hätte mich für das Malheur verantwortlich gemacht.«

»Das ist ja vollkommen absurd.« Catherine schüttelte den Kopf. »Vielleicht war es ja ein Laufbursche von diesem Pulitzer. Daran gewöhnst du dich besser gleich: Die sind alle unverschämt und haben nicht die Spur von Anstand und Benehmen.

Ich frage mich täglich, woher diese Leute von der Straße ihr Selbstbewusstsein nehmen.«

»Liebe Tante, ich muss mich sputen. Wie komme ich am besten zur Redaktion?«

»Du nimmst natürlich die Kutsche!« Catherine rief nach Valerie. »Sagen Sie Jack, er soll anspannen. Mademoiselle St. Laurent fährt aus.«

»Tante, das muss doch nicht sein. Mir macht es gar nichts aus, zu Fuß zu gehen. Nach der langen Schiffspassage tut mir ein bisschen Bewegung nur gut.«

»Papperlapapp! Einmal falsch abgebogen, und du landest in einem Viertel, wo man fürchten muss, nicht lebend wieder herauszukommen. Außerdem sind die Entfernungen hier viel größer, als du denkst.«

13. KAPITEL

New York, Juni 1885

Als Patrick am frühen Nachmittag von seinem Ausflug mit Susan und Jimmy zurückgekehrt war, fand er eine Nachricht von seiner Schwester, die nebenan wohnte, auf der Schiefertafel an seiner Wohnungstür vor.

Sofort in die Redaktion kommen! Dringend!

Er klopfte bei Olivia, um zu erfahren, was vorgefallen sei, aber sie öffnete nicht. Sie hatte wohl eine Probe mit dem Orchester. Olivia war sehr ehrgeizig und hoffte auf eine steile Karriere als Pianistin. Eigentlich hatten sie ein inniges Verhältnis, nur manchmal brachte sie ihn und die übrigen Hausbewohner zur Weißglut, wenn sie mitten in der Nacht meinte, eine besonders schwierige Passage hundertmal wiederholen zu müssen.

In all den Jahren war es erst das zweite Mal, dass er auf diese Weise in die Redaktion beordert wurde. Er wusch sich nur schnell übers Gesicht und tupfte etwas Aftershave hinters Ohr. Dann schwang er sich auf sein schwarzes Fahrrad und strampelte los.

Als er in Pulitzers Büro stürmte, blieb ihm der Mund offenstehen.

Die Frau, die da ganz leger im Sessel vor dem Schreibtisch seines Bosses saß, hatte er am allerwenigsten erwartet: die Bonbonwerferin aus dem Hafen!

Das durfte ja wohl nicht wahr sein. Vermutlich war sie hergekommen, um sich über sein rüdes Verhalten zu beschweren. So eine falsche Schlange! Immerhin hatte er ihr aus der Patsche geholfen. Innerlich begann er vor Zorn zu schäumen. Gerade wollte er zum Angriff übergehen, als sein Chef das Wort ergriff.

»Patrick, da sind Sie ja endlich! Als Erstes muss ich Ihnen die Leviten lesen: Wie kann man denn ein so bezauberndes Wesen wie Mademoiselle übersehen?«

Patrick blickte seinen Vorgesetzten verdutzt an. Was meinte er nur?

»Ich hatte Sie doch klipp und klar beauftragt, Ihre französische Kollegin am Hafen abzuholen!«

Kollegin? Hatte er richtig verstanden? Nahm ihn sein Chef etwa auf den Arm?

»Einen Monsieur Camille St. Laurent, ja. Ich habe vergeblich nach ihm Ausschau gehalten.« Patrick warf einen wütenden Blick in Richtung der jungen Frau. »Leider bin ich ins Wasser gefallen und musste die Suche abbrechen.«

»Konnten Sie nicht besser aufpassen? Sie sind doch sonst nicht so ungeschickt. Es ist doch wirklich nicht zu viel verlangt, einen Gast aus Europa in meinem Namen in New York zu empfangen.«

»Mr Pulitzer, machen Sie dem Herrn bitte keine Vorwürfe. Ich bin an dem Malheur nicht ganz unbeteiligt«, schaltete sich jetzt die junge Dame ein.

»Sie haben sich also nur nicht erkannt?«, fragte Pulitzer. »Wie konnte das denn passieren?«

Mit einem Mal dämmerte es Patrick. Er sah in den grünen Augen der hübschen Französin, dass ihr im selben Moment wie ihm klar wurde, wen sie vor sich hatte.

Sie erhob sich, ging mit einem verschmitzten Lächeln auf Patrick zu und reichte ihm die Hand. »Wollen wir noch einmal von vorn beginnen? Mein Name ist Camille St. Laurent, und Sie sind Patrick O'Sullivan, nicht wahr?«

Patrick nickte, er konnte kaum den Blick vom Gesicht der Französin abwenden. »Boss, Sie selbst haben mich doch nach einem Mann Ausschau halten lassen, oder? Wann haben Sie denn gemerkt, dass Camille St. Laurent eine Frau ist?«

Pulitzer lachte schallend. »Ich war genauso überrascht wie Sie, als diese bezaubernde junge Dame plötzlich vor mir stand und sich vorstellte. Aber jetzt setzen Sie sich erst einmal.«

Während Patrick Platz nahm, fuhr Pulitzer fort: »Mademoiselle Camille, das ist einer meiner fähigsten Redakteure, und er berichtet zurzeit hauptsächlich über die Freiheitsstatue. Er wird sich während Ihres Aufenthalts um Sie kümmern, egal, welches Anliegen Sie auf dem Herzen haben.«

Patrick warf einen argwöhnischen Blick auf die junge Frau. »Sie sind wirklich Reporterin?«, fragte er. »Und ich dachte immer, die Vereinigten Staaten seien viel fortschrittlicher als Europa.«

»Also mir persönlich gefällt die Idee, dass auch Frauen schreiben. Ich bewundere meinen Kollegen Aragon für seinen Mut«, warf Pulitzer ein. »Wir sollten auch überlegen, ob wir nicht eine Frau in den Kreis unserer Journalisten aufnehmen.«

Camille strich sich eine Locke hinter das Ohr. »Nun, ganz so verhält es sich nicht. Die meisten Leser in Frankreich werden bei dem Namen Camille davon ausgehen, dass ich ein Mann bin. So wie Sie beide. Außerdem habe ich es lediglich einer Wette zu verdanken, dass ich hierhergeschickt wurde. Wenn keiner von den Lesern merkt, dass ich eine Frau bin, gewinnt Monsieur Aragon mehrere Fässer Bordeaux.«

Pulitzer und Patrick schmunzelten beide.

»Wollen wir auch um ein Fass Whiskey wetten, Boss? Ich verfasse einen Artikel über die neueste unbequeme Miederware, und wenn keine unserer Leserinnen etwas merkt, habe ich gewonnen.«

Pulitzer grinste. »Einverstanden. Die Wette gilt. Sie müssen sich aber anstrengen.« Er reichte Patrick einen großen Umschlag. »Monsieur Aragon hat mir diesen Artikel von Mademoiselle St. Laurent mitgeschickt. Lesen Sie ihn bei nächster Gelegenheit. Mademoiselle hat eine flinke, kritische Feder. Sie, Camille, haben ganz zu Recht eindringlich auf die Ungerechtigkeiten hingewiesen, denen Frauen weltweit täglich ausgeliefert sind.«

Patrick richtete sich verwundert auf. »Hört, hört. Boss, seit wann sind Sie ein Vorkämpfer für Frauenrechte?«

»Als Vater von drei aufgeweckten Töchtern bin ich der Auffassung, dass in Sachen Gleichberechtigung tatsächlich noch vieles im Argen liegt, auch wenn wir hier in den Staaten sicherlich weiter sind als der Rest der Welt. Immerhin hat Wyoming seit 1869 das Wahlrecht für Frauen eingeführt, als erste Region in der zivilisierten Welt. Doch so interessant das Thema sein mag, mir brennt etwas ganz anderes unter den Nägeln!«

Pulitzer erhob sich und lief unruhig im Zimmer auf und ab. »Bevor Sie zu uns gestoßen sind, Patrick, hat Mademoiselle St. Laurent ein sehr heikles Thema angesprochen. Sie hat bei der Einfahrt in den Hafen festgestellt, dass unser Sockel noch weit davon entfernt ist, fertig zu sein. Die Franzosen sind davon ausgegangen, dass wir in der Lage sind, den Sockel fristgerecht zu bauen. Und jetzt bei der Ankunft musste die französische Delegation sehen, dass wir gewaltig in Verzug sind. Das ist ein Skandal erster Güte! Man hat die Franzosen hinters Licht geführt. Wir wussten von den unzähligen Schwierigkeiten,

Verzögerungen und Neuplanungen des Sockels. Die Versprechungen bezüglich der Fertigstellung stimmen hinten und vorn nicht.«

Patrick schlug seine langen Beine übereinander. »Wir sind selbst schuld, Mr Pulitzer. Wir hätten schon längst mal wieder die Baustelle besichtigen sollen. Vom Festland aus kann man nicht erkennen, wie weit die Arbeiten gediehen sind.«

»Ganz recht, Patrick. Fahren Sie gleich morgen früh rüber. Nehmen Sie einen Zeichner mit und sorgen Sie dafür, dass alles haarklein dokumentiert wird. Wir brauchen Beweismaterial. Wie Sie wissen, bin ich ein glühender Befürworter der Freiheitsstatue. Wir können den Sockelbau nur beschleunigen, indem wir den Finger in die Wunde legen und die Missstände schonungslos aufdecken. Den Architekten Morris Hunt trifft sicher keine Schuld. Er hat ja schon wegen des chronischen Geldmangels die Höhe des Sockels reduziert. Sein Entwurf ist absolut gelungen.«

Patrick nickte. »Ich kümmere mich drum, Boss. Ich liebe es, den Honoratioren ein bisschen auf die Füße zu treten!«

Pulitzer grinste. »Das weiß ich, Patrick. Aber pinkeln Sie ihnen nicht zu sehr ans Bein.«

»Alles klar, Boss. Ich stichle nur ein bisschen.«

Camille richtete sich auf ihrem Stuhl auf und wandte sich an Patrick. »Wenn Sie nichts dagegen haben, würde ich Sie morgen früh gern begleiten. Es interessiert schließlich auch meine Leser, wie es um den Sockel steht.«

Patrick sah Camille verdutzt an. Ehe er etwas erwidern konnte, meinte Pulitzer: »Natürlich nimmt Sie Patrick mit, da müssen Sie gar nicht fragen, meine Liebe. Sie beide werden sich ganz hervorragend verstehen, das spüre ich jetzt schon!«

»Danke für Ihre Unterstützung, Mr Pulitzer. Ich bin ganz gerührt von Ihrer Hilfsbereitschaft.«

»Keine Ursache, Mademoiselle. Ich weiß noch allzu gut, wie schwer mein eigener Anfang hier in Amerika war. Ich kam aus Ungarn und konnte im Gegensatz zu Ihnen kein Wort Englisch. Zum Glück bin ich Menschen begegnet, die mir unter die Arme gegriffen haben. Ohne sie säße ich heute nicht hinter diesem Schreibtisch.« Pulitzer klopfte sich mit einer ironischen Geste selbst auf die Schulter. »Ich habe mir damals geschworen, mein Leben lang, wann immer es möglich ist, hilfsbereit zu sein. Und wenn wir schon beim Thema sind«, Pulitzer drehte sich zu Patrick, »Mr O'Sullivan wird sicher gern sein Büro mit Ihnen teilen.«

»Wie bitte?«, entfuhr es Patrick empört.

»Sie haben mich schon richtig verstanden. Es kann nur von Vorteil sein, wenn Sie im selben Zimmer sitzen. Kurze Wege erleichtern die Arbeit. Mademoiselle Camille soll einen Platz bei uns im Haus erhalten. Zeigen Sie ihr doch gleich Ihr Büro, Sie werden doch nicht Ihren ganzen Schreibtisch für sich brauchen!«

14. KAPITEL

New York, Juni 1885

Camille wartete ungeduldig auf das Erscheinen ihres amerikanischen Kollegen. Sie hatte solche Sorge gehabt, zu spät zu kommen, dass sie fast eine halbe Stunde vor der verabredeten Zeit im Hafen eingetroffen war.

Sie vermutete, dass Patrick sie auf die Probe stellen wollte, als er vorschlug, sie sollten sich schon um sieben Uhr morgens hier treffen. Zwar hatte Camille den Kutscher angewiesen, zu ihrer Tante zurückzufahren, doch der weigerte sich standhaft. »Wenn ich Sie hier in aller Herrgottsfrühe allein stehen lasse, reißt mir Ihre Tante den Kopf ab. Ich bleibe so lange hier, bis Ihre Verabredung erschienen ist.«

Camille trat nervös von einem Bein aufs andere. Fasziniert beobachtete sie das geschäftige Treiben um sie herum. Als sie aus der Kutsche gestiegen war, hatte es ihr zuerst den Atem verschlagen, so entsetzlich war der Geruch nach verwestem Fisch und brackigem Wasser. Ein Schwarm Möwen stritt sich lauthals um ein paar Fischkadaver, die wenige Meter von ihr entfernt auf dem Boden lagen. Am Kai stand ein mächtiger Kran, und Camille beobachtete, wie sein Ausleger wie von Geisterhand über die Ladeluke eines großen, am Hafenbecken vertäuten Frachters bugsiert wurde. Dann verschwand sein dickes Seil, an dessen Ende ein Haken befestigt war, im Bauch des Schiffes und kam wenige Augenblicke später mit mehreren prall gefüllten Säcken wieder zum Vorschein. Fasziniert verfolgte Camille, wie die Ladung durch die Luft an Land schwebte und dort von wartenden Männern geschultert und in ein nahe gelegenes Lagerhaus geschleppt wurde. Alle schienen einem unsichtbaren Plan zu folgen. Kleine Fischerboote legten an der Hafenmauer an, Händler boten lautstark ihren Fang feil und hievten die Kisten mit den glänzenden, frischen Fischen an Land. Seiler drehten über den ganzen Platz hinweg Hanf zu schweren, dicken Tauen. Kutschen und Fuhrwerke brachten Holzkisten oder holten Waren aus einem der unzähligen Schuppen und Kontore ab. Camille merkte, dass sie sich hier in einer reinen Männerwelt befand.

Plötzlich kam ein Kerl mit einem Eimer auf sie zu. »Suchst du jemanden?«

»Nein, ich warte auf einen Kollegen«, entgegnete Camille.

»So eine wie dich haben wir hier vor ein paar Wochen rausgezogen. Das war kein Vergnügen. Die Polizei hat gesagt, sie ist ermordet worden. Pass auf dich auf. Das ist nicht die richtige Gegend für dich, so wie du aussiehst.«

Camille lief ein Schauer den Rücken hinunter.

Um sich abzulenken, dachte sie an ihre gestrigen Erlebnisse in der Redaktion der *New York World*. Sie hatte schnell kapiert, dass man bei dem souverän wirkenden Patrick O'Sullivan ständig auf der Hut sein musste. Innerlich musste sie schmunzeln, wenn sie daran dachte, wie ihm gestern Nachmittag die Kinnlade heruntergeklappt war, als ihn Pulitzer anwies, seinen Schreibtisch mit ihr zu teilen. Wenn Blicke hätten töten können … Ohne es zu wollen, brachte sie sein gewohntes Berufsleben ziemlich durcheinander. Auf dem Weg zu seinem Büro hatte sie sich zwar mehrmals dafür entschuldigt, ihm Umstände zu bereiten, aber er hatte sie wie Luft behandelt. Wütend hatte er seine Sekretärin Betsy um einen leeren Karton gebeten und dann mit einer einzigen Handbewegung die eine Seite seines großen Schreibtischs leer gefegt. Dann hatte er ihr den Karton vor die Füße geknallt und seiner Sekretärin zugerufen: »Die junge Dame teilt von jetzt an das Büro mit uns. Befehl von ganz oben. Ich werde versuchen, mich mit einem kühlen Bier an die neue Situation zu gewöhnen!«

Er hatte seinen Hut gezogen und war ohne ein weiteres Wort verschwunden. Die Sekretärin hatte ihr die Hand gegeben und sich lächelnd vorgestellt. »Mr O'Sullivan meint es nicht so. Er ist ein wirklich toller Chef. Ich bin Betsy, und mit wem habe ich das Vergnügen?«

Camille hatte ihr erklärt, dass sie im Auftrag von *Le Figaro* über die Freiheitsstatue berichten würde.

»Und das können Sie?«, hatte die Sekretärin mit hochgezogenen Augenbrauen nachgefragt.

Bitte nicht schon wieder eine Diskussion über Frauen, die schreiben wollen, hatte Camille innerlich gefleht. Glücklicherweise hatte sich die Sekretärin ohne einen weiteren Kommentar umgedreht und war an ihre Schreibmaschine zurückgekehrt.

»Da sind Sie ja endlich, Gnädigste!«, rief in dem Moment eine tiefe Männerstimme hinter ihr.

Erstaunt fuhr Camille herum. Aus der Menschenmenge kam Patrick mit einem unverschämten Grinsen auf sie zu. Neben ihm schlenderte ein schwarzer junger Mann mit einem Raben auf der Schulter.

»Guten Morgen! Ich habe meinen Sklaven mitgebracht. Der rudert uns zu Bedloe's Island rüber. Oje, ich habe meine

Peitsche vergessen. Ohne kann es den halben Tag dauern, bis wir übergesetzt haben!«

Fassungslos verfolgte Camille, wie der junge schwarze Mann zu schluchzen begann und mit weinerlicher Stimme stammelte: »Gnade, Master, Gnade! Schlagen Sie mich nicht wieder. Ich tue alles, was Sie verlangen!«

Camille war kurz davor, auf dem Absatz kehrtzumachen und mit dem Kutscher zurück zu ihrer Tante zu fahren. Sie wusste nicht viel über die amerikanischen Gepflogenheiten, aber dass die Sklaverei seit 1865 auf dem gesamten Gebiet der Vereinigten Staaten endgültig abgeschafft worden war, war ihr bekannt.

»Ach, gilt für Sie der dreizehnte Zusatzartikel zur Verfassung der USA etwa nicht, Mr O'Sullivan? Und übrigens habe ich im Gegensatz zu Ihnen die Freiheitsstatue in Paris schon teilweise aufgebaut gesehen. Zu ihren Füßen liegt eine zerbrochene Kette, die die Abschaffung der Sklaverei symbolisiert.«

»Oho, da hat aber jemand aufgepasst in der Schule.« Grinsend kam der schlaksige Schwarze auf sie zu und reichte ihr die Hand. »Ich heiße Jimmy. Es tut mir leid, dass ich bei dem schlechten Witz meines Freundes mitgemacht habe. Bitte entschuldigen Sie.«

»Was soll der Blödsinn?«, fuhr Camille Patrick an.

»Ein Scherz, nichts weiter. Haben Sie keinen Humor, Gnädigste?«

»Ich heiße Camille, Mr O'Sullivan!«

»Ich weiß.«

»Warum sagen Sie dann Gnädigste zu mir?«

»In Amerika bekommt jeder einen Spitznamen verpasst. Oder wäre dir Candy lieber?«

»Nein.«

»Schade, immer wenn ich dich sehe, muss ich an Bonbons denken.«

»Sehr lustig, Funny! Das ist mein Spitzname für dich!«, erwiderte Camille ärgerlich.

Jimmy lachte. »Du bist wirklich schlagfertig! Das muss man dir lassen.«

»Nachdem wir uns vorgestellt haben und alle Missverständnisse beseitigt sind, sollten wir uns an die Arbeit machen. Soll die Kutsche warten, oder kannst du uns so weit vertrauen, dass wir dich heute Abend sicher nach Hause bringen?« Ohne eine Antwort abzuwarten, fuhr Patrick fort: »Jimmy ist übrigens mein Freund. Er zeichnet für die *New York World*. Er hat großes Talent und wird eines Tages ebenfalls Journalist werden.«

»Freut mich, Jimmy. Wir sind in dem Beruf wohl beide Außenseiter. Ich als Frau und du wegen deiner Hautfarbe. Wir sollten zusammenhalten, komme, was da wolle!«

Insgeheim war Camille froh, dass sie nicht allein mit Patrick war. Jimmy war ihr auf Anhieb sympathisch.

»Und wer ist das auf deiner Schulter?«

»Das ist Spy.«

»Wir haben heute viel zu tun und können es uns nicht leisten, noch mehr Zeit zu verlieren«, drängelte Patrick. Er schritt voraus durch das Getümmel, und Camille und Jimmy hatten Mühe, ihm zu folgen.

Im Hafenbecken wartete ein Ruderboot mit einem alten Fischer und seinen zwei muskulösen Helfern.

»Mit denen setzen wir über«, sagte Patrick, sprang ins Boot und reichte ihr die Hand.

Camille zögerte einen Moment. Das kleine Boot kam ihr nicht gerade vertrauenerweckend vor.

Als hätte Patrick ihre Gedanken gelesen, sagte er: »Nur Mut! Du weißt ja, ich bin ein ganz passabler Rettungsschwimmer.«

Widerwillig musste Camille lächeln. Dann gab sie sich einen Ruck und ergriff Patricks Hand.

Als er sie mit beiden Armen auffing, kam sie ihm näher als beabsichtigt. Er duftete herrlich nach frisch gewaschenem Hemd, Rasierwasser und Seife.

Einen Moment lang trafen sich ihre Blicke.

Dann sprang Jimmy ins Boot. Der Rabe flog erschreckt von seiner Schulter auf und kreiste über ihnen.

»Kommt der etwa auch mit?«, fragte der Fischer mürrisch. »Der verjagt mir bloß die Fische.«

»Selbstverständlich. Ich mach schon mal die Leinen los.« Jimmy lief nach vorn und löste das dünne Tau. Das Boot schaukelte bedenklich. Alle nahmen Platz, und auch der Rabe ließ sich wieder auf Jimmys Schulter nieder.

Mit zügigen Ruderschlägen pflügten der Fischer und seine beiden Gehilfen durch das unruhige Wasser auf die Insel zu.

»Kannst du mir etwas über den Sockel erzählen, Funny? Wir waren wirklich entsetzt, als wir bei unserer Ankunft an Bedloe's Island vorbeisegelten und gesehen haben, dass die Bauarbeiten noch in vollem Gang sind. Es wird natürlich einige Zeit dauern, bis alle Kisten mit der zerlegten Lady Liberty rübergebracht und ausgepackt sind, aber die Fertigstellung des Sockels scheint sich doch dramatisch verzögert zu haben.«

»Na, wie immer liegt es am Geld«, bestätigte Patrick, was Camille bereits von Baron Quisac erfahren hatte. »Der ursprüngliche Entwurf war sowieso schon aus Kostengründen stark verkleinert worden. Jimmy, jetzt bist du dran. Wenn du die Zeitungen, die du verkaufst, gelesen hast, dann weißt du besser Bescheid als ich, oder?«

Jimmy nickte. »Besagter erster Entwurf für den Sockel stammt von dem Architekten Richard Morris Hunt, der sich an der klassischen Architektur orientierte. Bei der Form handelt es sich um eine abgeschnittene Pyramide. Über den Türen an jeder Seite werden sich eines hoffentlich nicht allzu fernen Tages zehn goldene Scheiben befinden. Darauf sollen gemäß dem Vorschlag deines Landsmanns Frédéric-Auguste Bartholdi die Wappen unserer vierzig Bundesstaaten verewigt werden. Ebenso auf allen Seiten sind von Säulen eingefasste Balkone vorgesehen. Das Sockelkomitee engagierte den früheren Armeegeneral Charles Pomeroy Stone für die Aufsicht über die Bauarbeiten. Im Herbst vor zwei Jahren wurde als Erstes ein viereinhalb Meter tiefes Fundament ausgehoben. Die Grundsteinlegung war am 5. August 1884. Also vor knapp einem Jahr. Ursprünglich sollte der Sockel ganz aus Granit gebaut werden. Aber wegen der schlechten finanziellen Situation wurde der Plan geändert. Jetzt sind es sechs Meter dicke, mit Granitblöcken verkleidete Zementblöcke. Noch nie ist irgendwo auf der Welt so viel Beton verarbeitet worden. Und du wirst es nicht glauben, Camille, aber der ganze Beton kommt aus Deutschland von der Firma Dyckerhoff.«

Camille und Patrick starrten Jimmy sprachlos an.

»Du bist ja ein wandelndes Lexikon!«, meinte Camille.

»Das stand alles in unserer Zeitung?«, fragte Patrick.

»Oder bei der Konkurrenz«, bemerkte Jimmy trocken.

»Ganz Amerika sammelt seit drei Jahren Spenden für den Sockel. Es ist eine Schande, dass dieses reiche Land so geizig ist. Der Einzige, der das Desaster jetzt noch abwenden kann, ist Joseph Pulitzer!« Patrick redete sich in Rage. »Entweder man sorgt dafür, dass ein Geschenk in Ehren angenommen wird, oder man hätte es gleich ausschlagen müssen. Alles andere ist mehr als peinlich.«

»Ich weiß nicht, ob ihr davon gehört habt, doch bei uns in Frankreich gab es eine Petition mit Tausenden von Unterschriften, die für den Verbleib der Freiheitsstatue in Paris plädierte. Hätte man gewusst, wie es um den Sockel steht, wer weiß, ob die Freiheitsstatue dann Frankreich je verlassen hätte. Ehrlich gesagt verlief das Spendensammeln auch bei uns eher stockend, deshalb ist die Freiheitsstatue auch erst mit zehn Jahren Verspätung fertig geworden. Und nicht wie geplant zum einhundertsten Jahrestag der amerikanischen Unabhängigkeitserklärung.«

»Schauen wir heute nur mal unangemeldet auf der Baustelle vorbei, um uns ein Bild zu machen, wie weit die Arbeiten gediehen sind, oder haben wir einen offiziellen Termin?«, fragte Jimmy.

»Wir lassen uns einfach überraschen, was passiert«, meinte Patrick.

Eine halbe Stunde später gingen die drei an Land.

»Oh, schaut mal, da ist ja eine Kneipe!«

»Da treffen wir bestimmt jede Menge Arbeiter an. Also rein in die gute Stube und frühstücken«, schlug Patrick vor.

»Gute Idee, die reden nicht um den heißen Brei herum, sondern sagen gleich die Wahrheit«, bemerkte Jimmy.

Camille musste an sich halten, als sie die Kaschemme betraten. Es stank nach ranzigem Fett, abgestandenem Zigarettenrauch, Küchenabfällen und Schweiß.

Die anwesenden Gäste waren schlagartig verstummt, nachdem sie die drei erblickt hatten. Erst als Patrick salopp in die Runde rief: »Lasst euch von uns nicht stören, Männer!«, schwoll der Lärmpegel wieder an.

»Dürfen wir uns zu euch an den Tisch setzen?«

»Mit so 'ner hübschen Lady immer!«

»Was soll's denn sein?«, schrie der Wirt vom Tresen rüber.

»Kaffee und Eier mit Speck!«

Während die drei auf ihr Frühstück warteten, wurden sie neugierig beäugt. Einer der Männer traute sich zu fragen: »Was wollt ihr hier? Ihr seht nicht gerade aus, als hättet ihr was mit dem Bau zu tun.«

»Oh doch! Diese junge Dame hier hat uns das lang erwartete Geschenk vorgestern höchstpersönlich aus Frankreich gebracht! Und sie ist gar nicht erfreut, dass ihr noch immer nicht mit dem Sockel fertig seid.«

Einer der Männer sprang empört auf. »Das liegt nicht an uns! Ich habe schon seit vier Wochen keinen Lohn mehr bekommen, und trotzdem bin ich noch da! Ständig heißt es, morgen gibt es Geld.«

»Hier auf der Baustelle läuft nichts, wie es sollte!«, mischte sich ein hagerer Typ ein. »Wir schuften wie die Blöden, und nichts geht voran. Es liegt an den Plänen, die von Anfang an hinten und vorn nicht gestimmt haben; deshalb sind wir so in Verzug.«

»So eine chaotische Baustelle habe ich noch nie erlebt«, sagte ein dicker, glatzköpfiger Mann mit tiefer Stimme.

»Das Fundament ist immer die größte Herausforderung bei einem Bauwerk«, ergriff Camille das Wort. »Wenn den Baumeistern unserer Kathedralen in Frankreich Fehler bei der Berechnung der Tragkraft unterlaufen wären, hätte das katastrophale Auswirkungen gehabt. Und unsere Lady Liberty wiegt immerhin an die zweihundert Tonnen!«

»Was für eine gewaltige Matrone«, lachte ein Arbeiter.

»Da kennt sich jemand aber aus!« Ein gut aussehender blonder Hüne stand vom Nebentisch auf und trat hinter Camille. Im Unterschied zu den Arbeitern trug er einen beigefarbenen Anzug.

Einer der Arbeiter, dem zwei Schneidezähne fehlten, rief: »Ash, setz dich zu uns! Schön, dass du wieder da bist.«

»Ich war zwei Monate beruflich in Washington und bin genauso ungehalten wie Sie, dass in der Zwischenzeit so wenig passiert ist.«

Der Mann nahm neben Camille Platz. »Wenn die Freiheitsstatue eines schönen Tages auf dem Sockel stehen wird, ist das auch mir zu verdanken.«

»Uns allen«, riefen die Männer durcheinander.

»Das ist keine Baustelle wie jede andere.«

»Da hast du recht, Charly.«

»Und am Ende wird es so sein wie bei allen großen Bauwerken. Kein Schwein erinnert sich mehr an die Namen der vielen Arbeiter, den Schweiß, den sie vergossen, und die Qualen, die sie durchlitten haben.«

»Ich werde diese Baustelle mein Leben lang nicht vergessen. Schaut her!« Der Mann hob seine rechte Hand in die Höhe, und Camille sah bestürzt, dass zwei Finger fehlten. Als der Arbeiter Camilles Blick auffing, meinte er lapidar: »Abgerissen.«

Die Männer amüsierten sich, als Camille immer bleicher wurde.

»Zeigt mal den Herrschaften, was die Baustelle für Spuren auf euren Körpern hinterlassen hat«, forderte ein muskulöser Kerl seine Kollegen auf und krempelte sein rechtes Hosenbein hoch. Eine lange, wulstige, rot entzündete Narbe kam zum Vorschein.

Einer nach dem anderen trat an den Tisch heran und präsentierte seine Verletzungen. Ärmel wurden hochgezogen, Hemden aufgeknöpft und Hosen ohne Scham heruntergelassen. Jeder der Arbeiter hatte etwas beizutragen.

Camille, die vorher totenbleich gewesen war, errötete.

»Ich hätte nicht gedacht, dass unser Besuch auf dieser malerischen Insel zu einer Lektion über Medizin und Arbeitsunfälle wird«, sagte Patrick, während der Wirt Eier und Speck servierte.

Camille stocherte lustlos auf ihrem Teller herum. Dann wandte sie sich an ihren Nebensitzer, der sich als Einziger nicht an der Zurschaustellung der Verletzungen beteiligt hatte. »Es freut mich, dass Sie offenbar ohne Schaden davongekommen sind.« Kaum hatte sie die Worte ausgesprochen, sah sie entsetzt, dass die rechte Hälfte seines Halses von einer schlecht verheilten Brandwunde entstellt war. Der Kragen seines Hemdes hatte die Wunde bisher verdeckt, und sie war nur deshalb sichtbar geworden, weil er sich ihr zugewendet hatte.

Der Mann schaute sie durchdringend an. »Ja, ich bin ohne nennenswerte äußere Blessuren geblieben. Die Wunde, auf die Sie sich bemühen nicht zu starren, stammt aus meiner Kindheit. Aber ich bin auch kein gewöhnlicher Arbeiter. Ich bin Bauingenieur und Statiker.«

»Wie interessant. Dann tragen Sie viel Verantwortung.«

»In der Tat. Es ist eine große Herausforderung. In mir sehen Sie einen glühenden Verehrer der Freiheitsstatue. Ich habe es als große Ehre empfunden, mein ganzes Wissen und Können dem Bau der Lady Liberty zur Verfügung zu stellen.«

»Es freut mich außerordentlich, jemanden zu treffen, der wie ich von der Idee der Freiheitsstatue begeistert ist«, sagte Camille. »Ich hatte schon den Verdacht, dass die kritischen Stimmen in Amerika in der Überzahl wären.«

»Der Eindruck trügt, denn sonst hätte es nicht so einen fulminanten Empfang für die Freiheitsstatue gegeben, Miss. Nur hier auf der Insel ist die Stimmung gerade schlecht. Die Arbeiter tragen keine Schuld. Auf ihrem Rücken werden unnötige Konflikte ausgefochten. Und Anweisungen und Entscheidungen getroffen, die sie teilweise in sinnlose Gefahren bringen. Mein Name ist übrigens Ashton Brown.« Lächelnd reichte er ihr seine schmale, feingliedrige Hand.

»Camille St. Laurent«, erwiderte sie ebenfalls lächelnd.

Er hob sein Whiskeyglas und prostete ihr zu. »Ich nehme an, Sie sollen hier nach dem Rechten sehen?«

»So kann man das ausdrücken. Meine Landsleute wollen natürlich ganz genau wissen, wie groß die Fortschritte auf der Baustelle sind. Wenn ich ehrlich sein darf, war unsere Delegation höchst pikiert, als wir vorgestern vorbeigefahren sind. Inzwischen haben sich die Gemüter wieder ein wenig beruhigt. Der herzliche Empfang hat vieles wettgemacht.« Sie senkte ihre Stimme und flüsterte ihm zu: »Unter uns, was glauben Sie, wann werden die Bauarbeiten am Sockel abgeschlossen sein?«

»Wir stehen kurz vor dem nächsten Baustopp. Die Arbeiter bekommen momentan keinen Lohn ausgezahlt. Die Kasse ist leer. Ich bin mir aber ziemlich sicher, dass es Joseph Pulitzer mit seiner Spendenaktion gelingt, die fehlenden Dollars einzusammeln. Wenn es einer schafft, dann er. Aber auch dann werden die Arbeiten noch mindestens ein Jahr dauern.«

Camille schluckte. »Das kann nicht Ihr Ernst sein. Das wäre ja eine Katastrophe!«

»Nun, ich enttäusche Sie nur ungern. Wenn ich von einem Jahr rede, gehe ich von den besten Voraussetzungen aus. Es können gut und gern auch zwei Jahre werden. Aber verlieren wir nicht den Optimismus.«

Camille war sprachlos. »Wenn ich das nach Hause berichte …« Sie schaute zu Patrick hinüber, der gerade ein krumm zusammengewachsenes Handgelenk eines Arbeiters begutachtete. War sie etwa die Einzige, die hier aus allen Wolken fiel?

Ehe sie weiter darüber nachdenken konnte, beugte sich Ashton Brown ganz nah an ihr Ohr und fuhr in verschwörerischem Ton fort: »Der Fisch stinkt vom Kopf, wenn Sie verstehen, was ich meine.«

Camille zog fragend die Stirn kraus.

»Damit will ich sagen, dass die feinen Herrschaften vom sogenannten Sockelkomitee verantwortlich für dieses Desaster sind. Riesige Summen verschwinden auf dubiose Art und Weise in dunklen Kanälen. Dieses Geld fehlt natürlich an anderer Stelle. Das ganze Komitee ist ein korrupter Haufen. Allen voran die hoch angesehene Familie Johnson.«

»Aber warum wenden Sie sich nicht an Ihre Vorgesetzten oder die Polizei?«

Ashton Brown lachte spöttisch. »Willkommen in New York! Sie scheinen keine Ahnung zu haben, in was für einer Stadt Sie sich befinden, Miss. New York ist die Hauptstadt der Korruption! Etliche Skandale und Veruntreuungen wurden in den letzten Jahren zwar aufgeklärt und die Verantwortlichen ins Gefängnis gesteckt. Das hat aber niemanden abgeschreckt, sondern lediglich dazu geführt, dass die Gauner aus Politik, Industrie und Handwerk sich nur noch geschickter tarnen. Eine Familie wie die Johnsons ist in New York unantastbar. Keiner traut sich, sich mit denen anzulegen.«

Plötzlich läutete eine Glocke.

Die Arbeiter leerten hastig ihre Gläser und schoben die letzten Bissen in den Mund.

»Die Pause ist um. Weiter geht's, an die Arbeit!«

Auch Mr Brown erhob sich, strich sein Jackett glatt und band sich ein auffallend schönes, strahlend blaues Seidenhalstuch um. »Mademoiselle St. Laurent, es war mir ein großes Vergnügen, mit so einer gebildeten und charmanten jungen Dame plaudern zu dürfen. Wenn Sie noch Fragen haben, hier ist meine Visitenkarte.« Er legte sie zusammen mit ein paar Münzen auf den Tisch und verließ den Gastraum, noch ehe sich Camille bedanken konnte.

Der Schankraum leerte sich nach und nach.

Der Wirt räumte die Teller und leeren Gläser zusammen. »Erster Ansturm für heute geschafft. Die Männer kommen erst in fünf Stunden wieder«, sagte er zufrieden und verschwand im Nebenzimmer.

»Ich bin immer wieder schockiert, unter welch schlimmen Bedingungen die Arbeiter schuften müssen. Sie verdienen mehr schlecht als recht und müssen tagein, tagaus ihre Gesundheit aufs Spiel setzen.« Patrick wischte mit einem Stück Brot seinen Teller sauber.

»Und wenn es Tote gibt, tun alle betroffen«, meinte Jimmy.

»Es gibt keine Stadt, in der so viel gebaut wird wie hier bei uns in New York. Zeit ist Geld. Da nehmen es die Bauherren mit der Sicherheit nicht so genau. Und was sollen die armen Kerle schon machen? Niemand setzt sich wirklich für ihre Rechte ein. Eine Schande ist das!« Zornig trank Patrick seinen Kaffee aus, ehe er abrupt aufstand.

Camille griff nach Ashton Browns Visitenkarte. Kurz rang sie mit sich, ob sie Patrick und Jimmy überhaupt von ihrer Unterredung und den Unterstellungen, die er geäußert hatte, erzählen sollte. Dann gab sie sich einen Ruck. »Der Mann, der neben mir saß, war kein einfacher Arbeiter.«

»Das hab ich mir schon gedacht, so wie der angezogen war«, sagte Jimmy.

»Er ist der Statiker, und so wie ich es verstanden habe, einer der entscheidenden Männer hier auf der Baustelle. Er scheint ein feiner Kerl zu sein, sonst würde er nicht mit den Arbeitern hier in dieser Kaschemme frühstücken.«

Patrick funkelte sie an und bemerkte spöttisch: »Erst zwei Tage da und schon auf Freiersfüßen?«

Camille spürte, wie ihr das Blut in die Wangen schoss, beherrschte sich aber und ignorierte die dumme Bemerkung. »Dieser Mr Brown hat mir etwas Interessantes erzählt. Seiner Meinung nach ist der Grund für die Verzögerung vor allem in der Korruption des Sockelkomitees zu suchen. Euch mag das bekannt sein, aber für mich war es eine Ungeheuerlichkeit. Wie kann man denn angesichts eines so generösen Geschenks einer ganzen Nation Geld in die eigene Tasche abzweigen?«

»Wie bitte? Und das hat dein Mr Brown behauptet?« Wütend lief Patrick ans Fenster und schaute auf die halb fertige Baustelle hinaus.

Camille nickte. »Ja. Und er klang sehr ehrlich. Er ist seit Jahren ein glühender Anhänger der Freiheitsstatue. Ich hatte den Eindruck, es wäre ihm daran gelegen, dass ich Baron Quisac unterrichte, was für Machenschaften hier im Gang sind.«

Camille beobachtete, wie sich die beiden Männer irritiert ansahen. »Und wenn wir schon dabei sind: Er hat sogar ganz konkret den Verdacht geäußert, dass eine gewisse Familie Johnson ihre Geldgier dort befriedigt. Außerdem hat er von Seilschaften berichtet, die sich unter der Hand sämtliche Aufträge in New York gegenseitig zuspielen.«

Patrick kam zum Tisch zurück und schlug so fest mit der Faust auf die Platte, dass die Gläser klirrten. »Das ist unmöglich! Ich kenne Mr Johnson. Er hat sich mit etlichen sozialen Projekten verdient gemacht. Du kannst das nicht wissen, aber die Johnsons gehören zu den einflussreichsten Familien in ganz Amerika. Ihnen Korruption zu unterstellen, ist ein Unding und geradezu lächerlich. Meiner Meinung nach wollte der Mann sich bei dir bloß wichtigmachen, nichts weiter. Sei nicht so dumm und fall darauf rein!«

»Und wenn an der Geschichte doch was dran ist, Patrick?«, warf Jimmy ein. »Den Typen, die im Komitee hocken, trau ich alles zu. Und dir brauch ich wohl nicht zu erzählen, dass sie alle Logenbrüder sind.«

»Das wäre ein Skandal sondergleichen. Wir reißen uns in der Redaktion den Arsch auf, um Spenden von unseren Lesern zu erbetteln. Tag für Tag berichte ich von ergreifenden Schicksalen, von Menschen, die nichts haben, aber ihre letzten Cents für die Freiheitsstatue hergeben.«

»Das ist alles sehr unerfreulich«, bemerkte Camille und stützte die Ellenbogen auf der Tischplatte auf.

»Wenn es tatsächlich ein Kartell unter den Freimaurern geben sollte, das auf Kosten der Allgemeinheit Profit macht, dann wäre das eine aufsehenerregende Story«, murmelte Patrick.

»Sollen wir Mr Pulitzer nicht davon berichten?«, fragte Camille aufgeregt.

»Um Himmels willen, nein! Wenn der Boss etwas hasst, dann sind es unbestätigte Gerüchte. Wir brauchen Fakten und Beweise. Unsere Recherchen müssen hieb- und stichfest sein. Das wird einige Zeit in Anspruch nehmen. Wir klemmen uns dahinter, sobald wir wieder im Büro sind. Aber jetzt schauen wir uns erst einmal hier um. Komm, Candy, wir wollen dir die Insel zeigen, auf der dein Mitbringsel bald stehen soll. Deshalb sind wir ja hierhergekommen.«

Camille blinzelte mit den Augen, als sie aus dem dunklen Gastraum ins helle Tageslicht trat. Die Insel, die von der *Isère* so klein ausgesehen hatte, war doch etwas größer als gedacht. Auch die Ausmaße der Baustelle waren riesig. Kräne und Flaschenzüge standen auf dem ganzen Gelände verteilt herum, und die Arbeiter brüllten sich gegenseitig Anweisungen zu. Ein paar Männer winkten ihnen freundlich zu, als sie sie wiedererkannten.

»Schau mal, Jimmy, ganz so langsam kommen sie hier doch nicht voran. Als wir das letzte Mal hier waren, war von der Mauer noch nichts zu sehen.«

Jimmy pfiff beeindruckt.

»Wann wart ihr denn das letzte Mal hier?«, fragte Camille.

»Ist schon eine Weile her, etwa ein halbes Jahr«, meinte Patrick.

Sie gingen an einer kleinen Schafherde vorbei. »Die wurden offenbar hierher verfrachtet, damit sie das Gras kurz halten und fett werden«, lachte Jimmy.

Camille betrachtete verzückt den kleinen Wald im Norden. »Was für schöne alte Bäume! Hier wird sich Lady Liberty sicher wohlfühlen.«

»Und falls die hohle Dame krank werden sollte, ist da hinten auch noch ein Krankenhaus«, merkte Patrick an.

Camille bewunderte den großen roten Backsteinbau. »Ich muss den New Yorkern ein Kompliment machen. Einen schöneren Platz hätte man nicht finden können. In Paris waren Teile der Freiheitsstatue auch schon einmal provisorisch aufgestellt. Dort war sie aber zwischen Gebäuden eingequetscht und kam gar nicht richtig zur Geltung. Aber hier, auf der wunderschönen Insel, hat sie einen einmaligen Standort und einen sensationellen Ausblick. Davon kann jede Frau nur träumen!«

Plötzlich kam ein großer braun-weiß gefleckter Jagdhund angeschossen und kläffte wütend die Schafe an. Knurrend und zähnefletschend trieb er die blökenden Tiere zusammen.

Ein gellender Pfiff erklang, und der Hund drehte um und rannte einem Mann entgegen, der mit hastigen Schritten auf sie zukam.

»Rex, Fuß!« Der Hund gehorchte aufs Wort, setzte sich neben sein Herrchen auf den Boden und sah ihn erwartungsvoll an.

»Wenn man vom Teufel spricht«, flüsterte Patrick Camille und Jimmy zu. »Das ist niemand anderes als Mr Johnson.«

Camille betrachtete interessiert den attraktiven älteren Herrn, der den Hund anleinte. Er trug enge gelbe Hosen und ein braunes Jackett mit Weste. Seine silbergrauen, recht langen Haare waren streng nach hinten gekämmt. Mit einem freundlichen Lächeln begrüßte er die drei.

»Mr O'Sullivan. Welche Freude, Sie wiederzusehen.«

»Darf ich vorstellen, Mr Johnson? Mademoiselle St. Laurent, meine französische Kollegin, und Jimmy, mein Praktikant.«

»Sehr erfreut.«

»Gerade haben wir von Ihnen geredet.«

»Hoffentlich nur Gutes.« Zufrieden drehte er sich zu der Baustelle um. »Wir machen schöne Fortschritte, nicht wahr? Sie haben sich ja vor einiger Zeit sehr für die Freimaurerloge interessiert, Mr O'Sullivan. Schade, dass Sie bei der feierlichen Grundsteinlegung letztes Jahr nicht zugegen waren. Wir haben wochenlang auf das richtige Einweihungsdatum gewartet. Dann war es so weit. Der aufsteigende Mondknoten befand sich im Zeichen der Jungfrau.«

»Warum musste man darauf unbedingt warten?«, fragte Patrick.

Ehe Johnson antworten konnte, warf Camille ein: »*ORDO AB CHAO* – das Chaos bringt die Ordnung hervor. Das astrologische Zeichen der Jungfrau entspricht diesem alten Schwur.«

»Kompliment, Miss, Sie kennen sich aus!«

»Mein Vater war auch Logenmitglied in Paris. Und mich hat Astrologie schon immer fasziniert.«

»Reizend, ganz reizend. Jetzt erinnere ich mich auch an den Namen Saint Laurent. Ihr Vater ist leider bereits verstorben, nicht wahr?«

Camille nickte. »Seine Begeisterung für die Freiheitsstatue hat er mir vererbt. Das ist der Grund, warum ich heute hier stehe.«

Patrick sah Mr Johnson an. »Das, was Sie über die Zeremonie gesagt haben, war sehr interessant. Können Sie uns noch mehr erzählen?«

»Selbstverständlich! Es war eine beeindruckende und sehr würdevolle Grundsteinlegung. Getreide, Wein und Öl wurden zusammen mit einem eigens angefertigten Silberkelch versenkt. Auch ein Diamant als Symbol für die unbefleckte Reinheit des Geistes wurde beigelegt. Schließlich hat unser Großmeister Mörtel mit einer Silberkelle angerührt und den Grundstein verschlossen. Diese heiligen Symbole haben wir unter dem Sockel verankert, und ich bin sicher, das wird Wirkung zeigen. Das Monument wird noch in Jahrhunderten auf seinem angestammten Platz stehen, und niemandem, nicht einmal dem

Meer, wird es gelingen, Lady Liberty zu zerstören. Ich könnte Ihnen noch viel mehr erzählen, aber ich muss jetzt zurück an die Arbeit.«

»Wir haben gerade mit ein paar Bauarbeitern gesprochen. Sie wirken nicht so zuversichtlich, was die Fortschritte am Sockel anbelangt«, wechselte Patrick das Thema, um Mr Johnson so schnell nicht entwischen zu lassen.

»Sie klagen vielmehr über die ausbleibende Lohnzahlung und gefährliche Arbeitsbedingungen«, fügte Jimmy hinzu.

»Nennen Sie mir eine Baustelle, auf der die Arbeiter nicht jammern. Für ein solches Monument bedarf es eines langen Atems und großer Geduld. Über beides verfügen wir Freimaurer.«

»Wenn ich ehrlich bin, hat es auch bei uns in Frankreich viel Zeit und Überzeugungswillen gebraucht, bis das Projekt gediehen ist. Es stand bei uns ebenfalls immer wieder auf der Kippe. Unzählige Entwürfe musste der Schöpfer Frédéric-Auguste Bartholdi kreieren und wieder verwerfen, bis die Freiheitsstatue schließlich fertig war«, bemerkte Camille.

»Sagen Sie mal, Mr Johnson, uns sind Gerüchte zu Ohren gekommen, hier auf der Baustelle gäbe es Fälle von Korruption«, packte Patrick den Stier bei den Hörnern.

»Der Vorwurf ist grotesk! Jeder, der sich mit der Finanzierung der Baustelle auskennt, wird Ihnen das bestätigen. Das ganze Projekt ist von Anfang an mit viel zu wenig Kapital veranschlagt worden. Wie, glauben Sie, könnte man da noch etwas veruntreuen? Denken Sie wirklich, wir hätten die Sockelhöhe freiwillig reduziert? Es war schlicht nicht genug Geld da.«

»Es tut mir leid, aber wir Journalisten müssen auch unbequeme Fragen stellen«, sagte Patrick.

»Ich schätze Sie, deshalb bin ich gern bereit, Ihnen alle meine Unterlagen zu zeigen, damit Sie sich überzeugen können, dass ich die Wahrheit sage.«

»Danke, Mr Johnson! Wir werden dem Vorwurf nachgehen und gegebenenfalls auf Ihr Angebot zurückkommen«, erwiderte Patrick, bevor man sich verabschiedete und die drei ihren Inselrundgang fortsetzten.

15. Kapitel

New York, Juli 1885

Patrick musste sich eingestehen, dass er nach einer Woche mit Camille St. Laurent am geteilten Schreibtisch seine ursprüngliche Meinung über sie korrigieren musste. Bereits auf der Insel war er angenehm überrascht gewesen, dass sie ohne jeden Dünkel mit den Arbeitern geplaudert hatte. Sie war unerschrocken durch den Staub und Dreck der Baustelle marschiert und hatte sich alles ganz genau angesehen. Sie war nicht nur genauso neugierig wie er. Auch die Artikel, die sie ihm zum Lesen gegeben hatte und die sie nach Frankreich schickte, waren gut, hatten Witz und sprühten vor Esprit. Die Rotweinfässer waren Camilles Boss seiner Meinung nach sicher.

Von dem arroganten, adligen Schnösel, den er erwartet und befürchtet hatte, war sie jedenfalls meilenweit entfernt.

Was ihn aber regelmäßig auf die Palme brachte, waren ihre ständigen emanzipatorischen Reden. Wo immer sie meinte, dass eine Frau benachteiligt würde, ergriff sie vehement Partei für ihr eigenes Geschlecht. Wahrscheinlich waren ihre Kollegen in Paris froh, sie für eine Weile los zu sein!

Der Verdacht, dass Korruption auf der Baustelle herrschte, hatte sich bisher nicht erhärtet. Alles schien korrekt abzulaufen. Sie hatten Rechnungen überprüft und waren auf nichts Auffälliges gestoßen. Auch die Unterlagen von Johnson waren ohne Fehl und Tadel. Wahrscheinlich hatte sich dieser Ashton Brown wirklich nur interessant machen wollen.

Pulitzer hielt Patrick und Camille so auf Trab, dass kaum Zeit blieb, um auf eigene Faust zu recherchieren. Heute hatte Patrick daher beschlossen, erst einmal alle Nachforschungen rund um die Korruption und auch bezüglich des Mordes an Olivia auf Eis zu legen.

Patrick öffnete ungeduldig sein Paket mit frischer Wäsche. Auch ohne seine geliebte Taschenuhr wusste er, dass er spät dran war. Er nahm ein gestärktes Hemd aus dem Stapel und schlüpfte hinein. Dann stieg er in seine schwarze Hose, streifte seine rote Weste über und begutachtete sich im Spiegel. Wenn es schon in den Zirkus ging, dann farbenfroh!

Plötzlich klopfte es an der Tür.

»Guten Abend, Bruderherz. Ein Bote hat heute Morgen diesen Brief für dich abgegeben.« Seine Schwester Olivia musterte ihn von oben bis unten. »Was hast du denn vor? Fehlt nur noch ein Sombrero! Ich dachte, dein Techtelmechtel mit dieser Conchita wäre längst vorbei?«

»Ich muss in den Zirkus Barnum & London.«

»Sind denen die Clowns ausgegangen?«

»Sehr witzig!«

»Also einen schönen Abend. Ich muss zur Probe.« Aufreizend knackte sie mit ihren langen, schmalen Fingern.

Patrick starrte hinter seiner Schwester her, einer wahren Schönheit mit ihren roten Locken und ihrem weißen Teint. Sie war der sensibelste Mensch, den er kannte. Deshalb hatte er ihr auch nicht von ihrer toten Namensvetterin Olivia erzählt, die am gleichen Tag Geburtstag hatte wie sie. Seine Schwester neigte dazu, abergläubisch zu sein, und war empfindlich wie eine Mimose. Patrick vermochte sich nicht vorzustellen, was er tun würde, wenn ihr so ein grauenhaftes Schicksal widerfahren wäre. Allein bei dem Gedanken musste er schlucken.

Beim Hinausgehen drehte sich Olivia noch einmal um und fragte: »Sollen wir uns mal wieder mit Luke zum Essen verabreden?«

»Ja, unbedingt. Pass auf dich auf. Denk immer dran: Du bist die Beste!«

Sie warf ihm eine Kusshand zu.

Als die Tür hinter ihr ins Schloss gefallen war, schlitzte er das Kuvert mit seinem Elfenbeinbrieföffner auf. Hastig las er die krakelig geschriebenen Zeilen:

Sehr geehrter Mr O'Sullivan,
vor mehr als fünfzehn Jahren habe ich die renommierte Goldschmiede-Manufaktur meines Vaters übernommen. Er selbst konnte aufgrund seines krankhaften Zitterns nicht länger seinen Beruf ausüben.

Sie haben mir zwei Skizzen von einem Diamantcollier und einer Halskette mit Medaillon zugesandt, mit der Bitte um Auskunft, ob sie bei uns hergestellt worden seien. Das Diamantcollier ist mir nicht bekannt und entspricht auch nicht dem Stil unserer Arbeiten.

Zu meiner großen Freude habe ich jedoch die Goldkette mit Medaillon an der Signatur meines Vaters wiedererkannt.

Leider weilt er momentan in St. Louis, und es steht noch nicht fest, wann er nach New York zurückkehren wird.

Sobald er wieder da ist, werde ich mich selbstverständlich bei Ihnen melden. Mein Vater verfügt über ein außergewöhnlich gutes Gedächtnis

und wird Ihnen vielleicht den Namen des
Auftraggebers nennen können.
Ich verbleibe mit vorzüglicher Hochachtung
Ihr
Michael Potter junior

Interessant! Patrick legte den Brief auf den Tisch.

Gut, dass es Jimmy mit seiner Spürnase gelungen war, die alte Goldschmiede-Manufaktur in Brooklyn ausfindig zu machen. Wenn der Junge einmal eine Fährte aufgenommen hatte, ließ er nicht locker, bis er sein Ziel erreicht hatte.

Patrick schnappte seinen schwarzen Gehrock und setzte die graue Melone auf.

So gern er sich mit der Story weiterbeschäftigt hätte, er durfte sich jetzt nicht damit aufhalten. Camille wartete sicher schon. Er hätte sich mit ihr direkt vor dem Zirkus verabreden sollen! Stattdessen musste er sie jetzt bei ihrer Tante in der Fifth Avenue abholen. Warum hatte er das nur vorgeschlagen?

Er trat auf die Straße und winkte eine Leihdroschke heran.

Schon aus der Ferne sah Patrick, dass seine Kollegin mit einer älteren kleinen Dame auf dem Bürgersteig wartete.

Schmunzelnd stellte er fest, dass sie sich auch für eine rot-schwarze Garderobe entschieden hatte. Ihre Begleiterin, offenbar ihre Tante, stand mit erhobenem Stock in einem dunkelgrünen Kleid neben ihr und versuchte, einen wild kläffenden Spitz an seiner Leine zu bändigen.

Patrick gab dem Kutscher das Zeichen anzuhalten und sprang behände aus dem Wagen. Er setzte sein charmantestes Lächeln auf, machte einen Diener und sagte galant: »Eine Dame schöner als die andere! Wem darf ich zuerst die Hand geben?«

»Junger Mann, sparen Sie sich Ihre aufgesetzten Komplimente.«

Patrick meinte sich verhört zu haben.

»Mir wäre bedeutend lieber gewesen, Sie wären pünktlich zu Ihrer Verabredung erschienen! Man lässt Damen nicht warten.« Zu Camille gewandt fuhr ihre Tante fort: »Genau das ist es, was ich an den Amerikanern so hasse: Sie sind oberflächlich, machen, was sie wollen, und können sich bei unzweifelhaftem Fehlverhalten nicht entschuldigen.«

Zu allem Überfluss pflaumte ihn nicht nur die Tante an, sondern auch ihr Spitz biss wütend in sein Hosenbein. Und was machte Camille, anstatt ihm zu helfen? Sie lachte aus vollem Herzen!

»Mein Napoleon hat ein untrügliches Gespür für den Charakter eines Menschen. Mit Ihnen scheint er auf Kriegsfuß zu stehen.«

»Ich bin untröstlich, Madam, Sie verärgert zu haben, aber bitte pfeifen Sie diese Bestie zurück. Ich entschuldige mich in aller Form. Wenn Sie uns in den Zirkus begleiten wollen, müssen Sie den Hund aber zu Hause lassen.«

»Sie glauben doch wohl nicht im Ernst, dass ich in einen Zirkus gehe? Ich habe mir aus derlei Zerstreuungen noch nie etwas gemacht.«

»Tante, ich habe dir doch erklärt, dass Mr O'Sullivan und ich im Auftrag von Mr Pulitzer die Vorstellung besuchen. Die Artisten werden uns heute Abend eine große Spende für den Sockel der Freiheitsstatue überreichen. Wir gehen dort nicht nur zum Vergnügen hin, sondern um zu arbeiten. Meine Leser in Paris werden verzückt sein, wenn sie erfahren, dass das Ensemble des weltberühmten Zirkus Barnum & London seine Begeisterung für die Freiheitsstatue in einer Spende zum Ausdruck bringt.«

»Es ist traurig genug, dass das Komitee für den Sockel auf Spenden des fahrenden Volkes angewiesen ist. Ich mag mir nicht ausmalen, wer noch alles auf die Idee kommen wird, spenden zu müssen.«

»Gnädige Frau, darf ich Sie fragen: Haben Sie denn schon einen Beitrag geleistet?«

»Um Himmels willen, nein! Lieber versenke ich mein Geld im Hudson River, als es für dieses monströse Werk auszugeben. Haben Sie sich mal damit vertraut gemacht, was die Freiheitsstatue für ein indiskutables Kleid trägt?«

Patrick nickte. »Selbstverständlich.«

»Und? Von französischem Chic ist da nichts zu erkennen, oder? So wie die Dame angezogen ist, ist sie kein Aushängeschild für New York. Als hätte man ihr ein Bettlaken übergestülpt. Wie peinlich! Sie entspricht keinerlei Schönheitsideal. Michelangelo würde sich im Grab umdrehen!«

Nun konnte Patrick sich das Lachen nicht mehr verkneifen. »Ganz unrecht haben Sie da nicht.« Er deutete eine leichte Verbeugung an. »Es macht Spaß, mit Ihnen zu diskutieren. Ich hoffe, wir haben noch häufig Gelegenheit, uns auseinanderzusetzen.« Dann wandte er sich Camille zu: »Aber ich fürchte, wir müssen nun wirklich los. Sonst verpassen wir noch die berühmte Raubtiernummer.«

»Junger Mann, hören Sie. Sie sind für das Wohl meiner Nichte verantwortlich. Und wehe Ihnen, ihr wird auch nur ein Haar gekrümmt, dann reiße ich Ihnen eigenhändig den Kopf ab!«

Wie zur Bestätigung begann der Spitz wieder zu kläffen.

Patrick war insgeheim froh, dass die strenge Tante sie nicht begleiten würde.

Als sie in der Kutsche saßen, meinte Camille: »Entschuldige, Patrick. Meine Tante meint es nicht so. Sie gibt sich ruppig und unhöflich, aber im Grunde ihres Herzens ist sie ein guter Mensch. Ich kenne sie auch erst, seit ich in Amerika

145

angekommen bin. Aber ich kann inzwischen mit ihrer Art gut umgehen. Wenigstens ist sie nicht langweilig.«

»Keine Sorge, ich bin schwierige Menschen gewohnt. Dass ihr verwandt seid, merkt man übrigens sofort. Ich denke da an unsere erste Begegnung im Hafen!« Patrick grinste.

»Das ist eine bodenlose Frechheit! Du warst es, der mich da angepflaumt hat und unfreundlich war.«

»Das war nur ein Scherz, Candy. Ehrlich gesagt mag ich solche Menschen wie deine Tante. Sie sind geradeheraus und man weiß wenigstens, woran man ist.«

»Das stimmt. Doch mal was anderes. Ich muss dir ein Geständnis machen.«

Patrick sah Camille herausfordernd an. »Ich rechne mit dem Schlimmsten. Pulitzer hat dir den Posten als Chefredakteurin angeboten. Du wirst jetzt meine Vorgesetzte, stimmt's?«

Entgeistert sah Camille Patrick an, ehe ein Lächeln über ihr Gesicht huschte. »Inzwischen kenne ich deinen seltsamen Humor und beginne, mich daran zu gewöhnen. Nein, Funny, du brauchst dir keinen neuen Job zu suchen. Ich wollte dir eigentlich nur sagen, dass ich noch nie in meinem Leben in einem Zirkus war.«

»Das gibt's doch nicht! Zirkus ist die schönste Ablenkung auf der Welt. Es ist Spannung, Nervenkitzel und Lachen. Man taucht für ein paar Stunden in einen anderen Kosmos und vergisst alle seine Sorgen. Die Reichen wie die Armen. Jeder wird wieder für zwei Stunden zum Kind und in eine bunte Welt voller Fantasie entführt. Alle werden verzaubert und verlassen das Zelt mit einem Lächeln im Gesicht. Glaub mir, du wärst die Erste, die nicht ihr Herz an den Zirkus verliert.«

Fasziniert schaute Camille Patrick an. »Wie leidenschaftlich du vom Zirkus schwärmst. Das hätte ich dir gar nicht zugetraut.« Ehe er antworten konnte, fuhr sie fort. »Bei mir zu Hause in Frankreich war es verpönt und unschicklich, einen

Zirkus zu besuchen. Wenn mein Vater mitbekam, dass bei uns in der Gegend ein Zirkuszelt aufgebaut wurde, ließ er sofort Wachmänner aufs Schloss kommen, die aufpassen mussten, dass nachts nicht eingebrochen oder Vieh gestohlen wurde. Außerdem wurde uns verboten, während der Zeit draußen zu spielen, da sich hartnäckig das Gerücht hielt, die Zirkusleute würden kleine Kinder entführen. Er empörte sich immer über die primitive Musik, die aus dem Zelt kam, während meine fünf Schwestern und ich heimlich zu den fröhlichen Klängen in unserem Spielzimmer umhergetanzt sind!«

»Du bist in einem Schloss aufgewachsen? Und ihr hattet ein Zimmer nur zum Spielen?«

Camille nickte.

Er spürte, dass es ihr unangenehm war, sich dazu verleiten zu lassen, so viel von sich zu erzählen.

»Wir, mein Vater, meine Mutter, meine Schwester Olivia und ich, hatten nur ein Zimmer. Es war Küche, Schlafzimmer und Bad in einem. Bei uns war Schmalhans Küchenmeister. Aber kurz nach Weihnachten sind wir immer alle zusammen in den Zirkus Barnum & London gegangen. Das war immer ein großes Fest und der schönste Tag im Jahr.«

Schweigend saßen sie sich gegenüber, und jeder hing seinen Gedanken nach.

Patrick langte in sein Jackett. »Ich bin mit dem Zirkusdirektor bekannt. Er hat uns Karten für die besten Plätze geschenkt.«

»Wie lernt man denn einen Zirkusdirektor kennen?«, fragte Camille.

»Ich werde dir bald mal eine der größten Sehenswürdigkeiten unserer Stadt zeigen: die Brooklyn Bridge. Sie verbindet die Stadtteile Manhattan und Brooklyn. Ich habe vor ein paar Jahren eine große Reportage über die Hängebrücke geschrieben. In diesem Zusammenhang habe ich Mr Dockrill, den

Zirkusdirektor, persönlich kennengelernt. Der Bürgermeister von New York bestand darauf, dass einundzwanzig Elefanten vom Zirkus Barnum losgeschickt wurden, um zu testen, ob die längste Hängebrücke der Welt ihrem Gewicht gewachsen ist. Der Architekt stand neben mir und hat sich höllisch aufgeregt, dass ihm diese Erniedrigung zugefügt wurde und keiner seinen statischen Berechnungen traute. Nur Mr Dockrill war sich absolut sicher, dass die Brücke halten würde, denn er hätte niemals das Leben seiner kostbaren Elefanten riskiert. Mir wurde die Ehre zuteil, auf dem Rücken der Elefantenkuh Rosi von der Brücke zum Zirkus zurückzureiten.«

»Das ist ja eine unglaubliche Geschichte! Ich werde meinen Lesern davon berichten.«

Als Patrick aus dem Kutschenfenster zur Rechten sah, entdeckte er das hell erleuchtete Zirkuszelt. »Schau, Camille, wir sind gleich da. Wundere dich übrigens nicht über Mr Dockrill. Er ist eine wahre Frohnatur und immer zu Scherzen aufgelegt.«

Als sie aus der Kutsche stiegen, wehte ein lauer Wind. Menschenmassen strömten mit ihnen zum Eingang. Es duftete herrlich nach frisch gebrannten Mandeln und Zuckerwatte.

»Gib mir deinen Arm, Camille, damit du mir nicht verloren gehst. Ich will meinen Kopf noch eine Weile behalten.«

Ein Würstchenverkäufer in einem bunt karierten Anzug pries seine Ware an. Clowns mit riesengroßen Schuhen verkauften Programme und Zuckerstangen. Ein Mann auf hohen Stelzen spielte Akkordeon, und eine Gruppe Liliputaner tanzte dazu einen Reigentanz. Vor dem Zelt standen Käfigwagen, in denen Bären und andere wilde Tiere fauchten und knurrten. Ein Dompteur hatte seine liebe Not, nervösen Pferden und Eseln das Zaumzeug überzustreifen.

Patrick nahm erfreut zur Kenntnis, dass Camille offenbar nicht wusste, wo sie zuerst hinschauen sollte. Kein Zweifel, die Zirkusatmosphäre hatte sie ganz und gar gefangen genommen.

Das große blau-gelbe Zelt war hell erleuchtet, und das Orchester spielte bereits eine Eröffnungsmelodie. Aufgeregt bahnte Patrick sich mit Camille am Arm den Weg zum Eingang.

Eine hübsche, junge Platzanweiserin führte Camille und Patrick zu der Ehrenloge in der ersten Reihe.

Kaum saßen sie, begann auch schon das Programm. Fünf schwarze Rappen mit strahlend weißen Federbüscheln auf dem Rücken galoppierten in die Manege. Der Dompteur knallte mit der Peitsche, und die Tiere wechselten die Richtung.

»Patrick, mein Gott, ist das schön hier! Weißt du, wann wir die Spende überreicht bekommen sollen? Ich nehme an, erst am Schluss, oder?«

In dem Moment verschwanden die Pferde hinter dem roten Samtvorhang, und ein Trommelwirbel setzte ein.

Der Zirkusdirektor schritt in die Mitte der Manege und begrüßte die Zuschauer. »Hochverehrtes Publikum, genießen Sie die Vorstellung! Wir haben weder Kosten noch Mühen gescheut und werden Ihnen heute Abend Artisten und Tiere aus aller Welt präsentieren. Viel Vergnügen und gute Unterhaltung!«

Das Orchester begann erneut zu spielen.

Die nächsten zwei Stunden vergingen wie im Flug. Das Programm war wirklich einzigartig. Jongleure, Leiterakrobaten, ein Mann im Teufelsrad, Messerwerfer, eine gertenschlanke Schlangenfrau, die die unglaublichsten Verrenkungen vollführte, Clowns, bei denen man vor Lachen kaum noch an sich halten konnte, zeigten ihr Können. Aber auch riesige Elefanten, zwei Löwen und ein wilder Bär präsentierten die spektakulärsten Kunststücke. Ein Schimpanse, der gekleidet war wie ein Mensch und Zigarre rauchte, ließ das staunende Publikum hingerissen applaudieren.

»Ich hätte nie gedacht, dass ich so begeistert sein würde«, flüsterte Camille Patrick verzückt ins Ohr. »Du hast vorhin in der Kutsche nicht zu viel versprochen.«

Erneut betrat der Zirkusdirektor die Manege. »Meine Damen und Herren, ich hoffe, die Show hat Ihnen gefallen.«

Frenetischer Applaus brandete auf.

»Ich freue mich, Ihnen mitteilen zu können, dass meine Artistenfamilie und ich uns entschieden haben, die Hälfte der heutigen Einnahmen für den Sockelbau der Freiheitsstatue zu spenden. Die *New York World* hat immer nur das Beste über unseren Zirkus berichtet, und wir wollen deshalb Mr Pulitzer nach Kräften bei seinem Spendenaufruf unterstützen.«

»Bravo, bravo!«, tönte es von den Rängen. Ein paar vereinzelte Buhrufe gingen im tosenden Applaus unter.

»Darf ich Sie, Mr O'Sullivan, den Starreporter der *New York World*, und Ihre bezaubernde Begleiterin in die Manege bitten?«

»Auwei! Ich habe dich vorgewarnt, Camille, der Mann ist zu Späßen aufgelegt. Augen zu und durch!« Patrick erhob sich, reichte Camille galant seine Hand, und zusammen gingen sie dem Zirkusdirektor in der Manege entgegen.

»Verehrtes Publikum, nicht irgendjemand wird unsere großzügige Spende überreichen, sondern eine der charmantesten und bezauberndsten Frauen, die ich kenne. Wir haben unserer wichtigsten und besten Mitarbeiterin die Aufgabe übertragen. Bitte begrüßen Sie mit mir die hinreißende Prinzessin Judy!«

Erneut brandete Applaus auf, während die Kapelle die Marseillaise intonierte.

Patrick hatte keine Ahnung, wer diese Judy war. Er spürte Camilles Nervosität, die es offensichtlich hasste, vor so vielen Menschen im Mittelpunkt stehen zu müssen. Beruhigend drückte er ihr die Hand.

Der rote Samtvorhang wackelte bedrohlich, dann schwang er auf. Ein winziges Pony zog ein Schiff auf Rädern herein, an dessen Seiten gut lesbar *Isère* geschrieben war.

Das Publikum grölte.

Im Schiff stand erhobenen Hauptes eine Schimpansendame, die in ein Bettlaken gehüllt war. Ein siebenstrahliger Zackenkranz schmückte ihren Kopf, in der linken Hand hielt sie eine Fackel und in der rechten eine prall gefüllte schwarze Geldtasche.

Auch Patrick konnte nun nicht mehr an sich halten und begann aus vollem Herzen zu lachen. Die Überraschung war dem Zirkusdirektor gelungen. Ob Camille den Scherz vielleicht in den falschen Hals bekam? Erleichtert sah Patrick, dass ihr vor Lachen die Tränen die Wangen hinunterliefen.

Mit einer Handbewegung brachte der Zirkusdirektor das jubelnde Publikum zur Ruhe. »Komm her, Judy!«

Die Schimpansin warf die Fackel in hohem Bogen weg wie eine Bananenschale und kletterte mit der Tasche aus dem Rumpf des Schiffes.

»Das hast du sehr gut gemacht, Judy.«

Der Affe küsste den Zirkusdirektor auf die Wange.

»Genug geschmust, das geht doch nicht, vor all den Leuten. Und wir beide müssen noch etwas erledigen. Judy, sei so gut und gib der bezaubernden Lady aus Frankreich unsere Spende.«

Zum Erstaunen aller schüttelte die Schimpansin den Kopf. Es sah so aus, als würde sie jedes Wort verstehen.

»Sei lieb, Judy, wir haben doch lange darüber geredet, du musst das Geld hergeben.«

Wieder schüttelte der Affe heftig den Kopf.

Das Publikum tobte vor Begeisterung.

»Willst du das Geld etwa für dich behalten?«

Da nickte Judy zustimmend mehrmals hintereinander.

Camille musste sich die Seite halten vor Lachen.

»Judy, du bist sehr ungezogen! Meinst du, die hübsche Lady gibt das ganze Geld für schöne Kleider aus?«

Der Affe nickte erneut unter dem schallenden Gelächter des Publikums.

»Gibst du das Geld Mr O'Sullivan?«

Patrick verfolgte ungläubig, wie der Affe plötzlich von Mr Dockrills Arm kletterte und auf ihn zukam. Er bückte sich und nahm die Geldtasche entgegen. »Vielen Dank! Ich liebe kluge Frauen wie dich, Judy!«, sagte er und streichelte dem Tier über den Kopf.

»Flirten Sie nicht mit meinem Affen, schauen Sie lieber mal in die Tasche«, rief der Zirkusdirektor.

Ein Trommelwirbel erklang, während Patrick vorsichtig den Verschluss öffnete.

Plötzlich schoss ihm ein Schwall Wasser entgegen, und er war patschnass im Gesicht. Patrick stand da wie ein begossener Pudel, das Publikum kam einmal mehr auf seine Kosten.

»Wasser scheint dein Element zu sein! Du siehst genauso aus wie bei unserer ersten Begegnung im Hafen!«, flüsterte Camille und lachte.

16. Kapitel

New York, Juli 1885

Es war mitten in der Nacht. Camille konnte nicht schlafen. Sie wälzte sich unruhig von einer Seite auf die andere. Jetzt war sie seit drei Wochen in Amerika und hatte schon so viel erlebt! Sie entzündete eine Kerze auf dem Nachtkästchen, schüttelte ihr Daunenkopfkissen auf und lehnte sich dagegen. Camille griff nach einem Bogen Papier, den sie heute Morgen von Joseph Pulitzer überreicht bekommen hatte, und las zum wiederholten Mal, was in einem zierlichen goldenen Rahmen darauf gedruckt stand:

The New Colossus

Not like the brazen giant of Greek fame
With conquering limbs astride from land to land;
Here at our sea-washed, sunset gates shall stand
A mighty woman with a torch, whose flame
Is the imprisoned lightning, and her name
Mother of Exiles. From her beacon-hand

Glows world-wide welcome; her mild eyes
*   command*
The air-bridged harbor that twin cities frame.
»Keep, ancient lands, your storied pomp!« cries
*   she*
With silent lips. »Give me your tired, your poor,
Your huddled masses yearning to breathe free,
The wretched refuse of your teeming shore.
Send these, the homeless, tempest-tossed to me:
I lift my lamp beside the golden door.«

Camille versuchte sich in Gedanken an einer Übersetzung des Poems:

Der neue Koloss

Nicht wie der metallene Gigant von griechischem
*   Ruhm,*
Mit sieghaften Gliedern gespreizt von Land zu
*   Land.*
Hier an unserem meerumspülten hesperischen
*   Tore soll stehen*
Eine mächtige Frau mit Fackel, deren Flamme
Der eingefangene Blitzstrahl ist, und ihr Name
Mutter der Verbannten lautet. Von ihrer
*   Leuchtfeuerhand*
Glüht weltweites Willkommen, ihre milden
*   Augen beherrschen*
Den luftüberspannten Hafen, den Zwillingsstädte
*   umrahmen.*
»Behaltet, o alte Lande, euren sagenumwobenen
*   Prunk«, ruft sie*

Mit stummen Lippen. »*Gebt mir eure Müden,*
  eure Armen,
Eure geknechteten Massen, die frei zu atmen
  begehren,
Den elenden Unrat eurer gedrängten Küsten;
Schickt sie mir, die Heimatlosen, vom Sturme
  Getriebenen,
Hoch halt' ich mein Licht am gold'nen Tore!«

Nachdenklich ließ Camille das Blatt auf ihren Schoß sinken. Pulitzer hatte seine Landsmännin, die Dichterin Emma Lazarus, in den höchsten Tönen gelobt. »So ein junges Ding, kaum älter als Sie, Camille, und so begabt!«, hatte er ihr vorgeschwärmt. »Emma Lazarus wurde vor zwei Jahren, als die Gelder für den Sockelbau völlig ins Stocken geraten waren, aufgefordert, für den Sockel ein Gedicht zu verfassen, quasi als Werbung. Es gab noch andere Künstler, die Werke zu diesem Zweck beisteuerten, aber keiner konnte es mit dem Sonett von Miss Lazarus aufnehmen. Sie wollte sich zuerst nicht beteiligen, weil sie meinte, es sei unmöglich, über einen leblosen Gegenstand zu schreiben. Ich kannte Miss Lazarus bis zu dem Zeitpunkt gar nicht und hatte noch nie ein Gedicht von ihr gelesen. Inzwischen habe ich das selbstverständlich nachgeholt, und ich muss sagen, ihre anderen Sonette sind doch eher konventionell, aber was sie hier vorgelegt hat, ist einfach genial. Sie soll, wie gesagt, wenig angetan gewesen sein von dem Gedanken, die Statue zu besingen, aber dann hat sie sich doch dazu durchgerungen. Ich habe das Gedicht sofort in meiner Zeitung veröffentlicht. Die Resonanz war zwiegespalten. Viele waren begeistert, viele waren entsetzt. Aber lesen Sie selbst und bilden Sie sich Ihr eigenes Urteil. Ich bin überzeugt, mit diesen paar Versen hat Emma Lazarus sich unsterblich gemacht! Die Zeilen sind jetzt gerade vielleicht schon wieder in Vergessenheit geraten, aber wenn die

Lady Liberty eines Tages auf ihrem vermaledeiten Sockel steht, dann wird man sich wieder daran erinnern. Glauben Sie mir, Camille, vertrauen Sie meiner Intuition, man wird dieses Sonett noch in ein paar Hundert Jahren kennen, wenn wir alle schon längst das Zeitliche gesegnet haben.«

Camille hatte sich wegen Mr Pulitzers Euphorie ein Lächeln nicht verkneifen können. Sie liebte den Enthusiasmus, den der Mann verströmte, die energiegeladene, begeisterte und ansteckende Art, wie er sprach. Pulitzer war ungemein eloquent. Er hatte einen außergewöhnlichen Wortschatz, besonders wenn man bedachte, dass Englisch gar nicht seine Muttersprache war. Trotzdem war er sich nicht zu schade, mit einfachen, prägnanten Worten seine Meinung kundzutun, und vielleicht blieb einem gerade deshalb das Gesagte so nachhaltig im Gedächtnis.

Camille las das Gedicht erneut.

Das Sonett begann mit dem Hinweis auf den Koloss von Rhodos, eines der sieben antiken Weltwunder. Ein Mann, selbstverständlich. Ein kriegerisch jubelnder Riese, dem Emma Lazarus die einladende mütterliche Gestalt der Freiheitsstatue gegenüberstellte, die auch, wie ein Leuchtturm, zwei Städte verbindet – Brooklyn und New York. Intellektuell und gebildet war die Wortwahl bis dahin. So weit, so gut. Wirklich ergreifend und emotional berührend wurde es in der zweiten Hälfte des Sonetts. Es war wie ein Sprung beim Lesen. Plötzlich beschrieb die Dichterin intensiv und ganz ungeschönt das Elend und die Not der Flüchtlinge. Die Worte flossen ungeschminkt und hautnah dahin. Sie sprach von materiellem Elend, großer Verzweiflung und Trauer. Sie scheute nicht einmal davor zurück, vom Abschaum der überbevölkerten Küsten zu reden. Und trotzdem endete das Sonett in einem Jubelton, mit Zuversicht und einem Willkommensruf.

Camille war zutiefst beeindruckt, wie die Dichterin es geschafft hatte, die Freiheitsstatue in eine Mutter der Verbannten umzuwandeln. Dieser Mutter war niemand zu arm, zu schmutzig, zu verwahrlost oder zu heruntergekommen, sie nahm alle auf in ihre liebenden Arme.

Miss Lazarus hatte es vermocht, der Lady Liberty einen ganz neuen Charakterzug zu verleihen, ihr eine ganz andere Thematik zu eigen gemacht. Das Thema Freiheit, das von den Franzosen politisch und auf die gemeinsamen Revolutionen bezogen gewesen war, wurde von ihr kurzerhand in eine Freiheit für alle geknechteten Menschen umgewandelt.

Camille hatte von Pulitzer erfahren, dass die junge Amerikanerin, ganz ähnlich wie sie selbst, aus einer sehr wohlhabenden, altbekannten jüdischen New Yorker Familie stammte. Sie war hochgebildet und hatte sich vor allem wegen zahlreicher Übersetzungen einen Namen gemacht. Seit fünf Jahren engagierte sie sich in der Flüchtlingshilfe, da sie ganz besonders vom Elend der jüdischen Emigranten aus Russland betroffen gewesen war. Niemand hatte sie auf das Elend und die Not vorbereitet, die sie in den Flüchtlingsunterkünften zu sehen bekam. Hunderttausende wanderten aus den osteuropäischen Ländern nach Amerika ein, mussten alles zurücklassen und in ein völlig ungewisses Leben aufbrechen. Erst von diesen Flüchtlingen hatte sie erfahren, was ein entbehrungsreiches Leben und Armut bedeuteten.

Emma Lazarus war selbst in einem goldenen Käfig aufgewachsen, und nun war es ihr mit diesem einfachen Gedicht geglückt, sowohl die Not als auch die Hoffnung auf Rettung für die zahlreichen Einwanderer aufs Papier zu bannen. Sie hatte den Verbannten eine Stimme gegeben!

Während der Koloss von Rhodos wohl mit geballter Faust und einem Schwert in der Hand Fremde und Flüchtende abgewiesen hätte, hatte Emma Lazarus der Freiheitsstatue Leben und Liebe eingehaucht und eine ausgestreckte Hand mit dem Licht der Fackel als Hoffnung auf ein besseres Leben heraufbeschworen.

Auch Camille war begeistert. Schade, dass Emma Lazarus sich gerade auf einer Europareise befand. Sie hätte die junge Frau zu gern kennengelernt und für den *Figaro* interviewt. Bestimmt hätten sie sich gut verstanden und über viele Themen austauschen können. Vielleicht würde sie ihr ja eines Tages doch noch begegnen.

Camille erhob sich vom Bett, setzte sich an den Schreibtisch und holte ihr Briefpapier hervor. Sie wollte der Dichterin wenigstens ein paar Zeilen zukommen lassen, in denen sie ihre Bewunderung zum Ausdruck brachte. Das Wort von Frauen galt hier in Amerika offensichtlich mehr als in ihrem Heimatland.

Ihre Mutter und ihre Schwestern konnte man nicht gerade als selbstbewusst bezeichnen. Nicht nur das, sie waren nicht in der Lage, eigene politische Gedanken zu entwickeln. Und würden trotz ihres Vermögens nie auf die Idee kommen, sich sozial zu engagieren. Das höchste der Gefühle war für ihre Mutter und ihre Schwestern, Lose bei der Wohltätigkeitstombola zu kaufen. Da war Emma Lazarus wirklich ein anderes Kaliber!

Wenn man sie, Camille, aufgefordert hätte, ein Sonett beizutragen, was für ein Thema sie wohl gewählt hätte? Sie hätte vermutlich ein männerkritisierendes Gedicht über die Ungerechtigkeit verfasst, dass Frauen nicht die gleichen Rechte besaßen wie Männer. Und vermutlich wäre das Gedicht genauso wie ihre Streitschrift, die sie bei Monsieur Aragon eingereicht hatte, im Papierkorb gelandet!

Camille musste lachen. Da hatte Emma Lazarus einen weitaus diplomatischeren Weg gewählt und es trotzdem geschafft, die bedingungslose mütterliche Liebe der Lady Liberty über den Koloss von Rhodos zu stellen. Einfach, aber wirksam!

Camille beschloss, sich so bald wie möglich zu einer Besichtigung des Erstaufnahmelagers in Manhattan aufzumachen. Sie hatte zwar etwas Angst davor, aber das Sonett von Emma Lazarus hatte ihr Mut gemacht. Sie würde einen Artikel für den *Figaro* schreiben, denn die Menschen in Paris wussten ganz sicher nicht, wie viele Flüchtlinge New York täglich aufnahm.

Camille drehte ihren Füllfederhalter wieder zu. Sie merkte, dass sie doch zu müde war, um einen vernünftigen Brief an Miss Lazarus auf die Reihe zu bekommen.

Ihr Magen knurrte. Natürlich hätte ihre Tante darauf bestanden, dass sie nach Valerie klingelte. Aber Camille wollte dem Dienstmädchen nicht auch noch nachts zur Last fallen. Sie streifte kurzerhand ihren dunkelblauen Morgenmantel über und schlüpfte in ihre gleichfarbigen Pantöffelchen. Auf leisen Sohlen schlich sie die zwei Eichentreppen in die Küche hinunter und versuchte den knarzenden Stufen auszuweichen, um niemanden zu wecken.

Unten angekommen, zündete sie das Licht an und öffnete den Eisschrank. Ein wunderbarer Schokoladenkuchen lachte ihr entgegen. Sie nahm sich einen Teller und eine Gabel aus dem Mahagonibuffet, schnitt ein riesiges Stück Torte ab und machte es sich am Küchentisch gemütlich.

Genussvoll ließ sie sich die köstlichen Bissen auf der Zunge zergehen. Es schmeckte himmlisch. Der Konditormeister Jackson aus der Nachbarschaft beherrschte sein Handwerk meisterhaft. Seine Kuchen waren in der High Society berühmt und begehrt. Er verwendete nur allerbeste Zutaten, und ihre Tante kaufte täglich feinste Patisserien bei ihm. Sie ernährte sich fast ausschließlich von Törtchen, Schokolade und anderen Süßigkeiten. Camille wunderte sich immer wieder, wie sie dabei so schlank geblieben war.

Ratzfatz lagen nur noch braune Schokokrümel auf dem weißen Teller. Sollte sie sich noch ein zweites Stück genehmigen? Hinter dem Kuchen entdeckte sie eine frische Sülze im

Eisschrank. Bei dem Anblick lief ihr das Wasser im Mund zusammen. Was war nur mit ihr los? Vor lauter Schreiben in der Redaktion war sie den ganzen Tag nicht dazu gekommen, etwas zu sich zu nehmen. Außerdem hatte sie ihrer Tante gesagt, dass sie außer Haus essen würde, und deshalb nicht wie sonst am Abend einen kleinen Imbiss vorgefunden.

Camille nahm die Schweinskopfsülze und setzte sich wieder an den Tisch. Sie liebte es, hier in der geräumigen Küche bei schwachem Licht ganz allein in Ruhe zu sitzen und nachzudenken.

Heute war ein wirklich guter Tag gewesen. Pulitzer hatte Patrick und sie bei der Morgenkonferenz vor allen Kollegen über den grünen Klee gelobt. Der Artikel, den sie letzte Woche zusammen geschrieben hatten, war von den New Yorker Lesern äußerst positiv aufgenommen worden.

Camille naschte ein Stück gekochtes Fleisch mit saurer Gurke. Die Sülze schmeckte göttlich!

Die erste Begegnung zwischen Patrick und ihr hatte unter keinem glücklichen Stern gestanden. Aber nach den anfänglichen Reibereien harmonierten sie inzwischen wirklich gut. Das hatte sich besonders während der Arbeit an dem Zirkusartikel gezeigt.

Bei dem Gedanken an Patrick lächelte Camille.

Ihr Kollege hatte ein unglaubliches Gespür für Humor und konnte den Witz einer Situation auch noch brillant aufs Papier bringen. Wenn sie daran dachte, wie er Prinzessin Judy in ihrem Staatsgewand beschrieben hatte, musste sie grinsen.

Patrick, aber auch die anderen neuen Kollegen hatten eine ganz eigene Art, an Themen heranzugehen. Sie schienen ihr frei und lange nicht so verkopft zu sein wie die französischen Männer.

Ihre Landsmänner schienen intellektuell immer irgendetwas unter Beweis stellen zu müssen. Schon ihr Vater hatte jeden mit seinen Erfahrungen und seinem Wissen überschüttet. Und auch an der Universität war der belehrende Monolog von Männern an der Tagesordnung gewesen. Die lockere, unkomplizierte und direkte Art der New Yorker faszinierte sie immer mehr. Hier galt das Motto: Leben und leben lassen.

Wenn sie schon früher diese Erfahrung gehabt hätte, wer weiß, vielleicht hätte sie erkannt, was für ein schmieriger Lackaffe dieser Professor Dupont war.

Nach der salzigen Sülze bekam Camille Durst. Erneut erhob sie sich, ließ den Eisschrank links liegen und öffnete die Tür zur Speisekammer. Ungläubig starrte sie auf die riesigen Vorräte, die hier gehortet wurden. Das war ja wie im Schlaraffenland! Insgeheim beschloss sie, der Küche öfter nächtliche Besuche abzustatten. Das Regal gleich am Eingang war von oben bis unten gefüllt mit französischen Produkten, Delikatessen aller Art wie Burgunderwein, Champagner und getrockneten Kräutern der Provence. Ihre Tante hatte offenbar größeres Heimweh, als sie zugab.

Camille nahm sich eine Flasche Burgunder und suchte einen Korkenzieher. Sie hatte in ihrem ganzen Leben noch nie selbst eine Flasche Wein entkorkt. So schwierig konnte das nicht sein, sie hatte oft genug zugeschaut. Es war ein Kinderspiel, die Flasche zu öffnen. Sie griff ein Glas aus dem Regal und schenkte es voll.

»Auf meinen Talisman: Lady Liberty!«, flüsterte sie ergriffen und trank einen großen Schluck. Bisher hatte die Lady nur Gutes in ihrem Leben bewirkt.

Camille war stolz, dass der Artikel, den sie mit Patrick für die *New York World* verfasst hatte, so gut angekommen war. Sogar der Zirkusdirektor hatte sich mit einer Postkarte bei ihnen bedankt. Es war aber auch rührend gewesen, dass alle Artisten, die weiß Gott nicht zu den reichsten Menschen unter der Sonne gehörten, so viel gespendet hatten.

Baron Quisac hatte ein vollkommen verzerrtes Bild von New York gezeichnet. Jetzt hatte sie ihre ersten eigenen Erfahrungen gemacht, und die waren rundum positiv. Ja, sie war glücklich hier.

Camille suchte nach einer Scheibe Brot. Während sie Glastürchen und Schubladen in dem Buffet öffnete, hörte sie plötzlich leise Schritte hinter sich. Vor Schreck blieb ihr fast das Herz stehen.

Waren Einbrecher im Haus?

Sie zog so leise wie möglich die Besteckschublade auf und griff sich ein langes, scharfes Fleischmesser.

Blitzschnell drehte sie sich um.

»Allmächtiger, Kind!«, schrie ihre mit einem Regenschirm bewaffnete Tante und blickte vorwurfsvoll auf das Messer. »Bist du von allen guten Geistern verlassen? Warum schleichst du hier nachts herum?«

»Du bist es, Tantchen, Gott sei Dank! Entschuldige, ich bin aufgewacht und hatte Hunger.«

Tante Catherine lachte. »Mir ging es genauso. Ich bin auch aufgestanden, weil mir der Magen knurrte. Komm, setzen wir uns, essen ein Stück Schokoladenkuchen und trinken ein Glas Wein dazu.«

Camille holte einen zweiten Teller und meinte lachend: »Ich habe schon gedeckt.« Sie schenkte ihrer Tante auch ein Glas Burgunder ein und prostete ihr zu.

»Santé, meine Liebe. Ich möchte mich noch einmal von ganzem Herzen bei dir bedanken. Ich bin so froh, dass ich nicht allein und in einem Hotel wohnen muss. Du nimmst mich mit so viel Liebe in deinem Haus auf und stehst mir mit Rat und Tat zur Seite. Ich mag mir gar nicht ausmalen, wie es wäre, wenn ich dich nicht hätte.« Und mit einem Blick auf den gedeckten Tisch fügte sie hinzu: »Und auch der Inhalt deiner

Speisekammer lässt keine Wünsche offen. Hier findet man die beste Medizin gegen Heimweh.«

»Das Heimweh wird dir gleich vergehen. Ich habe nämlich eine sensationelle Nachricht für dich.«

Camille sah ihre Tante erwartungsvoll an.

»Heute Morgen hat ein Bote ein Billett mit einem prachtvollen und sündhaft teuren Blumenbouquet vorbeigebracht. Du wirst es nicht glauben, aber wir sind bei den Vanderbilts eingeladen!«, verkündete ihre Tante mit leuchtenden Augen.

Camille zuckte fragend mit den Achseln. »Ich habe den Namen zwar schon einmal gehört, aber er sagt mir im Moment gar nichts.«

»Glaub mir, mein Mädchen, so eine Einladung gleicht einem Ritterschlag hier in New York. Die Vanderbilts gehören zu den zehn reichsten Familien von ganz Amerika, man nennt sie die ›Eisenbahnkönige‹. Du kannst dir gar nicht ausmalen, wie viel Geld die haben. Die Männer in der Familie haben für nichts anderes Augen und Ohren als für ihre unzähligen Geschäfte, und die Frauen geben sich die allergrößte Mühe, die Dollars wieder auszugeben. Die Gästeliste ist das Who's who aus Wirtschaft und Politik. Nach dem Ende des Bürgerkriegs hat bei uns das goldene Zeitalter angefangen, musst du wissen. Immer mehr Neureiche, die ganzen Bankiers, Unternehmer und Fabrikanten, sind in die Oberschicht aufgerückt. Um die Führungsposition der alteingesessenen Familien zu verteidigen, hat unsere High-Society-Königin, Caroline Astor, mit ihrem Zeremonienmeister Ward McAllister eine Namensliste der gesellschaftlichen Elite aufgestellt: *die Vierhundert.*«

»Den Namen von Caroline Astor habe ich natürlich schon gehört«, warf Camille ein.

»Weißt du, warum die Liste *die Vierhundert* hieß? Im Vertrauen, ich stand natürlich nicht auf ihr.«

»Keine Ahnung.«

»Der Ballsaal der Astors fasste vierhundert Gäste. Vor zwei Jahren wurde plötzlich an Miss Astors Thron gerüttelt. Was bis dahin niemand gewagt hatte. Wie aus dem Nichts erschien plötzlich eine Kontrahentin aus dem Kaff Mobile in Alabama. Es war niemand anderes als Alva Vanderbilt Belmont. Sie war damals gerade dreißig Jahre alt, nicht besonders hübsch und ohne herausragenden Stammbaum. Dafür hat sie aber eine scharfe Waffe: das unvorstellbare Vermögen ihres Mannes. William Vanderbilt ist der Enkel des Schiffs- und Eisenbahnmagnaten Cornelius Vanderbilt und mehr als einhundertfünfzig Millionen Dollar schwer.«

Camille schnappte nach Luft. »Ich habe noch nie gehört, dass ein einziger Mensch so viel Geld besitzt.«

Tante Catherine zuckte unbeeindruckt mit den Schultern. »Tja, das sind meine neuen Nachbarn. Sie haben sich ein Schloss für drei Millionen Dollar nicht weit von hier hingestellt. Wenn du das Anwesen von außen siehst, wird dich der Schlag treffen. Es ist ein Mischmasch an Baustilen, für uns Europäer kaum zu ertragen. Ein wirrer Mix aus Dogenpalästen, Medici-Villen, britischen Burgen, byzantinischen Serails, Gotik, Barock, Rokoko, ein bisschen Versailles und Schloss Fontainebleau und Türmchen und Torbögen, wo man hinschaut. Ich will dir nicht zu viel verraten, aber innen wird es noch schlimmer.«

Camille lehnte sich zurück und schenkte sich Wein nach. »Das verspricht amüsant zu werden.«

»Ich warne dich nur vor, damit du keine unpassende Bemerkung fallen lässt. Und hüte dich davor, auf Französisch zu lästern. Alva Vanderbilt war in ihrer Jugend in Paris und spricht fließend unsere Muttersprache.«

»Gut, dass du mir das sagst.«

»Sie schwärmt für Frankreich. Diesem Umstand habe ich es zu verdanken, auf ihrer Gästeliste zu stehen. Den pekuniären Unterschied mache ich in ihren Augen durch unser blaues Blut wett. Immerhin sind wir um ein paar Ecken herum mit dem Sonnenkönig Ludwig XIV. verwandt.«

Beide lachten sich verschmitzt an und prosteten sich zu.

»Offenbar weiß Alva Vanderbilt nicht, dass das alle Adligen von sich behaupten. Tante, erzähl mir noch ein bisschen, wie es im Inneren dieses Palastes aussieht. Ich könnte dir stundenlang zuhören.«

»Du wirst dir ja alles selbst anschauen können. Nur so viel: Die Räume sind überladen mit Kitsch aus aller Herren Länder. Durch die Salons kann man eine kleine Weltreise machen. Nippes aus der Türkei, Ausgrabungsschätze aus Ägypten, chinesische Vasen, griechische Marmorreliefs und ein Albrecht Dürer aus Deutschland. Aber genug davon. Die Hauseinweihung vor drei Jahren hat alles bisher Dagewesene in den Schatten gestellt. Das große Ereignis fand im März 1883 statt. Damals waren die Vanderbilts noch absolute Newcomer.«

»Also zugezogene Neureiche?«

»Genau. Alva Vanderbilt hat echt Nerven bewiesen und alles auf eine Karte gesetzt. Sie hat den prächtigsten Kostümball, den New York je gesehen hat, versprochen und über eintausend Gäste eingeladen. Alles, was Rang und Namen hat, stand auf der Liste. Nur Miss Astor, die ungekrönte Königin der Stadt, erhielt keine Einladung! Nachdem Caroline Astors jüngste Tochter deshalb einen Nervenzusammenbruch erlitten hatte, fuhr die wütende Mutter zum Anwesen der Vanderbilts, überreichte ihre Visitenkarte und gab damit ihre Kapitulation kund. Alva hatte sie in die Knie gezwungen.«

»Was für eine Dramatik! Das ist ja wie im Theater«, entfuhr es Camille leicht spöttisch.

»Ganz New York war wegen des Kostümballs wochenlang in Aufruhr. Hier gibt es einen exquisiten Kostümschneider namens Lanouette, der arbeitete mit einhundertfünfzig Angestellten Tag und Nacht, um die bestellten Verkleidungen anzufertigen.«

»Als was bist du hingegangen?«, erkundigte sich Camille.

»Marie-Antoinette. Leider war ich nicht die einzige an diesem Abend.«

»Was hatten die anderen Gäste an?«

»Es gab Kardinäle, Ritter, ein Einhorn, Eisköniginnen mit diamantenbesetzten Eiszapfen, zahlreiche Könige und Königinnen, Siouxindianer und Trapper. Mir persönlich hat am besten ein Weizenbaron gefallen, Mr Hardling. Er ist recht korpulent und hat sich als Hummel verkleidet!«

Camille lachte. »Erzähl weiter!«

»Der Ball begann um halb zwölf. Bereits eine Stunde vorher trafen die ersten Gäste ein. Ich kam mit meiner Kutsche kaum durch, weil Hunderte Schaulustige die Straße säumten. Zahllose Diener in grünen Kniehosen, gelben Wamsen und gepuderten Perücken nahmen die Gäste in Empfang. Der große Saal ist im Stil von François I. von Frankreich gestaltet. Der Hofmarschall rief den Namen jedes Gastes auf. Es ging förmlicher zu als früher am Hofe von Versailles. Alvas erster offizieller Auftritt war schlicht atemberaubend. Sie war als venezianische Prinzessin kostümiert, ganz in weißem und gelbem Brokat gekleidet. Sie trug eine Perlenkette von niemand Geringerem als Katharina der Großen.«

»Wie ist sie denn in deren Besitz gekommen?«, fragte Camille.

»Das ist bis heute ein Rätsel. Aber warte ab, es kommt noch besser. Der Eröffnungstanz fand um Mitternacht statt. Auf eine Quadrille folgte die nächste. Dazu trugen die Tänzer und Tänzerinnen weiße Kostüme mit weißen Perücken und weißen Narzissen im Knopfloch, wie zu Zeiten Friedrichs des Großen. Die Kosten für das ganze Spektakel sollen sage und schreibe zweihundertfünfzigtausend Dollar betragen haben. Aber Alva Vanderbilt hatte ihr Ziel erreicht: Von nun an stand sie selbstverständlich immer auf der Gästeliste der Astors.«

»Mit dieser Summe hätte man leicht den Sockel für die Freiheitsstatue bauen können!«, empörte sich Camille.

Tante Catherine gähnte. »Oh, bitte nicht schon wieder! Ich kann das Wort Sockel nicht mehr hören.« Sie sah auf die Küchenuhr. »Es ist spät geworden. Eines steht jedenfalls fest: Die Menschen, die bei den Vanderbilts verkehren, sind weiß Gott andere Kaliber als dieser unpünktliche, halbseidene Kollege, der dich neulich hier abgeholt hat.«

»Ach, Tante Catherine, da täuschst du dich. Du musst Patrick noch eine Chance geben. Ich habe ihn anfangs auch völlig falsch eingeschätzt.«

»Na ja. Euer gemeinsamer Artikel war wirklich amüsant. Allerding muss ich mich immer noch darüber aufregen, dass er dich in einen Zirkus mitgenommen hat.« Catherine bekam rosige Bäckchen. »Ich behaupte ja gar nicht, dass reiche Menschen die besseren sind. Aber durch die Einladung bei den Vanderbilts gelangst du in Kreise, die dir sogar in Paris verwehrt wären.« Sie zwinkerte verschwörerisch. »Es wäre doch gelacht, wenn wir dort nicht irgendein Prachtexemplar für dich finden würden!«

17. Kapitel

New York, Juli 1885

»Vorsicht, da kommt eine Treppe!« Patrick nahm seine Schwester Olivia am Arm und hielt ihr die Tür des Pubs auf.

»Ich bin nicht blind, Patrick!«, zischte Olivia.

»Aber so gut wie.«

»Nein, ich sehe nur schlecht!«

»Setz doch bitte endlich mal deine Brille auf, wenn wir ausgehen. Damit wäre uns beiden sehr geholfen. So schlecht, wie du meinst, schaust du gar nicht aus damit. Ich finde dein Modell sehr modisch. Du bist so hübsch, dich kann nicht einmal die schauerlichste Brille entstellen.«

»Lüg mich nicht an. Ich sehe mit dem Ding auf der Nase aus wie eine Eule. Lieber flieg ich zehnmal hin, als dass mich jemand als Brillenschlange verspottet.«

»Du weißt aber schon, dass dich unsere Nachbarn für eine eingebildete Kuh halten?«

Olivia sah ihren Bruder entsetzt an. »Warum um Himmels willen?«

»Weil du nie jemanden erkennst und nicht grüßt. Unsere Hausmitbewohner tuscheln schon hinter deinem Rücken.

Häng doch einen Zettel ins Treppenhaus und erklär ihnen, dass du aus lauter Eitelkeit keine Brille trägst. Und ohne Brill…«

»Sonst noch was? Ich geh gleich wieder nach Hause, wenn du nicht aufhörst, mich zu triezen. Ich leide schon genug unter der Situation.« Olivia riss sich von Patrick los und betrat den Gastraum.

Es war ihre Stammkneipe. Der Wirt stammte wie sie aus einer Einwandererfamilie aus Dublin. Seine Wirtschaft »Der rote Hahn« befand sich in Hell's Kitchen und lag zwischen der 34. und 36. Straße im Süden von Manhattan. Das Viertel war ziemlich heruntergekommen, aber nicht so schlimm wie Five Points.

Patrick sah sich um und raunte Olivia ins Ohr: »Falls du dich gerade fragen solltest, ob Luke schon da ist, sage ich dir: nein!«

Er schrie kurz auf, als ihm seine Schwester den Ellbogen in die Rippe rammte. Grinsend zog er sie hinter sich her zu einem freien Tisch.

Der Lärmpegel war wie immer hoch, aber seine Schwester und er liebten den Trubel, das laute Lachen und das Gegröle. Eine kleine Kapelle mit einem Geiger, einem Akkordeonspieler und einem Trommler ließ sich nicht aus dem Konzept bringen. Die Musiker spielten ungerührt gegen den Lärm an.

Der Wirt begrüßte sie vom Tresen aus mit einem lauten Hallo. Hier verkehrten fast nur irischstämmige Einwanderer. Man kannte sich.

»Du hast dich aber rar gemacht, Patrick«, rief ein Tischnachbar herüber. »Ich glaube, das letzte Mal haben wir deinen Namenstag gefeiert und du musstest eine Lokalrunde schmeißen.«

Der Sohn des Wirts kam, wischte mit einem grauen Lappen über den Tisch und fragte: »Wie immer?«

Patrick nickte.

»Wollt ihr auch zwei Portionen Stew? Es ist gleich fertig.«

»Und ob! Deshalb sind wir ja hier! Niemand macht ein besseres Stew als deine Tante.«

Patrick und Olivia liebten das irische Nationalgericht, während alle Nicht-Iren mit Grausen davor zurückschreckten. Hier schmeckte der Eintopf aus Hammelfleisch, Kartoffeln, Karotten und Petersilie besonders gut, weil er in einem großen Kessel über dem offenen Kamin stundenlang vor sich hinköchelte und dabei seinen Geschmack entfaltete. Erst wenn das Fleisch fast zerfiel, war das Stew fertig.

Der Wirtssohn stellte zwei schäumende Guinness vor ihnen ab.

Die Geschwister prosteten sich fröhlich zu. Der kleine Disput war längst vergessen.

»Wollen wir mit dem Essen nicht auf Luke warten?«, fragte Patrick.

»Von mir aus«, meinte Olivia. »Ich habe zwar Hunger wie ein Wolf, aber er ist sicher gleich da. Ich habe übrigens mit meinen blinden Augen deinen Artikel über den Zirkus gelesen. Wenn man dich privat kennt, kann man kaum glauben, dass du so viel Humor hast.« Olivia grinste ihn herausfordernd an. »Aber Spaß beiseite, wenn mich nicht alles täuscht, stand unter der Reportage auch noch ein zweiter Name. Haben sie dir einen Aufpasser vor die Nase gesetzt?«

»Du meinst Camille St. Laurent? Ich habe dir doch von ihr schon erzählt. Das ist die junge Französin.«

»Die, über die du dich so aufgeregt hast?«

»Ja, genau. Aber ich muss sagen, ich habe meine Meinung über sie inzwischen geändert. Sie ist ziemlich clever, frei von Vorurteilen, hat einen ganz eigenen Schreibstil und kann, wenn sie will, sogar sehr charmant sein.«

»Ach! So habe ich dich ja noch nie über eine Frau reden hören. Du wirst dich doch nicht verliebt haben?«

»Nicht doch. Wahrscheinlich bin ich nur erleichtert, weil ich mir die schlimmsten Dinge ausgemalt habe, als mir Pulitzer mitgeteilt hatte, dass ich mich um sie kümmern muss. Nach anfänglichen Schwierigkeiten bin ich jetzt sehr froh, dass sie so unkompliziert und patent ist. Außerdem ergänzen wir uns ganz hervorragend, die Arbeit macht mit ihr mehr Spaß und geht viel schneller von der Hand. Verglichen mit den männlichen Kollegen, mit denen ich schon zusammengearbeitet habe, ist es mit ihr wider Erwarten wirklich toll!«

»Patrick, du kommst ja aus dem Schwärmen nicht mehr heraus.«

»Na ja, so ist es auch wieder nicht. Camille kann auch sehr anstrengend sein. Sie hat ständig Angst, als Frau schlechter behandelt zu werden. An Männern lässt sie meistens kein gutes Haar.«

»Aber sie weiß schon, dass du ein Mann bist, oder?«

»Sehr witzig. Du kannst dir doch denken, was ich sagen will. Sie ist eine glühende Verfechterin der Emanzipation der Frau. Das ist manchmal wirklich nervend. Außerdem trennen uns Welten. Sie wohnt in der Fifth Avenue bei ihrer schwerreichen alten, hysterischen Tante. Ich sag dir, das ist ein Drache! Irgendwie ist sie aber etwas Besonderes. Die feine Dame hat den Charme eines Reibeisens und hält mich für einen Rüpel und Underdog.«

»Recht hat sie! Das sind wir doch auch, Underdogs.«

Die beiden prosteten sich lachend zu und bellten.

In dem Moment schlug krachend eine Faust auf ihren Tisch. »Lacht ihr etwa über mich?«

Patrick fuhr erschrocken herum.

Luke klopfte ihm freundschaftlich auf die Schulter. »So, wie du zusammengezuckt bist, könnte man glatt meinen, du hast ein schlechtes Gewissen.«

»Das sollte er auch wirklich haben, denn er hat mich die ganze Zeit wegen meiner schlechten Augen aufgezogen.«

Luke umarmte Olivia. »Du siehst entzückend aus wie immer. Es wurde aber auch wirklich Zeit, dass wir uns einmal wiedersehen. Für mich auch ein Bier«, rief er zum Tresen, »ich habe einen Riesendurst!«

Die Kapelle spielte jetzt einen flotten Country-Dance, und Luke legte zu Patricks Erstaunen seine Hand auf Olivias und flüsterte ihr etwas ins Ohr.

Die beiden schauten sich kurz in die Augen, standen auf, gingen schnurstracks in die Mitte des Schankraums und begannen ausgelassen zu tanzen.

Es war eine Freude, ihnen zuzuschauen. Sie wären ein nettes Paar, ging es Patrick durch den Kopf. Ihr Altersunterschied fiel auf der Tanzfläche kaum auf, so sehr wirbelte Luke Olivia herum. »Na bravo, die beiden vergnügen sich und ich sitz hier allein rum«, murmelte er vor sich hin.

Zwei Männer, die er flüchtig kannte, begannen, auf der Tanzfläche zu steppen. Sie winkten ihm auffordernd zu, und er ließ sich nicht lange bitten. Er liebte es, sich bei dem Stepptanz so richtig zu verausgaben. Das war die schönste Art für ihn, um abzuschalten. Rasch zog er seine Jacke aus und warf sie über einen Stuhl. Dann stemmte er die Arme in die Hüften und passte sich dem Rhythmus seiner Mittänzer an. Die drei wurden schneller und schneller. Mit geradem, fast bewegungslosem Oberkörper begann Patrick, sich zu drehen, und ließ dabei seine Füße elegant über den Boden fliegen.

Die beiden Mittänzer waren wesentlich älter als er, konnten aber problemlos mithalten.

Olivia und Luke und die anderen Tanzpaare waren inzwischen stehen geblieben und klatschten zur Musik. Auch einige Gäste waren aufgestanden und hatten einen Kreis um sie herum gebildet. Es herrschte eine wilde und gelöste Stimmung.

Patrick tropfte der Schweiß von der Stirn. Er wünschte sich, Camille wäre hier und würde all die fröhlichen und ausgelassenen Menschen erleben. Seit er mit ihr zusammenarbeitete, sah er seine Stadt mit völlig anderen Augen. Mit Camilles Augen. Vieles, was für ihn selbstverständlich gewesen war, erschien ihm nun in einem ganz anderen Licht. In diesem irischen Pub könnte Camille erfahren, wie die nicht so gut betuchten New Yorker feierten und sich amüsierten.

Patrick spürte, wie seine Beine langsam an Kraft verloren. Er war etwas außer Übung und sollte wieder öfter hierherkommen. Hoffentlich war der Jig bald zu Ende. Auch seine Mittänzer wurden langsamer. Endlich erklang der erlösende Schlussakkord.

Die drei verbeugten sich unter dem begeisterten Applaus der Gäste und ließen sich erschöpft auf ihre Stühle fallen.

Olivia und Luke klopften Patrick anerkennend auf die Schulter und setzten sich.

In dem Moment kam der Kellner mit dem Irish Stew.

»Die Portion hast du dir verdient, Patrick«, sagte er lachend.

»Jetzt ist aber genug mit der Lobhudelei. Als deine Schwester muss ich dir sagen, dass du vor zwei Jahren länger durchgehalten hättest, so viel steht fest!«

Luke lehnte sich in seinem Stuhl zurück und zündete sich eine dicke Zigarre an. »Es tut so gut, mal weg von der Arbeit zu sein. Auf meinem Schreibtisch türmen sich zurzeit die Akten meterhoch. Ich komm gar nicht mehr raus auf die Straße, sitze nur noch in meinem Büro und muss seitenlange Berichte lesen. Zu allem Überfluss muss ich zu jeder Akte auch noch meinen Senf dazugeben.«

»So ist das leider oft in einer gehobenen Stellung.« Patrick nahm einen Löffel Stew und fragte Luke: »Willst du mal probieren? Schmeckt wirklich klasse.«

»Nein. Ich hasse das Zeug. Diese ausgekochten Hammelmägen und die widerlichen Fettaugen, die an der Oberfläche schwimmen, sind nichts für mich.«

Luke zog genüsslich an seiner Zigarre und stieß den Rauch in Richtung Decke. »Übrigens habe ich heute schon an dich gedacht.«

»An mich?«, fragte Patrick verwundert.

»Ja. Ich habe eine Anzeige gelesen, die zwei meiner Kollegen beim Juwelier Tiffany aufgenommen haben.«

Patrick verschluckte sich vor Schreck.

»Die männliche Personenbeschreibung hat haargenau auf dich gepasst, wenn es sich nicht um einen blonden Kerl gehandelt hätte.« Luke musterte Patrick lachend von oben bis unten. »Aber ich weiß natürlich, dass du mit deiner Zeitung verheiratet bist und so gut wie nie dein Büro verlässt.«

Patrick spürte, wie ihm ein kalter Schauer den Rücken hinunterlief. Er riss sich zusammen und fragte so beiläufig wie möglich: »Was soll ich denn angestellt haben?«

»Dein blonder Doppelgänger war in Begleitung einer halbseidenen Lady. Dieses Gaunerpärchen hat sich selten dämlich angestellt.« Luke musste lachen. »Die Frau schwer aufgetakelt, und dein Double trug einen drittklassigen Anzug. Die beiden hatten sündhaft teuren Schmuck dabei und wollten ihn bei Tiffany verscherbeln. Plötzlich haben sie kalte Füße bekommen und sind getürmt.«

»Das gibt es doch nicht«, riefen Olivia und Patrick wie aus einem Mund.

»Dann muss es doch ein Leichtes sein, dieses ungeschickte Gangsterduo einzufangen«, meinte Olivia.

»Das glaub ich auch. Die kriegen wir. Wir haben allen Juwelieren in der Stadt eine genaue Beschreibung des Schmucks gegeben. Wenn die beiden noch einmal versuchen sollten, ihre

Beute zu verkaufen, schnappen wir sie. Vielleicht suchen sie sich einen Hehler, aber denen schauen wir auch auf die Pfoten.«

»Was ist denn an dem Schmuck so besonders?«, fragte Patrick scheinheilig.

Luke zuckte mit den Schultern. »Laut der Auskunft des Verkäufers von Tiffany sind es teure, exquisite Stücke von unschätzbarem Wert.«

Olivia fiel ihm ins Wort: »Also wenn ich gestohlenen Schmuck verhökern müsste, würde ich die Edelsteine rausbrechen und das Gold zu einem großen Klumpen einschmelzen.«

»Hört, hört. In dir schlummern ja ungeahnte kriminelle Energien, liebe Schwester. Auf Olivia trifft die Frauenbeschreibung aber nicht zu, oder, Luke?«

»Deine Schwester ist einzigartig«, säuselte Luke, und Patrick verdrehte die Augen, während er spöttisch bemerkte: »Außerdem ist Olivia so blind, dass sie eine wertvolle Kette nicht von einem Hundehalsband unterscheiden könnte.«

Seine Schwester trat ihn mit voller Wucht gegen das Schienbein.

»Hört auf zu streiten. Eigentlich dürfte ich mit euch gar nicht darüber reden, aber bei uns bleibt es ja sozusagen in der Familie.« Luke senkte die Stimme. »Wirklich merkwürdig ist bei der ganzen Sache, dass mir seit geraumer Zeit eine anonyme Anzeige vorliegt. Eines der Schmuckstücke ist darin genau beschrieben.«

Patrick wurde hellhörig. »Erzähl!«

»Ihr schwört mir aber, dass ihr kein Sterbenswörtchen verratet. Das gilt insbesondere für dich, Patrick. Wenn ich darüber etwas in der *New York World* lesen sollte, sind wir geschiedene Leute, verstanden?«

»Du machst es aber spannend«, meinte Olivia.

»Haben wir jemals ein Geheimnis ausgeplaudert, Luke? Schieß schon los.« Patricks Herz klopfte vor Aufregung. Egal, was Luke gleich sagen würde, es würde ihn hoffentlich weiterbringen, den Mörder von Susans Freundin zu finden.

»Diese anonyme Anzeige ist ungeheuerlich. Eine der reichsten Familien New Yorks wird beschuldigt, diesen unglaublich wertvollen Schmuck gestohlen zu haben.«

»Wer denn? Die Astors, die Vanderbilts oder vielleicht die Rockefellers?« Olivia lachte verächtlich. »Die haben ihr Vermögen doch alle zusammengestohlen. Mich wundert in den Kreisen gar nichts.«

»Nein. Keine der *Big Five*. Die bezichtigte Familie ist eigentlich über jeden Verdacht erhaben. Ihre Mitglieder gehören den Freimaurern an und leben nach deren Ehrenkodex. Sie sind hohen Prinzipien und der Wahrheit verpflichtet.«

Patrick schnappte nach Luft. Sein Puls begann zu rasen. »Du meinst doch nicht etwa die Johnsons?«

18. Kapitel

New York, Juli 1885

Camille rannte die Stufen zum Büro im zweiten Stock hoch. Sie war noch nie um diese späte Stunde in dem Verlagsgebäude gewesen. Der Nachtwächter hatte sie nur widerwillig hereingelassen, als sie ihm erklärte, sie müsse noch dringend Unterlagen aus ihrem Büro holen.

Oben angekommen, musste sie erst einmal verschnaufen. Sie setzte ihre Tasche ab, lehnte sich mit der Stirn gegen die kühle Fensterscheibe im Treppenhaus und betrachtete fasziniert die vielen Lichter der Straße. Im gegenüberliegenden Gebäude befand sich eine große Schneiderei, deren Räume hell erleuchtet waren. Zahlreiche Näherinnen saßen an ihren Maschinen und schufteten unermüdlich. Eine junge Frau winkte ihr zu, und Camille erwiderte lächelnd ihren Gruß.

Dann nahm sie ihre Tasche wieder auf, öffnete eine große Glastür und ging den Flur hinunter. Sie war noch einmal hergekommen, weil sie in der großen Enzyklopädie nachschlagen wollte, wie die Namen der sieben Weltmeere lauteten. Der Artikel, an dem sie gerade arbeitete, handelte von den Details der Freiheitsstatue. Sie hatte beschlossen, eine Serie zu schreiben, in der sie wöchentlich einen Teil der leider immer noch zerlegten Freiheitsstatue vorstellte. Der erste Artikel handelte von der siebenzackigen Krone. Pulitzer war so begeistert von ihrer Idee, dass die Serie auch in seiner Zeitung erscheinen sollte. Dafür hatte er ihr sogar einen generösen Vorschuss gezahlt. Jetzt war sie endlich nicht mehr nur ein geduldeter Gast in der Redaktion, sondern ein gleichwertiges Mitglied. Zusätzlich hatte der Deal den angenehmen Nebeneffekt, dass sie für den gleichen Artikel sowohl von Monsieur Aragon als auch von Pulitzer ein Honorar erhielt. Sie strich sich glücklich über ihre neue saphirblaue Bluse, die sie sich von ihren ersten selbst verdienten Dollars gekauft hatte. Geld hatte bisher nie eine Rolle für sie gespielt, weil immer mehr als genug da war. Selbst etwas zu verdienen, gefiel ihr ausnehmend gut.

Pulitzer hatte das Nachschlagewerk trotz der hohen Kosten für seine Journalisten angeschafft. Es wurde von allen Kollegen fleißig genutzt, denn es gab nichts Peinlicheres, als falsche Informationen in die Welt zu setzen.

Geografie war nie ihre Stärke gewesen. Die sieben Zacken von Lady Libertys Krone symbolisierten die sieben Weltmeere und die sieben Kontinente. Sie wusste, dass die Zahl Sieben eine mystische, heilige Zahl war, und hatte schon auf die sieben Wochentage, die sieben Planeten in der Bibel, die sieben Engel vor Gottes Thron, den siebenarmigen Leuchter und die sieben Siegel der Apokalypse hingewiesen. Vielleicht fand sie in dem vielbändigen Lexikon ja noch einen Hinweis auf die Zahl Sieben, mit dem sie ihre Leser überraschen konnte.

Camille zuckte zusammen. Was war das für ein Geräusch? Der Nachtwächter hatte ihr gesagt, sie wäre allein im Gebäude. Plötzlich bekam sie Angst. Keiner wusste, dass sie hier war. Nicht einmal Tante Catherine. Sie hatte sich einfach zu später Stunde aus dem Haus geschlichen und sich eine Mietdroschke genommen. Tagsüber war es in der Redaktion so laut. Alle schrien durcheinander, und es herrschte ein permanentes

Tohuwabohu. Das war sie nicht gewöhnt, denn im Lesesaal der Universitätsbibliothek, wo sie während ihres Studiums am liebsten gearbeitet hatte, hatte immer Stille geherrscht.

Wieder hörte sie das Geräusch. Es klang, als wenn jemand klopfte. Je weiter sie den Flur entlangging, desto lauter wurde es. Sie blieb stehen. Das Geräusch kam direkt aus Patricks und ihrem Büro. Zu dem Klopfen hatte sich ein Scharren hinzugesellt. Sie versuchte, sich zu beruhigen. Die Zeitung war sicherlich kein lohnendes Objekt für Einbrecher. Sie nahm all ihren Mut zusammen und drückte die Türklinke so leise wie nur möglich hinunter.

Was sie hinter der Tür erblickte, machte sie sprachlos.

Patrick, der sie nicht bemerkte, tanzte wie ein Derwisch in der Mitte des Raums und sang dazu lautstark in einer Sprache, die sie noch nie gehört hatte. Sie beobachtete, wie er seine Jacke auszog und sie mit Schwung auf den Boden warf. Er war fröhlich und ausgelassen wie ein kleiner Junge, ganz anders als sonst. Juchzend schnalzte er seine Hosenträger und schlug mit seinen Füßen einen noch schnelleren Rhythmus an.

Auf einmal drehte er sich um und sah sie verblüfft an. »Camille, was machst du denn hier zu so später Stunde?«

Während er mit ihr sprach, tanzte er einfach weiter.

Camille lachte. »Ich habe noch nie jemanden so toll tanzen sehen. Was ist das für ein Tanz?«

Patrick streckte ihr auffordernd seine Hand entgegen. »Komm her, ich zeig es dir, es ist ganz einfach.«

Er strahlte eine derart ansteckende Lebensfreude aus, dass Camille gar nicht anders konnte. Sie ließ ihre Tasche auf den Boden fallen und nahm seine Hand.

Nach wenigen Augenblicken hatte sie die Schrittfolge verstanden, und ihre Füße folgten Patrick blind. Sie verhielten sich zueinander wie ein Spiegelbild.

Patrick war ein brillanter Tänzer, er führte sie durch das Büro, dass sie meinte, ein paar Zentimeter über dem Boden zu schweben.

Was war das für ein großartiges Gefühl! Sie hatte sich noch nie so ausgelassen bewegt. Ihr Debütantinnenball und die anderen festlichen Tanzveranstaltungen waren allesamt spaßfreie, steife Ereignisse gewesen. Wenn sie es sich recht überlegte, hatte sie das letzte Mal mit ihren Schwestern im Kinderzimmer so fröhlich getanzt.

Keuchend fragte sie: »Wie lange tanzt du hier schon?«

»Keine Ahnung, dank dir habe ich keine funktionierende Taschenuhr mehr«, meinte er lachend. »Komm, wir gönnen uns eine kleine Verschnaufpause.«

Erschöpft ließen sie sich auf ihre Bürostühle plumpsen, und Patrick legte seine langen Beine auf die Schreibtischplatte.

»Verrätst du mir jetzt, wie sich dieser Tanz nennt?«, fragte Camille.

»Das ist der Stepptanz, eine Erfindung der amerikanischen Iren. Meine Landsmänner, die nach Amerika auswanderten, waren allesamt arme Schlucker, aber mit viel Lebenslust gesegnet. Musik machen und tanzen konnten selbst die Ärmsten der Armen. Wir Iren sind ein geselliges Völkchen. Früher war ich zweimal die Woche abends tanzen, aber das habe ich leider vor lauter Arbeit etwas vernachlässigt.«

»Man sieht, dass es dir Spaß macht.«

»Meine Kondition lässt ein wenig zu wünschen übrig. Gestern war ich seit Langem einmal wieder mit meiner Schwester und einem Freund zum Tanzen im Pub. Da habe ich gemerkt, dass ich schnell aus der Puste komme. Ich hatte mich allein hier im Haus gewähnt und die Gelegenheit genutzt, ein bisschen zu üben. Zu Hause würden mir die Nachbarn aufs Dach steigen. Aber was machst du denn hier so spät am Abend?«

»Ich wollte noch etwas für meine neue Serie über die Freiheitsstatue recherchieren. Ich muss gestehen, ich habe die Namen der sieben Weltmeere nicht mehr zusammengebracht.«

»Mach dir nichts draus, die wüsste ich auch nicht.« Unvermittelt sprang er auf und zog Camille vom Stuhl hoch.

Und schon legte er wieder los.

Sie konnte nicht anders und tanzte einfach mit.

»Camille St. Laurent, wir arbeiten zu viel«, rief Patrick lachend. »Das Leben ist auch zum Genießen und Feiern da. Das vergisst man allzu oft! Deine Augen leuchten wunderschön, ich habe dich noch nie so unbeschwert erlebt.« Plötzlich hielt er inne. »Ohne Musik ist es nur halb so schön. Vergiss deinen Artikel, den kannst du morgen auch noch schreiben. Komm, wir gehen in eine Kneipe und tanzen dort weiter. Ich kenne ein Lokal gleich um die Ecke, keine zwei Straßen weiter.«

Camille zögerte einen Augenblick. Warum eigentlich nicht, dachte sie. Seit sie hier war, musste sie von einem Termin zum nächsten eilen. Patrick hatte ganz recht, sie arbeiteten wirklich zu viel. Zum Leben gehörte auch, sich zu amüsieren. Jetzt hatte sie die Möglichkeit dazu. Warum sollte sie die Chance nicht beim Schopf packen? Sie war erwachsen und niemandem Rechenschaft schuldig.

»Also gut, Patrick, ich komm mit. Ich kenne das Nachtleben von New York überhaupt noch nicht.«

»Dann wird es aber höchste Zeit!« Patrick hob seine Jacke vom Fußboden auf und richtete den Kragen seines Hemdes. »Jetzt schnell, bevor du es dir noch anders überlegst.«

Camille wollte wie immer die Treppen nehmen. Doch Patrick hielt sie am Arm zurück. »Nicht doch, wozu gibt's denn den Fahrstuhl?«

»Das Ding ist mir nicht geheuer. Ich bin bisher immer die Treppen gelaufen und noch nie damit gefahren.«

»Einmal ist immer das erste Mal. Gib dir einen Ruck. Ich bin doch bei dir.«

»Ich weiß, dass es hier bei euch schon etliche Häuser mit elektrischem Aufzug gibt. Bei uns in Frankreich habe ich so etwas noch nie gesehen, geschweige denn benutzt.«

Patrick drückte auf den Knopf, und die Tür öffnete sich. »Wie praktisch, er ist sogar schon auf unserem Stockwerk.« Er schob das Gitter zur Seite, und sie betraten gemeinsam den eisernen Käfig.

»Schau, Camille, es ist ganz einfach: Man muss nur die Gittertür schließen und diesen Knopf drücken. Fünf Personen passen hinein. Ich liebe diese Erfindung. Wenn ich die Zeitersparnis hochrechne, habe ich am Ende eines Jahres sicher zwei Tage Treppenlaufen gespart. Die ganze Konstruktion hängt an zwei Stahlseilen, die so stabil sind, dass man sogar hier drinnen tanzen kann.« Patrick trat sogleich den Beweis an.

»Hör auf, der komische Lift wackelt ja ganz fürchterlich.«

»Entschuldige, ich wollte dir nur demonstrieren, wie sicher der Fahrstuhl ist.«

Der Personenaufzug setzte sich in Bewegung. Plötzlich rumpelte und quietschte es angsteinflößend. Das Licht erlosch.

Camille schrie auf. »Verdammt noch mal, lass deine dummen Scherze, Patrick«, fuhr sie ihn an.

»Ich kann nichts dafür, ich habe nichts gemacht.«

Camille hörte an Patricks irritiertem Tonfall, dass er die Wahrheit sagte.

»Ich drücke jetzt auf alle Knöpfe, einer davon ist eine Notklingel. Dann fährt der Aufzug hoffentlich weiter«, meinte Patrick, doch seine Verunsicherung war ihm deutlich anzumerken.

Nichts passierte. Totenstille.

»Offensichtlich ist der Strom ausgefallen oder der Nachtwächter hat die Sicherung herausgedreht, weil er dachte, niemand fährt mehr damit. Wahrscheinlich wusste er nicht, dass ich noch im Gebäude bin, und bei dir hat er sich erinnert, dass du den Aufzug nie benutzt.«

»Du hast mich überredet, hier einzusteigen! Dieser Kasten war mir vom ersten Augenblick an nicht geheuer.« Camille spürte, wie Panik in ihr aufstieg. Nicht auszumalen, wenn sie jetzt mit der Kabine in die Tiefe stürzen würden.

»Camille, es tut mir schrecklich leid, dass ich dich in diese Situation gebracht habe. Ich weiß nicht, ob es dich beruhigt, aber der Aufzug ist schon zweimal stecken geblieben. Auch Pulitzer musste schon eine ganze Nacht hier drin verbringen.«

»Das ist ja wirklich sehr beruhigend«, antwortete sie spöttisch.

Sie schwiegen eine Weile.

Mit zitternder Stimme meinte Camille dann: »Es ist ja schon schlimm genug, hier drin gefangen zu sein, aber bist du wirklich sicher, dass das Seil nicht reißen wird?«

»Ganz sicher! Selbst, wenn es reißen würde, gibt es noch ein Notseil. Spätestens morgen früh um sechs Uhr kommen die ersten Kollegen und merken, dass der Aufzug nicht geht. Die holen uns in null Komma nichts hier wieder raus.«

Camille hörte, wie Patrick seine Jacke auszog, sie auf den Boden legte und sich hinsetzte. Sie hockte sich kurzerhand neben ihn.

Was für ein Schlamassel!

»Schwör mir bei deinem Leben, Patrick, dass du bei diesem merkwürdigen Zufall nicht deine Finger im Spiel hast.«

»Ich schwöre dir bei allem, was mir heilig ist, ich habe nichts damit zu tun. Mir ist die ganze Situation mehr als peinlich. Ich kann nur hoffen, dass du mir verzeihst.«

Camille schwieg. Was sollte sie machen? Ihr blieb nichts anderes übrig, als zu warten.

Sie lauschten beide in die Dunkelheit. Nichts war zu hören.

Hoffentlich hatte ihre Tante zwischenzeitlich nicht entdeckt, dass sie nicht in ihrem Bett lag …

Plötzlich musste Camille kichern.

»Wirst du jetzt hysterisch?«, fragte Patrick besorgt.

»Ich habe mich gerade daran erinnert, dass die Großeltern meines Vaters heiraten mussten, weil sie sich fünf Minuten allein in einem Zimmer aufgehalten hatten.«

»Heißt das, dass ich morgen früh um deine Hand anhalten muss?«

Camille lachte. »Gott bewahre! Zum Glück haben sich seitdem die strengen Sitten und Anstandsregeln geändert.«

»Ich bin froh, dass du drüber lachen kannst und nicht versteinert und verstummt in der Ecke sitzt. Vielleicht ist es kein Zufall, dass uns das gerade passiert. Jetzt haben wir eine ganze Nacht Zeit, miteinander zu reden. Machen wir das Beste draus!«

Camille streckte ihre Beine auf dem Boden aus. »Um miteinander zu reden, muss man ja nicht in einem Käfig an einem Seil zwanzig Meter über dem Boden hängen. Du hast mich in diese Situation gebracht, jetzt kannst du auch anfangen, mir etwas von dir zu erzählen.«

»Chapeau! Als Erstes, möchte ich mich bei dir für mein ruppiges Verhalten im Hafen entschuldigen.«

»Ach, das habe ich schon längst vergessen. Aber wenn du schon noch mal davon anfängst: Ich konnte wirklich nichts dafür, dass der kleine Junge ins Meer gestürzt ist. Nach drei Monaten auf hoher See war ich mit dem Empfang völlig überfordert. Als mir der Sekretär des Bürgermeisters die Bonbons in die Hand drückte, habe ich sie ohne nachzudenken wie von ihm gewünscht einfach zu den Kindern geworfen. Ich war gottfroh, dass du den Knaben aus dem Wasser gefischt hast. Noch mal danke«, murmelte sie leise.

»Ich war gerade dabei, mich bei dir zu entschuldigen. Ich habe mich unmöglich aufgeführt.« Er schwieg einen Moment.

»Die Sache war immerhin nicht umsonst. Wenigstens habe ich seitdem einen tollen Spitznamen für dich, Candy.«

Camille stieß ihn mit der Fußspitze an.

»Ich dachte damals, du seist die junge, überspannte Gattin von diesem aufgeplusterten Monsieur Quisac.« Er äffte den näselnden Tonfall des Barons nach: »›Gott bewahre! Glauben Sie, isch 'abe es nötig zu arbeiten?‹ Der Satz hat mich so in Rage gebracht, dass ich dir die Schuld für etwas gegeben habe, für das du überhaupt nichts konntest. Es ist eigentlich nicht der Rede wert, aber bei meinem Sprung ins Hafenbecken ist, wie du weißt, mein einziges Erinnerungsstück an meinen verstorbenen Vater kaputtgegangen. Seine Taschenuhr.«

»Das tut mir sehr leid. Ich wollte, ich könnte es wiedergutmachen. Erzähl mir von ihm. Wann ist er denn gestorben?«, fragte Camille.

Patrick schwieg.

Camille merkte, dass ihm ihre direkte Frage unangenehm war.

Nach einer halben Ewigkeit antwortete er: »Ich habe noch nie mit jemandem darüber geredet.«

Sein Zögern war deutlich zu spüren. Camille drängte ihn nicht.

»Ich rede grundsätzlich nicht gern über persönliche Dinge. Das fällt mir schwer. Es ist vielleicht der Grund, warum ich so gern schreibe. Da kann ich von anderen Menschen erzählen und bin nicht gezwungen, mein Innerstes nach außen zu kehren.«

Camille lachte. »Ich weiß genau, was du meinst, aber ich lasse nicht locker und will mehr über dich erfahren.«

»Ich könnte dir ja ein paar Märchen erzählen.«

»Nein, ich will keine Märchen von dir hören. Um sich besser kennenzulernen, muss man von sich selbst erzählen, auch wenn man dazu über seinen Schatten springen muss. Aller Voraussicht nach werden wir ja hier die ganze Nacht festsitzen.

Vielleicht hilft es dir, wenn ich dir erzähle, dass mein Vater auch erst vor Kurzem gestorben ist. Glaub mir, ich weiß, wie schwer es ist, darüber zu reden.«

»Also gut.« Patrick holte tief Luft und gab sich einen Ruck. »Mein Vater war Polizist, sein Tod liegt schon lange zurück. Er hatte einem stadtbekannten Pyromanen das Handwerk gelegt und dafür gesorgt, dass dieser ins Gefängnis kam. Womit niemand rechnen konnte, war, dass der Kerl ausgebrochen ist und aus Rache mitten in der Nacht eine brennende Fackel durch das Fenster unseres Zimmers warf. Das Feuer breitete sich in Sekundenschnelle aus. Meine Schwester und ich waren damals zehn und zwölf Jahre alt. Panisch schob uns mein Vater in das Treppenhaus und schrie uns zu, nach draußen zu gehen und Hilfe zu holen. Er nahm unsere kranke Mutter auf den Arm und klopfte an den Türen unserer Nachbarn. Im Treppenhaus herrschte nach wenigen Minuten ein einziges Chaos. Ich nahm Olivia bei der Hand, und wir rannten, noch halb im Schlaf, die Treppen hinunter. Kurz bevor wir die Haustür erreicht hatten, riss sich Olivia los und schrie: ›Ich will zu Mama!‹ Ich wollte hinter ihr her, aber ein Nachbar hielt mich an der Schulter fest und zerrte mich nach draußen. Ich weiß nicht, wie lange es gedauert hat, bis Vater mit Mutter im Arm endlich vor das Haus trat. Als er sah, dass Olivia nicht bei mir war, brüllte er mich an wie noch nie: ›Warum hast du nicht auf deine Schwester aufgepasst?‹ Er stürmte zurück in das inzwischen lichterloh brennende, große Mietshaus. Endlich kam er mit Olivia zurück. Sie hatte schwere Verbrennungen an Armen und Beinen. ›Lass deine Schwester nie wieder aus den Augen, versprich mir das.‹ Dann brach er vor unseren Augen zusammen und war tot. Erst später habe ich begriffen, dass er an einer Rauchvergiftung gestorben ist.«

Camille tastete im Dunkeln nach seiner Hand und drückte sie.

Nach einer Pause fuhr Patrick fort: »Du wirst es nicht glauben, aber meine Schwester kann sich an nichts, aber auch gar nichts davon erinnern. Sie weiß natürlich, dass es ein Feuer gegeben hat, durch das unser Vater ums Leben kam. Nur die Narben sind ihr als Erinnerung geblieben. Seit damals fühle ich mich für Olivia verantwortlich. Du wirst lachen, wir haben sogar zwei nebeneinanderliegende Wohnungen.«

»Das muss ja auch für deine Mutter schrecklich gewesen sein.«

Patrick räusperte sich. »Kurze Zeit später ist sie an Tuberkulose gestorben, und wir standen ohne Eltern und völlig mittellos da. Unsere Familie ist nie reich gewesen, wie du dir denken kannst. Gott sei Dank hat uns der beste Freund meines Vaters bei sich aufgenommen. Luke ist ein toller Kerl, er ist auch Polizist. Mit ihm und Olivia war ich gestern Abend übrigens in dem Pub zum Tanzen.«

»Ich hätte nie gedacht, dass du schon so viel mitgemacht hast, du wirkst immer so fröhlich und selbstbewusst, Patrick.«

»Ich wünsche niemandem, dass er so etwas erleben muss.«

Sie hingen beide ihren Gedanken nach.

»Meine Kindheit war glücklich«, begann Camille nach einer Weile und setzte sich auf. »Aber manchmal macht man auch später im Leben schlimme Erfahrungen.«

»Ich habe dir jetzt so viel von mir erzählt, willst du mir sagen, was dir zugestoßen ist?«

Camille machte erneut eine Pause. Dann meinte sie: »Eigentlich will ich auch nicht darüber reden, aber du warst so offen, deshalb erzähl ich es dir. Ich habe mich in den falschen Mann verliebt, und er hat meine grenzenlose Naivität schamlos ausgenutzt. Ich habe es damals nicht wahrhaben wollen, aber im Grunde genommen hat er mich vergewaltigt. Ich konnte Paris nicht mehr ertragen. Alles hat mich in der Stadt an diesen Professor Dupont erinnert. Deshalb habe ich das Angebot von

Monsieur Aragon liebend gern angenommen und bin hierher nach New York gekommen. Ich wollte so weit wie möglich von Frankreich weg.«

Patrick sagte leise: »Das ist schrecklich und tut mir sehr, sehr leid.«

Als Camille stumm blieb, fuhr er fort: »Ich habe mir schon gedacht, dass du irgendwelche schlimmen Erfahrungen mit Männern gemacht haben musst, so wie du dich verhältst. Solche Dreckskerle gibt es überall, auch hier.«

»Ja, kann schon sein.«

»Du solltest aber trotzdem nicht alle Männer über einen Kamm scheren. Es gibt auch nette Exemplare. Zum Beispiel mich!«

Camille musste lachen. »Ja, das stimmt. An der Sorbonne haben mich alle schräg angeschaut, und ich war eine Exotin unter all den männlichen Kommilitonen. Bei dir und auch bei deinem Freund Jimmy habe ich das erste Mal erlebt, als Frau akzeptiert zu werden. Und es hat mir große Freude gemacht, gemeinsam mit dir den Artikel über den Zirkus zu schreiben. Ich kam mir ebenbürtig vor, was sonst so gut wie nie der Fall ist. Ich weiß, dass mein Bestehen auf Gleichberechtigung von Mann und Frau von vielen als lästig empfunden wird, aber ich finde es einfach ungerecht, dass Männer so viel mehr Privilegien haben als Frauen. Warum? Dafür gibt es keinen vernünftigen Grund!«

»Mir geht es genauso mit Arm und Reich. Ich verachte die Privilegien der Reichen. Wenn ein wohlhabender Bürger ermordet wird, ist die ganze Stadt in Aufruhr und die Zeitungen überschlagen sich mit ihren Berichterstattungen. Wenn ein armer Schlucker aus einem zwielichtigen Viertel bestialisch ermordet wird, ist das nicht einmal eine Nachricht wert. Die Polizei tut nur das Nötigste und schaut, dass sie den Fall so schnell wie möglich abschließen kann. Wir beide können uns wohl nicht mit der Ungerechtigkeit in der Welt abfinden! So, wie es aussieht, sind wir zwei hoffnungslose Idealisten.«

»Meine fünf Schwestern haben sich bequem in ihrem Leben eingerichtet. Sie sind mit ihren eingeschränkten Rechten und ihrer Rolle als Hausfrau zufrieden. Wir sind alle gleich erzogen worden. Ich weiß gar nicht, warum ich aus der Reihe schlage. Aber eines weiß ich: Wenn ich nicht die Möglichkeit hätte zu schreiben, würde ich platzen.«

Patrick lachte. »Ja, so geht es mir auch. Wir haben als Journalisten das große Privileg, dass uns die Leute zuhören. Wir müssen versuchen, die Welt ein bisschen besser zu machen. So lächerlich das auch klingen mag.«

Wenn wir nicht im Aufzug feststecken würden, hätten wir wohl nie so ein persönliches Gespräch geführt, dachte Camille. Die außergewöhnliche Situation, in der sie sich befanden, hatte eine Nähe zwischen ihnen entstehen lassen, die sie nie für möglich gehalten hatte. Sie musste insgeheim zugeben, dass sie das sehr berührte. Am liebsten hätte sie ihn gefragt, ob er sie in den Arm nehmen würde. Aber das traute sie sich nicht. Womöglich würde er es falsch verstehen.

In dem Moment knarzte der Fahrstuhl und sackte ruckelnd ein paar Zentimeter tiefer.

Camille entfuhr ein Schrei. Sie spürte, wie Patrick sie an sich zog und seinen Arm um sie schloss.

»Du brauchst keine Angst zu haben, ich bin bei dir. Wahrscheinlich hat sich nur das Seil ein bisschen gedehnt.«

Entsetzt fühlte Camille, wie ihr die Tränen über die Wangen liefen. Gott sei Dank war es stockfinster. Sie wusste gar nicht, was mit ihr los war, dass sie ausgerechnet jetzt zu heulen begann. Es war, als wenn ein Damm brach. Sie hatte sich die ganzen letzten Wochen zusammenreißen müssen. Nie durfte sie eine Schwäche zeigen, jeden Tag warteten neue unbekannte Aufgaben auf sie, die sie allein bewältigen musste. Plötzlich hatte sie das Gefühl, als wenn alles über ihr zusammenstürzte und sie nicht mehr konnte. Sie gab sich immer als starke, unabhängige Frau und merkte nun, dass das alle ihre Kraftreserven aufgebraucht hatte. Patrick streichelte ihr liebevoll über den Rücken. Sie war ihm dankbar, dass er nichts sagte und nicht wissen wollte, was mit ihr los war.

Die Minuten verstrichen. Patricks warmer Körper und sein regelmäßiger Herzschlag beruhigten sie nach und nach. Sie fühlte sich wohl und geborgen. Sie spürte, dass sie unglaublich müde wurde. Die Augen fielen ihr zu.

Patrick bemerkte, dass Camille in seinen Armen eingeschlafen war. Das war vielleicht das Beste, was ihr passieren konnte. Sie hatte tapfer versucht, sich ihre Angst nicht anmerken zu lassen. Ihre ruhigen Atemzüge zeigten ihm, dass sie ganz entspannt war.

Er selbst war noch nie aus New York herausgekommen, deshalb bewunderte er Camille umso mehr, dass sie sich als Frau mutterseelenallein aufgemacht hatte und nach Amerika gereist war. In ein Land, von dem sie so gut wie nichts wusste. Wie mutig! Er kannte keine Frau, der er so einen couragierten Schritt zutrauen würde.

Er strich ihr zärtlich über die Haare. Irritiert von sich selbst zog er seine Hand zurück. Was machte er denn da? Patrick spürte, dass er aufpassen musste, sich nicht in diese bezaubernde Französin zu verlieben. Sie hatte etwas Besseres verdient als ihn. Außerdem lagen zwischen ihnen unüberbrückbare Welten. Selbst hier in New York, der tolerantesten Stadt in ganz Amerika, wäre eine Verbindung zwischen einer französischen Adligen und einem einfachen irischen Einwanderer undenkbar. Außerdem war Camille weiß Gott keine Frau für eine Affäre. Und er war nicht für eine richtige Beziehung geschaffen. Er musste sich jedoch eingestehen, dass Camille ziemlich nah an sein Ideal von einer perfekten Frau heranreichte. Sie war intelligent, witzig, schön und machte sich ihre ganz eigenen Gedanken über die Welt. Außerdem liebte sie es, genau wie er, hart zu arbeiten.

Patrick schätzte seine oberflächlichen, unverbindlichen Rendezvous und er hatte nicht vor, daran in absehbarer Zeit etwas zu ändern. Er war ein Arbeitstier. Bei seinen verheirateten Kollegen bekam er oft mit, dass ihre Frauen zeterten und klagten, wenn ihre Ehemänner die Wochenenden in der Redaktion verbrachten. Er war ein überzeugter Junggeselle, und daran würde auch eine Camille St. Laurent nichts ändern können.

Camille schmiegte, ohne aufzuwachen, ihre Wange an seine Brust. Die Berührung traf ihn wie ein Blitzschlag. Am liebsten hätte er sie wachgerüttelt und geküsst.

Um sich abzulenken, dachte er an den gestrigen Abend. Er hatte mehr Glück als Verstand gehabt, dass ihm Luke nicht auf die Schliche gekommen war. Er schämte sich. Noch nie hatte er seinen Freund hintergangen. Wie sollte er jemals das zerbrochene Porzellan wieder kitten? Risse würden bleiben, so viel stand fest. Er musste so schnell wie möglich reinen Tisch machen. Hinter Lukes Rücken war er zu Susan gegangen, hatte ihm nichts von dem Liebhaber und dem wertvollen Schmuck erzählt, geschweige denn, dass er doch die Person war, nach der gefahndet wurde. Er hatte sich in eine üble Bredouille gebracht.

Es klang ja fast lächerlich, aber der einzige Grund, warum er sich in den Fall so verbissen hatte, waren die zufälligen Gemeinsamkeiten mit seiner Schwester.

Patrick beschloss, gleich morgen früh zu Luke zu gehen und die Karten offen auf den Tisch zu legen. Er konnte seinen Freund nicht belügen und würde sich entschuldigen. Er musste ihn irgendwie davon überzeugen, dass er den Fall wieder aufnahm. Zusammen konnten sie vielleicht Olivias Mörder zur Strecke bringen.

Camille stöhnte leise. Vorsichtig wiegte er sie hin und her. Die Bewegung tat ihm gut, da sein Arm einzuschlafen drohte.

Patrick war unzufrieden mit dem, was er bisher in dem Mordfall herausgefunden hatte. Er drehte sich im Kreis. Am liebsten hätte er jetzt einfach Camille geweckt, ihr alles erzählt und sie um Rat gefragt. Aber ihm war lieber, sie schlief und verfiel nicht in Panik.

Er lächelte in die Dunkelheit. Er hatte noch nie in seinem ganzen Leben eine Frau einfach nur im Arm gehalten. Wenn er sonst einer Frau nähergekommen war, hatte er die Nähe nach dem Geschlechtsakt nicht ertragen. Er pflegte aufzustehen und zu gehen. Des Öfteren waren ihm schon Kopfkissen hinterhergeworfen worden.

Der Gedanke, dass sich eine Frau in ihn verlieben könnte, machte ihm Angst. Deshalb würgte er auch alle Gefühle ab, bevor sie überhaupt erst entstehen konnten. Die Vorstellung, für jemanden außer seiner Schwester Verantwortung übernehmen zu müssen, drehte ihm den Magen um. Das rührte sicher von den dramatischen Ereignissen in seiner Kindheit her.

Patrick zuckte zusammen, weil sein Kopf auf die Brust sackte. Er konnte sich nicht länger gegen die Müdigkeit wehren. Hoffentlich würde sie morgen früh der Pförtner finden und sie aus ihrer misslichen Lage befreien. Das war sein letzter Gedanke, dann fielen ihm die Augen zu.

19. Kapitel

New York, August 1885

»Patrick, ich glaub, ich sehe nicht richtig!« Eine wohlvertraute Stimme rief laut: »So habe ich das nicht gemeint, als ich Ihnen aufgetragen habe, sich Tag und Nacht um Mademoiselle Camille St. Laurent zu kümmern!«

Schallendes Gelächter war zu hören.

Schlaftrunken öffnete Camille die Augen. Im ersten Moment wusste sie nicht, wo sie war. Verwundert blickte sie sich um. Sie lag der Länge nach halb auf Patrick, der seinen Arm um sie geschlungen hatte.

Entsetzt sah sie in der offenen Aufzugstür niemand anderen als Joseph Pulitzer stehen, umringt von zehn grölenden Kollegen und Sekretärinnen. Am liebsten wäre sie im Erdboden versunken. Sie rappelte sich hoch und stieß Patrick an. »Wach auf!«, sagte sie und schüttelte ihn.

Zu Pulitzer gewandt meinte Camille entschuldigend: »Wir sind stecken geblieben!«

Die Umstehenden hielten sich die Seite vor Lachen.

»So so. Ein ganz und gar ungewöhnlicher Ort für ein erstes Rendezvous!«

»Glauben Sie mir, Mr Pulitzer. Es ist ganz anders, als es den Anschein hat.«

»Haben Sie nichts zu sagen, Patrick?«, erkundigte sich Pulitzer.

Patrick streckte sich, rieb sich verschlafen die Augen und stand auf. Er rückte seine Garderobe zurecht und reichte Camille seine Hand. Während er sie hochzog, meinte er lapidar: »Damit meine reizende Kollegin mir nicht davonläuft, musste ich zu ungewöhnlichen Mitteln greifen!«

»Sie haben Sie eingesperrt?«

»Nicht ganz. Ich nehme an, der Strom ist ausgefallen, aber jetzt sind wir ja glücklich befreit. Guten Morgen allesamt. Sie haben sicher Verständnis, dass wir uns nach einer gemeinsam verbrachten Nacht erst erst einmal frisch machen wollen!«

Fünf Stunden später saß Camille bereits wieder im Büro. Dank der Verschwiegenheit von Valerie hatte ihre Tante nicht mitbekommen, dass sie die Nacht außer Haus verbracht hatte. Patrick hatte recht gehabt. Ihre Panik war unbegründet gewesen. Trotzdem würde sie so schnell nicht wieder mit dem vermaledeiten Fahrstuhl fahren.

So groß der Schrecken für sie gewesen war, musste sie doch zugeben, dass eine ganz besondere Nacht hinter ihr lag. Die unmittelbare Gefahr hatte Patrick und sie veranlasst, mehr von sich preiszugeben, als es der Alltag zugelassen hätte. Es hatte sie zutiefst berührt festzustellen, dass Patrick ein Mann war, mit dem man über alles reden konnte, ohne sich schämen zu müssen oder Spott zu ertragen. Sie war jetzt noch von sich erstaunt, dass sie ihm so ungeschönt von Professor Dupont erzählt hatte. Und auch er hatte sicher nicht vorgehabt, ihr von der schrecklichen Tragödie zu berichten, die sich in seiner Familie zugetragen hatte. Die Situation hatte ihre Zungen gelöst und Vertrauen wachsen lassen. Nach den gemeinsam verbrachten Stunden kam es ihr fast vor, als wenn sie Patrick schon ewig kennen würde.

Camille schenkte sich ein Glas Wasser ein. Es fiel ihr schwer, sich zu konzentrieren. Ihre Kollegen hatten sie noch eine ganze Weile aufgezogen, aber dann hatte ihr die Sekretärin Betsy erzählt, der Aufzug sei wirklich nicht zum ersten Mal stecken geblieben.

Camille schaute zur Tür. Patrick hatte sie mit der Kutsche nach Hause gebracht und war dann gleich weitergefahren. Wo er wohl wohnte?

Heute wollte ihr kein Satz gelingen. Zwar wusste sie inzwischen, wie die sieben Weltmeere hießen, aber der Artikel, an dem sie arbeitete, war bisher nicht sonderlich weit gediehen und kam ihr ausgesprochen belehrend vor. Sie würde ihn noch einmal ganz umschreiben müssen.

In dem Moment wurde die Tür aufgerissen, und eine weinende Frau mit einer stark blutenden Wunde am Kopf kam ins Büro gestürmt.

»Wo ist Patrick?«, schrie sie außer sich.

»Er ist noch nicht im Haus.«

»Er hat mir geschworen, dass er immer für mich da ist. Und jetzt, wenn ich ihn einmal brauche, ist er nicht da!«

War das etwa Patricks Geliebte? Der Gedanke versetzte Camille einen Stich. Ihr fiel plötzlich auf, dass Patrick ihr nicht erzählt hatte, ob er liiert war.

Schluchzend setzte sich die Unbekannte auf seinen Stuhl.

Camille stand auf, nahm ein frisches Taschentuch aus ihrer Handtasche und reichte es ihrem Gegenüber. »Beruhigen Sie sich! Mr O'Sullivan wird sicher bald kommen.«

Die junge Frau war ausgesprochen hübsch, aber ziemlich schäbig angezogen. Aus der tiefen Wunde am Kopf tropfte Blut.

Camille bot ihr das Glas Wasser an, das sie gerade für sich eingeschenkt hatte. »Soll ich Sie zu einem Arzt begleiten? Ich glaube, das muss genäht werden.«

»Ohne Patrick gehe ich nirgends hin! Es ist so schrecklich! Ich weiß nicht, was ich tun soll. Ich bin den ganzen Weg von der Alden Street hierhergerannt. Hoffentlich hat mich niemand verfolgt.«

»Was ist denn passiert?«

Als die Frau nicht antwortete, versuchte Camille auf andere Art und Weise, mit ihr ins Gespräch zu kommen. »Wie heißen Sie denn?«

»Susan.« Sie machte eine lange Pause und starrte Camille apathisch an. »Er hat ihr einfach die Kehle durchgeschnitten. Hoffentlich war sie gleich tot und musste nicht leiden.«

Camille schluckte entsetzt. Wovon redete die arme Frau? Was hatte sie nur erlebt, war sie womöglich verrückt?

Zu Camilles großer Erleichterung schwang die Tür auf, und Patrick kam gut gelaunt hereinspaziert. Als er Susan erblickte, gefroren ihm die Gesichtszüge.

Die junge Frau fuhr herum, sprang auf und warf sich Patrick an den Hals. »Da bist du ja endlich!«, rief sie schluchzend. »Er hat sie umgebracht. Amanda liegt mit durchgeschnittener Kehle in ihrem Blut. Es ist so furchtbar, ich weiß nicht mehr ein noch aus!«

Patrick sah Susan schockiert an. »Was ist denn los, um Himmels willen? Wer ist umgebracht worden? Was ist passiert? Du blutest ja!«

»Im Vergleich zu Amanda ist das nur ein Kratzer«, erwiderte Susan und betrachtete das blutige Taschentuch. »Ich habe vor lauter Panik meine Stirn am Türrahmen angeschlagen. Eins sag ich dir gleich, ich geh nie wieder zurück in die Alden Street!«

»Das musst du auch nicht. Wir finden eine andere Unterkunft für dich. Jetzt erzähl erst mal der Reihe nach.«

Patrick nahm Susan in den Arm und versuchte, sie zu beruhigen. »Du bist hier in Sicherheit. Gut, dass du sofort hergekommen bist.«

Heulend wand sich Susan aus Patricks Umarmung und ließ sich wieder auf seinen Stuhl fallen.

»Bitte, Susan. So schlimm alles auch ist, du musst uns genau berichten, was passiert ist.«

»Es ist schrecklich! Warum geschieht ausgerechnet mir so etwas? Ich habe schon meine liebste Freundin verloren und jetzt auch noch Amanda«, schluchzte Susan. »Irgendjemand hat es auf uns abgesehen. Ich versteh das nicht! Wir tun doch keiner Fliege was zuleide und sind arm wie Kirchenmäuse.«

»Susan, reiß dich zusammen.« Patrick beugte sich zu ihr und ergriff tröstend ihre Hand. »Erzähl mir alles, woran du dich erinnern kannst.«

»Philipp war bei mir, das war meine Rettung. Er ist mein einziger fester Freier, der vormittags Zeit hat. Er kommt zweimal die Woche. Wir kennen uns gut. Er ist Metzger von Beruf und bringt mir immer ein paar Würste mit. Philipp versteht sein Handwerk. Wir waren schon fast fertig, als ich gehört habe, dass jemand durch die Haustür kam. Das ist ja nicht ungewöhnlich, aber mir ist trotzdem, ich weiß nicht warum, ein kalter Schauer den Rücken runtergelaufen. Ich hatte wie immer, wenn ich arbeite, meine Zimmertür abgeschlossen. Ich sah, wie die Klinke runtergedrückt wurde. Philipp brüllte: ›Hau ab, Arschloch!‹, und ich habe hinterhergerufen: ›Besetzt, geh rüber zu Amanda!‹« Susan stöhnte. »Ich habe meiner Freundin ihren Mörder geschickt! Und wenn es anders gelaufen wäre, dann ... dann ...« Susan erbleichte, während sie den Gedanken zu Ende dachte.

Patrick streichelte ihr beruhigend über den Rücken. »Susan, du darfst dir keine Vorwürfe machen. Es ist grauenhaft, was passiert ist, aber es ist ganz bestimmt nicht deine Schuld. Erzähl bitte weiter.«

»Der Mörder ist dann zu Amanda ins Zimmer gegangen. Seine Schritte auf dem Flur waren deutlich zu hören. Er hatte eine tiefe Stimme und hat irgendetwas zu ihr gesagt, was ich nicht verstehen konnte.«

»Und dann?«

»Erst haben sie normal geredet. Ich dachte, sie verhandeln den Preis. Dann hat Amanda auf einmal laut und höhnisch gelacht. Es war ja nicht so, dass ich mit dem Ohr an der Wand hing. Schließlich hatte ich Philipp zu Besuch. Mehr habe ich nicht mitgekriegt.«

Patrick nickte. »Was ist dir noch aufgefallen?«

Susan überlegte. »Auf jeden Fall hat Amanda noch mal laut gelacht. Dann hat sie panisch geschrien. Danach war es still. Ich habe sofort gespürt, dass irgendetwas nicht stimmt. Ich habe Philipp gebeten, mit mir zusammen in den Flur zu gehen, um nachzuschauen. Der Flur war leer, und die Haustür stand sperrangelweit offen. Wir sind dann zusammen in Amandas Zimmer gegangen …« Susan krümmte sich. »Im ersten Moment dachte ich, alles wäre in Ordnung. Dann habe ich das ganze Blut gesehen. Der Mörder hat ihr die Kehle durchgeschnitten. Sie war mausetot. Wir haben sie dort liegen lassen. Philipp ist sofort abgehauen, er wollte keinen Ärger mit der Polizei kriegen, und ich bin so schnell ich konnte hierhergerannt.«

»Dann ist das alles ja gerade erst passiert?«, fragte Camille erschüttert.

Susan nickte schluchzend.

»Das ist ja entsetzlich!«, sagte Patrick. »Es tut mir so leid. Hoffentlich ist es nicht meine Schuld. Womöglich haben wir mit unserem Besuch bei Tiffany irgendetwas losgetreten. Ist der Schmuck noch da? Ich weiß, das ist nicht der richtige

Augenblick, danach zu fragen. Aber wir müssen alles in Betracht ziehen.«

»An den habe ich gar nicht mehr gedacht«, erwiderte Susan.

»Was für ein Schmuck denn?«, wollte Camille wissen.

»Seitdem die Juwelen bei mir sind, jagt ein Unglück das nächste. Ich will sie nicht mehr bei mir haben, egal, wie viele Schlösser man davon kaufen kann. Die Ketten sind verflucht. Ich habe alles unter dem Holunderbusch vor dem Haus vergraben.«

»Gut. Es gibt keine andere Möglichkeit, wir müssen zur Polizei.«

Camille starrte fassungslos von einem zum anderen.

Als Patrick ihren Blick auffing, beugte er sich zu ihr herab und flüsterte ihr ins Ohr: »Gestern war ja unsere Nacht der Geständnisse. Wenn wir nicht beide eingeschlafen wären, hätte ich dir noch erzählt, was es mit Susan und mir und dem Schmuck auf sich hat. Ich verstehe natürlich, wenn du uns nicht zur Polizei begleiten willst. Ich wäre aber sehr froh, dich an meiner Seite zu haben. Diese ganze Geschichte ist so verworren. Vielleicht fällt dir irgendetwas auf, was wir bisher übersehen haben.«

»Wenn ich helfen kann, den Mörder zu überführen, bin ich natürlich dabei, Patrick.«

Die Tür ging auf, und Jimmy kam herein. Erstaunt registrierte er, wer alles im Zimmer war. »Hallo Camille, hallo Susan. Sorry, ich wusste nicht, dass hier eine Versammlung stattfindet. Patrick, ich wollte dich eigentlich nur fragen, wie die Nacht im Fahrstuhl war. Das ganze Haus lacht über euer Missgeschick. Manche äußern den Verdacht, dass du das alles geschickt eingefädelt hast.«

»Gut, dass du da bist«, erwiderte Patrick ernst. »Uns ist leider im Moment nicht zum Lachen zumute. Amanda, die Zimmernachbarin von Susan, ist ermordet worden.«

»Oh mein Gott, das ist ja entsetzlich!«

Susan sprang auf und fiel Jimmy schluchzend um den Hals.

Patrick räusperte sich. »Wir sollten keine Zeit verlieren. Begleitest du uns, Jimmy? Wir wollen zu Susan und den vergrabenen Schmuck holen.«

Kaum hatten die vier das Haus in der Alden Street erreicht, pfiff Jimmy dem Raben Spy, der von der Regenrinne des gegenüberliegenden Hauses aufflog und auf seiner Schulter landete. Zärtlich knabberte der Vogel an seinem Ohrläppchen.

Als Jimmy merkte, dass sich andere Passanten empört nach Susan umdrehten, zog er seine Jacke aus und legte sie ihr um die Schultern.

Auf dem Weg hatte Patrick Camille in groben Zügen über Olivias Ermordung ins Bild gesetzt, wo sie aufgefunden worden war und dass Susan den kostbaren Schmuck an sich genommen hatte.

Aufmerksam und außer sich hatte Camille ihm zugehört. Warum hatte man den zwei jungen Frauen das nur angetan? Mit der Welt der käuflichen Liebe hatte Camille noch nie irgendetwas zu tun gehabt. Ihre Mutter, ihre Tante und ihre Schwestern hätten in Anwesenheit einer Prostituierten indigniert den Raum verlassen. Sie musste gestehen, dass ihr diese Susan ganz sympathisch war. Sicher ging sie nicht freiwillig, sondern aus reiner Geldnot dem horizontalen Gewerbe nach. Camille wollte nicht wissen, was geschehen wäre, wenn ihr das schreckliche Erlebnis mit Professor Dupont fünfzig oder gar hundert Jahre früher passiert wäre ... Es gab keinen Grund, Susan zu verurteilen.

Während sie der Alden Street immer näher gekommen waren, hatte sich Susans Schritt zusehends verlangsamt. »Ich kann da nicht mehr hin, und ich will da nicht mehr hin. Ich habe immer das Bild von Amanda vor Augen. Wie sie blutüberströmt in ihrem Bett liegt und mich mit leeren Augen anstarrt«, sagte sie, als sie vor der Tür standen.

Einfühlsam legte Jimmy seinen Arm um Susans schmale Schulter. »Wir sind bei dir. Was hältst du davon, wenn wir zwei draußen warten?«

Patrick stellte erleichtert fest, dass der Mord und die Leiche bisher nicht entdeckt worden waren, da sich weder eine Menschenmenge noch die Polizei am Tatort eingefunden hatten.

»Susan, ich verstehe, wenn du da nicht mehr reingehen willst, aber ich muss nachschauen, einverstanden?«

»Wir buddeln solange den Schmuck aus!«, schlug Jimmy vor.

Camille nahm Patrick am Arm. »Ich begleite dich. Vier Augen sehen mehr als zwei!«

»Bist du sicher? Der Anblick einer Leiche ist grauenhaft, und du wirst es dein Leben lang nicht vergessen.«

»Das weiß ich. Trotzdem.«

Patrick und Camille betraten das schmale, heruntergekommene Haus.

»Bleib hinter mir, vielleicht ist der Mörder zurückgekommen, obwohl ich mir das kaum vorstellen kann … Hier ist niemand. Das ist Susans Zimmer«, murmelte Patrick im Flur und öffnete die Tür.

Camille schluckte betreten. Sie hatte noch nie so eine ärmliche Bleibe gesehen.

Mit der Stiefelspitze stieß Patrick die angelehnte Tür zum zweiten Raum auf.

Amanda lag so, wie Susan es beschrieben hatte, auf ihrem Bett und starrte sie aus toten Augen an.

Camille klammerte sich an Patricks Arm. Sie zwang sich, genau hinzusehen. Der schwere, süßliche, metallische

Geruch von geronnenem Blut war für sie kaum zu ertragen. »Schrecklich«, murmelte sie.

Patrick schaute sich in dem Zimmer um. »Wir sollten sie bedecken.« Er öffnete eine Truhe und nahm ein vergilbtes Laken heraus.

Camille trat neben ihn, ergriff das Laken, faltete es zusammen und legte es wieder in die Truhe. »Ich glaube, das ist keine gute Idee. Die Polizei sollte den Tatort so vorfinden, wie der Mörder ihn verlassen hat.«

Patrick schaute sie bewundernd an. »Da hast du vollkommen recht. Es fällt einem nur schwer, dieses arme Wesen so schutzlos und nackt einfach daliegen zu lassen.«

»Komm, wir haben genug gesehen«, meinte Camille, und gemeinsam gingen sie wieder nach draußen.

»Alles da«, meinte Jimmy knapp mit Blick auf das ausgegrabene Schmuckkästchen, das Susan umklammert hielt.

»Dann fahren wir jetzt zusammen zum Polizeirevier«, entschied Patrick und winkte einer Kutsche.

»Der Besuch bei Luke liegt mir schwer im Magen«, gestand Patrick, als sie eingestiegen waren. Und an Susan gewandt: »Du hast jetzt bestimmt keinen Kopf dafür, aber du solltest wissen, dass die Polizei nach uns beiden fahndet.«

Susan sah ihn entgeistert an.

»Der Juwelier hat uns angezeigt. Mach dir aber deswegen keine Sorgen, wir haben nichts Verbotenes getan, und ich werde sagen, dass das alles meine Idee war.«

20. KAPITEL

New York, August 1885

»Oh, was verschafft mir die Ehre?« Erstaunt begrüßte Luke die unangekündigten Besucher. »Die beiden Herren kenne ich, die junge Dame auch, aber Sie habe ich noch nie gesehen.« Mit ausgestreckter Hand und einem freundlichen Lächeln ging er auf Camille zu.

»Mein Name ist Camille St. Laurent.«

»Dann müssen Sie die französische Kollegin sein, von der Patrick so schwärmt.«

Camille errötete.

»Ich hoffe, ich habe nichts Falsches gesagt. Also, was führt euch zu mir? Oder wollt ihr etwa die Wache besichtigen?«

»Nein, Luke. Der Grund, weshalb wir hier bei dir hereinschneien, ist leider kein schöner«, erwiderte Patrick.

Susan trat zitternd vor den Schreibtisch. »Meine Zimmernachbarin Amanda ist heute Morgen ermordet worden.«

»Sie sind doch die junge Frau, die vor Kurzem erst die Vermisstenanzeige für ihre ebenfalls ermordete Freundin Olivia aufgegeben hat. Ich erinnere mich genau.«

Susan nickte schluchzend.

Patrick räusperte sich. »Bevor Susan anfängt, dir zu erzählen, was passiert ist, muss ich betonen, dass sie mit der ganzen Sache nichts, aber auch gar nichts zu tun hat. Wenn du einen zur Verantwortung ziehen musst, dann mich. Ich muss dir jetzt leider ein paar Dinge sagen, die dich zu Recht auf die Palme bringen werden.« Patrick räusperte sich. »Du weißt, dass ich dich nie hintergehen würde. Ich habe keine Ambitionen, dir und deinen Leuten ins Zeug zu pfuschen, aber ich muss dir etwas beichten: Im Fall von Olivia habe ich mich zu weit aus dem Fenster gelehnt. Für dich war es immer nur eine ermordete Prostituierte. Für mich hingegen waren die Namensgleichheit mit Olivia und das gleiche Geburtsdatum so schockierend, dass ich hinter deinem Rücken weiterrecherchiert habe. Ich war so aufgewühlt, dass ich gar nicht anders konnte. Und du bist der Einzige, der weiß, warum.« Patrick sah Luke um Verständnis bittend an.

»Das ist zwar menschlich nachvollziehbar, aber sehr unprofessionell«, erwiderte Luke und rückte seinen Stuhl näher an den Schreibtisch.

»Susan hat den Schmuck der toten Olivia in ihrem Schrank gefunden und ihn mir gezeigt. Im Gegensatz zu deinen Polizisten hat sie mir vertraut. Der Schmuck ist ein Geschenk von einem reichen Verehrer Olivias. Wir sind zusammen zu Tiffany gegangen, um die einzige Spur zu verfolgen, die es scheinbar gab.«

Luke schüttelte entgeistert den Kopf, während Jimmy das Schmuckkästchen vor ihn auf den Schreibtisch stellte.

Luke öffnete es und nahm die Ketten heraus. »Mir schwant Übles! Von wegen blonder Doppelgänger! Die Haarfarbe hatte der Juwelier falsch in Erinnerung.« Seine rechte Faust schlug krachend auf den Schreibtisch. »Das ist Unterschlagung von Beweismitteln und eine Straftat. Das weißt du ganz genau. Was hast du dir nur dabei gedacht?«

Patrick schaute schuldbewusst zu Boden. Kleinlaut meinte er: »Luke, im Nachhinein bin ich auch schlauer. Ich habe den richtigen Augenblick verpasst, dich einzuweihen. Glaub mir, ich wollte dich nie hintergehen. Wir waren beide ständig beschäftigt. Außerdem gab es keine heiße Spur. Ich habe Susan mein Ehrenwort gegeben, dass ich die Polizei nicht einschalte. Sie hat mir anvertraut, dass die ermordete Olivia einen wohlhabenden Liebhaber hatte, der ihr die Juwelen geschenkt hat. Hätte ich dir den Schmuck gebracht, was hätte es geändert? Niemand kann bisher beweisen, dass die Klunker in irgendeinem Zusammenhang mit den Morden stehen.«

Luke rang sichtbar um Fassung. »Ich muss jetzt erst einmal einen Mord aufnehmen. Immerhin habt ihr euch selbst gestellt, das kann sich bei dem zu erwartenden Strafprozess positiv auswirken.«

Susan erbleichte. »Lassen Sie Gnade vor Recht walten. Wenn ich jetzt auch noch angezeigt werde, ist alles aus!«

Luke wandte sich mit einem freundlichen Lächeln an Susan. »Keine Sorge, Miss. Der Einzige, der in diesem illustren Quartett Schwierigkeiten zu erwarten hat, ist Patrick. Susan Adams, wenn ich mich richtig erinnere, war Adams Ihr Nachname?« Er stand auf und trat an den Aktenschrank hinter seinem Schreibtisch. Er suchte kurz, dann zog er einen roten Umschlag heraus und legte ihn vor sich hin. »19 Alden Street, stimmt die Adresse noch?«

Susan nickte.

»In welcher Beziehung standen Sie zu dem Mordopfer?«

»Amanda geht anschaffen wie ich. Ich meine ging, sie ist ja tot. Wir haben uns gut verstanden, aber ich war mit ihr nicht so eng befreundet wie mit Olivia.«

»Schildern Sie mir bitte, was vorgefallen ist. Wann ist der Mord geschehen?«

Susan riss sich zusammen. »Es muss ungefähr neun Uhr gewesen sein. Ich hatte gerade mit Philipp im Bett ein paar Hotdogs verdrückt.«

Susan gab Jimmy einen Stoß in die Rippen, weil er laut losgeprustet hatte.

»Ruhe, zum Donnerwetter!«, blaffte Luke. »Es geht um den Mord an einer Frau! Fahren Sie bitte fort, Miss Adams.«

»Philipp kommt jeden Donnerstagvormittag. Das war mein Glück! Wer weiß, wenn er nicht da gewesen wäre, vielleicht wäre ich jetzt auch tot.«

Bevor Susan ihren Bericht fortsetzen konnte, klopfte es an der Tür, und ein Sergeant stürmte herein. »Hier, Boss, dieser Brief kam gerade an. Er sieht genauso aus wie das letzte anonyme Schreiben.«

»Tatsächlich, Bob.« Luke nahm das Schreiben entgegen und warf einen kurzen Blick darauf. Dann drehte er das Blatt um, sodass Patrick, Camille, Jimmy und Susan es lesen konnten.

Aus ausgeschnittenen Zeitungsbuchstaben in unterschiedlicher Größe war eine zweizeilige Nachricht aufgeklebt worden:

DIE JOHNSONS HABEN WIEDER ZUGESCHLAGEN:
TOTE PROSTITUIERTE IN DER ALDEN STREET

Fassungslos sahen sich alle an.

Luke war der Erste, der die Sprache zurückgewann. »Bob, geh sofort mit zwei Kollegen in die Alden Street Nr. 19. Sichert den Tatort und sucht nach Spuren, vielleicht findet ihr ja die Mordwaffe oder sonst was Brauchbares. Ich komm nach, sobald ich hier fertig bin.«

Patrick war froh, dass er auf Camille gehört und Amanda nicht mit einem Tuch bedeckt noch sonst irgendetwas am Tatort verändert hatte.

»Zum Teufel noch mal. Was ist hier los? Das hat mir gerade noch gefehlt, dass eine der angesehensten Familien der Stadt namentlich des Mordes bezichtigt wird. Schon im April haben wir einen anonymen Brief erhalten, in dem den Johnsons unterstellt wurde, zwei wertvolle Schmuckstücke entwendet zu haben. Ich habe den Vorwurf damals für lächerlich gehalten und nichts unternommen, denn weshalb sollte eine so reiche Familie Juwelen stehlen?«

»Entweder gibt es einen Zeugen, der sich nicht traut, gegen diese mächtige Familie auszusagen, und deshalb nur anonyme Hinweise liefert. Oder aber der Mörder will den unschuldigen Johnsons die Tat in die Schuhe schieben«, überlegte Patrick. Er nahm die Kette mit dem Medaillon aus der Schatulle und zeigte Luke die eingravierten Freimaurersymbole.

»Die Johnsons sind seit Ewigkeiten Freimaurer. Wie du dich vielleicht noch erinnerst, habe ich vor zwei Jahren eine Reportage darüber geschrieben. Im Zuge meiner Arbeit habe ich den alten Johnson mehrmals interviewt. Seine beiden erwachsenen Söhne habe ich allerdings nie zu Gesicht bekommen.«

Luke nahm das Blatt wieder zur Hand. »Merkwürdig ist die Formulierung ›die Johnsons‹. Die ganze Familie wird unter Generalverdacht gestellt. So, wie die anonyme Anzeige verfasst ist, kommen sogar die Frauen der Familie als Täter in Betracht.«

»Stimmt, es gibt ja auch noch eine Ehefrau und zwei Töchter«, fiel Patrick ein.

»Vielleicht ist ja das Familienoberhaupt der Prostituierten Amanda verfallen gewesen und die eifersüchtige Ehefrau hat sie ermordet«, meinte Camille, die sich bis jetzt still verhalten hatte.

»Alles ist möglich!«, bemerkte Luke. »Das wäre weiß Gott nicht der erste Mord aus Eifersucht.«

»Wenn wir schon dabei sind, Spekulationen anzustellen«, sagte Patrick, »vielleicht ist ja der Vater ein notorischer Fremdgänger, und seine Töchter haben das spitzgekriegt und den Mord in Auftrag gegeben, um ihre Mutter zu rächen.«

»Ich glaube, von euch hat niemand eine Vorstellung, mit was für Freiern wir es zu tun haben«, unterbrach ihn Susan. »Wir bekommen ein paar Cents für unsere Dienste. Ich habe in meinem ganzen Leben noch nie mit einem reichen Mann geschlafen.« Sie sah Patrick fragend an, und als dieser unauffällig nickte, fuhr sie fort: »Olivia war die Einzige von uns, die einen Kerl mit Zaster an Land gezogen hat. Sie war ja auch wirklich etwas ganz Besonderes. Bildschön ist noch untertrieben. Von ihm stammt auch der Schmuck.«

Patrick gab Luke die Kette, die er immer noch in der Hand hielt, und zeigte ihm das Porträt von Olivia. »Unvorstellbar, was man dieser Frau angetan hat. Und für mich steht fest, dass es einen Zusammenhang zwischen beiden Morden gibt. Das kann kein Zufall sein!«

»Mir ist das alles ein großes Rätsel«, sagte Luke seufzend.

»Wir rätseln auch. Susan, Jimmy und ich haben keine Idee, wer dieser mysteriöse Freier sein könnte.«

»Darf ich das Medaillon auch einmal sehen?«, fragte Camille.

»Natürlich.«

Neugierig betrachtete sie das Schmuckstück. Die Frau, die ihr aus der rechten Medaillonseite entgegenlächelte, war wirklich überirdisch schön. Als ihr Blick zur Linken wanderte, setzte ihr Herzschlag für einen Moment aus. Das konnte nicht wahr sein! Camille sprang vom Stuhl auf. »Ich weiß, wer die Frau ist!«, rief sie mit sich überschlagender Stimme. »Es besteht kein Zweifel. Das ist das Profil der Freiheitsstatue! Ich habe so viele

Zeichnungen, Skizzen und Modelle von Bartholdi gesehen, ich würde die Gesichtszüge der Lady Liberty immer erkennen.«

»Bist du sicher?«, fragte Patrick ungläubig.

Camille nickte.

»Das ist ja ein ganz neuer Aspekt«, meinte Luke. »Wie gut, dass Sie mitgekommen sind.«

Patrick grinste Camille an. »Das habe ich ja gleich gesagt.«

Als sich die Kutsche mit Luke in Richtung Alden Street in Bewegung setzte, blieben Camille, Susan, Jimmy und Patrick auf der Straße vor dem Polizeirevier stehen.

»Und jetzt? Eins sage ich euch: Lieber schlaf ich auf der Straße, als in meine Bruchbude zurückzugehen, wo ich meines Lebens nicht mehr sicher bin!«, sagte Susan aufgebracht.

»Das verstehe ich. Bei mir kannst du leider nicht übernachten, Susan. Ich teile mein Zimmer mit sechs Männern, und es ist strengstens untersagt, Frauen mitzubringen, sonst flieg ich raus. Sorry!«, meinte Jimmy entschuldigend.

»Bei mir oder meiner Schwester kannst du auch nicht unterschlüpfen. Vielleicht hat mich der Mörder schon einmal mit dir zusammen gesehen und weiß, wo ich wohne. Außerdem zieren wir beide einen Fahndungsaufruf!« Patrick legte beruhigend seine Hand auf Susans Schulter. »Ich habe aber eine Idee, wo wir dich vorläufig unterbringen können. Gar nicht weit weg von hier, nur zwei Blocks weiter, befindet sich eine Pension für ledige Dienstmädchen und Sekretärinnen. Ich kenne die Vermieterin. Sie wird dich sicher aufnehmen.«

Dankbar sah Susan Patrick an, und die vier liefen los.

Als sie die katholische Grundschule St. Mary passierten, wandte sich Patrick an Camille. »Gleich zu Beginn des Spendenaufrufs unserer Zeitung hatten die Schüler dieser Schule eine tolle Idee. Sie stellten eine Sammelbüchse in jeden Klassenraum, und schon nach zwei Wochen waren die Büchsen randvoll mit Ein-Cent-Stücken. Als sie mit ihrer Ausbeute zu uns kamen und wir das Geld zählten, hatten die tausendfünfhundert Kinder der Schule über acht Dollar zusammengebracht. Wir haben jedes einzelne Kind und ihre Aktion erwähnt und in den höchsten Tönen gelobt. Schnell folgten viele weitere Schulen dem patriotischen Beispiel. Es gab einen richtigen Wettbewerb. Manche veranstalteten Basare und verkauften selbst gebastelte Sachen, andere gaben kleine Konzerte oder sangen Lieder und hatten ihre Sammelbüchsen bis zum Abend voll. Wenn die Freiheitsstatue eines Tages auf ihrem Sockel steht, dann ist das auch Tausenden von engagierten Kindern und Schülern zu verdanken!«

Jimmy wusste, dass Patrick versuchte, ein anderes Thema anzuschlagen, aber er bemerkte, dass Susan ihm gar nicht zuhörte und bedrückt neben den dreien herlief. Er nahm Susan an der Hand. »Ich besuche dich jeden Tag, Susan. Das verspreche ich dir. Luke Smith wird den Mörder bestimmt schnell hinter Gitter bringen, und dann ist der ganze Spuk vorbei!«

Susan sah Jimmy dankbar an. Dann flüsterte sie ihm zu: »So gern ich Patrick mag, er hat keine Ahnung, wie Menschen wie wir beide behandelt werden. Du und ich haben einen unsichtbaren Makel. Egal, wie gut Patrick die Vermieterin kennt, die Frau hat sicher keine Tomaten auf den Augen und wird niemals eine Prostituierte bei sich wohnen lassen, so viel steht fest! Du wirst schon sehen.«

Jimmy nickte. Auch er hatte insgeheim seine Zweifel, ob Patrick bezüglich eines Zimmers für Susan nicht etwas naiv war.

Nicht weit entfernt von der Schule stand eine fahrende Küche, die herrlich duftende Eintöpfe anbot.

Camille lief das Wasser im Mund zusammen. »Können wir kurz anhalten und etwas zu essen kaufen? Ich habe noch nichts im Magen und falle gleich um vor Hunger!«

»So geht's uns allen. Unseren Imbiss können wir da drüben auf der Bank einnehmen. Unter dem Kastanienbaum ist es schattig«, pflichtete Jimmy ihr bei.

Die zwei Frauen nahmen Platz, während Patrick und Jimmy vier Teller mit dampfendem Eintopf holten.

Camille hatte noch nie in ihrem Leben auf der Straße gegessen. Das freie, unkonventionelle Leben in New York hat wirklich Vorteile, dachte sie. Der Eintopf schmeckte hervorragend, und alle löffelten schweigend ihren Teller leer.

Camille merkte plötzlich, wie erschöpft sie war. Erst die Nacht mit Patrick im Aufzug, dann der Mord und der Besuch auf der Polizeistation sowie die merkwürdige Verbindung der Goldkette mit der Freiheitsstatue. Wo war sie da nur hineingeraten? Die Befürchtungen ihres Schwagers, sie würde sich in New York zu Tode langweilen, trafen weiß Gott nicht zu. Was sie hier erlebte, war kein Vergleich zu ihrem unbeschwerten, ereignislosen Leben in Paris.

Jimmy erhob sich, sammelte die Teller ein und brachte sie zurück.

Sie gingen weiter, und schon kurz drauf erreichten sie die »Pension für ledige Jungfrauen«.

Als Patrick klingelte, öffnete eine ältere grauhaarige Dame mit einem akkurat hochgesteckten Dutt.

»Oh, Mr O'Sullivan, welche Freude, Sie zu sehen! Was verschafft mir die Ehre?« Ihre strenge Miene hellte sich etwas auf.

»Miss Agatha, ich komme mit einer großen Bitte zu Ihnen.« Patrick legte seine Hand auf Susans Rücken und schob sie nach vorn. »Dies ist Miss Susan Adams, eine gute Bekannte von mir. Sie befindet sich in einer großen Notlage, und ich hoffe auf Ihre Hilfe. Könnten Sie ihr für ein paar Tage Unterkunft gewähren? Ich bürge selbstverständlich für die junge Dame.«

Miss Agatha musterte Susan abschätzig von oben bis unten. »Denken Sie, ich habe keine Augen im Kopf? Ich soll dieser

Person eines meiner Zimmer vermieten? Treiben Sie einen schlechten Scherz mit mir? Oder ist das womöglich Ihr Ernst?«

»Es handelt sich wirklich um einen Notfall!«, insistierte Patrick.

»Meine Pension hat einen untadeligen Ruf. Und dabei wird es auch bleiben. Mr O'Sullivan, ich bin erschüttert, dass Sie mein Heim für ledige Jungfrauen überhaupt als Unterkunft für dieses Subjekt in Erwägung ziehen!« Miss Agatha drehte sich auf dem Absatz um und schlug den Bittstellern die Tür vor der Nase zu.

Susan verbarg ihr Gesicht in Jimmys Armen. »Ich habe es doch gleich gesagt. So eine wie mich will niemand aufnehmen.«

Jimmy warf Susan einen wissenden Blick zu.

»Eine bodenlose Unverschämtheit!«, zischte Patrick und trat mit dem Fuß gegen die Haustür. »Ich hatte so gehofft, dass wir dich hier sicher unterbringen können.«

Camille streichelte Susan über deren bebende Schulter. »Beruhig dich, Susan. Ich habe eine Idee. Ich kann nicht garantieren, dass es klappen wird, aber vielleicht haben wir Glück. Ich nehme dich mit zu meiner Tante. Dort wärst du absolut sicher.«

»Das willst du für mich tun?«

»Ja. Das Haus meiner Tante ist riesengroß und sie ist im Grunde ihres Herzens eine großzügige Frau. Ich werde ihr alles erklären.«

»Sollten wir nicht zuvor mit Susan etwas anderes zum Anziehen kaufen?«, fragte Jimmy. »Susan, du hast heute früh in all der Aufregung sicher keine Zeit gehabt, dich richtig anzuziehen. Bis auf deinen Morgenmantel unter der Jacke bist du halb nackt. Hier vorn ist das Kaufhaus Macy's.«

»Da werde ich auch nicht bedient. Hab ich schon mal probiert. Außerdem habe ich keinen Cent übrig, um mir ein Kleid zu kaufen. Und von euch will ich keine Almosen.«

Camille nahm Susan am Arm. »Dann nehmen wir uns eine Kutsche und fahren Richtung Central Park. Dort steigt ihr drei aus und wartet. Ich gehe nach Hause und bringe etwas zum Anziehen für dich mit. Wir haben ja ungefähr die gleiche Größe, meine Kleider werden dir sicher passen. Hauptsache, wir finden jetzt einen Platz, wo du zur Ruhe kommen und dich sicher fühlen kannst.«

Als die Kutsche gegenüber dem Central Park anhielt, nahm Patrick Camille zur Seite. »Ich komme mit zu deiner Tante. Ich kenne Susan von uns allen am besten und kann deiner Tante den Ernst der Lage erklären. Susan ist wirklich in Lebensgefahr, und in der Fifth Avenue vermutet sie garantiert niemand. Ich danke dir von Herzen, dass du dich so für Susan einsetzt!«

»Das ist doch selbstverständlich. Ich hoffe nur, ich schätze meine Tante richtig ein. Vielleicht ist es sogar gut, wenn du mitkommst. Sie kann dich zwar nicht leiden, aber zu zweit haben wir eher eine Chance, sie zu überzeugen.«

Die vier überquerten die Straße und betraten den Park.

»Komm, Susan«, meinte Jimmy, »wir setzen uns da drüben unter die Ulme, bis Patrick und Camille wieder da sind.«

Patrick flüsterte ihm leise zu, ohne dass Susan es hören konnte: »Ich glaube zwar nicht, dass uns jemand gefolgt ist, aber man weiß ja nie. Hab ein wachsames Auge! Pass gut auf sie auf.«

»Keine Sorge, Patrick, ich hüte sie wie meinen Augapfel.«

Camille und Patrick trennten sich von dem ungleichen Paar und beschlossen, einen kleinen Spaziergang zu machen, bevor sie ihr Glück bei der Tante versuchen wollten.

Camille atmete tief ein. »Es ist herrlich, endlich an der frischen Luft zu sein.«

»Da hast du recht, Camille. Wir haben in den letzten vierundzwanzig Stunden wirklich viel erlebt und mitgemacht.

Wenn man die wunderschönen Blumenrabatten hier sieht, wird einem gleich wieder leichter ums Herz.« Nach einer kurzen Pause fuhr er fort: »Hast du denn etwas Passendes für Susan, das du entbehren kannst?«

»Ich werde schon irgendetwas finden. Ich dachte an eine grüne Bluse und einen schlichten blauen Rock.«

»Ist das nicht viel zu auffällig?«

»Ich habe in meinem Überseekoffer gar nicht so viel mitnehmen können. Meine Auswahl ist beschränkt. Ich kann ja mit Susan in den nächsten Tagen zum Einkaufen gehen.«

Patrick sah sie an. »Camille, ich kenne keine Frau, die so etwas für jemanden wie Susan tun würde.«

Sie zuckte mit den Schultern. »Du weißt doch: Mein Herz schlägt für die Rechte der Frauen. Da ist es doch selbstverständlich, dass ich einer Geschlechtsgenossin helfe, die unverschuldet in Not geraten ist. Ich kenne auch keinen anderen Mann, der selbstlos einer Prostituierten helfen würde. Ich weiß natürlich auch, dass bei der ganzen Angelegenheit eine gute Story herauskommen kann. Aber vor allem ist es höchste Zeit, dass wir Frauen lernen, uns gegenseitig vorurteilsfrei zu helfen, sonst wird es in der Frauenrechtsbewegung keinen Fortschritt geben.«

Patrick nahm Camille am Arm. »Das ist ja alles schön und gut. Aber dir ist hoffentlich klar, dass deine clevere Tante nach zwei Sekunden weiß, mit wem sie es bei Susan zu tun hat. Sie bedient sich nicht der allervornehmsten Sprache, und ihr Benehmen ist auch nicht gerade salonfähig.«

»Unter uns, ich verstehe nicht alles, was sie in ihrem Slang sagt. Ich kann es mir aber meist aus dem Zusammenhang zusammenreimen, hoffe ich zumindest«, sagte sie grinsend. »Vorhin in der Kutsche habe ich kurz überlegt, ob ich Susan nicht als eine taubstumme Freundin aus Kindertagen vorstellen soll.«

Patrick prustete vor Lachen.

»Allerdings glaube ich nicht, dass sie es schafft, lange den Mund zu halten und so zu tun, als würde sie nichts verstehen.«

»Wie wäre es, wenn du sie als erste weibliche Studentin aus Island präsentierst?«

Nun war es Camille, die lachte. »Wenn ich gemein wäre, würde ich einfach behaupten, Susan wäre die uneheliche Tochter des verstorbenen Mannes meiner Tante.«

»Das können wir deiner Tante nicht antun. Das wäre in jeder Hinsicht ein Schock für sie.«

»Ich werde ihr einfach die Wahrheit sagen. Damit fährt man immer am besten. Susans Schicksal wird sie nicht kaltlassen.«

»Ich habe deine Tante zwar nur einmal gesehen, aber ich traue ihr durchaus etwas Abenteuerlust zu. Also, auf in die Höhle der Löwin!«

»Wie bitte!?« Mit einem lauten Knall zerbarst die kostbare japanische Teetasse auf dem Marmorfußboden. Entgeistert sah Tante Catherine Patrick und Camille an. »Es hat ja nicht lange gedauert, bis Ihr negativer Einfluss auf meine Nichte abgefärbt hat, Mr O'Sullivan! Gleich im ersten Moment, als ich Sie gesehen habe, wusste ich, dass es mit Ihnen nur Ärger geben wird. Notlage hin oder her, in meinem Haus wird jedenfalls keine Zweigstelle eines Bordells eröffnet. Es würde mich nicht wundern, wenn Ihre nächste Idee ein Tierasyl für räudige Hunde und streunende Katzen in meinem Haus wäre.«

»Bitte lassen Sie mich doch …« Patrick gelang es nicht, den zornigen Redeschwall der aufgebrachten Tante zu unterbrechen.

»Wissen Sie eigentlich, wo Sie hier sind? Sie befinden sich in der exklusivsten Wohngegend von ganz New York. Ich habe nicht vor, von hier wegzuziehen, weil mein Ansehen in Verruf gerät. Verstehen Sie das?«

»Liebste Tante, bitte reg dich nicht auf. Beruhige dich und lass mich dir die ganze Situation erklären«, nahm Camille einen Anlauf.

»Es war sicher ein Fehler, Sie mit der Frage zu überfallen, ob Sie bereit wären, eine Prostituierte bei sich aufzunehmen«, gab Patrick geknickt zu. »Gewähren Sie mir trotzdem kurz Ihre geschätzte Aufmerksamkeit.«

»Wenn mir hier jemand etwas erklärt, dann bestimmt nicht Sie!«

Camille legte beschwichtigend einen Arm um die Schultern ihrer Tante. »Patrick befasst sich schon viel länger als ich mit dem ganzen Fall.«

Tante Catherine schnaubte. Dann läutete sie die Glocke, die auf dem Tisch stand.

Valerie erschien in weißer Schürze, Häubchen und Silbertablett in der Hand.

»Valerie, würdest du bitte die Scherben zusammenkehren? Mir ist ein Malheur passiert, an dem einzig und allein dieser Mann hier schuld ist.« Sie blickte Patrick durchbohrend an. »Und dann sei bitte so gut und bring uns drei Gläschen Portwein.«

Camille sah, wie Patrick unauffällig die Augen verdrehte, und biss sich auf die Zunge, um nicht loszulachen.

»So ungern ich mich mit Ihnen, junger Mann, in einem Raum aufhalte, zwingt mich meine gute Erziehung doch, Ihnen wohl oder übel einen Platz anzubieten.« Sie schritt über den exquisiten blau-roten Perserteppich und setzte sich auf ein ausladendes dunkelblaues Sofa. »Komm her zu mir, Camille, Liebes«, und zu Patrick gewandt: »Sie können auf dem Stuhl Platz nehmen, da haben wir Sie besser im Auge.« Sie beugte sich zu ihrem Hund herunter. »Nicht wahr, Napoleon Bonaparte? Ein despektierliches Wort von Ihnen, Mr O'Sullivan, und ich hetze den Hund auf Sie!«

Patrick zog eine Grimasse.

Valerie kam zurück und reichte jedem der Anwesenden ein Kristallglas.

»Nun erzählen Sie in Gottes Namen, um was es eigentlich geht.«

Patrick sammelte sich einen Augenblick, ehe er zu reden begann.

Camille konnte ihren Blick nicht von seinen Lippen lösen. Insgeheim bewunderte sie seine geschliffene Rhetorik und seine Gabe, mit knappen Worten den komplizierten Sachverhalt wiederzugeben. Er beschönigte nichts und verheimlichte nichts. Souverän schilderte er Details und Fakten, die auch für sie zum Teil neu waren.

Als er geendet hatte, senkte sich Schweigen über den Raum.

Tante Catherine legte ihre Stirn in Falten, ehe sie ihr Glas in einem Zug leerte. »Was Sie da erzählen, junger Mann, ist ja ungeheuerlich! Stimmt das denn alles?«

Camille nickte. »Ja, zwei unschuldige Frauen sind bereits ermordet worden. Und wenn wir Susan nicht verstecken oder sie nicht sicher untergebracht werden kann, wird sie womöglich die Nächste sein.«

»Prostituierte führen ein riskantes Leben! Das weiß sogar ich.« Tante Catherine spielte nervös an den Perlen ihrer Kette. »Was mich aber hellhörig gemacht hat, ist der Name Johnson. Sind das die Bauunternehmer?«

»Ja, sie sind momentan unter anderem mit dem Bau des Sockels der Freiheitsstatue betraut«, erklärte Patrick.

»Das passt! Wo was nicht klappt, haben die ihre Finger im Spiel«, meinte sie trocken.

Camille und Patrick warfen sich einen verwunderten Blick zu.

»Mit den Johnsons habe ich noch ein Hühnchen zu rupfen. Dass ich heute überhaupt noch hier sitze, gleicht einem

Wunder. Diese vornehme Familie hat deinem Onkel und mir einen Wintergarten in französischer Manier ans Haus gebaut, der mich um ein Haar das Leben gekostet hätte.«

»Wie bitte?«, fragte Camille.

»Du hast ganz richtig gehört. Dein Onkel hat mir diesen Herzenswunsch erfüllt. Nach nicht einmal einem Jahr ist das ganze Ding zusammengebrochen. Es war mehr als Glück, dass wir nicht von den herabstürzenden Balken erschlagen wurden. Ich hatte Schnittwunden am ganzen Körper. Dein Onkel stand unter Schock. Als wir Vater und Sohn Johnson zur Verantwortung ziehen wollten, haben sie alle Schuld kategorisch von sich gewiesen.«

»Das ist ja fürchterlich! Gut, dass Ihnen nichts Schlimmeres zugestoßen ist. Allerdings kann ich mir gar nicht vorstellen, dass sich eine große Baufirma wie die Johnsons überhaupt der Errichtung eines kleinen Wintergartens annimmt«, warf Patrick ein.

Tante Catherine rümpfte die Nase. »Die Johnsons haben den ganzen Straßenzug gebaut. Sie als Bürger von New York müssten das eigentlich wissen. Die reichsten Familien der Stadt darf ich meine Nachbarn nennen. Nur drei Häuser weiter wurde einer der Paläste der Familie Carnegie in weniger als einem Jahr hingestellt. Mir ist natürlich durchaus bewusst, dass Mr Marc Johnson nicht persönlich die Maurerkelle geschwungen hat, falls Sie das meinen sollten.« Sie funkelte Patrick streitsüchtig an. »Aber es geht mir ums Prinzip. Wenn ich etwas für ein paar Tausend Dollar bauen lasse, dann erwarte ich, dass es anständig ausgeführt wird und nicht nach kürzester Zeit in sich zusammenfällt wie ein Kartenhaus. Es gibt nur einen Menschen, der die Verantwortung bei offensichtlichem Baupfusch tragen muss, und das ist der Chef selbst.«

»Du hast völlig recht, liebe Tante. Man darf sich nicht aus der Verantwortung stehlen«, meinte Camille nicht ohne Hintergedanken.

»Wir haben die Sache nicht auf sich beruhen lassen, sondern uns mit allem Nachdruck bei Mr Johnson persönlich beschwert. Statt sich wenigstens zu entschuldigen, kam ein lapidarer Brief, in dem uns einer seiner Mitarbeiter mitteilte, dass wohl eine Termitenplage für den Einsturz verantwortlich sei. Dein Onkel hat getobt und vor lauter Wut den ganzen Wintergarten einstampfen und entfernen lassen. Das alles ist noch gar nicht so lange her.«

»Das hat sicher auch etwas Gutes, Madam. Ich habe neulich erst gehört, dass Menschen, die sich viel in Wintergärten aufhalten, besonders häufig unter Rheuma und Gicht leiden sollen.«

»Versuchen Sie bloß nicht, mich zu trösten, junger Mann. Reden wir offen miteinander: Wenn die Familie Johnson unter Mordverdacht steht und ich dazu beitragen kann, sie zu überführen, indem ich diesem Fräulein von der Straße Obdach gewähre, dann dürfen Sie auf mich zählen.«

Freudig umarmte Camille ihre Tante und flüsterte ihr ins Ohr: »Ich wusste, dass du ein gutes Herz hast. Du bist die Allerbeste!«

Tante Catherine sah ihre Nichte lächelnd an. Dann fuhr sie fort. »Ich möchte zwei Dinge klarstellen: Der Grund, dieses gefallene Mädchen bei mir aufzunehmen, ist nicht Nächstenliebe oder Mitleid, sondern einzig und allein die Möglichkeit, dem Johnson-Clan zu zeigen, dass man mit mir und meinem verstorbenen Mann so nicht umspringen kann!«

Patrick wollte etwas sagen, aber Tante Catherine ließ sich nicht unterbrechen: »Ich bin noch nicht fertig! Wenn ich diese Person in mein Haus einziehen lasse, muss sie anständig gekleidet sein, darf sich nicht schminken und hat makellos frisiert zu sein. Das Wichtigste aber ist, dass sie in meiner Gegenwart den Mund hält. Ich werde den Dienstboten erzählen, dass sie stumm ist.«

Patrick begann zu lachen. Als ihn die Hausherrin indigniert ansah, meinte er: »Die Idee hatte Camille auch schon. Das vereinfacht den Aufenthalt hier bei Ihnen sicherlich.«

»Die Person soll in ihrem Zimmer bleiben und kann mit den weiblichen Dienstboten die Mahlzeiten einnehmen. Ich untersage von vornherein jeglichen Kontakt mit meinem Kutscher, meinem Koch und meinem Gärtner. So wie ich diese Herren einschätze, wären sie durchaus geneigt, den Pfad der Tugend zu verlassen. Wie heißt das Fräulein überhaupt?«

»Susan«, erwiderte Camille. »Ich habe sie heute Morgen zum ersten Mal gesehen, und sie war mir auf Anhieb sympathisch.«

Lady Catherine sah Patrick abschätzig an. »Ich möchte wirklich nicht wissen, wie intim Sie sie kennen! Ich werde dem Geschöpf Anstand und Sitte beibringen. Sie wird jeden Vormittag bei mir lernen, wie man sich ordentlich benimmt. Zur Tarnung werde ich meinen Nachbarn erzählen, dass sie deine stumme Schwester aus Paris ist, Camille. Nichts für ungut.« Tante Catherine erhob sich. »Mr O'Sullivan, Sie haften mir persönlich dafür, dass nichts in diesem Haus Füße bekommt! Ich ziehe mich jetzt zurück und halte meinen Mittagsschlaf.«

Tante Catherine küsste Camille auf die Wange und verließ grußlos den Raum.

21. Kapitel

New York, August 1885

Das schlechte Gewissen hatte Patrick sehr früh am nächsten Morgen aus dem Bett getrieben. Er zog sich rasch an und machte sich auf zum Polizeirevier in Süd-Manhattan. Er hatte sich in seinem ganzen Leben noch nie ernsthaft mit Luke gestritten. Jetzt stand ihre Freundschaft zum ersten Mal unter einer Bewährungsprobe. Patrick war es eine Herzensangelegenheit, Luke die Beweggründe, warum er so lange geschwiegen hatte, noch einmal unter vier Augen zu erklären.

Das würde sicherlich nicht leicht werden, aber er hoffte, dass Luke Verständnis für sein Handeln hatte und ihm verzeihen würde.

Er holte tief Luft, um sich Mut zu machen, und wollte gerade die Eingangstür zur Wache öffnen, als ihm Luke entgegenkam.

»Du traust dich was, hier aufzukreuzen, Patrick. Mit dir habe ich weiß Gott noch ein Hühnchen zu rupfen, aber du hast Glück, ich muss weg.«

»Kann ich dich begleiten? Ich muss mit dir reden«, bat Patrick.

Luke bedachte Patrick mit einem mürrischen Blick. »Dazu hättest du tage- und wochenlang Zeit gehabt. Du hast mein

Vertrauen missbraucht. Meinst du, mit einem Fingerschnipp ist alles wieder Friede, Freude, Eierkuchen?«

»Es tut mir aufrichtig leid. Gib mir bitte noch eine Chance.«

Die Polizeikutsche fuhr vor, und Luke stieg ein. »Also, in Gottes Namen, komm mit. Um deiner Schwester willen: Sag, was du zu sagen hast. Olivia würde mir nie verzeihen, wenn ich nicht mehr mit dir reden würde.«

Als sich die Kutsche in Bewegung setzte, hob Patrick den Blick und sah Luke direkt in die Augen.

»Ich weiß gar nicht, wo ich anfangen soll. Ich wollte dir eigentlich an dem Abend, als wir zusammen mit Olivia tanzen waren, alles beichten. Aber als du uns von der Fahndung erzählt hast, habe ich jeden Mut verloren. Es hätte die schöne Stimmung ganz und gar verdorben. Und danach haben sich die Ereignisse überschlagen. Um es so kurz wie möglich zu machen: Es ist mir wirklich nicht leichtgefallen, dich nicht in mein Wissen einzuweihen. Außerdem hatte ich Susan mein Wort gegeben, niemandem und schon gar nicht der Polizei ein Sterbenswörtchen zu verraten. Du hast Susan selbst kennengelernt. Ich erzähle dir nichts Neues, Huren haben nie gute Erfahrungen mit der Polizei gemacht. Ich hatte befürchtet, der Fall versandet bei euch, weil niemand Interesse an dem Opfer hat. Vielleicht war das ein Vorurteil. Als sie mir dann den Schmuck gezeigt hat, hätte ich natürlich gleich zu dir gehen müssen. Dieses Versäumnis war ein Fehler und ist nicht wiedergutzumachen, aber glaube mir, ich wusste, dass Susan stumm werden würde wie ein Fisch, wenn einer von euch sie dazu befragt hätte. Still und heimlich habe ich darauf gehofft, ich könnte dir den gelösten Fall präsentieren. Jetzt hat sich aber durch den Mord an der zweiten Prostituierten alles geändert. Die ganze Geschichte wird immer schlimmer. Mir ist jetzt endgültig klar, dass ich den Mordfall Olivia nicht allein lösen kann, sondern dass das die Aufgabe der Polizei ist. Bitte nimm meine aufrichtige Entschuldigung an!«

Luke sah Patrick lange schweigend an. »Ich hätte mir mehr Offenheit von dir gewünscht. Wir sind Freunde, doch das bedeutet nicht, dass man sich immer zusammenreimen kann, was der andere denkt oder meint. Man muss miteinander reden. Okay, ich nehme deine Entschuldigung an.« Luke streckte Patrick die Hand entgegen. »Schlag ein, ich bin nicht nachtragend, was gewesen ist, ist vergessen.«

»Danke, Luke, das bedeutet mir sehr viel.« Mit einem schiefen Grinsen fügte er hinzu: »Für die Zukunft verspreche ich dir Aufrichtigkeit und Ehrlichkeit.«

»Amen. Übrigens, hast du was vor? Ich bin auf dem Weg zu Dr. Norton. Wenn du willst, kannst du mich begleiten.«

Dankbar blickte Patrick Luke an. »Ich komme gern mit.«

Sie bogen in die River Street und sprangen vor der Praxis des Armenarztes aus der Kutsche.

Zwei alte zahnlose Männer mit eingefallenen Wangen unterhielten sich angeregt auf der Treppe, die in die Praxis hinunterführte. Der eine hatte einen riesigen Buckel, und der andere hustete immer wieder verstohlen Blut in sein dreckiges Taschentuch. Ein paar Stufen weiter unten hockte eine junge Frau mit drei Kindern. Das Baby, welches sie im Arm hielt, war spindeldürr und schrie ohne Unterlass.

Als Luke und Patrick die Eingangstür zur Praxis öffneten, mussten sie feststellen, dass drinnen kaum ein Durchkommen war. Der ganze Raum war überfüllt mit Patienten. Eine Hilfsschwester mit weißer Haube versuchte, Ordnung in dem Chaos zu schaffen.

Ein böser Blick traf die beiden. »Seht ihr Hornochsen nicht, dass es hier voll ist? Wartet gefälligst draußen, bis ihr dran seid, so wie alle anderen auch!«

Glücklicherweise ging in dem Moment die Tür des Behandlungszimmers auf, und Dr. Norton kam heraus. Er winkte die beiden zu sich und nickte der Krankenschwester besänftigend zu. »Das passt schon, Gerda. Ich muss mit den Herren drei Minuten allein reden.«

Sie betraten einen düsteren Raum, der vollgestopft war mit einem riesigen Schreibtisch, einer Liege und Arzneischränken mit Medizinflaschen und Tinkturen. Hinten in der Ecke stand ein Skelett, das eine schwarze Melone auf dem Totenschädel trug und dem ein Spaßvogel eine Zigarre zwischen die Finger der rechten Hand geklemmt hatte.

»Wie Sie sehen, habe ich nicht viel Zeit. Die Lebenden benötigen mich noch dringender als die Toten. Ich komme gleich zur Sache. Die neue Frauenleiche, die Sie mir gestern gebracht haben, wurde zweifelsfrei auch ermordet. Aber das wissen Sie ja schon. Es handelt sich mit großer Sicherheit um denselben Täter wie bei Olivia. Das kann ich an der Schnittführung der tödlichen Wunden erkennen. Außerdem weisen beide Frauenleichen die gleichen Ritzungen im Dekolleté auf. Das Einzige, was ich noch beisteuern kann, ist, dass der Täter höchstwahrscheinlich ein Mann war, da der Kraftaufwand für so einen Schnitt durch die Kehle nicht unerheblich ist.«

»Dr. Norton, ich danke Ihnen, dass Sie sich die Tote gleich angesehen haben. Ich möchte Ihre Zeit nicht über Gebühr beanspruchen, aber eine Frage habe ich noch: Können Sie mir vielleicht sagen, um was für eine Art Messer es sich gehandelt hat? War es ein Schlachtermesser, ein Dolch oder ein Brotmesser? Nach was für einer Tatwaffe müssen wir Ihrer Meinung nach suchen?«

»Bei der ersten Leiche kann ich hierzu gar keine Angabe machen, denn sie lag, wie Sie wissen, zu lange im Wasser. Bei der zweiten Toten bin ich mir fast sicher, dass der Mörder ein Rasiermesser verwendet hat. Der Schnitt ist so glatt und tief, dass eigentlich nichts anderes infrage kommen kann. Der Täter war übrigens Rechtshänder. Das wird Ihnen nicht viel helfen, weil die meisten Menschen Rechtshänder sind, aber trotzdem ist es möglicherweise eine wichtige Information.«

Die Tür wurde aufgerissen, und ein blutüberströmter Mann torkelte herein. In der Hand hielt er sein linkes Ohr. »Das Schwein hat mir das Ohr abgebissen!«

Mit stoischer Ruhe führte Dr. Norton den Mann zur Liege und nahm eine Mullbinde aus einer der zahlreichen Schubladen. Während er das Ohr mit Jod einpinselte, wandte er sich an die beiden Männer. »Sie sehen, ich werde hier gebraucht. Wenn Sie noch mehr Fragen haben, kommen Sie bitte abends vorbei. Tagsüber ist hier immer zu viel Betrieb, um in Ruhe reden zu können. Und tun Sie mir einen Gefallen: Finden Sie den Mörder!«

Patrick und Luke grüßten dankend und verließen die Praxis.

Als sie wieder in die Kutsche stiegen, meinte Luke: »Dieser Mann nötigt einem allen Respekt ab. Von seiner Sorte könnten wir mehr gebrauchen.«

Patrick nickte. »Er hat unseren Verdacht bestätigt. Zusammen mit den anonymen Briefen wird es Zeit, den Johnsons einen Besuch abzustatten. Oder was meinst du?«

»Wenn du sitzen bleibst, nehme ich dich mit.«

»Wie bitte? Du willst einfach bei dieser Familie unangemeldet hereinschneien und sehen, was passiert?«

»Ich werde sie mit den Anschuldigungen konfrontieren und beobachten, wie sie reagieren. Ich wäre sogar froh, wenn du mitkommst. Immerhin bist du wegen deiner Interviews, die du damals mit dem alten Herrn geführt hast, kein Unbekannter bei ihnen. Sie werden zwar nicht begeistert sein, wenn sie gleich am frühen Morgen einen Polizeioberinspektor und einen stadtbekannten Journalisten empfangen müssen, aber dafür haben wir das Überraschungsmoment auf unserer Seite. Trotz deiner Alleingänge vertraue ich deinem Instinkt. Du hast schon immer ein gutes Gespür für Menschen gehabt. Zusammen nehmen wir mehr wahr. Sie werden sowieso versuchen, uns nach wenigen Minuten wieder loszuwerden.« Nach einer kurzen Pause fügte Luke hinzu: »Aber dass wir uns richtig verstehen: Du musst mir eine Verschwiegenheitserklärung unterzeichnen. Nichts, kein Sterbenswörtchen darf an die Öffentlichkeit geraten. Ich verlasse mich selbstverständlich auf dein Ehrenwort, aber falls die Johnsons dich nicht ins Haus lassen wollen, kann ich ihnen mit dem Stück Papier vielleicht den Wind aus den Segeln nehmen. Ansonsten muss ich dich eben schnell zum Hilfssheriff ernennen.« Luke grinste. »Das machen wir später im Büro. Falls jemand danach fragen sollte, halte ich ihm ein leeres, gefaltetes Blatt Papier unter die Nase. Ich habe während meiner beruflichen Laufbahn noch nie erlebt, dass jemand ein amtliches Dokument wirklich durchgelesen hat, egal, ob Haftbefehl oder Durchsuchungsbeschluss!«

Patrick lachte. »Du bist mit allen Wassern gewaschen.«

Nach einer kurzen Weile erreichten sie die Madison Avenue. Die Kutsche hielt vor einem fünfzig Meter breiten Stadthaus, das sich hinter hohen Eichen verbarg. Die ausladende Marmortreppe hatte Patrick schon bei seinem ersten Besuch anlässlich der Recherche zu den Freimaurern beeindruckt. Blitzblank geputzt mit einem geschwungenen, vergoldeten Handlauf funkelte der weiße Alabastermarmor mit den ziselierten silbernen Türbeschlägen um die Wette. Ein wunderschöner Steinbrunnen in römischem Stil vervollständigte das Arrangement. Das Wasser plätscherte sanft, und weiße Seerosen schwammen auf der Oberfläche des Beckens. Es war ein ruhiger, idyllischer Spätsommermorgen, und nur das Gurren der Tauben war in der Stille zu hören.

»Meine Güte, was für ein Kontrast zu Dr. Nortons Praxis! Die beiden Häuser sind keine Viertelstunde voneinander entfernt und doch liegen Welten dazwischen. Manchmal bringen mich die Unterschiede zwischen Arm und Reich fast um den Verstand«, murmelte Patrick.

»Ich verstehe, was du meinst. Aber wir wollen hier vorurteilsfrei eintreten. Und denk daran: Jeder ist vor dem Gesetz unschuldig bis zum Beweis des Gegenteils.«

Noch ehe sie an der imposanten Tür klingeln konnten, wurde diese von einem Diener in roter Livree geöffnet. Er musterte die beiden Männer skeptisch von oben bis unten.

»Was wünschen die Herrschaften?«

»Kriminalpolizei. Mein Name ist Luke Smith, wir ermitteln in einem Mordfall. Wir müssen sofort zu Mr Johnson.«

»Haben Sie einen Termin?«

»Nein«, erwiderte Luke schroff. »Die Polizei braucht keine Termine. Führen Sie uns gefälligst zu Ihren Herrschaften.«

»Ich bedaure, aber Mr Johnson weilt nicht in der Stadt. Er ist vor einer Woche mit der Eisenbahn zu einer wichtigen Geschäftsreise nach Chicago aufgebrochen. Lady Johnson und ihre Töchter sind wahrscheinlich mit der Morgentoilette beschäftigt, und die beiden Söhne ruhen noch.«

Luke ließ sich nicht abwimmeln. »In fünf Minuten wünsche ich sämtliche Familienmitglieder zu sprechen, die verfügbar sind.«

Verdattert bat der Diener Luke und Patrick in die geräumige Empfangshalle. Er deutete auf zwei schwarz-weiß bezogene Stühle. Dann eilte der Bedienstete die breite Treppe zu den oberen Stockwerken hinauf.

»Ich habe dich noch nie so autoritär sprechen hören«, flüsterte Patrick. »Dein Auftritt war beeindruckend.«

Ein junger Hausdiener erschien und fragte höflich, ob sie ablegen wollten.

Sie verneinten.

Patrick hörte, wie im Stockwerk über ihnen Türen gingen und aufgeregte Frauenstimmen durcheinanderriefen.

Der Livrierte kehrte zurück und sagte: »Die Ladys werden erscheinen, sobald sie ihre Morgentoilette beendet haben.«

Luke trommelte ungeduldig mit seinem Schuhabsatz auf das glänzende Parkett.

»Wie willst du überhaupt vorgehen?«, fragte Patrick.

»Ich falle einfach mit der Tür ins Haus. Das ist immer die beste Methode.«

In dem Moment erschienen eine ältere und zwei jüngere Frauen auf der breiten Treppe und schritten graziös zu ihnen herunter.

Bisher hatte Patrick noch kein weibliches Mitglied der Familie zu Gesicht bekommen. Während er den alten Johnson als gut aussehenden Gentleman kannte, wirkten seine Frau und die beiden Töchter eher blass und unauffällig.

Luke stand auf und verbeugte sich leicht.

»Was verschafft mir das zweifelhafte Vergnügen Ihres frühen Besuchs?« Lady Johnson deutete ein Kopfnicken an und übersah geflissentlich Lukes ausgestreckte Hand.

»Lady Johnson, Sie können mir glauben, dass ich Sie nicht aufgesucht hätte, schon gar nicht um diese frühe Stunde, wenn es nicht einen triftigen Grund gäbe.« Luke zog das anonyme Schreiben aus seiner Jackentasche. »Ich werde mich nicht lange mit Höflichkeitsfloskeln aufhalten, um Ihre Zeit nicht über Gebühr zu beanspruchen. Binnen Kurzem sind zwei schwerwiegende Anschuldigungen gegenüber Ihrer Familie bei uns eingegangen.«

»So? Das ist ja grotesk! Sobald man sich durch Fleiß und Ausdauer etwas erarbeitet hat, stehen die Neider Schlange oder verleumden einen mit unhaltbaren Anschuldigungen. Die einen meinen, wir wären zu unserem Wohlstand durch Korruption gekommen, die Nächsten glauben, wir verdanken unseren Reichtum der Ausbeutung unserer Arbeiter, und die Dritten behaupten, wir hätten politische Verbindungen in die höchsten Kreise, die uns bereitwillig jeden Stein aus dem Weg räumen würden. Solcherlei Anwürfe perlen seit Jahren an uns ab. Warum behelligen Sie mich damit? Wurde Ihnen nicht mitgeteilt, dass mein Mann auf Reisen ist?«

»Mama, müssen wir hierbleiben? James will mich gleich zum Reiten in den Central Park abholen, und ich bin noch nicht fertig gerichtet«, quengelte eine der Töchter.

»Junges Fräulein, die Zeit für ein paar Fragen müssen Sie sich schon nehmen. Es geht um nichts Geringeres als zwei Morde, die den Mitgliedern Ihrer Familie zur Last gelegt werden«, zischte Luke ungehalten.

»Was für eine impertinente Unterstellung! Wie kommen Sie auf so eine absurde Idee?«, fauchte Lady Johnson.

Wortlos reichte Luke der Dame des Hauses die anonymen Schreiben.

Patrick beobachtete, wie Lady Johnson die Zeilen überflog und dann in schallendes Gelächter ausbrach.

»Wollen Sie mich auf den Arm nehmen? Das ist das Werk eines Kindes oder eines Geisteskranken!«

»Nun, wir haben bei der angegebenen Adresse eine bestialisch ermordete Frau vorgefunden. Dieser Brief ist alles andere als eine Kinderei. Es versteht sich für die Polizei von selbst, dass allen Hinweisen nachgegangen wird.«

»Sie haben Glück, dass mein Mann außer Haus ist. Sonst könnten Sie etwas erleben. Noch nie wurde ich mit so einer unverschämten Anschuldigung konfrontiert!«

Unbeeindruckt redete Luke weiter: »Es handelt sich bereits um die zweite Frauenleiche. Die erste Frau ist vor circa vier Monaten höchstwahrscheinlich demselben Mörder zum Opfer gefallen. Bei ihr konnten wir den genauen Todeszeitpunkt nicht mehr ermitteln. Bei dem neuen Opfer wissen wir ganz genau, wann es ermordet wurde. Gestern Vormittag zwischen acht und neun Uhr morgens. Wo waren Sie da?«

»Jetzt reicht es mir! Glauben Sie allen Ernstes, dass ein Mitglied meiner Familie um diese Zeit schon aus dem Haus geht? Sie können mein gesamtes Personal fragen, jeder wird Ihnen bestätigen, dass wir gestern um diese Uhrzeit alle noch friedlich im Bett lagen. Wer ist Ihr Vorgesetzter? Ich werde mich über Sie beschweren. Ihre Tage bei der Polizei sind gezählt, das kann ich Ihnen versprechen!«

Lady Johnson drehte sich auf dem Absatz um, lief zu der ausladenden Treppe und schrie mit sich überschlagender Stimme nach oben: »Marc, Paul, kommt sofort herunter. Die Polizei ist im Haus und wünscht uns Fragen zu stellen!«

Es dauerte einen Moment, dann erschien ein hochgewachsener, auffallend gut aussehender, etwa zwanzigjähriger Mann im Bademantel. Die Spuren einer durchzechten Nacht waren ihm noch deutlich ins Gesicht geschrieben. Seine langen schwarzen Haare standen kreuz und quer.

Patrick stellte fest, dass er seinem Vater auffallend ähnlich sah.

Müde reichte der junge Mann Luke Smith und Patrick die Hand. »Guten Morgen, ich bin Paul Johnson. Bitte nehmen Sie Platz. Mutter, du hast den Herren ja weder Platz noch etwas zu trinken angeboten.«

»Wenn du erst erfährst, was sie unserer Familie unterstellen, wirst selbst du sie auch so schnell wie möglich loswerden wollen.«

»Dein Protest war nicht zu überhören, liebe Mama. Ich habe alles mitbekommen, und ich muss dich enttäuschen. Ich lag gestern Morgen um acht Uhr früh noch nicht in meinem Bett.«

»Bist du von Sinnen? Du belastest dich ja selbst!«

»Ich sage nur die Wahrheit. Aber unser Kutscher wird bestätigen, dass er mich genau um diese Uhrzeit vom Casino hierhergefahren hat. Unter uns gesagt, meine Herren, ich konnte nicht mehr gerade stehen.«

Unbemerkt war der ungefähr fünf Jahre ältere Sohn Marc adrett gekleidet die Treppe heruntergekommen. »Polizei am Morgen bringt Kummer und Sorgen«, lachte er. »Falls Sie mein Alibi wissen wollen, ich war um diese Uhrzeit bereits im Büro. Meine Sekretärin wird Ihnen das gern bestätigen.«

»Schön, dass die verfügbaren Familienmitglieder jetzt komplett sind. Ich weiß es sehr zu schätzen, wie kooperativ Sie sind, aber Sie werden sicherlich verstehen, dass wir unsere Arbeit tun müssen. Ihre Alibis werden wir überprüfen.« Luke griff in die Innenseite seines Jacketts und zog zu Patricks Erstaunen das blausamtene Schmuckkästchen heraus. Er öffnete es, nahm vorsichtig beide Ketten heraus und legte sie auf die Sessellehne. Das leere Kästchen reichte er Patrick.

Patrick beobachtete die Johnsons und bemerkte, wie die Mutter erbleichte. Auch ihre Kinder sahen sich entsetzt an.

»Woher haben Sie das Diamantcollier? Ich vermisse es seit Monaten und habe schon zwei Zimmermädchen deswegen entlassen!«

Sie ging näher heran. »Diesen Schmuck hat mein Mann mir bei einer Auktion gekauft. Ursprünglich trug Marie-Antoinette das Collier. Ganz New York hat mich darum beneidet! Wie kommt es in Ihre Hände?«

Luke antwortete mit einer Gegenfrage: »Stammt die Goldkette mit dem Medaillon auch aus Ihrem Besitz?«

Lady Johnson schüttelte den Kopf. »Nein. Die habe ich noch nie gesehen. Aber sagen Sie: Um wen handelt es sich eigentlich bei den beiden ermordeten Frauen? Doch nicht etwa meine beiden ehemaligen Dienstmädchen?«

»Nein, Lady Johnson.«

Patrick verfolgte, wie Paul Johnson aufstand und die Kette mit dem Medaillon fast zärtlich berührte, ohne etwas zu sagen.

»Wo haben Sie die Stücke gefunden?«, fragte Marc.

»Dazu darf ich Ihnen leider keine Angaben machen. Erkennt jemand von Ihnen den Schmuck wieder?«

Noch ehe Paul antworten konnte, meinte Marc: »Ich glaube, ich habe diese Kette auf dem Schreibtisch meines Vaters gesehen, aber ich könnte es nicht beschwören.«

Lady Johnson warf ihrem ältesten Sohn einen bösen Blick zu. »Keiner von euch sagt noch ein Wort. Wir warten, bis Vater zurück ist, und ich verständige unterdessen unseren Anwalt. Es muss sich um eine riesengroße Intrige gegen unsere Familie handeln. Irgendjemand will unseren Ruf ruinieren, aber ich verspreche Ihnen, das wird ihm nicht gelingen!«

»Man hat Sie übrigens auch des Diebstahls des Schmuckes bezichtigt.« Luke Smith hielt ihnen den zweiten Brief unter die Nase.

Nun begann Lady Johnson hysterisch zu lachen. »Jetzt soll ich auch noch meinen eigenen Schmuck gestohlen haben? Meine Herren, Sie haben uns diesen Morgen gründlich verdorben. Unser Gespräch ist hiermit beendet. Bitte verlassen Sie unverzüglich mein Haus!«

22. KAPITEL

New York, August 1885

Camille atmete erleichtert auf. Endlich hatte sie in dem Buch, das sie aus Frankreich mitgebracht hatte, den Scherenschnitt von Frédéric-Auguste Bartholdi gefunden. Jetzt konnte sie Patrick und Luke zweifelsfrei beweisen, dass das Bildnis in dem Medaillon ein Seitenporträt der Freiheitsstatue darstellte.

Ungeduldig trommelte sie mit den Fingern auf die Schreibtischplatte. Wo blieb nur Patrick? Steckte er womöglich wieder im Fahrstuhl fest? Sie musste bei der Vorstellung lächeln.

Doch in was für eine dramatische Geschichte war sie da nur hineingeraten? Langweilig wurde es ihr hier in New York wirklich nicht. Allerdings hatte Baron Quisac recht, als er prophezeite, dass hier Mord und Totschlag an der Tagesordnung seien.

Camille war die Bluttat an den beiden unschuldigen Frauen sehr nahegegangen. Sie hatte beschlossen, alles dafür zu tun, den Verbrecher dingfest zu machen.

Sie strich ihren neuen Rock glatt. Als sie heute Morgen Susan zum Einkaufen begleitet hatte, war er ihr ins Auge gestochen. Die lindgrüne Seide und der elegante Schnitt hatten ihr sofort gefallen. Die Farbe war zwar etwas auffällig, aber der Rock saß perfekt, wie für sie gemacht.

Es hatte sie einige Mühe gekostet, Susan zu überreden, mit ihr außer Haus zu gehen. Sie war völlig verstört und wurde häufig von Heulkrämpfen übermannt. Als sie endlich losfuhren, sah sie sich immer wieder ängstlich um, ob ihnen jemand folgte. Auch Camille wurde bei jedem Mann, dem sie begegneten, nervös.

Sie hatten sich von Jack, dem Kutscher ihrer Tante, direkt vor dem Eingang des Kaufhauses Macy's absetzen lassen.

Das Erste, was Camille für Susan erstand, war ein breitkrempiger, hellgrüner Hut, der fast ihr ganzes Gesicht verdeckte.

Sie kauften drei schlichte, weiße Blusen und zwei mausgraue Röcke und zwei Schürzen für den Haushalt, da sich Susan gern nützlich machen wollte.

Wider Erwarten war sie ganz begeistert von ihrer neuen Garderobe gewesen. »Ich sehe aus wie eine Sekretärin! So wird mich niemand erkennen. Wenn ich jetzt noch die Haare zum Dutt hochstecke, bin ich eine seriöse Frau«, meinte sie immer wieder. Und als ihnen beim Verlassen des Kaufhauses ein Angestellter servil die Tür aufhielt, drehte sich Susan zu Camille um und sagte: »Noch nie in meinem Leben bin ich so höflich und freundlich behandelt worden.«

Ja, Kleider machen Leute, dachte Camille. So abgedroschen der Spruch auch war, er stimmte. Sie nutzte die Rückfahrt, um Susan auf die erste Begegnung mit ihrer Tante vorzubereiten.

»Du wirst gute Nerven brauchen, Susan. Meine Tante kann ein wahrer Drachen sein. Egal, was sie dir auch an den Kopf wirft, nimm es dir nicht zu Herzen. Wir müssen froh und dankbar sein, dass sie dich bei sich aufnimmt. In ihrem Haus bist du wenigstens sicher. Also Augen zu und durch.«

»Du machst mich neugierig, Camille. Was, um Gottes willen, muss ich denn machen? Ich kann putzen und Wäsche waschen.«

Camille hatte lachend Susans Hand gedrückt. »Nein, dafür hat Tante Catherine ihr Personal. Es ist viel schlimmer: Sie will dir Sitte und Anstand beibringen!«

Susan hatte sie erstaunt angesehen. Dann klatschte sie begeistert auf ihre Schenkel. »Das ist ja wunderbar! Das habe ich mir schon immer gewünscht. Sobald ich meine gewohnte Umgebung verlasse, fühle ich mich sofort unsicher. Ich schäme mich in Grund und Boden, weil mir noch nie jemand gezeigt hat, was sich gehört.«

Das erste Zusammentreffen zwischen ihrer Tante und Susan war vollkommen anders verlaufen, als Camille es sich vorgestellt hatte.

Tante Catherine war anfänglich sehr distanziert gewesen. Sie hatte Susan einen langen Vortrag gehalten, was sie in ihrem eigenen Interesse alles lernen musste, um eine Chance in der Gesellschaft zu haben.

Susan hatte Camilles Ratschlag befolgt und stumm zugehört. Als Tante Catherine geendet hatte, war sie plötzlich auf die Knie gesunken. Sie nahm die Hand von Tante Catherine und küsste sie. »Sie wollen mich unterrichten, Ma'am? Ich habe noch nie in meinem Leben eine Lehrerin gehabt und bin noch nie auf einer richtigen Schule gewesen. Das ist der glücklichste Tag meines Lebens! Womit fangen wir an?«

Tante Catherine hatte zu Camilles Erstaunen gelächelt und Susan an sich gedrückt. »Bitte stehen Sie auf. Ich wollte schon immer Lehrerin werden! Es freut mich, dass Sie so willig sind. Sie sind ja gerade gewachsen und recht ansehnlich, mein Fräulein. Ganz anders, als Mr O'Sullivan Sie mir beschrieben hat. Der Mann kann nur über- oder untertreiben. Das normale Maß ist ihm gänzlich fremd.«

»Aber Madam, Patrick hat mir das Leben gerettet und mir immer geholfen, sagen Sie bitte nichts gegen ihn«, meinte Susan schüchtern.

»Genug geredet«, sagte Tante Catherine streng. »Beginnen wir mit etwas Einfachem. Ihre Aussprache ist völlig indiskutabel, doch darum kümmere ich mich später. Körperbeherrschung ist das A und O im Leben. Erste Lektion: Teetrinken im Sitzen.«

»Das kann ich!«, rief Susan erfreut.

»Das ist schwieriger, als man denkt, Susan. Schauen Sie mir erst einmal zu: Halten Sie die Beine von den Knien bis zu den Fesseln immer geschlossen. Lehnen Sie sich gefälligst nicht an. Sitzen Sie aufrecht! Das Kinn etwas höher. Die Augen leicht gesenkt. Nehmen Sie mit der linken Hand Tasse und Untertasse vom Tisch, dann heben Sie den rechten Ellenbogen an und greifen nun nach dem Henkel der Tasse. Nichts überstürzen! Spreizen Sie elegant den kleinen Finger ab. Haben Sie das?«

»So kompliziert ist Teetrinken also! Das kann sich ja kein Mensch alles auf einmal merken«, staunte Susan.

Camille musste lachen. »Glaub mir, Susan, gutes Benehmen und Erziehung sind nicht immer von Vorteil. In der Welt des Anstands und der guten Sitten kann sogar Teetrinken eine Qual sein.«

Tante Catherine sah sie empört an. »Camille, du störst hier nur. Bitte ziehe dich zurück. Hier wartet viel Arbeit auf mich!«

Camille hatte der lernwilligen Susan zugewinkt und war in die Redaktion gefahren.

Ungeduldig sprang Camille von ihrem Stuhl auf und trat ans Fenster. Hoffentlich war Patrick nichts zugestoßen. Wenn der Mörder aus irgendeinem Grund wissen sollte, wo Patrick wohnte, war auch er in Gefahr. Bei aller Abenteuerlust wurde ihr doch etwas mulmig zumute.

Camille beobachtete ein auffallend gut gekleidetes junges Paar, das scherzend und lachend die Straße entlangschlenderte. Die junge Frau hatte sich bei dem Mann untergehakt und flüsterte ihm etwas zu, das Camille gern verstanden hätte. Übermütig rannte der junge Mann plötzlich los und machte einen Bocksprung über einen Hydranten. Dabei riss ihm seine graue Flanellhose am Allerwertesten, und seine Begleiterin konnte vor Lachen nicht an sich halten.

Auch Camille begann zu lachen, obwohl Schadenfreude eigentlich nicht ihre Sache war.

Die Passantin küsste den Mann vor aller Augen auf den Mund und nahm eine Haarnadel aus ihrer Hochsteckfrisur. Gekonnt reparierte sie damit notdürftig die gerissene Naht, und die beiden gingen weiter, als wenn nichts passiert wäre.

Camille fragte sich, ob sie so eine amüsante Szene in Paris auch erlebt hätte. Wahrscheinlich hätten ihre strenge Erziehung und ihre übertriebene Sorge vor Peinlichkeiten sie gezwungen, diskret wegzuschauen. Sie spürte plötzlich, wie befreit sie sich hier fühlte. Camille musste an ihren Vater denken. Sosehr er sie gefördert hatte, wurde ihr mit einem Mal bewusst, dass er seinen Kindern nie zugestanden hatte, auch einmal albern und ausgelassen zu sein. Als ihre älteren Schwestern merkten, dass sie nicht seinen intellektuellen Ansprüchen genügen konnten, hatten sie sich der Reihe nach von ihm abgewandt. Wohingegen Camille alle Energie dafür aufgebracht hatte, ihm zu gefallen und immer die besten Zeugnisse zu Hause zu präsentieren. Sie hatte ohne nachzudenken ihre Mutter und ihre Schwestern übertrumpft und entdeckte nun mit Schrecken, dass sie in Paris drauf und dran gewesen war, eine altkluge Besserwisserin zu werden. Wenn sie nicht die Schiffspassage nach Amerika angetreten hätte, würde sie jetzt womöglich gerade in dem Komitee für Frauenrechte in Paris sitzen und mit ihren Gesinnungsgenossinnen humorlos und verbittert ein langweiliges Pamphlet über die Ungerechtigkeiten auf diesem Planeten verfassen.

Camille öffnete das Fenster und lehnte sich über den Sims. Die Sonne schien ihr wärmend ins Gesicht, und sie genoss den leichten Wind, der in ihren Haaren spielte. Amerika hatte sie befreit! Hier konnte sie tun und lassen, was sie wollte, und niemand mischte sich in ihre Entscheidungen ein. Bei der Aufklärung eines Mordfalls mitzuwirken, wäre in Frankreich in ihrer Familie undenkbar gewesen, aber hier sagte nicht einmal Tante Catherine etwas dagegen. Die Dinge wurden einfach angepackt. Es tat ihr gut, mit welchem Interesse Patrick ihre Meinung einholte und offenkundig auch schätzte. Er zeigte sich von ihren Ratschlägen stets angetan und beherzigte sie. Je länger sie ihn kannte, desto sympathischer und liebenswerter fand sie ihn. Nichts an dem, was er tat, wirkte belehrend oder von oben herab. Kollegiale Partnerschaft schrieb er groß. Besonders schätzte sie an ihm, dass er auch Fehler zugeben konnte, ohne Angst zu haben, sein Gesicht zu verlieren. Das hätten ihr Vater oder andere Männer, die sie kannte, nie getan.

Als hätte sie mit ihren Gedanken Patrick angezogen, entdeckte sie ihn eiligen Schrittes die Straße heraufeilen. Erstaunt spürte sie, wie sich ihr Herzschlag beschleunigte. Aus der sicheren Entfernung konnte sie ihn unauffällig beobachten. Er sah blendend aus. Plötzlich sah sie ihn wieder mit nassem, wuscheligem Haar und blankem Oberkörper im Hafen von New York vor sich.

Camille errötete. Gott sei Dank war sie allein im Büro.

Patrick hatte fast den Haupteingang der *New York World* erreicht. Unvermittelt hob er den Kopf, schaute zu ihr hoch und blickte ihr direkt in die Augen.

Camilles Herz begann zu rasen. Ihr kam es vor, als würden ihrer beider Augen ineinander versinken. Vorsichtig hob sie die Hand und winkte ihm schüchtern zu.

Patrick strahlte übers ganze Gesicht und winkte zurück. Er formte seine Hände zu einem Trichter, um sich im Lärm der Straße Gehör zu verschaffen, und rief zu ihr hoch: »Ich nehme den Fahrstuhl. Wenn ich in zwei Stunden noch nicht bei dir bin, musst du die Feuerwehr verständigen!«

Lachend schloss sie das Fenster und ging zurück an ihren Schreibtisch.

Kurz darauf öffnete Patrick umständlich die Tür mit dem Ellenbogen, weil er zwei Tassen mit dampfendem Kaffee in den Händen hielt. »Jetzt arbeite ich seit etlichen Jahren hier und habe noch nie nach oben geschaut, bevor ich das Haus betreten habe. Ich weiß nicht, über was für Fähigkeiten du verfügst, aber heute wurden meine Augen wie von einem Magneten angezogen. Wie hast du das gemacht?«

Camille spürte, wie ihr schon wieder das Blut ins Gesicht schoss. »Danke für den Kaffee.« Sie ging auf sein Kompliment nicht ein, sondern meinte: »Übrigens hat Susan heute Morgen schon ihre erste Benimmstunde absolviert. Auf dem Programm stand Teetrinken im Sitzen mit abgespreiztem Finger. Tante Catherine und Susan verstehen sich wider Erwarten blendend.«

»Das freut mich zu hören. Schade, dass ich nicht dabei war. Ich hätte weiß Gott auch Nachhilfe nötig.« Patrick starrte Camille unverblümt an.

»Stimmt irgendetwas nicht mit meinem Rock oder meiner Frisur?«, fragte sie und strich sich verlegen übers Haar.

»Nein, alles in Ordnung. Du siehst immer bezaubernd aus, aber heute umgibt dich ein ganz besonderes Flair.«

»Hier, ich habe den Scherenschritt der Freiheitsstatue von Bartholdi in einem meiner mitgebrachten Bücher gefunden. Es besteht kein Zweifel«, beendete Camille das peinliche Schweigen, das sich nach Patricks Kompliment eingestellt hatte.

Patrick besah sich die Buchseite eingehend. »Du hast recht. Das ist eindeutig das gleiche Bild wie auf der linken Seite des Medaillons. Unglaublich! Ich wüsste zu gern, wer die Kette in Auftrag gegeben hat. Hoffentlich kommt der Goldschmied, Mr Potter senior, bald nach New York zurück.«

Dann ging er ans Fenster und sagte leise: »Ich war heute Morgen auch nicht faul. Ich habe mich bei Luke für meinen

Alleingang entschuldigt. Gott sei Dank hat er mir verziehen und mich sogar zu den Johnsons mitgenommen. Du machst dir keine Vorstellung, was ich dort erlebt habe. Es war wie ein absurdes Theaterstück. Diese Familie ist skurril und mehr als merkwürdig. Ich müsste mich sehr täuschen, aber ich glaube, wir haben da mitten in ein Wespennest gestochen!«

Ein Laufbursche steckte den Kopf zur Tür herein und rief: »Mr O'Sullivan, Sie und die junge Lady sollen augenblicklich hoch zu Mr Pulitzer kommen!«

Patrick sah Camille erstaunt an. »Was will der denn schon wieder? Na, wir werden es gleich erfahren. Ich erzähle dir auf dem Weg alle Neuigkeiten. Außerdem werde ich den Boss bitten, dass wir jetzt nicht mehr vorrangig Artikel zur Spendenkampagne schreiben müssen, sondern uns mehr Zeit für den Prostituiertenmörder nehmen können. Du hast zweifelsfrei bewiesen, dass es unter Umständen einen Zusammenhang mit Pulitzers Lieblingsmonument gibt. Wenn wir als erste Zeitung eine Reportage über die Verwicklungen der New Yorker High Society mit diesen Mordfällen bringen, wird er völlig aus dem Häuschen sein!«

»Falls an der Geschichte tatsächlich etwas dran sein sollte, wäre das der Knaller. Die Auflage würde durch die Decke gehen!« Pulitzer zwirbelte aufgeregt an seinem grau melierten, langen Bart herum. »Dass ich erst heute davon in Kenntnis gesetzt werde, Patrick, ist allerdings unverzeihlich!«

»Ich habe mehrere Anläufe unternommen, Sie darüber zu unterrichten, aber Sie haben mir nie Gehör geschenkt und wollten, dass ich mich nur mit den Spendenaufrufen befasse. Außerdem ist die Beweislage bisher noch etwas dünn.«

»Sie wissen, dass ich Gerüchte hasse. Wir halten die Titelstory so lange zurück, bis alles hieb- und stichfest ist und alle Fakten auf dem Tisch sind. Absolute Verschwiegenheit versteht sich von selbst. Unsere Konkurrenten warten nur darauf, dass wir etwas veröffentlichen, was nicht stimmt. Das darf nie passieren.« Dann wandte er sich an Camille: »Mademoiselle St. Laurent, die Angelegenheit scheint mir nicht ganz ungefährlich zu sein. Es wäre besser, wenn Sie in ein anderes Resort wechseln. Was halten Sie vom Sport? Oder wollen Sie lieber zu den Gesellschaftskolumnisten? Sie müssen mich verstehen, ich würde es mir nie verzeihen, wenn Ihnen irgendetwas zustößt!«

Camille sah Mr Pulitzer entsetzt an, aber noch ehe sie etwas entgegnen konnte, ergriff Patrick das Wort.

»Sorry, Boss, aber das geht nicht. Camille ist inzwischen so drin in der Story, dass ich nicht mehr auf sie verzichten kann. Ihre weibliche Intuition und ihr klarer Verstand sind einmalig. Auch wenn es übertrieben klingt, ich kann ohne sie nicht arbeiten!«

Verwundert hob Pulitzer eine Augenbraue. »So kenn ich Sie ja gar nicht. Mir scheint, die letzten Wochen haben zu einem Sinneswandel bei Ihnen geführt. Ich erinnere Sie gern daran, wie entrüstet Sie reagiert haben, als ich Sie bat, sich um den französischen Reporter zu kümmern.«

Patrick zuckte grinsend mit den Schultern. »Dinge ändern sich nun mal. Man muss lernfähig bleiben!«

Pulitzer wandte sich wieder an Camille. »Junge Dame, letztendlich ist es Ihre Entscheidung. Sie sind nicht meine Angestellte und können tun und lassen, was Sie wollen.«

Camille lächelte erleichtert. »Ich bin mir der Gefahr durchaus bewusst, aber ich muss nicht lange überlegen. Mein Entschluss steht fest. Das Schicksal der beiden ermordeten Frauen ist so grausam, dass ich alles daransetzen werde, den Verbrecher zu finden, der ihnen das angetan hat. Ich bin mir sicher, dass Monsieur Aragon meine Ansichten teilt und meinen Entschluss unterstützen wird.«

Patrick lachte und erhob sich. »Sie sehen, wir sind uns einig!«

Pulitzer bedachte Patrick mit einem strengen Blick. »Setzen Sie sich noch einmal hin. Wir sind noch nicht ganz fertig. Nur damit das klar ist, Patrick, Sie tragen voll und ganz die Verantwortung für die Unversehrtheit unseres Gastes!«

Patrick nickte. »Versprochen. Ich werde dafür sorgen, dass ihr kein Haar gekrümmt wird.«

»Gut, das wäre also geklärt. Eine Kleinigkeit gibt es aber noch zu besprechen. Ihr gemeinsamer Artikel über den Zirkus hat zu einer erstaunlich positiven Resonanz geführt. An meinem Stammtisch wurde ich wiederholt darauf angesprochen, warum die *World* bisher kein Sterbenswörtchen über die neuen spektakulären Attraktionen auf Coney Island veröffentlicht. Das stimmt, wir müssen das dringend nachholen, zumal mein Herz für das fahrende Volk und die Schausteller schlägt. Ich möchte einen vergnüglichen, heiteren Artikel bis übermorgen auf meinem Schreibtisch liegen haben. Ich will wissen, ob diese Fahrgeschäfte wirklich ein Genuss sind.« Er zog seine Brieftasche aus dem Jackett und schob Patrick einen Geldschein herüber, während er zu Camille sagte: »Nach den schockierenden Erlebnissen wird es Ihnen sicher guttun, sich für ein paar Stunden zu amüsieren und alle Sorgen hinter sich zu lassen. Genießen Sie den Abend!«

23. Kapitel

New York, August 1885

»Wie immer unpünktlich! War ja auch nicht anders zu erwarten. Darauf ist bei diesem Herrn wenigstens Verlass«, rief Tante Catherine so laut, dass Patrick es in der Kutsche nicht überhören konnte.

Die alte Dame stand zu seinem Erstaunen nicht nur mit Camille, sondern auch mit Susan wartend auf dem Bürgersteig.

»Noch nie wurde ich von drei so bezaubernden Grazien empfangen«, sagte Patrick charmant.

»Sie wiederholen sich.«

Patrick ignorierte Lady Catherines Bemerkung und fuhr fort: »Wenn es die Umstände zulassen würden, würde ich Sie am liebsten alle drei ausführen.«

»Ich glaube Ihnen kein Wort, außerdem bin ich für Ihre Komplimente nicht empfänglich«, entgegnete Lady Catherine trocken. »Sie wissen ganz genau, dass Susan das Haus nicht verlassen kann. Und denken Sie etwa, dass ich mir das Genick in einer Achterbahn brechen will? Schlimm genug, dass ich meine Nichte nicht von diesem blödsinnigen Besuch auf dieser Vergnügungsinsel abhalten kann.«

»Susan, ich musste dreimal hinschauen, um dich zu erkennen. Ganz bezaubernd siehst du aus. Der grüne Hut ist wie für dich gemacht«, meinte Patrick. »Wenn der Fall aufgeklärt ist, werden wir den Ausflug mit Jimmy und dir nachholen. Das verspreche ich hoch und heilig.«

Tante Catherine umarmte Camille und küsste sie auf beide Wangen. »Mein Kind, ich wünsche dir einen schönen Abend«, und mit einem Seitenblick zu Patrick, »trotz seiner Gesellschaft. Ich verlasse mich darauf, dass Sie Camille vor Mitternacht zurückbringen. Und zwar dieses Mal pünktlich.« Dann hakte sie sich bei Susan ein und meinte: »Komm, meine Liebe, es ist Zeit für die nächste Leselektion.«

Susan verabschiedete sich leise mit einem Augenzwinkern: »Viel Spaß wünsch ich euch beiden! Coney Island hat sich immer für mich gelohnt.«

Patrick half Camille in die Kutsche. »Du siehst hinreißend aus. Ich wollte es vor den beiden nicht sagen, aber du bist natürlich die Schönste!«

Camille lächelte verlegen.

Patrick wechselte das Thema. »Wer hätte gedacht, dass sich deine Tante und Susan so gut verstehen?«

»Die beiden haben sich wirklich gesucht und gefunden. Ich glaube, sie haben mehr Gemeinsamkeiten, als es auf den ersten Blick scheint. Sie trauern beide über den Verlust eines geliebten Menschen. Mein Onkel und Olivia waren jeweils ihre engsten Vertrauten. Im Grunde ihres Herzens sind sie einsam. Ihr Zusammensein und ihr Austausch lenken sie von ihrem Schmerz ab. Für Susan ist es eine einmalige Chance, eventuell ihr bisheriges Leben hinter sich zu lassen. Wer weiß …«

»Und du? Fühlst du dich auch einsam in New York? Ich habe dich das noch nie gefragt.«

»In den ersten Tagen und Wochen war ich so aufgeregt, dass ich gar keine Gefühle zugelassen habe. Meine Tante hat mich so liebevoll aufgenommen, dass ich mich bei ihr sofort wohlgefühlt habe. Mr Pulitzer hat es mir auch leicht gemacht. Er hat mir jeden Wunsch von den Augen abgelesen. Die ganze Redaktion und natürlich auch Jimmy mit seiner herzlichen und offenen Art haben mir sehr geholfen.« Sie machte eine Pause und sah Patrick lächelnd an.

»Und? Fehlt in deiner Aufzählung nicht noch jemand?«

»Der Wichtigste kommt zum Schluss. Und du weißt ganz genau, dass du das bist.« Camille stiegen Tränen in die Augen. »Ich habe dir anvertraut, dass ich sehr verletzt war, als ich in Paris aufgebrochen bin. Ich habe alle Männer gehasst. Du hast mir mehr geholfen, als du ahnst. Und dafür danke ich dir.«

Patrick beugte sich vor und küsste Camille zärtlich auf die rechte Wange. »So ein liebevolles Kompliment hat mir noch nie ein Mensch gemacht.«

Beide schwiegen.

Patrick hätte viel dafür gegeben, wenn er jetzt erfahren hätte, was Camille gerade dachte. Vielleicht machte sie sich gerade genauso Gedanken wie er, woher dieses tiefe Vertrauen herrührte, das sie verband? Vielleicht fiel es ihm deswegen so leicht, sich gegenüber Camille zu öffnen, weil er insgeheim wusste, dass ihr Aufenthalt in Amerika begrenzt war. Wenn sie wieder zurück in Frankreich wäre, würden sie sich im besten Fall noch ein paar Briefe schreiben, ehe ihre Begegnung vergessen sein würde. Das machte es leichter, seine Seele vor ihr zu offenbaren. Er war ein extrem vorsichtiger, verschlossener Mensch. Seit er damals die Hand seiner Schwester losgelassen hatte, war ihm jede Verantwortung für einen anderen Menschen eine Last.

Plötzlich ging ihm ein Licht auf, warum er sich Camille so tief verbunden fühlte. Als sie und er im Aufzug festsaßen, hatte sie die Situation ausgenutzt und ihn gegen seinen Willen gezwungen, von sich zu erzählen. Nachdem er seine anfängliche Hemmung überwunden hatte, hatte er die Erleichterung

gespürt und es als eine Wohltat empfunden, sich Camille anzu-
vertrauen. Voller Verwunderung hatte er festgestellt, wie gut es
ihm tat, dass er sich ihr gegenüber geöffnet hatte.

»Ich bin sehr glücklich darüber, dass wir so vorbehaltlos
über unsere Gefühle reden können. Das kann man nicht mit
vielen Menschen. Wenn ich ehrlich bin, kann ich es mit niemandem, nicht einmal mit meiner Schwester. Zwischen Olivia
und mir steht immer unsere Vergangenheit. Wir kommen zwar
sehr gut miteinander aus, aber wenn es um unsere innersten
Empfindungen geht, haben wir eine seltsame Scheu voreinan-
der. Am leichtesten fällt mir der Umgang mit ihr, wenn ich sie
aufziehe oder mich über sie lustig machen kann. Ich weiß, dass
ich daran arbeiten muss, meine Gefühle auszudrücken.«

»Mir geht es genauso. Seit dem Tod meines Vaters habe ich
niemanden mehr, mit dem ich reden kann. Meine Schwestern
und ihre Männer amüsieren sich nur über meine emanzipatorischen Ansichten. Kein ernsthaftes, tiefes, liebevolles Gespräch
ist mit ihnen möglich. Einzig mit Dominique konnte ich mich
austauschen, aber seit sie verheiratet ist und Kinder hat, fehlt
ihr die Zeit.«

Patrick schaute aus dem Fenster. »Da vorn ist die Brooklyn
Bridge, Camille. Soweit ich weiß, hast du sie noch nie gesehen.
Wenn es dir recht ist, sage ich dem Kutscher, dass er in der
Mitte der Brücke halten soll. Der Blick ist spektakulär, und an
so einem herrlichen Spätsommerabend werden wir gleich einen
grandiosen Sonnenuntergang erleben.« Schelmisch fügte er
hinzu: »Ich wusste natürlich, dass wir diese Strecke fahren, und
bin gut vorbereitet.«

Zu Camilles Erstaunen beugte er sich vor und holte unter
seinem Sitz zwei Flaschen Bier hervor. »Champagner wäre dir
bestimmt lieber gewesen. Aber wenn man nach Coney Island
fährt und auf der Brooklyn Bridge anhält, dann muss man mit
Bier anstoßen.«

»Bier ist wunderbar. Außerdem sind wir auf einem Arbeitsausflug und haben ja kein Rendezvous«, meinte Camille.

Patrick lächelte. »Flirtest du etwa mit mir, Camille St. Laurent?«

»Ein bisschen vielleicht.«

»Das gefällt mir!«

In dem Moment kam der Wagen abrupt zum Stehen, und Camille flog Patrick entgegen.

»Meine Güte, bist du stürmisch!«

Lachend lagen sie sich in den Armen.

»Komm, wir steigen aus.« Patrick öffnete den Verschlag und wies den Kutscher an weiterzufahren. »Warten Sie am Ende der Brücke auf uns.«

Begeistert sah sich Camille um. »Das ist ja unglaublich hier. Meine Heimatstadt Paris gilt als Stadt der Brücken, und ich habe immer gern auf dem Pont Neuf gestanden und in die aufgewühlte Seine geschaut. Aber das hier sprengt jede Vorstellungskraft. Ich war noch nie in meinem Leben auf so einer langen, modernen Hängebrücke. Der Blick ist atemberaubend.«

»Ich kann dir gern einen kleinen Vortrag halten, weil ich 1883 einen meiner ersten Artikel über die Inbetriebnahme der Brücke geschrieben habe. Willst du ihn hören?«

Camille grinste. »Bitte nur die Kurzfassung.«

»Keine Sorge. Die Sonne geht bald unter, und bis dahin bin ich spätestens fertig.« Patrick holte tief Luft. »Das Bauwerk stammt von dem Ingenieur John August Roebling. Sie überspannt den East River und verbindet die Stadtteile Manhattan und Brooklyn miteinander. Die Gesamtlänge beträgt tausendachthundertdreiunddreißig Meter und achtundsechzig Zentimeter, die Breite ist fast sechsundzwanzig Meter. Am Tag der Eröffnung war ich hier. Du kannst dir nicht vorstellen, wie viele Menschen gekommen waren. Wir New Yorker lieben neue monumentale Bauwerke, das hast du bei deiner Ankunft selbst erlebt. Ich habe dir ja schon im Zirkus erzählt, dass die Brücke erst freigegeben wurde, nachdem die einundzwanzig Elefanten heil von der einen zur anderen Seite gelangt waren. Man hat die Fußgänger, die am ersten Tag über die Brücke liefen, gezählt, und stell dir vor, es waren sage und schreibe einhundertfünfzigtausend. Danach gab es kein Halten mehr, weil die Zeitersparnis durch die Brücke riesengroß ist. Leider kam es kurz nach der Eröffnung zu einer Massenpanik, bei der zwölf Menschen starben und fünfunddreißig teilweise schwer verletzt wurden. Aber das haben die meisten längst vergessen. Inzwischen ist die Brooklyn Bridge vor allem ein Ausflugsziel für Liebespaare.«

Camille gab Patrick einen Stups in die Seite. »Das genügt mir. Mehr brauchst du nicht zu erzählen.«

»Du hast recht. Komm, wir stoßen jetzt an. Ich wollte nur ein bisschen romantisch sein.«

»Lauschig ist das Plätzchen aber nicht gerade! Ich kenne keine Brücke, auf der so viel Verkehr herrscht.«

»Cheers«, sagte Patrick.

Beide tranken sie einen Schluck und starrten schweigend in den blutroten Sonnenball, der langsam am Horizont versank.

Patrick räusperte sich. »Eine Brücke ist immer ein Symbol für eine Verbindung. Hier kann man sich in der Mitte begegnen. Wir wissen nicht, was die Zukunft bringt …«

Camille ergriff Patricks Hand. »Lass uns eines schwören. Egal, was auch passieren mag, wir verlieren uns nicht aus den Augen. Abgemacht?«

Patrick nickte.

»Vor einem Jahr haben wir noch nicht einmal voneinander gewusst. Jetzt hat uns das Schicksal für eine unbestimmte Zeit zusammengeführt. Früher habe ich mich immer wegen der Vergangenheit gegrämt oder mir wegen meiner Zukunft Sorgen gemacht. Durch dich habe ich gelernt, im Hier und Jetzt zu sein. Das ist wunderbar und gibt meinem Leben eine ganz neue Qualität. Dafür danke ich dir.«

Patrick spürte, wie ihm ein Kloß im Hals steckte. »Camille«, murmelte er, »ich weiß gar nicht, was ich sagen soll.« Er beugte sich zu ihr hinunter und küsste zart ihre Lippen. Erleichtert und glücklich spürte er, wie sie seinen Kuss hingebungsvoll erwiderte. Er zog sie fest in seine Arme.

Plötzlich dröhnte eine Hupe neben ihnen. Ein paar Studenten grölten und jubelten ihnen aus einer offenen Kutsche zu.

Patrick sah Camille verlegen an. Er gab ihr noch einen zärtlichen Kuss auf die Stirn und strich ihr eine widerspenstige schwarze Locke hinters Ohr. »Du hattest völlig recht, ungestört sind wir hier nicht. Lass uns zu unserer Kutsche gehen.«

Schweigend liefen sie nebeneinander her.

»Entschuldige, Camille, dass ich dich einfach so geküsst habe. Aber ich konnte nicht anders. Meine Gefühle sind mit mir durchgegangen. Ich glaube, ich habe mich in dich verliebt.«

Camille hielt Patrick am Arm fest und sah ihn aus ihren grünen Augen fragend an. »Glaubst du es oder weißt du es?«

Patrick küsste Camille erneut. Sie erwiderte seinen Kuss leidenschaftlich. »Ich weiß es. Und du?«

Zärtlich umfasste Camille mit beiden Händen sein Gesicht und zog ihn zu sich herunter. »*Encore, cheri!*«, flüsterte sie. »Küss mich noch einmal. Genügt dir das als Antwort?«

Erst jetzt merkten sie, dass einige Passanten kopfschüttelnd an ihnen vorübergingen oder ihnen amüsiert zulächelten.

»Lass uns lieber zur Kutsche gehen, bevor wir einen Menschenauflauf auslösen oder noch eine weitere Massenpanik ausbricht.«

Hand in Hand erreichten sie die Droschke.

»Und jetzt?«, fragte Patrick und wusste selbst nicht genau, was er mit der Frage meinte.

»Lass uns jetzt nicht über morgen oder übermorgen nachdenken oder was in einem Jahr sein wird. Lass uns heute den Abend genießen und jeden Moment auskosten. Außerdem: Liebe macht hungrig, und ich habe einen Bärenhunger.«

Patrick wandte sich lachend an den Kutscher. »Bringen Sie uns zu Feltman's«, dann erläuterte er Camille: »Dort gibt es einen riesengroßen Biergarten mit den besten Spareribs und Bratwürsten der Stadt.«

Bei Feltman's war es rappelvoll. Camille wusste nicht, wo sie zuerst hinschauen sollte.

Patrick steuerte zielstrebig einen langen Tisch unter einer Kastanienallee an, wo er noch zwei freie Plätze entdeckt hatte. Im Schein der bunten Lampions saß dort eine Gruppe schwarz gekleideter Männer, die alle Zylinder trugen.

»Dürfen wir uns dazusetzen?«

»Aber natürlich, junger Freund, für Sie und Ihre bezaubernde Begleiterin ist hier natürlich noch ein Plätzchen frei.« Gut gelaunt stießen die Männer mit ihren Bierhumpen an. »Was für ein wundervoller Abend heute doch ist! Sie müssen wissen, wir haben vor zwei Stunden alle zusammen beim Pferderennen gewonnen. Sage und schreibe einhundert Dollar! Den Hauptpreis. Sie sind natürlich unsere Gäste. Feiern Sie mit uns, trinken Sie Bier und essen Sie so viele Würste, wie Sie können. Wir übernehmen Ihre Zeche!«

»Danke, meine Herren, das ist ausgesprochen freundlich, und wir freuen uns mit Ihnen. Aber auch uns war das Glück hold.« Er zog den Zehn-Dollar-Schein von Pulitzer aus der Tasche. »Auch wir haben allen Grund zu feiern!«

Die Herren hoben ihre Krüge und riefen aus einem Mund: »Auf das schöne Leben!«

In dem Moment setzte eine Blaskapelle ein, und ringsum erhoben sich Paare und begannen zu tanzen.

Patrick reichte Camille seine Hand. »Wollen wir?«

Camille nickte glücklich.

Die Kapelle spielte eine wilde Polka, und die beiden flogen nur so über die Holzbretter des Tanzbodens. Erst als die Kapelle eine Pause machte, kehrten sie außer Atem zu ihren Plätzen zurück. Dort standen schon zwei große Bierkrüge und eine Schüssel mit Brühwürsten, Brot und einem Töpfchen Senf für sie bereit.

Sie ließen es sich schmecken.

Mit vollem Mund sagte Camille: »Was für ein wunderbarer Abend!«

»Der Abend fängt doch gerade erst an«, erwiderte Patrick freudestrahlend. »Wir dürfen nur nicht zu viel essen, sonst wird es uns gleich in der Achterbahn schlecht. Du musst wissen, es ist für mich auch eine Premiere, ich bin noch nie Achterbahn gefahren. Jimmy war schon hier und er hat mich gewarnt, ihm ist speiübel geworden.«

»Im Frascati-Garten in Paris gibt es auch eine Achterbahn, sogar mit einem Looping, das habe ich zumindest gehört. Aber es wäre für meine Familie ganz und gar undenkbar, sich dort zu vergnügen. Manchmal habe ich das Gefühl, dass die adlige Gesellschaft in Europa ihre Zeit nur verbissen darauf verwendet, der Etikette zu genügen, statt einfach einmal fröhlich zu sein. Das Leben zu genießen, ist meiner Familie völlig fremd.«

»Du hast mir doch erzählt, dass deine Tante eine der begehrten Einladungen bei Lady Vanderbilt ergattern konnte. Dort wirst du erleben, dass die Neureichen in Amerika auch nicht in der Lage sind, sich zu amüsieren.«

»Ja, übermorgen ist es so weit. Ich werde dir berichten, ob du tatsächlich recht hast. Ich bin schon etwas nervös. Es gibt kein anderes Thema mehr bei meiner Tante. Ein Wunder, dass sie mich nicht zu Susans Lektionen dazuzitiert, um mich schnell noch in puncto Benimm einzuordnen!«

Patrick lachte. »Du wirst schockiert sein. Diese amerikanischen Neureichen pflegen mehr Adelsallüren als der gesamte europäische Hochadel zusammen. Ich weiß aus zuverlässiger Quelle, dass die Abende dort an Langeweile kaum zu überbieten sind. Es darf weder gelacht noch diskutiert werden. Intellektuelle Gespräche finden überhaupt nicht statt. Es geht nur um Oberflächlichkeiten und um das Zurschaustellen von Wohlstand. Literatur, Musik, Schauspiel, bildende Kunst – alles tabu. Stell dich auf einen durch und durch öden Abend ein. Und glaub mir, es gibt kein größeres Kontrastprogramm dazu als Coney Island. Hier wissen die Menschen, wie man sich vergnügt. Pferde- und Hunderennen, Kettenkarussell und Achterbahn, Kirmes, Schießbuden, Tanzlokale. Frauen wie Susan finden hier ihre Freier an jeder Ecke. Hier wird bisweilen auch übertrieben, aber man ist frei und nur sich selbst Rechenschaft schuldig. Ich finde es ausgesprochen amüsant, dass du beide Welten in einer Woche kennenlernst. Du wirst sicher einen wunderbaren Artikel für Mr Aragon darüber schreiben.« Patrick erhob sich und fasste Camille bei der Hand. »Komm, wir gehen jetzt zur Achterbahn und genießen den Rausch der Geschwindigkeit!«

Sie verabschiedeten sich von der ausgelassenen Männerrunde und schlugen den Weg zur Kaimauer ein.

Plötzlich blieb Camille entgeistert stehen. »Patrick, was ist das denn? Das sieht ja aus wie ein riesiger Elefant. Und der ist ja ohne Sockel fast größer als die Freiheitsstatue!«

»Du wirst es nicht glauben, aber dieser Elefant ist Hotel, Museum, Sternwarte und Tabakladen in einem. Das Beste sparen wir uns zum Schluss auf, da gehen wir später hin. Jetzt ist erst mal die Achterbahn dran.«

Die »Gravity Pleasure Switch Back Railway«, wie sie auf einem hell erleuchteten Schild bezeichnet wurde, bestand aus zwei gerade verlaufenden hügeligen Strecken zwischen zwei erhöhten Plattformen. Von Weitem beobachteten sie, dass die Wagen nach dem Erreichen der anderen Plattform für die nächste Fahrt über ein Transfergleis auf die gegenüberliegende Strecke geschoben wurden. Da die Wagen nur mit einfachen Holzbänken ohne Rückenlehne ausgestattet waren, mussten sie nicht gedreht werden.

Mit ihnen strömte ein ganzer Pulk von Menschen dem Fahrgeschäft entgegen. Jung und Alt schnatterten aufgeregt durcheinander. Ein paar halbwüchsige Bengel knobelten darum, wer sich zuerst in das gefährliche Gefährt setzen musste. Je näher sie kamen, desto mulmiger wurde es Camille. Ängstlich sah sie an den fünfzehn Meter hohen Balken empor.

»Da sollen wir runtersausen? Das kann nicht dein Ernst sein. Das ist ja lebensgefährlich. Keine zehn Pferde bringen mich da hinein!«

»Keine Sorge, es ist harmloser, als es aussieht. Ursprünglich war das eine Kohleminenbahn, die zweckentfremdet wurde. Die Bergleute waren froh, dass sie in den Minen nicht so viel laufen mussten.«

Vor dem Kassenhäuschen hatte sich eine lange Schlange gebildet.

Eine Art Conférencier rief in ein Megafon: »Hereinspaziert. Treten Sie näher! Eine Fahrt kostet nur fünf Cent. Lassen Sie sich dieses einmalige Vergnügen nicht entgehen!«

Camille verfolgte, wie einer der Wagen losratterte und zwei Kinder juchzend ihre Arme in die Luft warfen und johlend die Fahrt genossen.

Sie stellten sich in die Schlange der Wartenden. Ehe sie die Holztreppe zum Start hinaufstiegen, begrüßte sie der Besitzer. Wortreich pries er sein Fahrgeschäft an. »Alle haben mich für verrückt erklärt, als ich die Idee hatte, aus Kohleloren eine Achterbahn zu bauen. Meine Frau hat Reißaus genommen. Inzwischen ist sie wieder zu mir zurückgekehrt. Jetzt, wo meine

Achterbahn die Sensation in Coney Island ist! Selbst unser ehemaliger Gouverneur Cleveland und seine Familie haben sich schon ein paarmal bei mir vergnügt. Es ist fast wie fliegen. Seit einem Jahr ist die Bahn nun eröffnet, und es hat noch keinen Unfall gegeben. Vom Kind bis zum Greis, jedermann möchte das Gefühl von Geschwindigkeit und Freiheit erleben.« Zu Camille gewandt meinte er: »Sie sind etwas bleich um die Nase, Miss. Vertrauen Sie mir. Sie werden es lieben, in die Tiefe zu stürzen. Steigen Sie ganz beruhigt ein.«

Camille nahm all ihren Mut zusammen und kletterte zu Patrick in den Holzwagen.

Zwei kräftige Männer schoben das Gefährt mit aller Kraft an. Camille blieb fast die Luft weg. Beim Anblick des Abgrunds klammerte sie sich fest an Patricks Arm. Sie stieß einen lauten Schrei aus. Dann schloss sie die Augen.

Kurz darauf war der Spaß schon vorbei.

Camille schnappte nach Luft. »Das war wunderbar! Lass uns gleich noch mal fahren«, bat sie Patrick mit leuchtenden Augen.

Ausgelassen wie die kleinen Kinder stellten sich Camille und Patrick immer wieder aufs Neue in der Schlange an. Sie konnten am Schluss nicht mehr sagen, wie oft sie gefahren waren.

»Was hältst du von folgender Überschrift für unseren Artikel: Sturz ins Vergnügen!«, meinte Camille fröhlich.

»Oder: Die Lust am freien Fall«, schlug Patrick vor.

Beschwingt verließen sie schließlich die Achterbahn und schlenderten mit den vielen anderen Besuchern von Coney Island weiter.

»Ich muss zugeben, ich hatte meine Vorbehalte gegen diese Attraktion. Ich weiß nicht, ob ich mich ohne dich getraut hätte, in so einen wackeligen Wagen einzusteigen«, gestand Camille mit roten Wangen.

Patrick gab ihr einen Kuss und drückte sie an sich. »Als Mann kann man diesen Rummelplatz nicht verlassen, ohne seiner Liebsten eine rote Rose zu schießen.«

Mit Camille im Arm steuerte er schnurstracks die nächste Schießbude an. »Es ist so gut wie unmöglich, mit dem ersten Schuss eine Blume zu treffen, weil die Halunken die Kimme der Gewehre manipuliert haben.«

Schon beim ersten Versuch traf er wider Erwarten eine rote Rose und überreichte sie galant Camille. »Wenn das kein gutes Omen ist. Jetzt gehen wir zum Hotel Elefant. Das ist die größte Sensation hier. Du wirst sehen, dass ich nicht zu viel verspreche.«

»Da bin ich wirklich gespannt. Wer hatte denn diese verrückte Idee?«

»Ein gewisser James V. Lafferty. Er hat ein Patent, das ausschließlich ihm gestattet, Gebäude in Tierform zu errichten. Das Elephantine Colossus Hotel ist erst vor wenigen Wochen eröffnet worden.«

»Das ist ja unglaublich hoch!«, staunte Camille, als sie in der Surf Avenue Ecke West 12th Street standen.

»Das ist wohl wahr. Es ist über siebzig Meter hoch«, meinte Patrick voller Stolz.

Vor dem Eingangsbereich herrschte ein großes Gedränge. Menschen schubsten und stießen sich, jeder wollte einen Blick in das Hotel werfen oder endlich wieder ins Freie. Sie betraten das Gebäude über die steile Wendeltreppe, die sich in den Hinterbeinen des Tieres befand.

»So eine originelle Architektur habe ich noch nirgendwo gesehen.« Camille kam aus dem Staunen gar nicht mehr heraus.

»Auch für uns New Yorker ist es etwas ganz Einmaliges. Bisher haben die Emigranten aus Europa, wenn sie hier am Hafen anlandeten, den Elefanten als erstes Wahrzeichen der

Stadt gesehen. Aber diesen Part wird jetzt wohl die Freiheitsstatue übernehmen.«

»Wenn sie erst mal steht«, warf Camille ein.

»Und ehrlich gesagt, lieber werde ich von einer dicken Frau begrüßt als von einem dicken Elefanten«, lachte Patrick.

Inzwischen waren sie im dritten Stockwerk angelangt. »Du wirst es nicht glauben, aber das Hotel hat einunddreißig Zimmer, jedes ist komfortabler als das andere. Außerdem gibt es hier noch eine Galerie, eine große Halle für Tanzveranstaltungen, und in der linken Lunge des Elefanten ist ein Museum untergebracht. Lass uns ganz nach oben steigen, dort ist eine wunderbare überdachte Plattform mit einer Bar und einem Teleskop. Der Manager schwört Stein und Bein, dass man von ganz oben bis nach Rio de Janeiro oder Paris schauen kann.«

Als sie oben ankamen, waren sie beide hingerissen von dem atemberaubenden Ausblick, der sich ihnen bot. Zu ihren Füßen leuchteten die unzähligen bunten Lichter und Lampen von Coney Island.

Camille trat ans Teleskop und kniff ein Auge zusammen. »Von Paris ist leider weit und breit nichts zu sehen.«

»Du weißt ja, wir Amerikaner tragen dick auf und neigen zu Übertreibungen.« Er berührte ihre Hand, mit der sie immer noch versuchte, das Teleskop zu justieren. »Es ist uns bisher noch nicht gelungen, Pulitzers Geld vollständig unter die Leute zu bringen. Ich werde den Barkeeper bitten, uns eine Flasche Champagner zu bringen und eine Weile niemand anderen mehr nach oben auf die Terrasse zu lassen. Das ist vielleicht die einzige Gelegenheit heute Abend, ganz unter uns zu sein.«

»Das willst du tun?«, fragte Camille.

»Ja, unbedingt.« Patrick rief den Kellner und flüsterte ihm etwas ins Ohr. Dann legte er seinen Arm um Camilles Schultern und trat mit ihr an die Balustrade. »Hier oben fühlt man sich wie ein indischer Maharadscha unter dem prunkvollen Baldachin.«

»Zum Glück schaukelt dieser riesige Elefant nicht auch noch. Ich denke gerade an unsere erste Begegnung im Hafen. Wenn mir damals jemand prophezeit hätte, dass ich ein halbes Jahr später mit dir ganz allein auf dem Dach des skurrilsten Hotels der Welt stehe, hätte ich ihn für verrückt erklärt.«

»Gut, dass ich dich damals nicht in der Luft zerrissen habe, Candy«, sagte Patrick schmunzelnd.

»Ich fand dich von Anfang an sehr attraktiv. Ich gestehe es ungern, aber mein Herz hat einen Hüpfer gemacht, als ich dich in deinen eng anliegenden, nassen Hosen und mit entblößtem Oberkörper aus dem Hafenbecken steigen sah.« Camille errötete.

»Und ich werde nie das Orange deiner Bluse und das Grün deiner Augen vergessen.«

Der Kellner erschien mit einem Tablett, auf dem sich eine Champagnerflasche mit zwei Gläsern, eine brennende Kerze und zwei Stück Schokoladenkuchen befanden. »Sie haben drei Minuten Zeit, länger kann ich die anderen Gäste nicht aussperren.« Er entkorkte die Flasche und füllte die beiden Kelche.

»Du hast es wirklich fertiggebracht, dass nur wir beide hier oben sind.« Camille stellte sich auf die Zehenspitzen und küsste Patrick. »Ich hätte nie für möglich gehalten, dass ich so glücklich sein kann. Es fühlt sich an, als würden alle Zellen in meinem Körper pulsieren.«

»Kommt das vielleicht vom Champagner?«

»Du scheinst vergessen zu haben, dass ich aus Frankreich komme. Ich bin mit Champagner aufgewachsen. Nein, es ist ein ganz einmaliges Gefühl. So kann sich nur wahres Verliebtsein anfühlen.«

Sie küssten sich leidenschaftlich.

»Mit dem Wissen von heute wird mir klar, dass ich nie in Professor Dupont verliebt war. Da wäre mir viel erspart geblieben ...«

»Camille, wir haben nur noch eine Minute, da will ich nichts von diesem Idioten hören. Ich küsse dir jetzt alle schlimmen Erinnerungen an ihn weg. Und wann immer du an das schreckliche Erlebnis mit ihm denken musst, holst du diesen Elefanten aus deinem Gedächtnis und lässt ihn alles Negative in Grund und Boden stampfen.«

Während des Kusses vergaßen sie alles um sich herum.

Plötzlich sprang die Tür wieder auf, und mehrere Paare drängelten auf die Plattform.

»Ich wünschte, dieser Abend würde nie enden. Vor lauter Küssen haben wir unseren Schokoladenkuchen ganz vergessen. Den essen wir jetzt eben in Gesellschaft. Schließ die Augen«, forderte Patrick und steckte Camille ein kleines Stückchen Kuchen in den Mund.

24. Kapitel

New York, September 1885

»Schätzchen, schau nicht aus dem Fenster, sondern kümmere dich lieber um deine alte Tante und gib mir einen Rat: Soll ich das goldbestickte rote oder lieber das schlichte, dunkelblaue Jäckchen anziehen?«

Gedankenverloren hatte Camille am Fenster des Ankleidezimmers gestanden und ein paar spielende Kinder mit ihren Nannys beobachtet, die mit einem Picknickkorb unter dem Arm auf dem Weg in den Central Park waren – ein Ort der Ruhe mitten im Getriebe der großen Stadt.

Camille hatte ihre Tante gar nicht ins Zimmer kommen hören. Die dicken Perserteppiche dämpften jeden Schritt. Sie drehte sich hastig um.

Ihre Tante stand erwartungsvoll vor ihr und hielt in jeder Hand fragend ein Kleidungsstück.

»Oh, eins ist ja schöner als das andere«, rief Camille und befühlte die Stoffe. »Die Goldstickereien sind wirklich einzigartig, so etwas Anmutiges habe ich noch nie gesehen.« Nach kurzem Überlegen meinte sie: »Ich würde trotzdem das dunkelblaue Jäckchen wählen, es passt für meinen Geschmack am besten zu der Champagnerfarbe deines Seidenkleides.«

»Nein. Ich habe mich entschieden, ich werde diese Jacke hier anziehen. Sie ist viel vornehmer. Camille, wir gehen nicht irgendwohin, um eine Tasse Tee zu trinken und ein Stück Torte zu essen, wir haben eine Einladung von Alva Vanderbilt erhalten. Das ist ein Ritterschlag! Es gibt angesehene Familien hier in der Stadt, die alles dafür tun würden, um nur einmal über die Schwelle der Vanderbilt'schen Villa treten zu dürfen. Falls ich mich wiederhole, bitte ich dich, dies zu ignorieren.«

»Keine Sorge, ich liebe deine Geschichten über die Nachbarschaft.«

»Eines musst du dir ein für alle Mal merken, liebe Nichte, in New York zeigt man, was man hat. Keinem Menschen käme es in den Sinn, seinen Wohlstand nicht zur Schau zu stellen. Das ist ganz anders als in Paris oder Frankreich, das musste ich auch erst lernen, als ich hierherkam und deinen Onkel geheiratet habe.«

»Ich bin wirklich froh, Tantchen, dass du mir sagst, wie man sich hier zu verhalten hat.«

»Camille, deine alte Tante ist sehr glücklich, dass sie dich aufnehmen konnte. Meine fast verblassten Erinnerungen an Paris werden wieder aufgefrischt, und dein jugendlicher Schwung und Elan tun mir überaus gut. Übrigens nenne ich Susan jetzt nur noch Miss Adams, denn ich verfolge ein ehrgeiziges Projekt: Nächstes Jahr werden wir zu dritt zu den Vanderbilts gehen. Da staunst du, was?«

»Da hast du dir aber etwas vorgenommen!«

»Selbst in meinem Alter muss man sich noch Herausforderungen stellen. Der Mensch wächst an seinen Aufgaben. Das gilt auch für Susan, ich meine Miss Adams.«

»Trotzdem freue ich mich, dass wir beide heute erst mal allein dorthin gehen. Findest du, ich bin passend gekleidet für diese Teeparty?« Camille drehte sich einmal im Kreis. »Oder ist dieses Kleid zu schlicht für die feine Gesellschaft?«

Tante Catherine trat einen Schritt zurück und musterte Camille von oben bis unten. »Nahezu perfekt. Aber irgendetwas fehlt noch ... Rühr dich nicht von der Stelle! Ich weiß, was wir an deinem Erscheinungsbild noch verändern müssen.« Ihre Tante stürmte aus dem Zimmer.

Camille trug ein cremefarbenes, tailliert geschnittenes Kleid mit einem ausladenden Kragen aus feinster weißer Brüsseler Spitze. Als Valerie heute Morgen die letzten Falten aus dem Spitzenkragen herauszubügeln versuchte, war Camille neben ihr stehen geblieben und hatte mit Argusaugen über jede ihrer Bewegungen gewacht, damit sie das Plätteisen ja nicht zu kurz oder zu lang an einer Stelle ließ. Natürlich hatte sie sich vor dem großen Spiegel in ihrem Zimmer ganz genau inspiziert und war sehr zufrieden mit dem Ergebnis gewesen.

Sie hatte das gute Stück noch kurz vor ihrer Abfahrt im Großwarenhaus Au Bon Marché im siebten Arrondissement erstanden. Ihre Schwester Dominique hatte sie begleitet und war ebenfalls hingerissen gewesen, wie gut ihr die Farbe und der Schnitt standen.

»Das musst du nehmen, es ist wie für dich gemacht«, hatte Dominique begeistert ausgerufen. »Du wirst den New Yorker Männern damit den Kopf verdrehen!«

»Und wenn ich das gar nicht will?«

»Dann werden die Frauen sehen, dass die Mode in Paris erfunden wird!«

Das mit dem Kopfverdrehen war ihr bei einem ganz bestimmten Amerikaner offensichtlich bestens gelungen. Ihr Herzschlag beschleunigte sich, als sie an Patrick dachte. Mit Mühe und Not hatte er es noch geschafft, sie rechtzeitig zu Hause abzuliefern. Wie würde es mit ihnen weitergehen? Der Abend war wie ein Rausch gewesen. Sie schwebte immer noch auf Wolke sieben, obwohl sie die Realität inzwischen wieder eingeholt hatte. Gab es für Patrick und sie überhaupt eine Chance?

Camille zwang sich, ihre Gedanken an Patrick aufzuschieben. Sie wollte sich voll und ganz auf den Nachmittag bei Lady Vanderbilt konzentrieren.

Über das ganze Gesicht strahlend kehrte Tante Catherine in den Ankleideraum zurück. »Dreh dich um und schließ die Augen«, befahl sie streng.

Camille gehorchte und spürte, wie ihre Tante ihr eine Kette um den Hals legte.

»Augen wieder auf! Jetzt darfst du dich im Spiegel begutachten.«

Um ihren Hals hing ein atemberaubendes Diamantcollier. Die einzelnen Steine funkelten um die Wette. Die Farbe entsprach genau dem Ton ihres Kleides.

»Dein Onkel hat es mir zu unserem zehnjährigen Hochzeitstag geschenkt. Er hat es in Chicago gekauft. Ich habe es lange nicht mehr getragen. Die Haut meines Dekolletés erlaubt dies nicht mehr. Ich freue mich, wenn du es heute trägst.«

Camille fehlten die Worte. Freudig umarmte sie ihre Tante und drückte sie fest an sich.

»Ich bekomme ja keine Luft mehr. Camille, es wird Zeit, dass wir uns auf den Weg machen. Valerie!«

»Ja, Mylady?«

»Wir wollen heute ausnahmsweise pünktlich sein. Der Kutscher soll vorfahren. Wir nehmen den offenen Wagen, auch wenn die Entfernung nicht der Rede wert ist, aber wie heißt es so schön? Sehen und gesehen werden!«

»Sehr wohl, Mylady!«

Als die beiden Frauen vors Haus traten, wurden sie von dem grellen Sonnenlicht geblendet. Ihre Augen benötigten einen Moment, um sich an die Helligkeit zu gewöhnen.

Der dunkle Zweispänner mit zwei schlanken Schimmeln war bereits abfahrbereit. Das schwarze Zaumzeug war auf

Hochglanz poliert und sah sehr elegant an den weißen Pferden aus. Fast wie bei Zebras, schoss es Camille durch den Kopf.

Jack, der groß gewachsene Kutscher, stand in seiner dunkelblauen Uniform mit einem Zylinder in der Hand neben dem offen stehenden Schlag.

»Zu den Vanderbilts«, sagte Tante Catherine beim Einsteigen, »aber langsam fahren, wenn ich bitten darf. Ich will, dass uns möglichst viele Menschen sehen.«

Camille und ihre Tante nahmen auf den gepolsterten, beigefarbenen Ledersitzen im Fond Platz.

»Ich hatte dir ja schon erzählt, die Vanderbilts besitzen das imposanteste Wohnhaus der ganzen Straße, wenn nicht der ganzen Stadt, du wirst staunen. Dagegen mutet unser bescheidenes Heim wie eine schäbige Hundehütte an. Das Gebäude liegt auch in der Fifth Avenue zwischen der 57. und der 58. Straße, wie gesagt, wir sind quasi Nachbarn.«

Camille staunte immer wieder über den breiten Boulevard, der direkt an den Central Park angrenzte und den sie nun in gemächlichem Schritttempo hinunterfuhren.

»Ich finde es faszinierend, dass die Menschen, die nach Amerika aufgebrochen sind, nicht in ihrer alten Familientradition verhaftet geblieben sind, sondern alle etwas Eigenes, Neues anfangen wollten. Diesen Pioniergeist könnten wir in Frankreich auch gut gebrauchen«, bemerkte sie.

»Siehst du das rote Ziegel- und Kalksteinschloss da vorn? Das ist ihre Villa. Vermutlich bist du hier schon ein paarmal vorbeigekommen, ohne zu ahnen, wer darin wohnt.«

Camille war beeindruckt. Natürlich kannte sie die meisten imposanten Schlösser in und um Paris. Auch in Versailles war sie wiederholt gewesen und hatte über die schieren Ausmaße gestaunt. Sie kannte Residenzen von Herrschern, Königen und alten Familiendynastien. Aber dieser Neubau imponierte schon allein durch die Größe. »Hoffentlich sind alle Bewohner dieser

Villa gut zu Fuß, bei den Entfernungen, die sie zurücklegen müssen!«

Ihre Tante lachte. »Das sind zum Glück nicht unsere Sorgen, Kindchen.«

Die Kutsche rollte nun noch langsamer an dem umzäunten Gelände entlang, bis sie schließlich vor dem mit prachtvollen bunten Blumen geschmückten Eingangsportal zum Stehen kam.

Ein Heer von dienstbaren Geistern stand bereit, um die ankommenden Gäste gebührend in Empfang zu nehmen.

Beim Betreten der Eingangshalle durch die sogenannte Porte-Cochère stockte Camille der Atem. So viel Demonstration von Luxus hatte sie nicht erwartet. Was für ein Prunk!

Zuerst gingen ihre Tante und sie an sechs riesigen marmornen Reliefs vorbei, die musizierende Jungen und Mädchen in Lebensgröße darstellten.

»Schau dir die Wandteppiche, Deckenfresken und Buntglasfenster an, Camille. Alva hat alles Stück für Stück in Frankreich gekauft. Unser Heimatland scheint alles zu verscherbeln, was nicht niet- und nagelfest ist. Hängen überhaupt noch Bilder im Louvre?«, fragte sie augenzwinkernd. »Sieh nur, da steht unsere Gastgeberin. Komm, wir machen unsere Aufwartung.«

Camille erblickte eine junge Frau mit gedrungener Figur, die vielleicht zehn Jahre älter sein mochte als sie selbst. Sie trug ein extravagantes Kleid, dem man ansah, dass sehr exquisite Stoffe mit allergrößtem Aufwand verarbeitet worden waren. Am außergewöhnlichsten an ihrer Aufmachung war jedoch ein Diadem, das aus unzähligen hochkarätigen Rubinen bestand, in die frische Orchideen verwoben worden waren.

Tante Catherine ging mit offenen Armen auf die Hausherrin zu. »Meine liebe Alva, herzlichen Dank für die Einladung! Wie entzückend und exotisch Sie mit dem Blumenschmuck im Haar aussehen! Nächste Woche werden alle Orchideen in New York ausverkauft sein, weil jede Frau, die etwas auf sich hält, Ihren Stil kopieren wird.« Sie wandte sich zu Camille. »Darf ich Ihnen meine Nichte Camille St. Laurent vorstellen? Sie ist vor Kurzem erst aus Frankreich eingetroffen und hat uns die Freiheitsstatue mitgebracht.«

Camille machte einen formvollendeten Hofknicks. »Verehrte Lady Vanderbilt, es ist mir eine Ehre, Sie kennenlernen zu dürfen.«

»Oh, was für eine Freude, ein Gast aus Frankreich! Mademoiselle St. Laurent, alles, was aus diesem wunderbaren Land kommt, ist meinem Herzen besonders nahe. Sie müssen mir alle Neuigkeiten aus Paris erzählen! Ich brenne darauf, mich mit Ihnen auszutauschen.«

Von hinten näherte sich Alva Vanderbilt eine Hausdame und flüsterte ihr etwas ins Ohr.

»Entschuldigen Sie mich bitte für einen Augenblick. Lady Catherine, wären Sie wohl so freundlich und würden mich begleiten? Ich muss mich um einen schwierigen weiblichen Gast kümmern; die Dame ist Ihnen auch bekannt. Mein Gatte hat mich darum gebeten. Ihnen, Camille, möchte ich hingegen diese Begegnung ersparen.« Sie sah sich suchend um. »George, bitte komm zu mir. Ich vertraue dir meine charmante französische Freundin Mademoiselle St. Laurent an. Unterhalte sie, bis ich zurück bin. Lies ihr jeden Wunsch von den Augen ab. Und zeig ihr unser bescheidenes Heim.«

Ein hellblonder großer Mann kam selbstsicheren Schritts auf Camille zu. Er mochte Anfang dreißig sein, hatte einen schmalen Kopf, der durch seinen akkuraten Seitenscheitel noch betont wurde, und trug einen hellen, sommerlichen Leinenanzug mit Weste. Er schaute kurz auf die Spitzen seiner glänzend polierten Schuhe und dann Camille direkt in die Augen. Er sah blendend aus.

»Vanderbilt. Meine Freunde sagen George zu mir. Ich bin der Neffe von Alva.«

Camille war kurz perplex. Dieser Amerikaner schien sich nicht lange mit Höflichkeitsfloskeln aufzuhalten.

»Herzlichen Dank, George, es ist sehr freundlich, dass Sie sich Zeit für mich nehmen.«

Wieder schwang die Eingangstür auf, und eine Gruppe von zehn neuen Gästen kam angeregt plaudernd herein.

George Vanderbilt verdrehte die Augen und bot Camille seinen Arm. »Ergreifen wir die Flucht! Wenn Sie nichts dagegen haben, beginnen wir mit dem Rembrandt und steigern uns dann kontinuierlich. Mademoiselle, so sagt man doch in Frankreich, oder?«

Neugierig und etwas widerwillig hakte sich Camille bei George ein und folgte ihm über die breite Treppe in die erste Etage.

»Ihr Franzosen macht ein gutes Geschäft mit uns Amerikanern: Verkauft uns euren ganzen alten Plunder für ein horrendes Geld. Auch der Rembrandt stammt von einem französischen Kunsthändler. Das Gemälde ist fast schwarz. Da hat es sich der Maler ganz schön einfach gemacht, überall Nacht und nur ein kleiner Heiliger in der Mitte. Im Vertrauen, ich hätte das Bild nie gekauft.«

»Für mich sind die Lichtstimmungen in den Gemälden Rembrandts mit das Schönste, was ich je gesehen habe«, entgegnete Camille indigniert.

»Sie sind ja leicht zu beeindrucken. Mir scheint, Sie haben noch nicht viel Ansehnliches zu Gesicht bekommen.«

Was erlaubte sich dieser reiche, bornierte Ignorant? Camille zwang sich, nicht die Contenance zu verlieren: »Wissen Sie, George, ich bin mit der Freiheitsstatue, einem wirklich ansehnlichen und außergewöhnlichen Monument, nebenbei gesagt

266

dem größten der Welt, von meinem Heimatland über den Atlantik gekommen.«

»Ja, ich habe davon gehört. Das ist ja auch so ein französischer Trojaner, wie die ganzen Gemälde im Haus meiner kauffreudigen Tante. Das soll ein Geschenk sein? Der Sockel kostet uns Amerikaner ein Vermögen und ist teurer als das ganze Weibsbild! Mir ist der Elefant auf Coney Island als Wahrzeichen tausendmal lieber. Glauben Sie mir, die Freiheitsstatue wird nie akzeptiert werden.«

»Dafür waren aber ziemlich viele Menschen zur Begrüßung am Hafen.«

»Aber Sie haben doch mit eigenen Augen sehen müssen, dass der Sockel noch nicht fertig ist!«

»Nun, soweit ich gehört habe, war man in Ihren Kreisen nicht in der Lage, die finanziellen Mittel dafür aufzubringen. Das musste das Heer der weniger wohlhabenden New Yorker übernehmen, die jeden Cent, den sie sich vom Mund absparten, gespendet haben. Dies wirft kein allzu positives Licht auf ihresgleichen. Auch Ihre Familie hat sich als Spender vornehm zurückgehalten, wie ich gehört habe. Wohingegen Ihre Angestellten sage und schreibe sechzig Dollar aufgebracht haben!«

»Sie sind ganz schön selbstbewusst für eine französische Adlige. Sie reden sich ja richtig in Rage. Sehr amüsant.«

Plötzlich trat ein gut aussehender, junger Herr im hellblauen Anzug mit rosa Hemd zu ihnen. »Sockel, Sockel, Sockel ... Ich höre hier immer nur das Wort Sockel. Gibt es denn kein anderes Thema mehr in der Stadt?«

»Oh, welche Freude!«, sagte George. »Darf ich die Herrschaften miteinander bekannt machen? Camille St. Laurent, die Reisebegleitung von Lady Liberty, und Marc Johnson, der Bauunternehmer. Ihn trifft die Schuld, dass der Sockel nicht fertig ist. Das passt ja zu unserem vorangegangenen Gespräch wie die Faust aufs Auge, nicht wahr, Mademoiselle St. Laurent?«

Camille erbleichte vor Schreck. Stand womöglich der Mörder von Olivia und Amanda vor ihr? Sie durfte sich unter keinen Umständen irgendetwas anmerken lassen. Höflich deutete sie einen Knicks an und reichte dem jungen Mann die Hand. »Sehr erfreut.«

»Ganz meinerseits, Miss. Ich verfluche den Tag, an dem mein Vater diesen Auftrag angenommen hat. Seitdem haben wir nur Ärger, und eine Katastrophe jagt die nächste. Wenn ich allein entscheiden könnte, wäre ich schon längst aus dem Projekt ausgestiegen, aber mein alter Herr ist sentimental und steht zu seinem Wort, das er einmal gegeben hat. Er ist ein Freimaurer durch und durch. Ich gehöre zwar selbstverständlich auch der Loge an, bin aber durchaus in der Lage, unangenehme Aufträge abzulehnen oder zu beenden.«

George nickte. »Recht hast du. Ich bin auch Logenbruder. Wir sind die junge Generation, die einen Teil der alten Tradition bereits überwunden hat. Unsere alten Herren sind noch aus ganz anderem Holz geschnitzt.«

»Falls Sie sich wundern sollten, warum ausgerechnet ich die Freiheitsstatue begleitet habe, dann liegt das unter anderem daran, dass mein Vater ein Großmeister der Freimaurerloge in Paris war. Für ihn war das Monument immer eine Herzensangelegenheit. Uns Frauen ist der Zugang zur Loge ja leider immer noch verwehrt. Aber dass die Freimaurer in Frankreich eine Frau zum Symbol erkoren haben, lässt mich hoffen!«

Die beiden Männer lachten.

»Sie haben Humor und sind nicht auf den Mund gefallen«, meinte Marc Johnson. »Sie sind ein Musterbeispiel für den bezaubernden Charme der französischen Frauen. Chapeau! Um des lieben Friedens willen: Können wir uns darauf einigen, dass wir über alles reden, nur nicht über die Frau, deren nackte Füße bald auf meinem Sockel stehen werden?«

Camille schmunzelte. »Selbstverständlich. Ich bin das Thema langsam auch leid.« Camille wünschte, Patrick wäre an ihrer Seite. Sie überlegte fieberhaft, ob es klug wäre, die Gunst der Stunde zu nutzen und die Rede irgendwie auf die beiden Prostituiertenmorde zu bringen. Doch wie nur könnte dies überhaupt gelingen?

»Wären Rothäute zugegen, könnten wir jetzt die Friedenspfeife rauchen. Da sie inzwischen so gut wie ausgerottet sind, schlage ich vor, wir gönnen uns stattdessen eine Portion Kaviar.« George dirigierte Camille und Marc in einen großen Salon, in dem sich bereits etliche Gäste am Buffet labten.

»Ich hasse diese Menschenansammlungen«, bemerkte Marc.

»Wir sollten uns in den türkisen Salon verziehen, dort sind wir ungestört. Ich veranlasse, dass man uns dort bewirtet. Sie begleiten uns hoffentlich, Mademoiselle St. Laurent?«

»Sehr gern!« So eine Gelegenheit würde sich so schnell nicht wieder bieten. Wenn es die Chance gab, dass sie etwas über die Familie Johnson in Erfahrung bringen konnte, dann durfte sie nicht zögern, egal, wie unsympathisch und arrogant sie die beiden Schnösel fand. Sie würde gute Miene zum bösen Spiel machen.

Als George die Flügeltür des türkisen Salons aufstieß, verschlug es Camille die Sprache.

Der ganze Raum war mit marokkanischen Mosaiken vom Boden über die Wände bis zur Decke gefliest. In der Mitte plätscherte ein imposanter Brunnen. Dutzende Goldfische schwammen darin herum. Ausladende blaue Samtsofas waren an der Rückwand aufgereiht. Eine übergroße Palme und Hunderte verschiedenfarbige Orchideen vervollständigten das Ensemble. In der linken hinteren Ecke stand eine riesige, vergoldete

Vogelvoliere, in der sich bunte Papageien tummelten. Dicke lila Vorhänge aus Brokat dämpften dezent das Tageslicht.

»Ich hasse diesen Raum«, sagte George. »Das einzig Positive ist, dass man hier für gewöhnlich seine Ruhe hat.«

Er schritt zu einem Mahagonitischchen und öffnete eine große Flasche Wodka. »Auf meiner Russlandreise habe ich gelernt, dass man dieses Gesöff aus Wassergläsern trinkt. Wo bleibt der Kaviar?«

George ließ sich auf eines der großen blauen Sofas plumpsen, während Camille unschlüssig stehen blieb.

»Bitte nehmen Sie Platz, Camille. Genügend Auswahl ist ja vorhanden. Das verdammte Personal scheint diesen Raum auch zu meiden. Entschuldigt mich für einen Moment, ich bin gleich zurück.«

Camille setzte sich gegenüber von Marc in einen zierlichen Sessel. »Darf ich Sie etwas fragen?«

»Nur zu.«

»Ihren verehrten Herrn Vater durfte ich bereits kennenlernen. Um unsere Abmachung einzuhalten, verrate ich Ihnen nicht, dass es auf der Baustelle des Sockels war.«

Marc lachte.

»Kann es sein, dass ich anlässlich des Dinners zur Begrüßung der Freiheitsstatue neben Ihrem Bruder gesessen habe?«

»Wir waren selbstverständlich eingeladen, aber ich bezweifle, dass mein Bruder zugegen war. Er hat kein gesteigertes Interesse an unserer Company. Das war nicht immer so. Aber seit einem halben Jahr bevorzugt er halbseidene und dubiose Kreise. Er ist das schwarze Schaf der Familie. Zudem weiß ich nicht, wann ich ihn zuletzt nüchtern gesehen habe.« Marc griff nach der Wodkaflasche und goss zwei Gläser randvoll. Er reichte eines Camille und sagte: »Cheers, meine Liebe.«

»Ihr trinkt ja ohne mich!«

Drei Bedienstete mit großen Silbertabletts folgten George.

»Ich habe uns eine Kleinigkeit zusammenstellen lassen. Ich hoffe, ihr mögt Hummer, Austern und Kaviar. Das lässt sich alles gut mit Wodka runterspülen.« Er nahm Platz. »Worüber habt ihr geredet, während ich weg war?«

»Camille vermutete, sie würde meinen Bruder Paul kennen.«

George lachte schallend. »Das kann nur jemand denken, der nicht aus New York kommt. Wo sollte sie ihn denn kennengelernt haben? Die ganze Stadt weiß doch, dass ihr euren Jüngsten am liebsten wegsperren würdet. Umgibt er sich immer noch mit Bordsteinschwalben? Wollte er nicht sogar eine heiraten?«

»Das Problem ist gelöst«, meinte Marc trocken.

»Den Skandal hätte ich sehr lustig gefunden, aber offensichtlich konntet ihr es verhindern, sonst hätte ich längst davon gehört«, sagte George spöttisch.

Marc lief dunkelrot an. »Das ist kein Thema in Anwesenheit einer Lady. Mein Bruder hat eine Krise, und wir hoffen alle, dass er sich bald wieder fängt.«

Camille merkte, wie unangenehm es Marc war, dass George so respektlos über seinen Bruder gesprochen hatte. Sie beugte sich zu Marc und sagte: »Machen Sie sich keine Sorgen. Man kann sich seine Familie leider nicht aussuchen. Ich weiß, wovon ich rede. Ich habe fünf Schwestern. Auch in meiner Familie gibt es ein schwarzes Schaf. Sie ist eine Frauenrechtlerin, die sich über jede Konvention hinwegsetzt. Sie meint allen Ernstes, Frauen wären die besseren Journalisten, und schreibt inkognito Artikel für eine Pariser Zeitung. Sie vergrault jeden Mann und weiß immer alles besser. Wir haben es nicht leicht mit ihr.«

George lachte. »Da hätte ich weiß Gott lieber einen Bruder, der sich mit leichten Mädchen vergnügt, als eine Schwester, die zu diesen unerotischen, kratzbürstigen, hässlichen Frauenrechtlerinnen zählt. Gut, dass ich ein Einzelkind bin. Ihr seid beide mit euren Geschwistern geschlagen.«

Marc sah Camille dankbar an. »Sie verstehen es, mit Humor Trost zu spenden.« Er warf einen kühlen Blick auf George. »Ich habe es zurzeit nur mit Spöttern zu tun. Da ist es Balsam für meine Seele, was Sie gerade gesagt haben.«

Camille aß ein Stück Hummer, als plötzlich Tante Catherine in den Salon stürmte. »Hier bist du ja! Mit Wodka und zwei Männern beim privaten Buffet!«

»Ich heiße Johnson. Marc. Darf ich Ihnen zu Ihrer bezaubernden Nichte gratulieren?« Marc erhob sich und verbeugte sich vor Tante Catherine. »Camille hat mein Herz im Sturm erobert.«

»Oh!« Die Überraschung stand Tante Catherine ins Gesicht geschrieben.

»Erlauben Sie mir, Ihre charmante Nichte nächsten Sonntag zu einer Abendsoiree einzuladen?«

Noch ehe Tante Catherine antworten konnte, sagte Camille schnell: »Ich nehme die Einladung gern an.«

25. KAPITEL

New York, September 1885

»So gut habe ich noch nie außerhalb von Paris gegessen. Kompliment! Die Seezunge war ein Gedicht.« Baron Quisac erhob sein Weißweinglas und prostete Camille und Joseph Pulitzer zu. »Ohne Sie, verehrter Herr Verleger, hätte ich das Paris Cafe niemals entdeckt. Wir hätten keinen besseren Ort für unser gemeinsames Mittagsmahl finden können, noch dazu mit so einem grandiosen Blick auf die Brooklyn Bridge.«

Ein Kellner in weißer Schürze räumte die Teller der kleinen Tafelrunde ab. »Möchten die Herrschaften noch Dessert und Kaffee?«

»Gern«, sagte Baron Quisac, dessen Gesicht von der angeregten Unterhaltung und dem Alkohol gerötet war.

»Auch wenn ich mich wiederhole, Baron, es ist eine große Freude, Sie endlich wiederzusehen. Sie haben während Ihrer Reise durch die Staaten sicher viel erlebt«, meinte Camille.

»Das ist wahr.« Baron Quisac tätschelte Camilles Hand, dann wandte er sich wieder an Pulitzer. »Die amerikanischen Städte atmen nicht den Esprit, den wir aus unserem geliebten Europa kennen. Sie, Mr Pulitzer, vermissen gewiss auch hin und wieder Ihre Heimatstadt Budapest, nicht wahr? Bei jedem mittelalterlichen Gebäude oder jeder romanischen Kirche in Frankreich denkt man, so ein Bauwerk sei selbstverständlich. Erst die amerikanischen Städte machen einem bewusst, auf was für eine große und lange Vergangenheit Europa zurückblicken kann. Unter uns gesagt, färbt das Fehlen einer geschichtlichen Tradition meines Erachtens auf die intellektuellen Fähigkeiten der amerikanischen Bevölkerung ab.«

Camille errötete peinlich berührt.

»Verehrter Freund, ich liebe dieses Land, in dem ich lebe. Jeder Mensch, der es betritt, hat die Chance, sein Glück zu machen. Sehen Sie mich und meine Karriere an. Hier fragt niemand nach der Herkunft. Für zwei Adlige mag das verwunderlich sein. Privilegien erarbeitet man sich hier in den Vereinigten Staaten und bekommt sie nicht durch Geburt verliehen. Allein Ideen und der Wille, sie umzusetzen, zählen.«

Camille überlegte verzweifelt, wie sie den sich anbahnenden Disput der beiden Herren beenden könnte. So fragte sie unvermittelt: »Haben Sie auch die Niagarafälle besichtigt, Baron? Ich würde sie zu gern einmal sehen.«

»Ja, meine Liebe, dort war ich auch. Sie müssen während Ihres Aufenthalts unbedingt einmal hinfahren. Die in die Tiefe stürzenden Wassermassen sind phänomenal. Und das Getöse ist ohrenbetäubend. So ein Naturschauspiel habe ich in meinem ganzen Leben noch nicht gesehen. Das Farbenspiel des Indian Summer fing gerade erst an. Die Ahornbäume begannen, sich in ein orangerotes Meer zu verwandeln. Der Kontrast zum strahlend blauen Himmel war einzigartig. Überhaupt muss ich zugeben, dass die Natur in Amerika durch ihre schiere Größe und Weite alles übertrifft, was ich je gesehen habe.«

»Meine Tante hat mir schon vorgeschlagen, demnächst einmal mit ihr zusammen eine Reise zu den Niagarafällen zu unternehmen. Bisher war leider noch keine Zeit und keine Gelegenheit dazu. Aber eins steht fest: Ich werde meinen

Aufenthalt hier noch nutzen, um mir Land und Leute genau anzusehen.«

»Fabelhaft! Mit Ihrem Charme werden Sie Monsieur Aragon gewiss davon überzeugen, dass er Sie eine Reisereportage für *Le Figaro* darüber schreiben lässt. Apropos Aragon. Ich nehme jeden Satz zurück, den ich über Frauen und Journalismus auf der *Isère* zu Ihnen gesagt habe. Ich habe einige Ihrer Artikel gelesen und bin sehr angetan. Freunde aus Paris berichten mir anerkennend von dem packenden Schreibstil des neuen jungen Korrespondenten in New York. Sie beherrschen Ihr Handwerk. Deshalb ist Ihnen noch niemand auf die Schliche gekommen. Eines steht fest: Die Bordeauxfässer sind dem guten Aragon bereits sicher.«

Pulitzer schmunzelte. »Wir Männer müssen uns warm anziehen! Die Zukunft wird zeigen, dass Frauen immer mehr berufliche Positionen einnehmen werden, die heute noch undenkbar scheinen.«

Sie erhoben ihre Gläser und prosteten Camille zu, die sich über die unerwarteten Komplimente sehr freute.

Der Kellner brachte den Nachtisch. Er balancierte drei Schälchen Mousse au Chocolat und drei Tassen Mokka auf seinem Tablett.

»Jetzt bekomme ich aber wirklich Heimweh«, seufzte Camille, als sie sich den ersten Löffel Mousse in den Mund schob. »Himmlisch! Der Patissier muss ein Franzose sein. Es war eine wunderbare Idee von Ihnen, uns hierher einzuladen.«

»Und, Camille? Wie ist es Ihnen in der Zwischenzeit ergangen, wie sind Ihre Eindrücke von der größten Stadt der Welt?«, fragte Quisac, nachdem er für sich und Mr Pulitzer einen Cognac bestellt hatte.

»Lieber Baron, vieles, was Sie mir auf der Überfahrt erzählt haben, stimmt, aber mit Verlaub, vieles nehme ich ganz anders wahr.« Sie lächelte über ihre Mokkatasse hinweg. »Ich habe hier ganz wunderbare Menschen kennengelernt ...«

Wie aufs Stichwort schwang die Restauranttür auf, und Patrick betrat das Lokal. Er blickte sich suchend um.

Freudig winkte sie ihm.

Er zwinkerte ihr verschwörerisch zu, nahm seinen Hut ab und trat an ihren Tisch.

»Ah, da kommt ja unsere männliche Meerjungfrau!«, scherzte Baron Quisac. »Offensichtlich sind Sie inzwischen wieder trocken.«

»Wenn Sie Hans Christian Andersens Märchen kennen, wissen Sie, dass ich nur ein paar Stunden Zeit habe und dann wieder zurück ins Meer muss. Gestatten Sie, dass ich Platz nehme?«

Pulitzer, Camille und Baron Quisac lachten.

»Das gefällt mir an euch Amerikanern. Ihr lasst euch nicht ins Bockshorn jagen. Schade, dass Sie den Lunch verpasst haben, Mr O'Sullivan. Ich gebe allerdings zu, dass es äußerst wohltuend war, einmal wieder nur mit Europäern zu speisen.«

Pulitzer schaute auf seine Taschenuhr. »Zu meinem großen Bedauern muss ich die Runde jetzt leider verlassen. Ich habe noch einen wichtigen Termin mit Anzeigenkunden. Patrick ist bedeutend besser als ich mit allen Angelegenheiten rund um die Freiheitsstatue vertraut und kann Ihnen sicherlich bei Ihrem Anliegen behilflich sein. Ich danke für die Einladung und das anregende Gespräch.« Der Herausgeber stand auf, verbeugte sich und eilte davon.

»Das ist aber ein großes Lob, das Ihnen Ihr Chef ausgesprochen hat. Hoffen wir, dass es stimmt.« Der Baron öffnete eine Ledertasche, die neben seinem Stuhl stand, und zog einen Packen Briefe heraus. »Mich haben einige alarmierende Schreiben aus Frankreich erreicht, in denen verschiedene Herrschaften ihre Sorge bezüglich der Aufbewahrung und

Lagerung von Lady Liberty äußern. Nachdem der Sockel noch immer nicht fertig ist und mit dem Zusammenbau der Statue wohl erst in einem halben Jahr gerechnet werden kann, hat mir Monsieur Bartholdi aufgetragen, das Auspacken und provisorische Vormontieren der Teile zu veranlassen. Er liebt das Monument wie sein eigenes Kind, wenn er denn eines hätte, und ist permanent beunruhigt, dass Lady Liberty in der Ferne Schaden nehmen könnte. Außerdem ist ihm zu Ohren gekommen, dass die Sockelgröße ohne seine Einwilligung verkleinert wurde.«

Camille und Patrick hörten interessiert zu.

»Ein hiesiger Statiker und Bauingenieur hat ihn anscheinend informiert.« Baron Quisac stöberte in seinen Papieren. »Einen Moment bitte, ich kann Ihnen gleich den Namen nennen. Nein, doch nicht … Na, egal, der Name tut auch nichts zur Sache. Auf jeden Fall fürchtet Bartholdi jetzt, dass es wegen der zu geringen Sockelbreite nicht möglich sein wird, ein Gerüst aufzustellen. Seiner Meinung nach werden die Arbeiter deshalb beim Befestigen der Kupferplatten an Seilen hängen müssen. Dies bedeutet ein unkalkulierbares Risiko, und es besteht für jeden einzelnen Arbeiter Lebensgefahr. Monsieur Bartholdi würde es sich nie verzeihen, wenn es zu einem tödlichen Unfall käme!«

Camille und Patrick sahen sich beunruhigt an.

»Von den schwierigen Arbeitsbedingungen auf Bedloe's Island haben wir auch schon gehört«, meinte Patrick.

Sie wurden vom Kellner unterbrochen, der zwei Gläser Cognac brachte.

»Oh, leider ist mein Freund Pulitzer schon aufgebrochen. Ach, dann trinke ich eben beide. Oder möchte vielleicht unser Amerikaner einmal in den Genuss eines echten französischen Cognacs kommen? Ich erkläre Ihnen auch gern, wie man ihn zu trinken hat.«

Patrick griff sich das Glas und kippte es in einem Zug runter. »Ex!«

Baron Quisac verzog keine Miene und trank seinen Cognac in betont langsamen Schlucken.

»Der Herr Baron scheint mir heute auf Krawall gebürstet zu sein«, meinte Patrick draußen auf der Straße, während Quisac noch einmal ins Lokal zurückeilte, um sich zu erkundigen, wo man in der Gegend eine Mietkutsche bekäme. »Es hätte mich nicht gewundert, wenn er mich gebeten hätte, am Dienstboteneingang zu warten, bis ihr fertig gespeist habt. Ein unerträglicher Schnösel. Wie hast du es nur acht Wochen mit ihm ohne Fluchtmöglichkeit auf hoher See ausgehalten?«

Augenzwinkernd antwortete Camille: »Wenn es dich tröstet: Ich hatte mit ihm auch Meinungsverschiedenheiten bezüglich der Rolle der Frau in der Berufswelt. Aber er ist ein enthusiastischer Unterstützer der Freiheitsstatue, und trotz all seiner Marotten und Schrulligkeit ist er ein liebenswerter Zeitgenosse. Außerdem habe ich mich zu wehren gewusst: Als es zu schlimm wurde, habe ich ihm falsche englische Vokabeln beigebracht.«

»Na, das erklärt zumindest sein schlechtes Englisch!«

Camille lachte. »Jetzt lass uns nicht vom Baron reden, wenn wir endlich einmal für einen Moment allein sind!« Sie stellte sich auf die Zehenspitzen und küsste Patrick auf den Mund. »Von meinem Platz aus habe ich die ganze Zeit die Brooklyn Bridge im Blick gehabt. Ich konnte kaum dem Gespräch folgen, weil ich ständig an unseren wunderbaren gemeinsamen Abend denken musste, der ja dort begonnen hat.«

Patrick strich Camille sanft über die Wange. »Ich habe dich so vermisst.«

»Ich dich auch.«

»Bevor der kleine Fettwanst zurückkommt, muss ich dir noch dringend etwas sagen: Heute Morgen habe ich eine

Nachricht von Luke erhalten. Johnson senior ist wieder in der Stadt und hat sich sofort bei ihm gemeldet. Er wird um fünf Uhr nachmittags ins Polizeirevier kommen und eine Erklärung abgeben. Ich soll dabei sein.«

»Oh, dann kommt ja endlich Bewegung in diese schreckliche Geschichte. Ich habe auch Neuigkeiten. Wie du weißt, war ich mit meiner Tante bei den Vanderbilts eingeladen. Du wirst es nicht glauben, aber ich habe dort Marc Johnson kennengelernt.«

»Den arroganten, aufgeblasenen Sohn?«

»Er ist netter als gedacht«, entgegnete Camille.

»Du weißt schon, dass er einer der Hauptverdächtigen ist?«

»Er hat mich zu einer Musiksoiree eingeladen.«

»Du hast hoffentlich abgelehnt!«

»Nein, ich habe zugesagt. Wenn wir etwas über die Machenschaften dieser Familie erfahren wollen, ist es doch nur von Vorteil, wenn ich mich mit ihm treffe.«

»Bist du wahnsinnig?«

»Ich glaube, er hat sich ein bisschen in mich verliebt. Und ich lasse mir von dir nicht vorschreiben, mit wem ich mich treffen werde«, antwortete Camille spitz.

»Du bist …«

Patrick konnte seinem Zorn nicht weiter Luft machen, denn in dem Moment stieß der Baron wieder zu ihnen, und sie mussten sich zusammenreißen.

»Und, wo ist die Kutsche?«, erkundigte sich Patrick schlecht gelaunt.

»Man hat mir erklärt, wir müssten nur um die nächste Straßenecke gehen, da sollen immer ein paar Droschken stehen.«

Camille hakte sich demonstrativ bei Baron Quisac ein und warf Patrick einen wütenden Blick zu.

Sie ließen sich zum Hafen fahren.

»Nachdem wir uns inzwischen ein wenig besser kennen, muss ich Ihnen etwas gestehen«, meinte Patrick, der gegenüber von Camille und Baron Quisac saß.

»Nur heraus mit der Sprache, junger Freund!«

»Als ich Sie und Mademoiselle St. Laurent zum ersten Mal im Hafen gesehen habe, dachte ich, Sie wären ein Ehepaar.«

Camille starrte Patrick empört an. Musste er sie in so eine peinliche Situation bringen?

»Oh, da sind Sie nicht der Einzige, der das vermutet hat. Ich habe aber bisher das Junggesellenleben der Ehe vorgezogen.«

»Das ist bei mir ganz genauso«, sagte Patrick und funkelte Camille herausfordernd an. »Mit Frauen hat man nur Ärger. Sie machen, was sie wollen, sind unvernünftig und schlagen jeden gut gemeinten Rat in den Wind. Selbst wenn sie sich dadurch in Lebensgefahr bringen!«

Der Baron sah Patrick irritiert an. »So habe ich das noch nie gesehen. Aber Sie haben natürlich völlig recht.«

Camille lächelte Patrick zuckersüß an. »Auch ich ziehe die Ehelosigkeit vor. Die Bevormundung und Unterdrückung von uns Frauen in dieser antiquierten Institution schreit zum Himmel. Mit dem Ja vor dem Traualtar verlangt der Mann von der Frau, dass sie aufhört, selbstständig zu denken. Als ob man uns immer beschützen müsste und wir nicht selbst in der Lage wären, auf uns aufzupassen. Die Männer glauben offenbar immer noch, sie könnten uns einfach in der Höhle an der Feuerstelle zurücklassen, während sie mit ihresgleichen auf die Jagd gehen.«

Obwohl Patrick verzweifelt versuchte, sein Lachen zu unterdrücken, musste er losprusten.

»Finden Sie meine Aussagen so lustig, Mr O'Sullivan?«

Patrick streckte unauffällig sein Bein aus und berührte Camille zärtlich am Knöchel. »Ich lache nur, weil ich jetzt schon Mitleid mit dem armen Mann habe, der Sie eines schönen Tages vor den Altar schleppen wird. Er wird Sie vorher mit einer Keule betäuben und Sie wie ein frisch erlegtes Wildschwein über die Schulter schmeißen müssen.«

»Solche Fantasien stammen aus vorchristlicher Zeit, in der Sie sich augenscheinlich immer noch zu Hause fühlen. Falls Sie es noch nicht bemerkt haben sollten, wir befinden uns jetzt am Ende des neunzehnten Jahrhunderts. Die Voraussetzungen für eine Eheschließung beruhen inzwischen auf Anerkennung und Respekt.«

»Fehlt da nicht etwas? Zum Beispiel die Liebe?«, fragte Patrick süffisant.

Baron Quisac räusperte sich. »Wenn man unserer Unterhaltung lauscht, ist es nicht verwunderlich, dass niemand von uns den Bund der Ehe eingegangen ist, nicht wahr?«

Die Kutsche hielt vor einem heruntergekommenen Lagerhaus, und die drei Passagiere stiegen aus.

»Meine Güte, das Gebäude hat auch schon bessere Tage gesehen. Ließ sich in ganz New York nichts Anständiges anmieten?«, bemerkte der Baron mit deutlichem Missfallen. »Mir scheint, unsere amerikanischen Freunde sparen an allen Ecken und Enden.«

Patrick ging voraus und öffnete eine riesige, völlig verwitterte Holzschiebetür.

»Gibt es hier denn kein Wachpersonal? Oder wenigstens ein Türschloss? So ein ungesicherter Raum ist die reinste Einladung zum Diebstahl. Kein Mensch ist hier in Amerika in der Lage, ein fehlendes Teil nachzugießen. Am Ende steht Lady Liberty nur auf einem Bein. Ich bin entsetzt!«, sagte der Baron, während er in den dunklen Raum stürmte.

Patrick und Camille folgten ihm. Plötzlich nahm Patrick Camilles Hand und zog sie hinter eine der zahlreichen Holzkisten, die überall unsortiert herumstanden. Er küsste sie liebevoll. »Ich hoffe, unser erster Streit ist beigelegt. Du bist wirklich ein kleiner Drache und kannst Feuer speien, wenn du dich ungerecht behandelt fühlst.«

Camille schob Patrick von sich. »So einfach kommst du mir nicht davon. Ich habe nichts dagegen zu streiten, solange es dabei fair zugeht. Ich finde es immer noch unmöglich, dass du mir verbieten willst, mich mit dem ältesten Johnson-Sohn zu treffen.«

»Und ich finde es zu gefährlich! Ich will dir doch nichts verbieten, sondern ich liebe dich zu sehr, als dass ich unwidersprochen zustimmen könnte, dich mit einem potenziellen Frauenmörder zu treffen, Camille. Wenn ich es zulassen würde, würde etwas mit mir nicht stimmen. Stieße dir etwas zu, käme ich um den Verstand.«

Camille umschloss Patricks Gesicht liebevoll mit beiden Händen. »So klingen deine Befürchtungen schon viel charmanter!« Sie küsste ihn innig. Dann trat sie einen Schritt zurück und meinte: »Ich werde trotzdem zu meinem Rendezvous mit Marc gehen, egal, was du dazu sagst.«

»Wie du willst, Darling. Ich gebe auf, gegen deinen Starrsinn anzugehen, und werde stattdessen darüber brüten, wie ich dich beschützen kann.«

Ein ohrenbetäubender Knall ließ sie zusammenfahren.

»Verflixt und zugenäht! Gibt es in diesem Abbruchschuppen nicht einmal Licht? Irgendetwas ist umgestürzt. Ich kann von Glück reden, dass ich noch am Leben bin!«

Patrick flüsterte Camille ins Ohr: »Ich hätte ja nichts dagegen, wenn sich dein Baron ein paar blaue Flecken holt, aber ich glaube, ich muss ihm jetzt helfen, sonst geht hier alles zu Bruch.«

Patrick tastete sich an der Wand entlang und entriegelte eine Fensterluke. Schwaches Licht drang in die Halle ein. Ihre Augen brauchten einen Moment, um die Umrisse der aufgetürmten Kisten zu erkennen.

Aus heiterem Himmel erklang plötzlich eine tiefe Stimme: »Ist hier jemand? Nicht einmal seinen wohlverdienten Mittagsschlaf kann man machen.«

Eine Kerze flammte auf. Patrick, Camille und Baron Quisac erblickten einen älteren, ungepflegten Mann, der auf einer der Kisten ein Lager hergerichtet hatte und hier offensichtlich zu Hause war.

»Wer um alles in der Welt sind Sie denn?«

»Dasselbe wollte ich auch gerade fragen. Ich bin Jerry, der Wächter, und bewache hier diesen ganzen Plunder. Und Sie?« Er griff nach einer Schrotflinte, die neben seiner Decke lag, und richtete sie auf die drei.

»Guter Mann, sind Sie von Sinnen? Packen Sie Ihren Schießprügel gefälligst wieder weg. Wir sind einzig und allein hier, um uns von der einwandfreien Lagerung der kostbaren Fracht zu überzeugen. Die junge Dame und ich sind höchstpersönlich mit der *Isère* aus Frankreich hierhergekommen, und ich kann nicht glauben, dass ich jetzt mit einer Waffe bedroht werde.«

»Nur mit der Ruhe. Sie sind seit Wochen die Ersten, die hier auftauchen. Keine Menschenseele war bisher da, und niemand hat sich für die Kisten interessiert. Ich wache hier Tag und Nacht. Nur morgens und abends kommt meine Frau vorbei, bringt mir etwas zu essen und erzählt mir die neuesten Neuigkeiten.« Jerry legte die Waffe zur Seite und kletterte von der Kiste herunter.

»Wie konnte es passieren, dass wir hier schon die ganze Zeit herumirren und Sie nichts mitbekommen haben? Wir hätten die halbe Lagerhalle ausräumen können, und Sie hätten seelenruhig weitergeschnarcht.«

Der Wächter zückte sein Taschentuch und schnäuzte sich. »Das liegt nur daran, dass vorgestern mein alter braver Hund gestorben ist. So einen finde ich nie wieder. Wenn einer die

Bezeichnung Wachhund verdient hat, dann er. Meine Frau versucht gerade, einen neuen aufzutreiben, aber das ist nicht so einfach. Außerdem kann man hier gar nichts stehlen.«

»Warum denn nicht?«, fragte der Baron.

»Weil die Kisten viel zu schwer sind. Heben Sie doch einmal eine an. Das ist unmöglich.«

Patrick klopfte dem Mann beruhigend auf die Schulter. »Sie machen Ihre Sache wirklich gut, Jeff. Wir wollen Sie nicht kritisieren. Wer hat Sie eigentlich angestellt?«

»Der gute, alte Mr Johnson hat mir diese Arbeit besorgt. Wissen Sie, ich habe eine schlimme Entzündung im Knie und kann kaum noch laufen. Wenn er nicht gewesen wäre, würde ich jetzt auf der Straße sitzen.«

»Wie dem auch sei. Wenn wir schon einmal hier sind, wollen wir die Gelegenheit nutzen und inspizieren, wie es um die unersetzlichen Teile steht. Kommen Sie, wir öffnen eine Kiste und schauen uns den Inhalt an. Ich möchte kontrollieren, ob sich die Nähe zum Meer nicht schädlich auf das Kupfer auswirkt«, verlangte der Baron.

»Ist das nicht etwas übertrieben, lieber Baron? Die Statue wird doch sowieso mitten im Meer stehen und allen Wetterkapriolen die Stirn bieten müssen«, warf Camille ein.

»Übertrieben?« Wie ein trotziges Kind stampfte der Baron mit dem Fuß auf. »Können Sie mich denn nicht verstehen? Mein Herz hängt an dieser Statue. Jeden Tag habe ich in Paris einen Ausflug in die Werkstatt von Monsieur Bartholdi unternommen und den Fortschritt der Arbeiten überprüft.«

Patrick flüsterte Camille leise ins Ohr: »Die Leute dort werden sich sicherlich sehr gefreut haben.«

»Über zwanzig Jahre durfte ich miterleben, wie dieses gigantische Projekt gewachsen ist. In der Werkstatt Gaget, Gauthier et Cie konnte ich Meister Bartholdi bei der Arbeit über die Schulter sehen. Andere Besucher mussten für die Werkstatt teure Eintrittskarten kaufen. Mir war der Zutritt selbstverständlich jederzeit erlaubt. Eine fünfundvierzig Meter hohe Statue konnte unmöglich aus massivem Metall hergestellt werden. Außerdem wünschte sich Bartholdi, dass die Statue von innen begehbar sein sollte. Mittels eines wagemutigen Gerüsts wurden die dreihundert gehämmerten Kupferplatten montiert. Kein leichtes Unterfangen, wenn man sich vergegenwärtigt, dass das ganze Material achtzig Tonnen wiegt! Ich war dabei, wie der Bildhauer beschloss, dass die Verkleidung der Freiheitsstatue aus Kupferplatten bestehen sollte, die durch das Treiben des Materials in die gewünschte Form gebracht wurden. Der große Vorteil dieses Verfahrens war, dass die Statue im Verhältnis zu ihrem Volumen sehr leicht wurde, da das Kupferblech sehr, sehr dünn ist. Wissen Sie, liebe Camille, woher das ganze Kupfer stammt?«

»Darüber habe ich mir, ehrlich gesagt, noch nie Gedanken gemacht«, entgegnete sie.

»Es wird Sie sicher interessieren, dass das Unternehmen Japy Frères das gesamte Kupfer einfach spendete. Und Sie ahnen nicht, woher es kommt!«

Camille verdrehte unauffällig die Augen. »Sie werden es mir bestimmt gleich verraten.«

»Aus einer Mine in Norwegen!« Der Baron wurde von seiner Begeisterung immer mehr übermannt. »Kurz vor der Fertigstellung, ich werde den Tag nie vergessen, kam völlig unerwartet unser geliebter und hochgeschätzter Dichter Victor Hugo bei Bartholdi in der Werkstatt vorbei. Er war von dem Monument hingerissen. Ich stand so nah neben ihm, wie Sie jetzt neben mir stehen. Er rief: ›Das ist der Freiheitsengel, das ist der Aufklärungsriese!‹ Wir waren damals alle sehr beeindruckt von dieser überaus zutreffenden Titulierung.«

Es gab tatsächlich keinen besseren Repräsentanten als Baron Quisac für diese Statue, dachte Camille anerkennend.

»Aus all diesen Gründen, die ich gerade aufgezählt habe, bestehe ich darauf, dass eine Kiste geöffnet und ausgepackt wird. Ich habe Sehnsucht nach der Freiheitsstatue, und meine Hände lechzen danach, endlich einmal wieder über die Kupferplatten streichen zu dürfen. Können Sie das verstehen?«

»Sie reden ja, als würden Sie von Ihrer Geliebten sprechen«, erwiderte Patrick und blies, ohne dass der Baron es mitbekommen konnte, Camille sanft eine Locke aus dem Nacken. »Ich kenne das Gefühl. Allerdings sind meine Sehnsüchte eher aus Fleisch und Blut.«

Der Wächter, der sich während des belehrenden Monologs des Barons wieder hingesetzt hatte, begann auf einmal leise zu schnarchen.

»Ungeheuerlich! Wie ignorant muss man denn sein, um bei so aufregenden Sachverhalten wegzudämmern? Armes Amerika! Alles Kulturbanausen.«

»Ich hänge wirklich an Ihren Lippen, Herr Baron«, sagte Patrick und starrte dabei auf Camilles Mund. »Leider muss ich mich jetzt verabschieden. Ich habe noch einen wichtigen Termin, der unaufschiebbar ist.«

»He, Sie da, aufwachen!« Baron Quisac rüttelte den verdutzten Mann am Arm. »Besorgen Sie mir ein paar Arbeiter, die uns helfen, eine der Kisten zu öffnen!«

»Lieber Baron, ich begleite meinen Kollegen noch kurz nach draußen. Ich bin gleich wieder zurück«, entschuldigte sich auch Camille.

»Gott sei Dank, wir sind wieder an der frischen Luft!«, stöhnte Patrick. »Wenn dieser Fanatiker noch angefangen hätte, mir die Zusammensetzung der Kupferlegierung zu erklären, hätte ich nicht länger an mich halten können und ihn geknebelt.«

»Sei nicht so streng mit ihm«, beschwichtigte Camille, »aus ihm spricht die Begeisterung. Mr Pulitzer ist doch auch für die Freiheitsstatue entflammt. Ihm gegenüber bist du nicht so kritisch.«

»Aber er redet nicht ständig so überzogen davon«, entgegnete Patrick unwirsch.

»Vielleicht wird man mit zunehmendem Alter eben etwas wunderlich.«

»Ich muss jetzt wirklich los ins Polizeirevier. Bin schon viel zu spät dran. Ich werde dir alles haarklein berichten, was ich von Mr Johnson senior erfahre.« Patrick gab ihr einen Kuss. »Ich wünsche dir einen sinnlichen, erotischen Nachmittag beim Liebkosen der Kupferplatten.«

26. Kapitel

New York, September 1885

Luke Smith sah Patrick ärgerlich an. »Wie immer auf die Minute pünktlich«, meinte er sarkastisch. »Du hast Glück, Mr Johnson ist noch nicht da. Uns bleiben also noch ein paar Minuten, um uns zu besprechen. Bitte verschone mich mit deinen Ausreden, warum du wieder zu spät bist, lass uns gleich zur Sache kommen.«

Patrick nahm auf dem Stuhl gegenüber von Luke Platz und öffnete den obersten Knopf seines Gehrocks.

»Ich gehe davon aus, dass Mr Johnson keine Einwände gegen deine Anwesenheit haben wird. Immerhin kennt ihr euch persönlich. Er hat um das Treffen gebeten und ist damit einer Vorladung zuvorgekommen. Ich bin gespannt, was er uns erzählen wird.«

»Wirst du ihm die zwei Schmuckstücke zeigen?«

»Selbstverständlich. Ich fange die Befragung mit …«

In dem Moment klopfte es an der Tür, und Mr Johnson trat ein.

»Entschuldigen Sie die Verspätung, Mr Smith, aber die Baustelle hat mich aufgehalten.« Er reichte Luke die Hand und wandte sich dann etwas irritiert Patrick zu. »Mr O'Sullivan, wir hatten ja erst neulich das Vergnügen.«

»Nehmen Sie doch bitte Platz. Sie wundern sich vermutlich, dass Mr O'Sullivan auch anwesend ist. Er ist von Anfang an mit dem Fall vertraut und hat uns einige wertvolle Hinweise geliefert. Mr O'Sullivan hat eine Verschwiegenheitserklärung unterzeichnet. Alles, was Sie uns erzählen, wird nicht an die Öffentlichkeit gelangen. Sind Sie damit einverstanden?«

»Ich habe allergrößtes Interesse daran, dass der Verdacht gegenüber meiner Familie so schnell wie nur irgend möglich ausgeräumt wird. Das ist doch klar! Ich weiß, Mr O'Sullivan ist ein kluger, vertrauenswürdiger und integrer Kopf, und ich habe nichts dagegen, wenn er dabei ist.« Nervös strich Mr Johnson über seine Schläfe. »Wie Sie sich vorstellen können, ist die Situation für mich äußerst unangenehm. Meine Frau ist heute noch ganz empört. Mein Anwalt hat mir geraten, nicht allein zu kommen, aber ich habe nichts zu verbergen.«

»Ihre Gattin hat Ihnen sicher bereits erzählt, dass uns zwei anonyme Schreiben vorliegen, in denen Sie beziehungsweise Mitglieder Ihrer Familie des Mordes und des Diebstahls wertvoller Schmuckstücke bezichtigt werden.« Luke schob ihm die Papiere zu. »Kennen Sie die oder hatten Sie Umgang mit den ermordeten Prostituierten Olivia und Amanda?«, fragte Luke Smith geradeheraus.

Mr Johnson las mit zitternden Händen die Anschuldigungen.

»Das sind doch nur anonyme Schmierereien!«

»Sie werden verstehen, dass wir diesen Vorwürfen trotzdem nachgehen müssen.«

»Sie wissen, ich bin Freimaurer. Die Ehe ist uns heilig. Ich würde niemals das zehnte Gebot ›Du sollst nicht ehebrechen‹ missachten. Die beiden Namen sagen mir rein gar nichts. Noch viel weniger würde ich gegen das fünfte Gebot ›Du sollst nicht töten‹ verstoßen. Für unsereins ist es völlig undenkbar, diese christlich-humanistischen Werte zu brechen.« Er wandte sich direkt an Patrick. »Mr O'Sullivan, ich habe Ihnen unsere Prinzipien ja dargelegt. Sie sind die Richtschnur meines Lebens, das müssen Sie mir glauben.«

Patrick nickte.

»Wir wissen, dass Sie und Ihre Gemahlin unschuldig sind, was die Morde an den Frauen betrifft. Ich habe Ihre Alibis überprüfen lassen. Sie kommen beide nicht als Täter in Betracht. Dürfte ich Sie bitten, sich den Schmuck anzusehen? Ihre Frau hat bereits ausgesagt, dass es sich um ihren gestohlenen Schmuck handelt, dessen Verlust sie jedoch nicht angezeigt hat.«

»Ja, auf mein Anraten«, meinte Mr Johnson.

»Uns interessiert vor allem das zweite Schmuckstück.« Luke holte die goldene Kette mit dem Medaillon aus dem Kästchen und legte es vor Mr Johnson. »Bevor Sie antworten, möchte ich Sie darauf hinweisen, dass Ihr Sohn Marc ausgesagt hat, mit hoher Wahrscheinlichkeit diese Kette auf Ihrem Schreibtisch gesehen zu haben.«

Patrick und Luke bemerkten, wie Mr Johnson in sich zusammensackte.

»Dürfte ich Sie um ein Glas Wasser bitten?«

»Selbstverständlich.« Patrick verließ das Büro und kehrte mit einer Karaffe Wasser zurück.

Johnson trank einen Schluck und nahm die Kette in die Hand. »Marc hat die Wahrheit gesagt. Das Stück lag einige Zeit auf meinem Schreibtisch.« Er atmete tief durch. »Wie soll ich Ihnen das erklären? Vor einem halben Jahr kam ein Mann zu mir, der den Wunsch äußerte, Mitglied in unserer New Yorker Freimaurerloge zu werden. Er war ein absolut geeigneter Kandidat und brachte mir dieses kostbare Geschenk mit. Im Zuge seines Aufnahmerituals wollte er die Kette den Freimaurern schenken.«

»Ich erinnere mich«, bemerkte Patrick, »dass es Usus ist, ein Präsent zu machen. Aber so eine überaus kostbare Gabe ist doch eher unüblich, oder?«

»Ja, das stimmt. Ich empfand es auch als etwas übertrieben. Doch lassen Sie mich fortfahren. Leider entschieden sich meine Mitlogenbrüder in einer äußerst knappen Wahl gegen die Aufnahme des Kandidaten. Der Mann war außer sich. Ich habe versucht, ihn zu beruhigen, und wollte ihn damit trösten, dass das öfter vorkommt. Natürlich wollte ich ihm daraufhin seine Kette zurückgeben, aber sie war verschwunden. Sie können sich sicher vorstellen, wie peinlich mir die ganze Angelegenheit war. Ich habe nichts unversucht gelassen, um hinter den Verbleib des Schmuckstücks zukommen. Ich habe das ganze Haus von meinem Personal auf den Kopf stellen lassen.«

»Ihre Frau hat den Verdacht geäußert, dass die Dienstboten den Schmuck gestohlen haben könnten«, warf Luke ein.

»Wir sind der Sache natürlich nachgegangen, aber die Bedenken haben sich nicht bestätigt.«

Mr Johnson schien plötzlich um Jahre gealtert. Wieder holte er tief Luft, dann brach es aus ihm heraus: »Was ich Ihnen jetzt sage, fällt mir sehr schwer und bricht mir fast das Herz. Als meine Frau bei meiner Rückkehr die Begegnung mit Ihnen schilderte und die goldene Kette detailliert beschrieb, wurde ein furchtbarer Verdacht, der mich schon lange quält, zur Gewissheit: Beide Schmuckstücke sind aus meinem gut bewachten Haus entwendet worden.«

Patrick und Luke sahen ihn gespannt an.

»Mein älterer Sohn Marc ist patent und integer. Sein Alibi ist hieb- und stichfest. Leider sieht es bei meinem Jüngsten Paul ganz anders aus. Es ist das Schlimmste für einen Vater, zugeben zu müssen, dass das eigene Kind als Straftäter in Betracht kommt.« Mr Johnson stiegen Tränen in die Augen.

Patrick schaute betroffen zu Boden. Ihr Misstrauen gegen die angesehene Familie schien sich tatsächlich zu bestätigen.

»Sie müssen wissen, Paul ist unser Sorgenkind. Als Junge war er ein Sonnenschein und der Liebling seiner Mutter. Ich weiß nicht, wann wir den Draht zu ihm verloren haben. Irgendwann war ihm plötzlich unsere Art zu leben zuwider und peinlich. Die falschen Freunde verführten ihn zu Alkohol und Glücksspiel. Ich erspare Ihnen die Details. Immer häufiger kam er erst in den frühen Morgenstunden betrunken nach Hause.«

»Hat Ihr Sohn Kontakt zu Prostituierten?«, fragte Luke.

»Gewiss. Ich befürchte, dass er sich in Bordellen und an noch schlimmeren Orten herumtreibt.«

Patrick griff nach der Kette und öffnete das Medaillon vorsichtig. »Bitte schauen Sie sich die beiden Bilder genau an. Erkennen Sie eine der dort abgebildeten Frauen?«

Mr Johnson klemmte sich ein Monokel ins Auge. »Als ich das Medaillon anvertraut bekam, war links der Kopf der Freiheitsstatue und rechts die gesamte Ansicht von Lady Liberty. Das Porträt der schönen jungen Frau ist wohl nachträglich eingepasst worden. Ich habe es noch nie gesehen.«

Ungläubig nahm Patrick das Schmuckstück zurück und kramte sein Taschenmesser aus der Hosentasche. Vorsichtig fuhr er unter den Rand des Porträts von Olivia und hob es an. Tatsächlich löste es sich ab, und darunter kam Lady Liberty im Ganzen zum Vorschein.

»Die junge Frau ist mir unbekannt«, wiederholte der Bauunternehmer.

»Kennen Sie eventuell andere sogenannte leichte Mädchen, mit denen Paul Umgang pflegt?«

»Sie spielen darauf an, dass zwei Prostituierte ermordet worden sind. Meine Frau hat mir davon erzählt. Leider kann ich Ihnen da nicht weiterhelfen. Ich bin schon sehr weit gegangen, dass ich Ihnen gegenüber meinen eigenen Sohn als Dieb verdächtige.« Er stand mühsam auf. »Aber eines weiß ich sicher: Ein Mörder ist Paul nicht!«

Luke Smith versuchte, den aufgebrachten Mann zu beruhigen. »Setzen Sie sich bitte wieder hin. Leider ist die junge Frau, die auf dem Porträt abgebildet ist, eine der Ermordeten. Ich würde es Ihnen gern ersparen, aber wir werden Ihren Sohn vorladen müssen. Wir haben keine andere Wahl. Vielleicht weiß er doch mehr, als er uns bei dem ersten Gespräch mitgeteilt hat. So leid es mir tut, auch wenn für ihn die Unschuldsvermutung bis zum Beweis des Gegenteils gilt, ist er in diesem Fall ein Verdächtiger.«

Mr Johnson trank einen Schluck Wasser. »Meine Frau wird erschüttert sein. Aber ich verstehe, dass Sie Ihre Arbeit machen müssen. Ich bin Ihnen sehr entgegengekommen, darf ich Sie auch um etwas bitten?«

Luke Smith nickte.

»Wäre es möglich, Pauls Vernehmung ganz diskret bei uns zu Hause durchzuführen? Schließlich hat er ja nur zwei Schmuckstücke innerhalb der Familie gestohlen, deren Verlust nicht zur Anzeige kam. Ich würde ihm gern die Schmach ersparen, hier auf dem Revier erscheinen zu müssen.« Er sah Patrick entschuldigend an. »Nichts gegen Sie persönlich, Mr O'Sullivan, aber Sie wissen selbst, wie viele Vertreter Ihrer Zunft vor dem Polizeirevier lauern und auf den nächsten Skandal warten.«

»Ich verstehe Ihre Sorge, Mr Johnson, aber es ist ganz und gar unmöglich, Ihren Sohn zu Hause zu vernehmen«, sagte Luke. »Ich kann Ihnen nur insofern entgegenkommen, als ich Ihnen anbiete, dass wir Paul nicht bei Ihnen abholen, sondern er sich morgen früh freiwillig hier einfindet.«

Mr Johnson stand auf. »Könnte ich die Kette mit dem Medaillon zurückbekommen? Sie werden verstehen, dass ich sie dem Besitzer so schnell wie möglich zurückgeben möchte.«

»Verraten Sie uns den Namen des rechtmäßigen Besitzers?«

»Unter keinen Umständen. Damit würde ich gegen die Statuten der Loge verstoßen.«

Luke zögerte. »Also gut, ich gebe Ihnen die Kette zurück, auch wenn ich dies eigentlich nicht dürfte, da es sich um ein Beweismittel in einem Mordfall handelt.«

Luke reichte dem alten Herrn das Kästchen, der es sichtlich erleichtert entgegennahm.

Patrick dachte kurz daran, dass Susan sicher sehr enttäuscht sein würde, den Schmuck nicht zurückzubekommen. Aber letztendlich musste sie froh sein. Es lag kein Glück auf diesen Juwelen.

Luke erhob sich und streckte Mr Johnson die Hand entgegen. »Bitte sorgen Sie dafür, dass sich Ihr Sohn morgen früh um neun Uhr hier einfindet.«

Als Mr Johnson den Raum verlassen hatte, fragte Patrick: »Warum hast du ihm die Kette zurückgegeben?«

»Warum nicht? Gegen die Verschwiegenheit der New Yorker Freimaurerloge kommen wir sowieso nicht an. Das hast du mir als Kenner des Geheimbundes doch selbst erklärt.«

27. Kapitel

New York, September 1885

»Es war eine wunderbare Idee von dir, hier im Central Park rudern zu gehen.« Patrick legte sich mächtig in die Riemen und versuchte vergeblich, eine Ente zu jagen.

Das Ruderboot schaukelte sanft hin und her. Es war ein ungewöhnlich warmer Nachmittag für September. Die ersten Blätter hatten sich bereits verfärbt und fielen vereinzelt auf die spiegelglatte Wasseroberfläche.

Camille hatte einen schilfgrünen Sonnenschirm aufgespannt und saß in der Mitte der Ruderbank.

»Wenn ich ehrlich bin, war es Tante Catherines Idee. Allerdings hat sie gedacht, Susan und ich würden den Ausflug machen. Von dir war nicht die Rede.«

»Ich bin so froh, endlich einmal wieder in der frischen Luft und in der Natur zu sein. Ich weiß nicht, wie es Luke tagein, tagaus in der stickigen Polizeistation aushält. Da haben wir Journalisten es viel besser. Wir kommen herum und können uns die Zeit, die wir im Büro sitzen, freier einteilen.«

»Apropos Polizeistation. Erzähl mir endlich, wie die Vernehmung von Paul Johnson verlaufen ist. Sieht er wirklich so gut aus, wie alle behaupten? Tante Catherine hat gesagt, er sei der begehrteste Junggeselle in ganz New York. Alle Mädchen der höheren Gesellschaft wollten ihn sich schnappen.«

»Er sieht auf jeden Fall besser aus als sein älterer Bruder, mit dem du ja bald ein Rendezvous hast.«

»War er dir sympathisch?«, fragte Camille.

»Wider Erwarten ja«, meinte Patrick nachdenklich.

»Geht es vielleicht etwas ausführlicher? Ich habe dir schließlich auch von meinem gähnend langweiligen Nachmittag mit Baron Quisac im Lagerschuppen erzählt, nachdem du dich abgesetzt hattest.«

»Habt ihr eigentlich drei Stunden für das Auspacken des rechten oder des linken Zehs gebraucht?«

»Sehr witzig, Patrick. Lass dir bitte nicht jedes Wort einzeln aus der Nase ziehen.«

»Die Vernehmung ist alles in allem gut verlaufen.«

»Patrick!«, rief Camille gereizt und drohte ihm mit dem Schirm.

Patrick grinste sie an. »Ich liebe es, wenn du wütend bist. Nie funkeln deine Augen schöner!«

»Warte nur!« Camille ließ ihre Hand ins Wasser gleiten und spritzte Patrick nass.

»Hör sofort auf. Sonst gehen wir beide noch über Bord. Ich habe heute meinen neuen Anzug an, was dir offenbar nicht aufgefallen ist.«

»Du hast auch keine Silbe zu meinem neuen Strohhut gesagt!«

»Ich sehe immer nur in dein schönes Gesicht. Deine Kleider sind reine Nebensache, meinetwegen könntest du nackt wie Eva im Paradies herumlaufen!«

»Das würde dir so passen«, erwiderte Camille und verabreichte Patrick eine erneute Dusche. »Ich will jetzt wissen, was heute Morgen passiert ist, das ist der einzige Grund, weshalb ich mich mit dir getroffen habe!«

»Bist du sicher?« Patrick beugte sich vor und küsste sie.

Sie drehte nach einer Weile den Kopf zur Seite. »Los, Patrick, genug geschäkert. Erzähl jetzt endlich!«

»Also, dieser Paul ist ganz anders als der Rest der Familie. Er hat etwas selten Liebenswertes an sich, und ich muss sagen, ich fand ihn von Grund auf sympathisch. Er hat, ohne um den heißen Brei herumzureden, zugegeben, dass er seinen Eltern die beiden Schmuckstücke gestohlen hat. Außerdem hat er Olivia von seinem eigenen Geld sündhaft teure Kleider gekauft. Er wollte, dass Olivia adäquat gekleidet ist, wenn er sie seiner Familie vorstellen würde. Das hatte er nämlich vor.«

»Warum hat er die Schmuckstücke überhaupt gestohlen? Hatte er das nötig?«

»Er und sein Bruder werden vom alten Johnson knapp bei Kasse gehalten, behauptet er, und er wollte ihr etwas besonders Wertvolles schenken.«

»Und das bezaubernde Porträt von Olivia in dem Medaillon?«

»Laut seiner Aussage versuchte er, ihre Zweifel an der Verbindung zu ihm zu beseitigen. Es lag ihm daran, Olivias Selbstbewusstsein zu stärken. Sie war wohl öfters sehr niedergeschlagen, weil sie nicht daran glaubte, dass sie jemals ein normales Leben mit ihm führen könnte als ehemalige Hure.«

»Leider hatte die arme Frau recht. Seine Eltern und sein Bruder wären weiß Gott nicht begeistert gewesen.«

»Camille, ich habe noch nie jemanden so um einen anderen Menschen trauern sehen. Das Unglück stand ihm ins Gesicht geschrieben. Dieser reiche Erbe hatte sich tatsächlich unsterblich in Olivia verliebt. Als Luke Olivias Namen erwähnte, brach er in Tränen aus. Sie sei die Liebe seines Lebens gewesen, und er wollte sie wirklich heiraten – gegen alle Widerstände.«

»Wie haben sich zwei Menschen, die aus so unterschiedlichen Kreisen stammen, überhaupt kennengelernt?«

»Der Senior hatte bereits erwähnt, dass Paul eine Vorliebe fürs Glücksspiel und leichte Mädchen habe. Meiner Meinung nach verachtet Paul das moraline, langweile und selbstgerechte Leben in seinem Elternhaus. Er wäre gern Schauspieler geworden, aber dazu war er einfach zu reich. Sein Name stand ihm im Weg. Seine Familie hat ihn für seinen Berufswunsch verspottet. In einem kleinen Varieté, in dem Transvestiten, Jongleure und barbusige Bedienungen auftreten, hat er Gedichte rezitiert. Natürlich hat ihm kein Mensch zugehört. Eines Abends kam Olivia in Begleitung eines Freiers. Sie hing vom ersten Moment an seinen Lippen, setzte sich zu seinen Füßen, und obwohl ihr Begleiter immer ungehaltener wurde, ließ sie sich nicht beirren. Seiner Aussage nach war sie von seinen Shakespeare-Rezitationen so ergriffen, dass ihr die Tränen über das Gesicht liefen.«

»Das ist ja wirklich bewegend!«

»Der Freier schlug ihr mit der Faust ins Gesicht und verschwand.«

»Und dann?«

»Paul sprang von der kleinen Bühne herab und schloss Olivia einfach in seine Arme. Von da an haben sie sich regelmäßig getroffen. Ich habe keinen Zweifel daran, er wollte sie wirklich heiraten. Er hat sie so geliebt, dass er selbst seine Enterbung, ohne mit der Wimper zu zucken, in Kauf genommen hätte.«

»Und das glaubst du ihm?«, fragte Camille skeptisch.

»Wenn du ihn bei der Vernehmung erlebt hättest, würdest du ihm auch glauben.«

»Vielleicht ist dieser Paul ja wirklich ein begnadeter Schauspieler?«

Patrick lachte. »Ich bewundere immer wieder deinen kritischen Verstand. Das Gleiche hat Luke auch gemeint. Aber mich hat er überzeugt. Ich habe Pauls Augen gesehen, als er von

298

Olivia schwärmte. Sie waren voller Liebe. Das kann niemand spielen. Mit Olivia hat er etwas erlebt, was er nicht für möglich gehalten hatte. Sicher hast du, als du bei den Vanderbilts warst, diese blassen, langweiligen Debütantinnen gesehen. Du machst dir keine Vorstellung, wie prüde man in Amerika ist. Ich war vor einem halben Jahr bei einer Dame eingeladen, die eine Sammlung klassischer Skulpturen aus Europa mitgebracht hat. Du wirst es nicht glauben, aber sie hat die Geschlechtsteile der Gottheiten mit gehäkelten Deckchen verhängt!«

Camille errötete. »So, wie ich mich dir gegenüber verhalte, denkst du sicher auch, ich wäre prüde.«

Patrick ließ die Ruder ins Wasser sinken und setzte sich neben sie. Er berührte zärtlich ihre Hand. »Ich weiß, dir ist Schlimmes widerfahren, und ich bin froh, dass du es mir gesagt hast. Nimm dir die Zeit, die du brauchst. Aber du sollst wissen, ich freue mich auf den Tag, an dem du mir erlaubst, dir zu zeigen, wie schön die Liebe sein kann.«

Camille stiegen Tränen in die Augen, und sie sah ihn dankbar an.

Patrick räusperte sich verlegen, kehrte an seinen Platz zurück und nahm die Ruder wieder auf. »Von Pauls Unschuld restlos überzeugt hat Luke sein Angebot, wir könnten ihn gern verhaften. Sein Leben sei durch Olivias Tod ohnehin sinnlos geworden und es sei ihm egal, ob er es im Gefängnis oder sonst wo fristet. Er saß mit heruntergesunkenen Schultern da und hat geweint. Wir könnten mit ihm machen, was wir wollten, er würde eh am liebsten sterben. Das Einzige, was ihn noch am Leben halte, sei die Suche nach dem Mörder.«

»Der arme Mann, das ist ja schrecklich!«

Patrick nickte. »Interessant war, dass Paul zweimal betont hat, er habe sich in den Monaten vor Olivias Tod beobachtet gefühlt.«

»Wie hat er das gemeint?«, fragte Camille

»Er hatte mehrmals den Eindruck, dass seine Kutsche verfolgt wird. Und wenn er zu Fuß unterwegs war, ist ihm des
Öfteren eine große, dunkel gekleidete Person aufgefallen, die
sich, sobald er sich umdrehte, in Hauseingängen oder hinter
Bäumen verborgen hat.«

»Warum hat er das nicht angezeigt?«

»Er dachte wohl, dass ihn sein Vater beschatten lassen
würde, und das war ihm einerlei.«

»Könnte jemand auf seine Liebe eifersüchtig gewesen sein?
Oder es darauf abgesehen haben, ihrem Glück Steine in den
Weg zu legen?«

»Ich befürchte, sowohl als auch«, meinte Patrick. »Für Pauls
Eltern muss diese Verbindung völlig inakzeptabel gewesen sein.
Sie hätten ihren Sohn sicher eher verstoßen, als die Liaison zu
tolerieren, geschweige denn zu akzeptieren.«

»Oder aber ihre Schwiegertochter in spe aus dem Weg
geräumt«, sagte Camille nachdenklich.

»Sie haben beide ein hieb- und stichfestes Alibi. Allerdings
hat Luke eingewandt, dass sich so privilegierte Personen wie sie
nicht unbedingt die Finger selbst schmutzig machen würden. In
New York gibt es genügend Auftragsmörder. Es ist ein Leichtes,
jemanden zu finden. Auch wenn mir mein Gefühl sagt, dass das
äußerst unwahrscheinlich ist, ausgeschlossen ist es nicht.«

»Warum wurden dann aber Amanda und beinahe auch
noch Susan ermordet?«, fragte Camille.

»Wahrscheinlich denkt der Mörder, dass die beiden Frauen
irgendetwas wissen oder gesehen haben, was ihn belastet.«

»Und wer hatte Grund zur Eifersucht?«

»Paul hat anklingen lassen, dass sein Bruder Marc wohl
eifersüchtig war. Er habe ihn darum beneidet, dass er sich
Freiheiten herausnahm, die er sich selbst nicht gestattet. Die
beiden Brüder haben von klein auf sehr unter den strengen
Vorstellungen gelitten, die ihr Vater von Sitte und Moral hat.

Der Ehrenkodex der Freimaurer, den der Alte über alles stellt, war für sie schon immer eine unerträgliche Last. Lebensfreude ist in ihrem Elternhaus nicht vorgesehen, geschweige denn erwünscht.«

»Oje. Wir sind bezüglich der Morde keinen Schritt weitergekommen. Wenigstens ist das Rätsel um die Schmuckstücke geklärt«, meinte Camille resigniert. »Ich habe so gehofft, ich könnte Susan nachher die Angst vor dem Mörder nehmen.«

»Leider nicht. Schärfe ihr ein, dass sie sich weiterhin versteckt halten und vorsichtig sein muss. Es ist zum Verzweifeln. Nicht nur, dass wir den jungen und den alten Johnson nicht vom Verdacht freisprechen können, ebenso kann irgendein Freier oder Zuhälter hinter den Morden stecken.« Patrick lenkte das Ruderboot unter einer Bogenbrücke hindurch. »Wir tappen weiterhin im Dunkeln.«

Entzückt sahen die beiden, dass hinter der Brücke eine riesige Trauerweide ihre Äste malerisch ins Wasser hängte. Das Ufer war mit einem breiten Schilfgürtel zugewachsen, und Hunderte rosarote Seerosen hatten ihre Blüten im Sonnenschein geöffnet.

»Hier ist es wirklich zauberhaft«, sagte Camille leise.

Plötzlich erblickten sie zwei Hände zwischen den grünen Zweigen des Baumes, die die Weide wie einen Vorhang sanft zur Seite schoben. Ein Boot mit einem anderen Liebespaar kam zum Vorschein.

»Schau nur, Darling«, meinte der junge Mann. »Wir sind nicht die Einzigen, die dieses Liebesnest kennen.« Und an Camille und Patrick gerichtet sagte er: »Ist es nicht wunderbar, was Mutter Natur uns für herrliche Plätze schafft?«

»Romantischer als jedes Hotelzimmer«, ergänzte seine Begleiterin zufrieden lächelnd und knöpfte sich ungeniert die Bluse zu.

Der Mann ergriff das Ruder und rief Patrick im Davongleiten augenzwinkernd zu: »Viel Vergnügen!«

Camille blinzelte Patrick zu. »So prüde finde ich die Amerikaner nun auch wieder nicht. Und ich habe genau gesehen, dass die junge Frau kein Häkeldeckchen über ihren Brüsten hatte.«

Patrick beugte sich vor und küsste Camille. »Ich habe es so satt«, brach es aus ihm heraus. »Ich hasse diese grauenhaften Mordfälle, die uns nicht loslassen. Selbst an so einem wunderschönen, sonnigen Herbstnachmittag reden wir von nichts anderem. Warum sind wir nicht Musiker, Imker oder Gärtner geworden?«

Camille erhob sich und setzte sich neben Patrick auf die Ruderbank. »Das liegt ja nur an uns. Lass uns für eine Weile alles um uns herum vergessen.«

»Das ist eine wunderbare Idee.« Vorsichtig lenkte er das Ruderboot durch die Zweige.

Erstaunt blickten sie sich um. Sie waren von einem dichten grünen Blättervorhang umschlossen. Irgendjemand hatte Rosenblätter ins Wasser geworfen, die sanft auf den Wellen schaukelten.

»Was, glaubst du, haben unsere beiden Vorgänger hier gemacht?«, fragte Camille.

»Ich nehme an, sie haben Vögel beobachtet.«

Camille sah Patrick herausfordernd an. »Willst du das auch, oder sollen wir etwas anderes machen?«

28. Kapitel

New York, September 1885

»Nur über meine Leiche!« Tante Catherine hatte sich breitbeinig auf der Treppe aufgebaut, ihre Hände in die Hüften gestemmt und fixierte Luke Smith und den hinter ihm stehenden Patrick aus funkelnden Augen. »Nur weil die Polizei gänzlich unfähig ist, soll das Leben eines unschuldigen Menschenkindes aufs Spiel gesetzt werden? Niemand aus meinem Haushalt steht dafür zur Verfügung!« Ihre Stimme überschlug sich, und Camille konnte vom oberen Absatz der Treppe aus sehen, wie Tante Catherine ihren Arm schützend um Susans Taille legte.

Tante Catherine drehte sich zu Camille um. »Gut, dass du endlich aufgestanden bist, Kindchen. Dein sauberer Kollege und dieser Mr Smith von der Polizei kommen hier unangemeldet in mein Haus gestürmt, stören mein Frühstücksritual und wollen jetzt auch noch Susan als Lockvogel mitnehmen.«

Camille kam langsam im hellblauen Morgenmantel mit offenen Haaren die Treppe herunter und stellte sich neben ihre Tante und Susan.

Luke Smith drehte nervös seinen Zylinder in der Hand und begrüßte Camille mit einem freundlichen Nicken, dann wandte er sich wieder an die Hausherrin. »Gnädige Frau, hören

Sie mich doch bitte erst einmal an. Wollen wir uns vielleicht kurz in Ihren Salon setzen?«

»Nein. Meine Mädchen und ich bleiben genau hier stehen.«

»Darf ich auch etwas sagen?«, meldete sich Patrick zu Wort.

»Nein, Sie sind still! Ihnen verdanken wir doch den ganzen Schlamassel!«, fuhr Tante Catherine Patrick an.

»Wie Sie wissen, konnten wir den Mörder von Susans beiden Freundinnen leider immer noch nicht dingfest machen«, hob Luke an.

Lady Catherine fiel dem Beamten ins Wort: »Ich sage doch: Sie sind alle unfähig!«

Luke warf wütend seinen Zylinder auf die Treppenstufen. »Ich warne Sie. Strapazieren Sie nicht weiter meine Geduld und lassen Sie mich gefälligst ausreden. Als Susan bei mir auf der Wache war, hat sie mich inständig angefleht, dass wir den Mörder finden müssen. Wir haben nichts unversucht gelassen. Neben den Verdächtigen der Familie Johnson kommen auch andere Subjekte, Auftragsmörder und Zuhälter für die abscheulichen Taten infrage. Susan kann sich nicht ewig hier verstecken. Der Mörder kennt sie und irgendwann wird er sie finden.« Susan sah verängstigt zu Boden, aber Luke Smith fuhr unbeeindruckt fort: »Meine Berufserfahrung hat mich gelehrt, dass man einen Täter am besten zur Strecke bringt, indem man ihn in Panik versetzt. Deshalb habe ich an Susans Wohnort das Gerücht streuen lassen, dass Susan den Täter gesehen hat und identifizieren kann. Glauben Sie mir, nichts verbreitet sich schneller als ein Gerücht über einen Prostituiertenmörder. Deshalb schlage ich vor, dass Susan heute noch zurück in ihre Bleibe geht. Wir werden sie rund um die Uhr bewachen und für ihre absolute Sicherheit sorgen!«

»Wie wollen Sie das anstellen?«, fragten Camille und Susan wie aus einem Mund.

»Wir haben schräg gegenüber eine Wohnung beschlagnahmt. Von dort aus können wir jeden beobachten, der sich in der Alden Street herumtreibt.«

»Das reicht nicht. Wir alle wissen, dass Beamte während der Arbeit gern ein Nickerchen machen«, meinte Lady Catherine süffisant.

Luke verdrehte die Augen.

Patrick sprach Susan direkt an. »Wie wäre es, wenn Jimmy für ein paar Tage bei dir einzieht? Würde dir das helfen? Jimmy war Feuer und Flamme von der Idee.«

Susan errötete und nickte mit dem Kopf.

»Wir werden im Viertel Zivilstreifen so postieren, dass sie nicht auffallen, aber alles im Blick haben. Ich habe mehr als zwanzig Personen für Susans Bewachung eingeteilt, damit ist sie sicherer als der Präsident der Vereinigten Staaten«, sagte Luke Smith beruhigend.

Susan ergriff Tante Catherines Hand. »Lady Catherine, in meinem ganzen Leben war noch nie ein Mensch so nett zu mir wie Sie. Sie sind die wunderbarste Frau und Lehrerin, die man sich nur vorstellen kann. Seit Sie mir Schutz und Heimat gewähren, hat sich mein Leben von Grund auf verändert und ich bin eine andere geworden. Sie haben mich ermutigt, wieder an mich zu glauben. Hier bei Ihnen habe ich so oft daran gedacht, wie schön es gewesen wäre, wenn auch Olivia Sie hätte kennenlernen dürfen.«

Camille hörte Tante Catherine gerührt schniefen. »Jetzt hören Sie aber auf, Kindchen, sonst muss ich weinen.«

»Und Olivia ist auch der Grund, warum ich der Bitte der Polizei nachkommen werde. Ich bin es meiner Freundin schuldig. Sie hätte das Gleiche für mich getan!« Susan ging die letzten Stufen der Treppe hinunter und stellte sich zu Luke Smith und Patrick. »Wegen mir können wir los. Ich bin bereit. Wenn das alles vorbei ist, hoffe ich, dass ich wiederkommen darf?«

»Natürlich, mein Kind. Meine Haustür steht immer für dich offen.«

Camille, die bisher geschwiegen hatte, wandte sich an Luke. »Ist es nicht etwas auffällig, wenn Susan mit Jimmy in der Alden Street wohnt? Wäre es nicht besser, wenn ich sie begleiten würde?«

Tante Catherine starrte Camille entsetzt an. »Bist du von allen guten Geistern verlassen? Das kommt überhaupt nicht infrage. Was glaubst du, was deine Mutter mit mir anstellt, wenn sie erführe, dass du mit meiner Billigung auf die Jagd nach einem Prostituiertenmörder gehst?«

Enttäuscht sah Camille, dass auch Luke den Kopf schüttelte.

»Jedermann würde schon von Weitem bemerken, dass Sie, Camille, nicht dorthin gehören«, meinte Luke. »Susan, ziehen Sie sich bitte um. Sie sollten Ihre gewohnten Kleider tragen und nicht diese elegante Garderobe.«

Während Luke Lady Catherine ins Frühstückszimmer folgte, um einen Kaffee zu trinken, trat Patrick an Camille heran.

Leise flüsterte er ihr ins Ohr: »Geht es dir gut, Liebes?«

Camille nickte.

»Eine Verbrecherjagd ist wirklich nichts für dich.« Patrick zog einen Briefumschlag aus der Innentasche seines Jacketts. »Damit du nicht faul herumsitzen musst, habe ich einen Auftrag für dich. Der Goldschmied, dem ich geschrieben hatte, hat mir heute Morgen mitgeteilt, dass sein Vater von seiner Reise zurückgekehrt ist. Für unsere Titelstory wäre es gut, wenn wir den Besitzer der Goldkette kennen, zumal Mr Johnson senior uns den Namen partout nicht verraten will.«

Camille nahm den Brief an sich. »Ich bin froh, wenn ich irgendetwas zu tun habe. Es ist allemal besser, als hier wie auf heißen Kohlen zu sitzen und nicht zu wissen, ob bei Susan alles in Ordnung ist.«

»Mach dir keine Sorgen, ich werde auch in Susans Nähe sein.«

»Ach, dir traut Luke zu, dort nicht als Fremdkörper aufzufallen?«, stellte Camille trocken fest.

»Im Gegensatz zu dir bin ich in dieser Gegend zur Welt gekommen. Ich kenne mich dort aus«, meinte er.

Camille sah Patrick zärtlich an. »Es ist ja gut, wenn du auch auf Susan und Jimmy aufpassen wirst. Aber dann muss ich mir um euch alle drei Sorgen machen.«

In dem Moment kam Susan die Treppe herab, während Tante Catherine und Luke Smith friedlich plaudernd wieder ins Foyer schlenderten.

»Großer Gott! Ich hatte ganz vergessen, wie verheerend du bei deiner Ankunft ausgesehen hast«, stieß Lady Catherine hervor. »Ich lobe mich nicht gern selbst. Aber alle Anwesenden werden mir wohl bestätigen müssen, dass mir die Verwandlung von Susan in einen ansehnlichen Menschen bravourös gelungen ist. Möge Gott dafür sorgen, dass du heil wiederkommst!«

Susan küsste ihre Gastgeberin auf die Wange. »Danke für alles. Sie sind mein Schutzengel. Ich bin bereit!«

Luke Smith war erleichtert, dass sein Plan in die Tat umgesetzt werden würde. »Also gut. Hoffen wir, dass alles klappt«, flüsterte er Patrick im Hinausgehen zu.

Camille überprüfte noch einmal den Absender auf dem Briefumschlag. Dann stieg sie die schmale Außentreppe des großen Gebäudes empor und klopfte an der Tür im dritten Stock. Innen hörte sie ein Poltern und danach schlurfende Schritte. Nach einer kleinen Ewigkeit wurde die Wohnungstür geöffnet.

Ein sehr alter, krummer Mann, der einen Stock in der Hand hielt, sah Camille durch seine dicken Brillengläser mürrisch an. »Wer sind Sie? Was wollen Sie?«

»Guten Tag, Mr Potter. Mein Name ist Camille St. Laurent. Ihr Sohn hat uns geschrieben, dass Sie wieder in der Stadt sind. Ich habe nur eine kurze Frage und will Sie nicht lange behelligen.«

Camille entfaltete die Zeichnung, die Jimmy angefertigt hatte. »Es geht um dieses wunderschöne Schmuckstück. Ihr Sohn konnte uns aufgrund Ihrer Signatur bestätigen, dass die Kette aus Ihren Händen stammt. Für wen Sie sie jedoch seinerzeit angefertigt haben, wusste er allerdings nicht.«

»Jetzt kommen Sie erst mal herein. Ich höre an Ihrem Akzent, dass Sie nicht von hier stammen. Ich tippe auf Frankreich. Richtig?«

Camille nickte.

»Ihr Land hat einige große und berühmte Goldschmiedemeister hervorgebracht. Der Name Cartier ist inzwischen auf der ganzen Welt berühmt. Bitte nehmen Sie doch Platz. Leider ist meine Frau gestorben und ich habe noch niemanden gefunden, der jetzt bei mir aufräumt und Ordnung schafft.«

Camille lächelte. »Was einem andere Menschen Gutes getan haben, merkt man oft erst, wenn sie tot sind. Bitte entschuldigen Sie, wenn ich Ihnen Umstände bereite.«

Mr Potter schickte sich an, das schmutzige Geschirr, das sich auf dem Küchentisch türmte, zum Spülbecken zu tragen. Seine Hände zitterten so stark, dass es Camille kaum mit ansehen konnte. Kurzerhand griff sie sich eine Küchenschürze, die hinter der Tür hing, band sie sich um und räumte den Tisch ab. »Mr Potter, wenn Sie erlauben, gehe ich Ihnen gern ein bisschen zur Hand. Ich habe heute nichts weiter vor, und es wäre mir eine große Freude, Ihnen behilflich sein zu dürfen.«

»Sie schickt der Himmel! Ich nehme Ihr Angebot gern an. Wenn es Ihnen recht ist, setze ich mich unterdessen an den Tisch und schaue mir die Zeichnung an.« Er nahm eine Lupe aus der Küchenschublade, strich das Papier glatt und studierte es eingehend. »Derjenige, der die Zeichnung angefertigt hat, versteht sein Handwerk.«

Camille nickte und versuchte, mit einem Schwamm die hartnäckigen Reste eines angetrockneten Spiegeleis vom Teller zu schrubben.

Mr Potter legte die Lupe ab. »Ich muss gar nicht lange nachdenken, für wen ich dieses Stück angefertigt habe.«

Camille drehte sich erwartungsvoll um.

»Ich durfte es für den bedeutenden Bankdirektor Donald Daniels herstellen.«

»Sind Sie sicher?«

»Junge Dame, ich zittere zwar, aber ich bin immer noch richtig im Kopf. Und außerdem vergisst kein Goldschmied sein Meisterstück! Die Anfertigung hat mich einige Nerven gekostet, daran erinnere ich mich noch ganz genau. Es ist nun sicher fast fünfzig Jahre her, aber es kommt mir vor, als wenn es gestern gewesen wäre. Ich weiß noch genau, der Auftraggeber Mr Daniels hatte sehr konkrete Vorstellungen, wie die Kette aussehen sollte, und war über meine Ausführung hocherfreut.«

Mr Potter verstaute die Lupe wieder in der Schublade und erzählte weiter, während Camille eine Pfanne vom Fett befreite: »Ihnen wird der Name Daniels nichts sagen, zumal Sie aus Frankreich stammen. Selbst hier in New York ist er inzwischen in Vergessenheit geraten. Aber die Familie war einmal wirklich reich. Bei der Herstellung des Schmucks hat Geld keine Rolle gespielt. Damals ging es den Daniels' noch blendend. Daniels war Bankier mit Leib und Seele und trug das schöne Schmuckstück wie einen Talisman bei allen wichtigen Transaktionen. Er hat mir anvertraut, dass er seinen ersten selbst verdienten Dollar in dem Medaillon aufbewahrte.«

»Als ich die Kette mit dem Medaillon sah, waren Bilder der Freiheitsstatue darin«, warf Camille ein.

»Davon weiß ich nichts. Bei der katastrophalen Wirtschaftskrise Ende der Dreißigerjahre hat die Familie alles, aber auch alles verloren. Die Hälfte aller Banken in New York ging bankrott. Seine war auch darunter. Mr Daniels wusste nicht mehr ein noch aus. Die Gläubiger sind ihm auf die Pelle gerückt, und er hat die Nerven verloren. Er ist im obersten Stockwerk seiner Bank aus dem Fenster gesprungen.«

»Wie tragisch! Es ist immer wieder erschütternd, welche Schicksalsschläge manche Familien ereilen. Wissen Sie, wie es der Familie weiter ergangen ist?«

Mr Potter nahm seinen Tabaksbeutel aus dem Regal und stopfte sich umständlich eine Pfeife. »Die Gattin von Mr Daniels musste die Tragödie zum Glück nicht mehr miterleben, sie war kurz zuvor schon gestorben.«

»Hatten sie denn keine Kinder?«

»Doch. Eine Tochter. Die hatte leider kein Glück bei der Wahl ihres Ehemanns. Sie ist an einen Spieler und gewalttätigen Säufer geraten. Dieses Subjekt hat zu allem Unglück auch noch die letzten Geldreserven durchgebracht. Das Einzige, was ihr vom Ruhm und Reichtum ihrer Familie blieb, war die Kette mit dem Medaillon. Und diese hütete sie wie ihren Augapfel.«

Durch das kleine Fenster sah Camille im gegenüberliegenden Haus eine junge Frau im Bademantel auf den Balkon treten. Wie es Susan wohl gerade erging? Camille stellte die letzte Tasse auf den Spülstein, trocknete sich ihre Hände an der Schürze ab und hängte sie wieder zurück an ihren Platz.

»Das ging aber flott«, meinte Mr Potter. »Ich hätte nichts dagegen, wenn Sie mich jeden Tag besuchen kommen würden. Bitte setzen Sie sich. Ich will Sie nicht gehen lassen, ehe Sie mir erzählen, warum Sie sich überhaupt so für das Schmuckstück interessieren. Möchten Sie einen Haferkeks?«

Camille lehnte dankend ab, setzte sich aber Mr Potter gegenüber an den Tisch. »Eigentlich dürfte ich gar nicht darüber reden. Es ist recht kompliziert. Sie waren jedoch so freundlich und hilfsbereit, dass ich Ihnen sagen will, was ich weiß. Die Kette wurde einem angesehenen Mann von seinem eigenen Sohn gestohlen.«

»Wie? Das verstehe ich nicht. Ist die Kette nicht mehr im Besitz von Mrs Brown?«

Camille erstarrte. »Haben Sie gerade Brown gesagt?«

»Ja. Wir reden doch die ganze Zeit von ihr. Seit ihrer Heirat heißt Daniels' Tochter Brown. Hatte ich das nicht erwähnt?«

»Brown ist natürlich ein sehr häufiger Name, aber wegen des Porträts der Freiheitsstatue kann es eigentlich kein Zufall sein. Ich habe neulich einen Mr Brown kennengelernt, der als Statiker auf der Baustelle der Freiheitsstatue beschäftigt ist.«

»Ja, das ist der Sohn von Mrs Brown.«

Camille erhob sich. »Sind Sie sich da ganz sicher?«

»Zu einhundert Prozent! Er hat mich erst vor ein paar Jahren hier besucht. Er war sehr zuvorkommend und freundlich, wie seine Mutter.«

»Mr Potter, ich danke Ihnen. Sie haben mir sehr geholfen.«

»Sie mir auch.« Der Alte schmunzelte verschmitzt und betrachtete zufrieden das gespülte Geschirr. »Ich kann nur hoffen, dass noch mehr Schmuckstücke in New York verloren gehen und ich Sie bald wiedersehe.«

Als Camille auf die Straße trat, winkte sie Jack, der in der Kutsche gewartet hatte.

»Nach Hause bitte.«

Camille dachte nach. Plötzlich fiel ihr etwas ein. Sie öffnete ihre hirschlederne Handtasche und fand sofort die Visitenkarte von Mr Brown. Sie erinnerte sich an den Vormittag in der Kneipe auf Bedloe's Island. Der Bauingenieur war ausgesprochen zuvorkommend und freundlich zu ihr gewesen. Er hatte ein Recht darauf zu erfahren, dass das wertvolle Familienerbstück wieder aufgetaucht war. Und außerdem war sie neugierig, ob er ihr erzählen würde, weshalb ihn die Freimaurer abgelehnt hatten.

Sie klopfte gegen das Fenster. »Ich habe meine Pläne geändert, ich muss noch jemandem einen Besuch abstatten.« Sie nannte Jack die neue Adresse.

Es dauerte keine Viertelstunde, und sie hatte ihr Ziel erreicht.

»Jack, ich weiß nicht, wie lange mein Gespräch dauern wird. Warten Sie nicht auf mich, zurück nehme ich mir eine Mietdroschke. Machen Sie sich einen schönen Nachmittag, meine Tante wird nichts davon erfahren.«

»Das ist aber nett, Miss«, sagte Jack und setzte die Kutsche in Bewegung.

Camille befand sich vor einem reizenden Backsteinhäuschen mit einem kleinen, gepflegten Vorgarten. Sie öffnete das Gartentor und lief über den Kiesweg zur Haustür.

Kurz nachdem sie den Türklopfer betätigt hatte, öffnete sich die Tür, und Mr Brown stand vor ihr.

»Wie schön, dass Sie zu Hause sind«, sagte Camille erfreut. »Vielleicht erinnern Sie sich an mich? Ich bin Camille St. Laurent.«

»Selbstverständlich! Eine Frau wie Sie vergisst man doch nicht.« Ashton Brown reichte ihr die Hand.

»Entschuldigen Sie bitte, dass ich ohne Voranmeldung einfach bei Ihnen hereinschneie.«

»Ich habe Ihnen doch angeboten, dass Sie jederzeit bei mir vorbeikommen können. Treten Sie bitte ein.«

Camille folgte ihm ins Haus. »Ich habe wunderbare Neuigkeiten für Sie, Mr Brown. Ich weiß, wo sich Ihre Goldkette mit dem Medaillon befindet!«

29. KAPITEL

New York, September 1885

Patrick lehnte am Laternenpfahl und knöpfte sich die Lederjacke zu. Er gönnte sich einen Schluck Whiskey aus dem Flachmann, den er in der Innentasche verwahrt hielt, und beobachtete, wie das Licht in Susans Zimmer erlosch.

Schon seit Stunden lief er hier auf und ab, ohne dass irgendetwas Nennenswertes geschehen wäre.

Einmal war Jimmy für fünf Minuten herausgekommen. Er wollte für Susan und sich etwas zu essen besorgen.

»Das ist der beste Job, den du mir je vermittelt hast. Daran könnte ich mich gewöhnen«, lachte Jimmy und schob seine Mütze keck in die Stirn. »Es ist das pure Vergnügen, mit Susan allein zu sein. Tausendmal besser, als hier an der Laterne zu stehen. In Susans Zimmer gibt es ein sehr bequemes Bett.«

Patrick hatte erwidert: »Ewig kann ich meine Zeit hier nicht vergeuden. Pulitzer reißt mir den Kopf ab, wenn wir nicht demnächst eine Erfolgsmeldung für ihn haben. Wir können nur hoffen, dass der Mörder bald Wind von Susans Rückkehr bekommt.«

»Ach, von mir aus kann die Observation gar nicht lange genug dauern«, meinte Jimmy.

»Ich hoffe, du reißt dich am Riemen. Es wäre ein Jammer, wenn Susan alles, was sie bei Tante Catherine mühsam gelernt hat, durch deinen schlechten Einfluss wieder vergessen würde«, sagte Patrick mit gespielter Strenge.

»Keine Sorge, wir trinken keinen Tee zusammen, falls du das meinst.«

»Du wirst schon wissen, was du machst«, lachte Patrick. »Bei allem Spaß, lass dich bloß nicht ablenken. Susan schwebt nach wie vor in Lebensgefahr, und du, solange du bei ihr bist, vermutlich auch. Ich bin müde und kann vor Langeweile kaum die Augen aufhalten.«

Inzwischen waren weitere zwei Stunden vergangen, und Patrick konnte nicht mehr stehen. Er verließ seinen Posten und lief zu einer Holzkiste, die jemand achtlos auf den Weg geworfen hatte. Vielleicht war das ganze Unterfangen hier eine Schnapsidee? Patrick scharrte ungeduldig mit seinem Stiefel auf dem Boden. Auf der gegenüberliegenden Straßenseite sah er einen schlecht getarnten Polizisten, dem es offensichtlich genauso ging. Unablässig zielte er mit kleinen Steinchen auf eine leere Konservendose. Hoffentlich würde die zu erwartende Titelstory den ganzen Aufwand hier rechtfertigen.

Patrick zog sein grün kariertes Schnupftuch aus der Hosentasche. Die Farbe Grün ließ ihn sofort an Camille und ihr Liebesnest zwischen den Zweigen der Trauerweide im Central Park denken. Sie hatte ihn wirklich überrascht. Patrick hätte es vollkommen gereicht, sie nur zu küssen. Er wusste, dass es seine Zeit brauchte, bis die Wunden, die dieser verfluchte französische Professor Camille zugefügt hatte, heilen konnten. Umso erstaunter und glücklicher war er gewesen, mit welcher Leidenschaft sie ihm begegnet war. Patrick musste schmunzeln. Ihr kleines Ruderboot wäre um ein Haar gekentert. Er hatte zusammen mit Camille das erste Mal in seinem Leben grenzenlose Lust und tiefe Liebe gespürt. Er war jetzt noch darüber erstaunt, dass er zu solchen Gefühlen fähig war. Noch nie hatte ihn etwas so berührt wie die Ekstase, die er in Camilles Augen sah. »Ich liebe dich«, war es aus ihm herausgebrochen. Und das hatte er in seinem ganzen Leben noch nie zu einer Frau gesagt. Ihre Worte hallten immer wieder in ihm nach. Camille hatte an seinem Hals geflüstert: »Patrick, ich wusste nicht, dass es schön sein kann. Insgeheim hatte ich beschlossen, nie wieder mit einem Mann zusammen zu sein. Und dann habe ich mich in dich verliebt, gegen meinen Willen. Ich bin so glücklich!«

Patrick kannte das Gefühl des Verliebtseins recht gut. Für ihn war diese Emotion wie ein Parfüm, dessen Duft nach einer gewissen Zeit wieder verflog. Er mochte auch das Unverfängliche am Verliebtsein. Er konnte es fast an- und abschalten, wie er wollte. Mit Camille war es völlig anders. Je mehr Zeit er mit ihr verbrachte, desto intensiver wurden seine Gefühle für sie. Er wusste jetzt, was es bedeutete, unsterblich verliebt zu sein.

Wie dachte Camille wohl über ihren gestrigen Nachmittag? Die Ereignisse hatten sich heute Morgen überschlagen. In dem ganzen Trubel hatten sie keine zwei Minuten für sich allein gehabt. Ihre Augen hatten so gestrahlt, dass er sich sicher war, dass sie nichts bereute.

Es gab tausend Gründe, die gegen eine dauerhafte Beziehung zwischen ihnen sprachen. Aber er hatte jetzt weiß Gott keine Lust, darüber nachzudenken.

Plötzlich wurde er aus seinen Gedanken gerissen. Patrick erschrak zu Tode, als eine fette Ratte unter der Kiste, auf der er saß, hervorhuschte. Keinen Moment später hörte er einen leisen Pfiff vom Balkon der gegenüberliegenden Wohnung. Er glaubte, den ganz in Schwarz gekleideten Luke dort oben zu erkennen.

Patrick erhob sich und ging sofort zurück auf seinen Posten.

Das Rattern einer herannahenden Kutsche ließ ihn vollends wach werden. Ein schwarzer, eleganter Zweispänner bog in rasantem Tempo um die Ecke. »Halten Sie hier sofort an!«, schrie eine sich überschlagende Stimme, die ihm wohlvertraut war.

Mit offenem Mund beobachtete Patrick, wie die Kutsche abrupt zum Stehen kam und Lady Catherine im Morgenmantel ausstieg, ohne abzuwarten, bis ihr der Kutscher den Schlag öffnete.

»Patrick O'Sullivan, kommen Sie augenblicklich aus Ihrem Versteck, ich weiß, dass Sie hier sind!«

Patrick traute seinen Augen und Ohren nicht. Das durfte doch nicht wahr sein! War Lady Catherine plötzlich völlig übergeschnappt? Sie war in den Plan eingeweiht und gefährdete trotzdem die Polizeiarbeit. Wütend schritt er über die Straße und fasste Lady Catherine am Arm. »Sind Sie verrückt geworden, hier aufzutauchen?«

»Glauben Sie, ich bin zu meinem Vergnügen hier?«, fragte Lady Catherine empört. »Ich bin außer mir. Camille ist nicht nach Hause gekommen!«

»Camille ist kein kleines Kind mehr. Bestimmt ist sie noch in der Redaktion, um einen Artikel fertigzuschreiben«, versuchte Patrick die alte Dame zu beruhigen.

»Nein. Das glaube ich nicht. Außerdem wollte sie pünktlich um acht zu Hause sein und mit mir zu Abend essen, weil sie wusste, dass ich heute ganz allein bin.«

»Dann ist ihr sicher etwas Wichtiges dazwischengekommen«, meinte Patrick.

»Wo kann das Kind bloß stecken? Ich dachte, Sie hätten sie gegen meine Anordnung doch mit hierhergenommen!«, zischte sie ihn aufgebracht an.

»Ich habe wirklich keine Ahnung, wo Camille steckt. Sie war so freundlich und hat heute Morgen ein paar Informationen bei einem Goldschmied für mich eingeholt.«

»Mein Kutscher kam vor einer halben Stunde sturzbesoffen nach Hause. Er hat Camille am Vormittag vor einem Haus in der Cross Street abgesetzt. Angeblich hat Camille in ihrer grenzenlosen Gutmütigkeit Jack den Rest des Tages freigegeben. Dass er dann in so einem Zustand nach Hause torkelt, wird für den Saufbold Konsequenzen haben!«

»Beruhigen Sie sich, Lady Catherine«, sagte Patrick beschwichtigend. »In Ihrem Morgenmantel und mit Ihrer Laustärke sorgen Sie ja für einen Auflauf. Es ist besser, wir setzen uns in Ihre Kutsche, um weiterzureden.«

»Ich habe mich eigens so angezogen, wie Sie es von Susan verlangt haben, um nicht aufzufallen. Jetzt ist es wieder nicht recht.«

Patrick schob Lady Catherine in die Kutsche.

»Ich verstehe überhaupt nichts mehr. Wieso soll Camille in der Cross Street gewesen sein? Ich hatte sie heute Morgen lediglich gebeten, den Goldschmied aufzusuchen!«

»Wie bitte?«

Patrick sah Tante Catherine verwirrt an.

»Einen Goldschmied?«, fragte sie empört. »Glauben Sie, ich weiß nicht, was hier hinter meinem Rücken gespielt wird?«, fauchte sie. »Sie haben es nach Strich und Faden ausgenutzt, dass meine Nichte schlechte Erfahrungen mit einem Mann in Frankreich gemacht hat. Ich weiß genau, wie Ihre Taktik war. Sie haben sich als einfühlsamer Retter und grandioser Liebhaber in Szene gesetzt. Meinen Sie im Ernst, ich habe das verträumte Lächeln und die leuchtenden Augen meiner Nichte gestern Abend nicht bemerkt? Ich bin vielleicht alt, aber wenn eine Frau erfüllt und glücklich ist, sehe ich das immer noch auf den ersten Blick.«

Patrick versuchte, ihr zu widersprechen, aber Lady Catherine ließ ihn nicht zu Wort kommen und redete ohne Punkt und Komma weiter. »Ich glaube, Sie haben nicht die leiseste Vorstellung, wer Camille St. Laurent eigentlich ist. Ihr Stammbaum lässt sich bis ins Jahr zwölfhundert zurückverfolgen. Der Sonnenkönig Ludwig XIV. war ihr Urururgroßonkel. Jahrhundertealtes, blaues, edles Blut fließt in ihren Adern. Die St. Laurents besitzen ausgedehnte Ländereien, Land- und Stadtschlösser und ganze Straßenzüge in Paris. Wir St. Laurents machen zwar einen durch und durch bescheidenen Eindruck, aber unser Vermögen ist gewaltig. Warum, denken Sie, hat Lady Vanderbilt mich eingeladen und nicht Sie? Ich glaube nicht, dass so ein dahergelaufener irischer Bauerntölpel, wie Sie es sind, sich vorstellen kann, in was für Kreisen Camille in Paris verkehrt und wie begehrt sie dort als Heiratskandidatin ist. Wie können Sie es wagen, sie zu einem Juwelier zu schicken? Sollte sie sich ihre Belohnung für eine gemeinsame Nacht dort selbst kaufen?! Das ist wirklich beleidigend und schlägt dem Fass den Boden aus. Wenn das arme Kind nicht verschwunden wäre, würde ich Ihnen hier und heute jeden weiteren Umgang mit ihr untersagen!« Lady Catherine stieß Patrick mit dem Knauf ihres Gehstocks grob gegen die Brust. »Und was machen wir jetzt? Es ist mir egal, wie Sie es anstellen, aber ich befehle Ihnen, Camille auf dem schnellsten Weg zurückzubringen!«

»Sind Sie fertig mit Ihrer Suada?«, fragte Patrick wütend.

Lady Catherine nickte zornig und sagte: »Vorerst!«

»Wenn mich nicht alles täuscht, geht mein Stammbaum noch weiter zurück als der Ihre. Ich stamme aus Adams Rippe. Mit König Artus will ich mich gar nicht aufhalten!« Er funkelte Lady Catherine böse an.

»Werden Sie bloß nicht auch noch frech, Sie Flegel!« Lady Catherine fuchtelte erneut drohend mit ihrem Stock.

Patrick ließ sich von der Geste nicht beeindrucken und sagte so ruhig, wie es ihm möglich war: »Wenn wir schon dabei sind: Sie müssen mir weiß Gott nicht erklären, was für ein Juwel Camille ist. Ich liebe sie von ganzem Herzen und ich kann

Ihnen versichern, dass ich das noch nie zu einer Frau gesagt habe außer zu Ihrer Nichte.«

»Wie rührselig, mir kommen gleich die Tränen!«

Patrick musste an sich halten, um nicht ausfallend zu werden. Er versuchte ruhig zu bleiben. »Wenn Camille wirklich verschwunden ist, dann will ich nicht meine Zeit damit verschwenden, mich mit Ihnen hier in der Kutsche herumzustreiten. Sicher wird sich alles in Wohlgefallen auflösen, und Camille sitzt hoffentlich schon längst bei Ihnen zu Hause und erwartet Sie. Aber falls ihr wirklich etwas zugestoßen sein sollte, würden wir uns unser Leben lang Vorwürfe machen, dass wir so viel Zeit mit unnützem Streit vertan haben. Ich bin froh, dass ich jetzt weiß, was Sie über mich denken! Nun müssen wir aber überlegen, wo wir unsere Suche beginnen. Wir sind beide sehr aufgewühlt. Bevor wir uns weiter mit Vorwürfen überschütten, die wir später bereuen, sollten wir uns ganz und gar auf die Suche von Camille konzentrieren.« Patrick öffnete den Schlag und wandte sich an den Kutscher. »Jack, erzählen Sie mir ganz genau, was heute Vormittag passiert ist.«

Jack bemühte sich, sich seinen Rausch nicht anmerken zu lassen, und stieg vorsichtig von seinem Kutscherbock herunter. »Wenn Mylady behaupten, ich sei sturzbetrunken, ist das maßlos übertrieben. Ich habe mir auf Coney Island höchsten drei Bierchen genehmigt.«

Patrick nickte verständnisvoll. »Schon gut, Jack. Erzählen Sie der Reihe nach.«

»Da gibt es nicht viel zu erzählen«, brummte der Kutscher. »Das junge Fräulein hat sich in die Main Street zu dem Goldschmied fahren lassen. Nach nicht mal einer halben Stunde stieg sie vergnügt wieder bei mir ein und wollte zurück nach Hause. Unterwegs änderte sie ihre Meinung und ließ sich in die Cross Street bringen. Dort hieß sie mich vor einem gepflegten kleinen Haus halten, gab mir den Nachmittag frei und versicherte mir, sie würde später mit einer Mietdroschke heimkommen.«

»Finden Sie da wieder hin, Jack?«, fragte Patrick.

»Selbstverständlich!«

»Worauf warten wir? Wir fahren so schnell wie möglich hin«, rief Tante Catherine.

Die Kutsche ratterte in hohem Tempo in Richtung Süden. Als sie an einer Kreuzung rechts abbogen, beobachtete Patrick, wie sich die Tür einer großen Kneipe öffnete und eine Gruppe laut lachender und grölender Männer heraustrat.

»Um Himmels willen! Ich darf gar nicht daran denken, was meiner Nichte in so einer verruchten Gegend alles zustoßen kann!«, sagte Catherine entsetzt. »Ich werde Jack entlassen. Wie konnte er Camille dort aussetzen!«

»So schlimm ist es in dem Viertel gar nicht. Ich bin hier geboren worden. Die meisten Menschen in den Five Points haben das Herz auf dem rechten Fleck. Die Cross Street liegt in einer sichereren Gegend«, meinte Patrick beruhigend.

»Soll mich das etwa trösten?«

Statt einer Antwort starrte Patrick nervös aus dem Fenster.

Nach einer Weile hielt die Kutsche an. Der Kutscher zeigte mit seiner Peitsche auf ein friedlich im Dunkeln stehendes Häuschen.

Patrick war noch nie in dieser Straße gewesen. Was hatte Camille hier gewollt und wer mochte hier wohnen? Trotz der späten Stunde öffnete er das Gartentor und bediente den Türklopfer. Nichts rührte sich. Er hielt eine Weile sein Ohr an die Tür, aber kein Laut war zu hören. Er versuchte, durch die Fenster zu sehen, aber auch im Inneren des Häuschens konnte Patrick nichts erkennen. Entweder war niemand da, oder die Bewohner schliefen fest.

Enttäuscht kehrte er zur Kutsche zurück. »Hier ist keine Menschenseele. Ich weiß beim besten Willen nicht, was Camille hierhergeführt haben könnte.«

»Ach, dann hatte Camille offenbar auch vor Ihnen Geheimnisse! Das sollte Ihnen zu denken geben«, bemerkte Catherine süffisant. »Womöglich ist dieses unscheinbare Häuschen ein Liebesnest der Familie Johnson, und sie trifft sich dort mit ihrem neuen, reichen Verehrer Marc!«

Patrick sah Lady Catherine empört an. Er durfte sich unter keinen Umständen von ihr provozieren lassen. So ruhig wie möglich erwiderte er: »Das wird sich alles aufklären. Lady Catherine, das Beste wird sein, wir teilen uns auf. Sie fahren mit Ihrer Kutsche nach Hause. Ich hoffe inständig, dass Camille Ihnen dort die Tür öffnen wird. Ich begebe mich auf dem schnellsten Weg in die Redaktion. Vielleicht ist sie auf eine interessante Story gestoßen und hat die Zeit darüber vergessen. Oder aber sie steckt dort im Fahrstuhl fest. Wir haben schon mal eine Nacht gemeinsam im Aufzug zugebracht.«

»Sie beide allein?«, fragte Lady Catherine entsetzt.

Patrick nickte.

»Wenn Sie es gewagt haben sollten, meiner Nichte einen irischen Bastard einzupflanzen, dann gnade Ihnen Gott!« Die alte Dame zitterte am ganzen Körper vor Entrüstung.

Patrick spürte, dass Lady Catherine am Ende ihrer Kräfte war. Er riss sich zusammen und ignorierte die letzte Bemerkung. »Ich verstehe, dass Sie in Sorge sind. Aber lassen Sie bitte Ihre Verzweiflung nicht an mir aus.« Er strich ihr teilnahmsvoll über den Arm und sah, dass Lady Catherine plötzlich in Tränen ausbrach.

»Es tut mir leid, ich bin wirklich zu weit gegangen. Ich habe solche Angst, Patrick. Mein siebter Sinn sagt mir, dass etwas Entsetzliches passiert sein muss«, schluchzte die alte Dame an seiner Schulter.

Patrick ließ sich nicht anmerken, dass auch seine Sorge um Camille wuchs. »Wenn Sie erlauben, suche ich Sie heute Nacht noch auf, sobald ich in der Redaktion nachgeschaut habe.«

»Ich bete zu Gott, dass Sie mit guten Nachrichten zu mir kommen!« Lady Catherine sackte schluchzend in sich zusammen, und Patrick gab dem Kutscher ein Zeichen loszufahren.

Zwei Stunden später stand Patrick wieder vor dem kleinen Haus in der Cross Street. Sein Herz raste vor Angst um Camille. Sie war weder in der Redaktion gewesen noch bei ihrer Tante aufgetaucht. Ehe er Luke Smith über Camilles Verschwinden alarmieren würde, wollte er hier noch einmal genauer nachsehen. Vielleicht würde ihm ja jetzt jemand aufmachen. Je mehr Zeit verstrich, desto schwerer fiel es ihm, seine Panik in Schach zu halten. Wie Lady Catherine befürchtete er inzwischen auch, dass Camille etwas zugestoßen sein musste.

Er klopfte erneut an die Haustür. Wieder vergebens!

Er hatte sich bei Lady Catherine Zündhölzer und eine Laterne mitgenommen. Auf dem Türschild konnte er den Namen Brown lesen. Irgendwie kam ihm der Name bekannt vor.

Patrick beschloss kurzerhand, eine Straftat zu begehen. Das war der Ort, an dem Camille zuletzt gesehen worden war. Er musste hier einbrechen. Auch wenn es abwegig war: Vielleicht wurde sie im Haus gefangen gehalten. Patrick wollte nichts unversucht lassen, um sie endlich zu finden.

Um so wenig Aufmerksamkeit wie möglich zu erregen, schlich er um das Haus herum. Er nahm einen Backstein und schlug die Scheibe der Hintertür ein. Ein Griff durch das kaputte Fenster, und er konnte die Türklinke herunterdrücken. Es war ein Kinderspiel, in das Haus einzudringen. Kurz lauschte er, aber es rührte sich nichts.

Er befand sich offensichtlich in der Küche. Im Schein der Laterne konnte er zwei benutzte Teetassen in der Spüle erkennen. Patrick fiel nichts Außergewöhnliches auf. Vorsichtig öffnete er die Tür und ging in das Wohnzimmer. Ein runder Holztisch mit vier Stühlen und ein durchgesessenes beigefarbenes Sofa befanden sich dort. Patrick nahm ein paar Bücher aus dem Regal unter dem Fenster und untersuchte sie auf dem Tisch. Erstaunt stellte er fest, dass es sich um lauter Mathematikbücher handelte. Plötzlich ging ihm ein Licht auf. Er erinnerte sich wieder an Mr Brown, den Statiker auf der Baustelle, den Camille so sympathisch fand. Warum um Gottes willen hatte Camille ihn aufgesucht? Ein Anflug von Eifersucht durchfuhr ihn. Camille hatte den Namen des Statikers ihm gegenüber nie wieder erwähnt. Er riss sich zusammen, musste einen klaren Kopf behalten.

Patrick sah sich um: Alles war akribisch aufgeräumt. Er betrat ein spartanisch eingerichtetes Badezimmer. Nur ein Rasiermesser und ein Riemen sowie eine Zahnbürste befanden sich in der emaillierten Waschschüssel. Es roch stark nach Putzmittel.

Hier im Haus würde er Camille nicht finden, so viel stand fest. Patrick wollte gerade gehen, als sein Blick am Ende des Flurs auf eine geöffnete Tür fiel. Er hob die Laterne und näherte sich langsam dem Raum. Sein Herz klopfte wild. Mit dem Ellbogen stieß er die Tür auf. Fassungslos klammerte er sich an den Rahmen. Er traute seinen Augen nicht und bekam am ganzen Körper eine Gänsehaut. Vor ihm befand sich das grauenerregendste Zimmer, das er je in seinem Leben gesehen hatte. Es verschlug ihm die Sprache. Plötzlich entdeckte er am Boden neben einem umgefallenen Stuhl eine Handtasche. Entsetzt kniete er sich nieder. »Oh mein Gott, bitte nicht«, flüsterte er.

Es war eindeutig Camilles Handtasche. Direkt daneben lag eine zerbrochene Flasche Äther.

30. Kapitel

New York, September 1885

Camille schlug die Augen auf. Um sie herum war es stockfinster. Ihr Schädel pochte vor Schmerzen. Ihr war speiübel. Sie wollte sich aufrichten, aber das ging nicht. Mit den Händen tastete sie vorsichtig die Umgebung ab. Wo war sie? Panik ergriff sie. Ihre Fingerspitzen fuhren über raues Holz. Sie griff mit den Händen unter sich. Sie lag auf etwas Weichem, das muffig und modrig roch. »Hilfe!«, schrie sie. »Hört mich jemand?«

Niemand antwortete. Mit den Fäusten trommelte sie auf das über ihr befindliche Holzbrett, aber es war vergebens. Es musste zugenagelt sein, und ihre Kraft reichte nicht aus, um es auch nur einen Millimeter zu bewegen. Durch die Anstrengung und die staubige Luft bekam sie einen Hustenanfall. Befand sie sich in einer Truhe? Oder war sie lebendig in einen Sarg gesperrt worden?

Camille zwang sich, ruhig zu bleiben. Ihr Kopf war leer. Sie versuchte, rhythmisch ein- und auszuatmen. Sie konzentrierte sich. Woran konnte sie sich erinnern? Wo war sie zuletzt gewesen?

Langsam kamen die Erinnerungen zurück. Ihr Herz raste vor Aufregung. Warum war sie nur so dumm gewesen? Warum hatte sie sich nicht zurückgehalten und gewartet, bis Patrick oder Luke Smith mit ihr zusammen zu Mr Brown gefahren waren? Warum war sie nur so leichtsinnig gewesen? Der blinde Ehrgeiz nach neuen Informationen hatte sie dorthin getrieben, und jetzt würde sie mit ihrem Leben dafür bezahlen müssen. Alle hatten sie gewarnt, nicht auf eigene Faust irgendwelche Schritte zu unternehmen. Sie war bei dem alten Juwelier gewesen und dann weiter zu Ashton Brown gefahren. Wie lange mochte das her sein?

Camille schluchzte. War es noch Nacht oder bereits wieder Tag? Plötzlich sah sie alles wieder genau vor sich: Mr Brown hatte ihr freundlich die Tür geöffnet und sie hereingebeten. Die aufgeräumte, einfache Wohnung hatte einen einladenden Eindruck auf sie gemacht. Voller Stolz hatte sie dem Ingenieur berichtet, dass sie ihn als Besitzer der wertvollen Kette identifiziert hatte. Mr Brown war erst kreidebleich geworden, dann war er vor Freude aufgesprungen und hatte ihr überschwänglich die Hand geschüttelt. Fragend hatte er sie angesehen: »Haben Sie die Kette dabei? Sie bedeutet mir alles!«

Sie hatte ihm erzählt, dass sie von dem alten Goldschmied sein schweres Familienschicksal in groben Zügen kannte.

Mr Brown war die ganze Zeit über völlig ruhig geblieben.

»Machen Sie mir die Freude und trinken Sie mit mir zur Feier des Tages eine Tasse Tee?«, hatte er gefragt.

Sie erinnerte sich daran, wie sie mit ihm am runden Wohnzimmertisch Platz genommen hatte. Aus dem Augenwinkel hatte sie beobachtet, wie er in der Küche während des Wasserkochens eine große Flasche Rum unter der Spüle hervorzog und einen kräftigen Schluck daraus nahm. Sie hatte es sich nicht verkneifen können zu fragen, ob es nicht etwas früh war, um bereits Alkohol zu trinken. Mr Brown hatte sie angelächelt und gemeint, der Rum diene nur der Beruhigung seiner angegriffenen Nerven. Er setzte sich mit dem Tee zu ihr und begann, in groben Zügen die Familiengeschichte rund um die Kette zu erzählen. Auf ihre Frage hin, warum er die Symbole der Freimaurer habe eingravieren lassen, hatte er geantwortet: »Sie haben schon bei unserer ersten Begegnung auf der Baustelle mein Vertrauen genossen. Ich hatte Ihnen bereits damals gesagt, dass die Johnsons korrupt sind und der Sockel bewusst viel zu klein konstruiert worden ist. Weiter wollte ich mich damals nicht aus dem Fenster lehnen. Vermutlich ist Ihnen nicht bekannt, dass ich von dieser ach so angesehenen Familie aufs Schändlichste gedemütigt worden bin. Sie haben ihren ganzen Einfluss geltend gemacht und alles darangesetzt, dass ich als Kandidat bei den Freimaurern abgelehnt wurde. Der alte Johnson hat behauptet, ich sei Alkoholiker!«

Camille hatte beobachtet, wie Mr Brown vor Wut zu zittern begann. Ehe sie zu dem Vorwurf etwas erwidern konnte, fuhr er aufgebracht fort: »Ich wäre bereit gewesen, die Kette, die mir alles bedeutet, für die Aufnahme zu spenden. Ich weiß, dass mein Rückhalt bei den übrigen ehrwürdigen Logenvätern groß ist. Sie haben mich sogar ermutigt, zu ihrem Kreis dazuzustoßen. Etliche kannten noch meinen Großvater, der auch Freimaurer gewesen war. Einzig die Familie Johnson hat alles unternommen, um mich zu diskreditieren. Sie wollten kein neues Mitglied aufnehmen, das die statischen Berechnungen für die Freiheitsstatue lautstark kritisiert. Der Gipfel der Infamie aber war, dass sie meine Kette gestohlen haben!«

Camille hatte betreten geschluckt. »Da haben Sie vollkommen recht. Das ist wirklich ein bodenloser Skandal! Waren Sie es, der die anonymen Briefe geschrieben hat?«

Mr Brown nickte. »Was blieb mir denn anderes übrig?«

»Dass Sie den Diebstahl Ihres Schmucks angezeigt haben, verstehe ich. Aber woher wussten Sie von dem Prostituiertenmord? Es gibt leider auch Grund zu der Annahme, dass ein Mitglied der Familie für den Mord an zwei Prostituierten verantwortlich ist.«

»Wann immer es meine Zeit erlaubte, habe ich die männlichen Mitglieder der Familie Johnson beschattet. Ich konnte nicht eindeutig sagen, welcher der Brüder als Mörder infrage kommt. Um nicht in die Geschichte hineingezogen zu werden, habe ich der Polizei meine Informationen anonym zugespielt.«

»Ich bin erschüttert, welches Unrecht Sie erfahren haben, und es tut mir in der Seele weh.« Spontan hatte sie seine Hand ergriffen. »Aber machen Sie sich keine Sorgen, Mr Brown, die Wahrheit wird ans Licht kommen.«

»Gott gebe, dass Sie recht behalten. Ich bin so froh, dass Sie mich aufgesucht haben. Sie sind der erste Mensch, der mir seit Jahren zuhört. Früher musste ich mich um das Wohlergehen meiner Mutter kümmern. Sie hat viel mitgemacht und bedurfte meiner Zuwendung. Nach ihrem Tod habe ich mich ganz und gar der Verwirklichung des Baus der Freiheitsstatue gewidmet. Dafür musste ich mir viel Spott und Häme von meiner Umgebung anhören.«

Camille hatte ihn angelächelt und gemeint, dass es ihr diesbezüglich ganz ähnlich ginge.

»Ich hatte das große Glück, Ihren Landsmann Bartholdi 1872 bei einem Vortrag hier in der Stadt zu erleben. Das war der Wendepunkt meines Lebens. Ich habe in dem Mann einen Seelenverwandten gefunden. Nicht nur die Idee der Freiheitsstatue hat mich fasziniert, sondern auch sein Frauenbild und die Achtung vor dem tugendhaft Weiblichen. Mit der Darstellung der Freiheitsstatue hat er einen Gegenentwurf zu der um sich greifenden Verrohung der Moral geschaffen. Schauen Sie nur nach Coney Island, was für verderbte Weibsbilder sich dort zur Schau stellen. Widerlich! Männer vergessen alle guten Sitten, und vor Huren machen nicht einmal die Gebildeten, die doch die Stützen der Gesellschaft sein müssten, halt. Verzeihen

Sie, wenn ich mich in Rage rede, aber es bricht alles aus mir heraus, weil ich so froh bin, dass meine geliebte Kette wieder aufgetaucht ist! Sie wissen gar nicht, wie sehr ich in den letzten Monaten gelitten habe.«

»Ihnen wird Gerechtigkeit widerfahren, Mr Brown, und ich werde mich persönlich dafür starkmachen, dass man Sie doch in der Loge aufnimmt, da es mir unbegreiflich ist, wie man einen Mann von Ihrem Format zurückweisen konnte.« Als Camille sah, dass er sich langsam wieder beruhigte, fuhr sie fort: »Eigentlich dürfte ich es Ihnen gar nicht erzählen, aber während wir hier sitzen, hat die Polizei dem Mörder in der Alden Street eine Falle gestellt. Wir werden bald erfahren, wer der Mörder der beiden Prostituierten ist.«

»Darf ich Sie um etwas bitten, Miss St. Laurent?« Camille hatte genickt. »Würden Sie wohl so liebenswürdig sein und mich zu dem alten Johnson begleiten, um die Kette abzuholen? Ich will nicht, dass er das Medaillon hierherbringt!«

Camille sah in verständnisvoll an. »Diesen Dienst erweise ich Ihnen gern.«

»Ich wünschte, es gäbe mehr Frauen wie Sie. Dann wäre ich nicht allein geblieben.«

Camille hatte die letzte Bemerkung geflissentlich überhört und gesehen, dass seine schmale Hand erneut zu zittern begann.

Brown war aufgestanden und hatte seinen Mantel von der Garderobe genommen. »Liebe Miss St. Laurent, wir werden uns in der Kutsche weiter unterhalten. Es drängt mich zu meiner Kette. Bitte warten Sie hier kurz auf mich, bis ich eine Kutsche gerufen habe, die uns zu den Johnsons bringt. Da es angefangen hat zu regnen, ist es für Sie komfortabler, wenn Sie hier im Trockenen warten.«

Camille war von seiner Fürsorge und Zuvorkommenheit ganz gerührt gewesen.

Die Minuten verstrichen, und er kam nicht zurück. Wie dumm, dass sie Jack nicht gebeten hatte, auf sie zu warten.

Nach einer Weile merkte sie, dass sie zu viel Tee getrunken hatte. Auch wenn es sich in einem fremden Haus nicht schickte, verspürte sie das dringende Bedürfnis, eine Toilette aufzusuchen. Sie stand auf und trat nervös von einem Bein aufs andere. Als sie es nicht länger ausgehalten hatte, war sie auf den dunklen Flur getreten. Zwei Türen standen zur Auswahl. Die rechte war nur angelehnt, und sie drückte sie vorsichtig auf.

Camille blieb wie angewurzelt stehen. Zu Tode erschrocken schrie sie auf. Das Schlafzimmer war überfüllt mit Abbildungen der Freiheitsstatue: kleine Skulpturen, Ketten, Anhänger, Bilder, Büsten, Zeichnungen und Holzschnitzereien übersäten die Wände und den Boden. In der Mitte des Zimmers stand ein Doppelbett mit roter Bettwäsche, in dem eine Frau lag. »Verzeihen Sie«, hatte Camille entsetzt gestammelt und wollte gerade wieder hinausgehen, doch ihre Augen hatten sich inzwischen an das Halbdunkel in dem Raum gewöhnt. Sie merkte, dass die Frau nicht atmete und sich auch nicht bewegte. Obwohl ihr ein Schauer den Rücken hinunterlief, zwang sie sich, in das Schlafzimmer hineinzugehen.

»Grundgütiger«, war es ihr entfahren. »Was um alles in der Welt ist das hier?« Sie war näher an das Bett getreten. Für ein paar Sekunden hatte sie geglaubt, dass in dem Bett eine mumifizierte Frauenleiche lag. Vorsichtig hatte sie die Person berührt. Erleichtert hatte sie festgestellt, dass die Frau aus Wachs war. Noch nie hatte sie so etwas Gruseliges gesehen. »Das ist ja eine Schaufensterpuppe!« Auf dem Haupt trug sie eine siebenzackige Krone aus Stanniolblech. Der starre Blick aus ihren Glasaugen und die echten Haare wirkten abstoßend. Die Wangenknochen waren mit Rouge gepudert und die Lippen rot geschminkt. Um die Glasaugen herum hatte jemand dilettantisch Wimpern aufgemalt.

Todesmutig hatte Camille die Bettdecke zurückgeschlagen. Die Puppe war nackt. Ein dreieckiges Stück Schaffell befand sich zwischen den Beinen, und zwei ausladende Wachsberge sollten offensichtlich die Brüste darstellen. Um den Hals war eine einfache Souvenirkette der Freiheitsstatue gehängt.

Schockiert hatte sie die Puppe wieder zugedeckt. Camille schüttelte sich. In seiner Einsamkeit hatte Mr Brown sich die Freiheitsstatue ins Bett geholt und lebte in einer Fantasiewelt mit ihr. Eine Woge des Mitleids überkam sie. Was mochte ihm nur widerfahren sein, dass er so geworden war? Ihr fiel plötzlich wieder ein, was er ihr vor wenigen Augenblicken über sein Frauenbild offenbart hatte. Vielleicht hatte er so eine überhöhte Vorstellung von einer Frau, dass kein lebendiges Wesen je daran heranreichen konnte. Es tat ihr leid, dass sie den Schleier gelüftet hatte und in seine Intimsphäre eingedrungen war. Sie schwor sich, niemandem davon zu erzählen, nicht einmal Patrick.

Der Raum roch schwer nach süßlichem Rosenwasser. Sie betrachtete den Nachttisch. Auf ihm befand sich eine Art Altar mit dem Bild einer älteren Frau. War das seine Mutter, die der Goldschmied als zuvorkommend und freundlich beschrieben hatte?

Plötzlich war ihr Blick auf verschiedene Frauenporträts gefallen, die in Augenhöhe an der Wand hingen. Sie war näher herangetreten. Das erste Bild zeigte die Gesichtszüge der Freiheitsstatue. Die zwei nächsten Porträts waren ihr unbekannt. Direkt daneben hing ein Bildnis von Olivia. Dann kam ein Bild von Susan, daneben eines von Amanda. Ihr Herz schlug bis zum Hals. Um Himmels willen! Wie konnte es sein, dass Mr Brown von all den Frauen Porträts angefertigt hatte? Er musste sie kennen!

Camille hatte nach Luft geschnappt. Schlagartig war ihr klar geworden, dass nur Mr Brown der Mörder sein konnte.

Da setzte ihr Herzschlag aus, denn neben Amanda entdeckte sie ein Bildnis von sich selbst. Ihr wurde schlecht vor Angst. Sie musste so schnell wie möglich raus aus dem Zimmer und durfte sich nichts anmerken lassen, wenn er zurückkehrte.

Camille hatte sich auf dem Absatz umgedreht und zu ihrem Entsetzen direkt in die Augen von Mr Brown geblickt. Sie erinnerte sich jetzt wieder daran, wie er sie angebrüllt hatte: »Das hätten Sie nicht tun dürfen, Camille. Wie können Sie es wagen, mein Schlafzimmer zu betreten?«

»Es tut mir unendlich leid, Mr Brown. Ich wünschte, ich hätte nie einen Fuß in diesen Raum gesetzt.« Tränen waren ihr in die Augen gestiegen. Sie verfolgte, wie Mr Brown nervös wie ein eingesperrter Löwe im Käfig auf und ab ging. Verzweifelt hatte sie versucht, irgendwie sein Mitleid zu erwecken, aber das gelang ihr nicht. Der Mann war wie ausgewechselt. Plötzlich nahm er einen Stuhl, der neben dem Doppelbett stand, und zwang Camille, sich daraufzusetzen. Dann griff er nach einem Schal. Sie hatte panische Angst gehabt, dass er sie erwürgen würde, aber er knotete ihr nur die Handgelenke auf dem Rücken zusammen. Außer sich vor Wut riss er die Gardinenkordel vom Fenster und fesselte ihre Beine.

Camille richtete sich auf. Sie konnte sich nicht mehr rühren. Instinktiv wusste sie, dass sie keine Schwäche zeigen durfte und mit ihm im Gespräch bleiben musste. »Wie kommen die Porträts von all den Frauen in dieses Zimmer?«

»Wenn Sie zwei und zwei zusammenzählen, wissen Sie es bereits«, hatte er bitter geantwortet.

»Warum musste Olivia sterben?«

Mr Brown ging zum Nachtkästchen und nahm eine angebrochene Flasche Rum heraus. Er setzte sie an und trank einen gierigen Schluck. Sein Adamsapfel sprang rauf und runter. Camille hatte gesehen, wie ihm der Schweiß die Schläfen herabrann. Sie fragte sich wieder, warum ein so attraktiver und gebildeter Mann vollständig auf die schiefe Bahn hatte geraten können und offensichtlich dem Wahnsinn anheimgefallen war.

Mr Brown hatte sich auf das Ehebett plumpsen lassen. »Dieses primitive Weibsstück könnte noch leben …«, lallte er. »Sie hätte nur reden müssen. Ich habe die Kutsche der Johnsons beobachtet, die nicht nur einmal vor ihrem Haus in der Alden Street stand. Sie hatte ihre Chance! Doch sie hat beharrlich über den Verbleib meines Erbstücks geschwiegen. Angelogen hat sie mich! Sie hat geleugnet, irgendetwas mit Mr Johnson zu tun zu haben. Ich habe ihr gesagt, was mir die Kette bedeutet, sie beschworen, sie mir zu geben, aber sie hat so getan, als wenn ich verrückt wäre. Darum habe ich ihr die Kehle durchgeschnitten. Sie ist selbst schuld!«

»Und Amanda?«

»Diese billige Hure hat mich ausgelacht. Deshalb habe ich sie zum Schweigen gebracht.«

»Wollen Sie mich auch zum Schweigen bringen?«

»Nein, Mademoiselle St. Laurent. Ihnen würde ich niemals etwas zuleide tun. Ich werde mir jetzt meine Kette bei Mr Johnson holen und dann für immer verschwinden.«

Ehe sie etwas hatte erwidern können, hatte er sie brutal im Genick gepackt und zu Boden gedrückt. Das Letzte, woran sie sich erinnern konnte, war, dass er ihr ein feuchtes Taschentuch auf die Nase hielt, das stark nach Äther stank. Sie hatte versucht zu schreien, aber kein Laut war ihr über die Lippen gekommen. Ihr Kopf war nach hinten gesackt, und sie war bewusstlos geworden.

Camille weinte. Immer wieder schlug sie mit der Faust gegen die Holzplanke. Als sie spürte, dass ihre Knöchel zu bluten begannen, hörte sie auf. Wer sollte sie auch finden? Sie war lebendig begraben worden und würde nun grausam und qualvoll verdursten, verhungern oder ersticken.

Camille schluchzte. Ihr Kindermädchen Mademoiselle Montabon hatte also recht behalten!

Camille fiel es immer schwerer zu atmen. Sie fühlte eine bleierne Schwere über sich kommen. Sie zwang sich, an Patrick zu denken. Er würde vermutlich gerade den Verstand verlieren, falls er überhaupt schon wusste, dass ihr etwas zugestoßen war. Camille war sich sicher, er würde alles versuchen, um sie zu finden. Doch ihre Hoffnung, dass er sie noch rechtzeitig retten würde, war gering. Selbst wenn es ihm in der kurzen Zeit, die ihr noch blieb, gelingen sollte herauszufinden, dass nicht die Johnsons, sondern Mr Brown hinter all dem steckte, war der Mörder sicher schon längst über alle Berge.

Sie zwang sich, nicht aufzugeben. Sie wollte leben! Sie musste an etwas Schönes denken. Camille rief sich jede einzelne Begegnung mit Patrick ins Gedächtnis. Sie hatten so viel miteinander erlebt: miteinander gestritten und sich wieder versöhnt, zusammen gelacht und diskutiert, sich gegenseitig die schlimmsten und ihre schönsten Erlebnisse anvertraut. Sie liebte seinen Humor, die Ruhe, die er ausstrahlte, egal, was passierte. Selbst die permanenten Provokationen von Tante Catherine hatte er souverän pariert. Camille war froh, ihm bei ihrer Bootspartie ihre Liebe gestanden zu haben. Sie hatte Angst davor gehabt, wie er damit umgehen würde, weil sie gespürt hatte, wie viel ihm seine Ungebundenheit und Freiheit bedeuteten. Doch diese Angst war unbegründet gewesen.

Camille lächelte glücklich in die Dunkelheit. Das Wissen um seine bedingungslose Liebe gab ihr Kraft und machte sie stark.

Plötzlich fiel ihr ein, dass Patrick auf Coney Island gesagt hatte, sie solle alle bösen Gedanken an Professor Dupont von einem Elefanten niedertrampeln lassen. Das hatte erstaunlicherweise funktioniert. Als sie sich letzte Woche in der Bibliothek der *New York World* aufgehalten hatte, war ihr durch Zufall ein

Aufsatz über die Tierrituale der amerikanischen Ureinwohner in die Hände gefallen. Die Indianer riefen, wenn sie in Not gerieten, den Geist ganz unterschiedlicher Tiere an, die sie Krafttiere nannten. So hielten sie offenbar die entsetzlichsten Schmerzen und Qualen aus. Während sie überlegte, welches Tier ihr in ihrer Situation helfen könnte, erschien vor ihrem inneren Auge plötzlich ein riesiger Weißkopfadler. Er öffnete seine gewaltigen Schwingen und erhob sich mit ihr zusammen in den strahlend blauen Himmel ...

31. KAPITEL

New York, September 1885

Luke Smith war so übermüdet, dass seine Augen rot unterlaufen waren und brannten. Seit vierundzwanzig Stunden hatte er nicht mehr geschlafen. Der Einsatz in der Alden Street war ein Fehlschlag gewesen.

Lady Catherine hatte mit ihrem lautstarken Auftritt unter Garantie alles vermasselt. Er war froh gewesen, als Patrick mit der alten Furie verschwunden war.

Lediglich zwei suspekte Personen waren ihnen ins Netz gegangen. Bei dem ersten Mann, der an Susans Tür geklopft hatte und der sofort festgenommen worden war, hatte es sich um einen gewöhnlichen Freier gehandelt. Der zweite Mann, der ihm jetzt auf dem Revier gegenübersaß, wusste nicht, wie ihm geschah. Er fuchtelte aufgeregt mit seiner Bibel herum: »›Wer unter euch ohne Sünde ist, der werfe den ersten Stein auf sie.‹ So steht es bei Johannes, Kapitel 8, Vers 7! Jesus Christus hat die Ehebrecherin vor dem Mob bewahrt. Er hat sich vor die Frau gestellt, obwohl sie von einer großen Menschenmenge gesteinigt werden sollte.«

»Mussten Sie Ihre Missionsarbeit ausgerechnet mitten in der Nacht vornehmen?«, fragte Luke gereizt.

»Es gibt nie den falschen Augenblick, wenn man einen Menschen auf den Weg der Tugend zurückführen möchte.« Der Mann strich sich selbstbewusst durch seinen langen, wallenden Vollbart. »Ich beteure Ihnen, ich bin erst seit zwei Wochen in New York. Ich bin Quäker. Bei uns ist die christliche Mission Pflicht. Wir wollen, dass jedermann, ob arm oder reich, die frohe Botschaft erfährt. Jeder einzelne Mensch hat einen einzigartigen Wert. Deshalb wenden wir uns so entschieden gegen jede Erniedrigung und Diskriminierung von Individuen.«

Luke Smith wollte den Redefluss des Kerls stoppen, aber vergebens.

»Auch für dich, mein Sohn«, der Missionar sah ihn durchdringend an, »ist es noch nicht zu spät, nach den Regeln und Geboten der Bibel zu leben.«

»Ich bin auch von morgens bis abends mit nichts anderem beschäftigt, als Menschen zurück auf den rechten Weg zu bringen. Aber glauben Sie mir, es gibt Tage, da bin ich nahe daran zu verzweifeln. Heute zum Beispiel!« Luke seufzte.

»Wenn du glaubst, es geht nicht mehr, kommt von irgendwo ein Lichtlein her«, versuchte der Missionar ihn zu trösten.

Luke verdrehte die Augen. »Guter Mann, Sie haben mich ganz und gar von Ihrer Unschuld überzeugt. Es tut mir aufrichtig leid, dass ich Sie mitten in der Nacht mit auf die Wache nehmen musste. Wir jagen einen Verbrecher, da kann es schon passieren, dass man den Falschen verdächtigt.«

In dem Moment stürmte Patrick zur Tür herein. Er war kreidebleich und zitterte am ganzen Körper.

»Luke, lass alles stehen und liegen. Ich weiß, wer der Mörder ist!«

Luke sprang auf.

Außer sich fügte Patrick hinzu: »Er hat Camille in seiner Gewalt! Es ist Ashton Brown. Er ist Statiker und arbeitet auf der Baustelle der Freiheitsstatue.«

»Ich werde für die Seele der Frau beten und ebenso für den unglücklichen Sünder. Beide sind Gottes Kinder.« Der Missionar erhob sich. »Kann ich jetzt gehen?«

»Raus, raus!« Luke schob ihn aus seinem Büro. Dann fragte er Patrick: »Wie kommst du darauf, dass er der Täter ist?«

»Ich war in seinem Haus. Es gibt keinen Zweifel! In seinem Schlafzimmer hängen Porträts von Olivia, Amanda, Susan und auch von Camille. Wir müssen sie finden, jede Sekunde zählt! Der Mann muss geistesgestört sein!«

»Beruhig dich, Patrick. Es macht keinen Sinn, ohne jeden Plan nach Camille zu suchen. Wenn wir diesen Mr Brown finden, führt er uns sicher zu Camille. Ich werde ihn sofort zur Fahndung ausschreiben und eine Belohnung auf seine Ergreifung aussetzen. Du bist dir ganz sicher?«

»Absolut.« Verzweifelt packte Patrick Luke am Revers. »Wir können doch nicht hier herumsitzen und untätig darauf warten, bis dieser Mr Brown festgenommen wird. Camille ist jetzt schon seit circa zwölf Stunden verschwunden.« Patrick schilderte Luke in kurzen Worten, dass er in das Haus in der Cross Street eingebrochen war und was er dort entdeckt hatte.

Luke sah Patrick bedrückt an. Er würde es seinem Freund nie sagen, aber insgeheim befürchtete er das Schlimmste. Der Mörder hatte mit den beiden anderen Frauen kurzen Prozess gemacht. Seiner Erfahrung nach blieben Serienmörder ihrem Schema treu. »Patrick, ich muss hier nur noch einige Anweisungen geben und so viele Einsatzkräfte wie möglich mobilisieren, dann fahren wir zusammen in die Cross Street. Ich will mir den Tatort anschauen.«

Patrick nickte niedergeschlagen.

Luke wollte gerade sein Büro verlassen, da drang aus dem Vorzimmer ein aufgeregter Disput.

»Nein, Sie können jetzt unmöglich zum Boss. Kommen Sie gefälligst morgen früh wieder«, rief ein Wachtmeister.

»Offenbar wissen Sie nicht, wer ich bin. Ich lasse mich nicht von Ihnen abwimmeln! Ich habe wichtige Informationen für Mr Smith, die keinen Aufschub dulden.«

Luke riss die Tür auf. »Was ist denn hier für ein Lärm? Mr Johnson, was machen Sie denn hier? Ich habe jetzt keine Zeit!«

»Oh doch!«, entgegnete Mr Johnson senior entschieden und marschierte an Luke vorbei in dessen Büro.

»Vor zwei Stunden habe ich unerwarteten Besuch bekommen. Der Mann, dessen Namen ich Ihnen nicht nennen konnte, erschien, um seine Kette bei mir abzuholen.«

»Mr Brown?«, fragten Patrick und Luke wie aus einem Mund.

»Ja. Aber woher wissen Sie den Namen?«, erkundigte sich Mr Johnson erstaunt.

»Das tut jetzt nichts zur Sache. Bitte fahren Sie fort«, drängte Luke.

»Mr Brown hatte erfahren, dass sich die Kette wieder bei mir befand. Ich habe mich mehrfach entschuldigt und ihm versichert, dass ich ihm das Schmuckstück in den nächsten Tagen persönlich vorbeigebracht hätte. Der Mann hörte mir gar nicht richtig zu und wirkte auf mich sehr aufgeregt. Er riss mir die Kette förmlich aus der Hand. Ohne sich zu verabschieden, rannte er aus meinem Haus. Ich bin ihm nachgelaufen, um ihm zu sagen, wie peinlich mir das Fehlverhalten meines Sohnes sei. Deshalb wolle ich versuchen, die Logenbrüder noch einmal über seine Mitgliedschaft abstimmen zu lassen. Dank einer großzügigen Spende meinerseits sollte dies möglich sein. Ich rief Mr Brown hinterher, dass er stehen bleiben sollte. Stattdessen rannte er immer schneller.«

Gebannt lauschten Luke und Patrick Mr Johnsons Bericht.

»Dann ist etwas Schreckliches passiert. Von rechts kam ein Vierspänner mit schweren Kaltblütern. Sie zogen ein mit

Fässern vollgeladenes Fuhrwerk. Mr Brown lief direkt vor den Wagen. Der Kutscher riss an den Zügeln und versuchte verzweifelt, die Pferde zu stoppen, doch die Pferde trampelten über den am Boden liegenden Mann. Er schrie wie am Spieß. Dann zerquetschten die Räder seine Beine und den Unterleib. Der Anblick war entsetzlich. In kürzester Zeit entstand ein Menschenauflauf.« Mr Johnson war immer bleicher geworden. »Jede Hilfe kam zu spät. Er hauchte in meinen Armen sein Leben aus.«

»Hat Mr Brown noch irgendetwas gesagt, bevor er starb?«, fragte Patrick ungerührt.

»Nein, er hat nur wirres Zeug gestammelt.«

»Überlegen Sie bitte ganz genau«, insistierte Luke.

»Er hat irgendetwas von einem Keller gefaselt«, sagte Mr Johnson unsicher.

Patrick und Luke sahen sich an. Ohne sich weiter um Mr Johnson zu kümmern, stürmten sie aus dem Raum.

Noch ehe die Polizeikutsche in der Cross Street zum Stehen kam, sprangen Patrick und Luke hinaus. Sie liefen durch den Vorgarten zum Hintereingang. Als Luke die zersprungene Scheibe sah, fragte er: »Warst du das?«

Patrick nickte. Dieses Mal machte er sich nicht die Mühe, durch das kaputte Fenster die Klinke hinunterzudrücken, sondern trat die Tür gleich ein.

»Ich bete zu Gott, dass das Haus einen Keller hat und wir Camille dort lebend finden!«, sagte Patrick. Ihm war übel vor Angst.

Während Luke eine Kerze entzündete, suchte Patrick vergeblich nach einer Kellertür. Luke stampfte mit dem Fuß auf den Boden im Wohnzimmer. »Hier klingt es nicht hohl.« Patrick nahm einen Besenstiel und klopfte den Boden von Zimmer zu Zimmer ab.

»Patrick, so leid es mir tut, aber dieses Haus ist nicht unter-kellert. Womöglich hat sich Mr Johnson in der Aufregung ver-hört, oder Mr Brown war schon im Delirium.«

Er wollte Patrick am Arm nehmen und hinausführen, aber der schüttelte ihn wütend ab.

»Das ist die einzige Spur, die wir haben. Du kannst gern zurückfahren, ich bleib hier und lass keinen Stein auf dem anderen, bis ich etwas gefunden habe, das uns weiterhilft!«

»Ich versteh dich ja. Zeig mir mal den Raum, der dich so schockiert hat.«

Patrick lief mit Luke den Flur entlang und stieß die Tür des Schlafzimmers auf.

Während Patrick den Boden untersuchte, murmelte Luke: »Um Gottes willen, du hast wirklich nicht übertrieben. So etwas Gruseliges und Perverses habe selbst ich noch nie gesehen. Und das nach fast dreißig Dienstjahren.« Er schlug die Bettdecke zurück. »Was ging nur in diesem Menschen vor? Du hast gesagt, du hättest diesen Mr Brown auf der Baustelle getroffen. Ist dir irgendetwas an ihm aufgefallen?«

Patrick überlegte. »Nein. Eigentlich war er ganz normal und freundlich. Das Einzige war, dass er die Johnsons der Korruption bezichtigt hat, und er war ein bisschen zu nett zu Camille für meinen Geschmack.«

Luke betrachtete die Zeichnungen. »Dort drüben hängt ein Bild von Olivia mit durchgeschnittener Kehle, hast du das gesehen?«

Patrick nickte.

»Und daneben eines von Amanda mit völlig entstelltem Gesicht. Während Camille auf dem Bild eher verklärt aussieht wie eine Madonna. Der Stil ähnelt den hundert Skizzen, die er von der Freiheitsstatue gemalt hat«, meinte Luke nachdenklich.

Patrick wurde ungeduldig. »Worauf willst du hinaus?«

»Ich glaube, dieser Mr Brown hat bestimmte Frauen verehrt und glorifiziert, dafür aber Prostituierte abgrundtief gehasst. Ehrlich gesagt hatte ich im Polizeirevier kaum Hoffnung, dass Camille noch leben könnte. Aber nach dem, was ich hier sehe, habe ich Zweifel, dass er Camille umgebracht hat. Wir müssen uns in den Mann hineinversetzen und versuchen, so zu denken wie er.«

Im Schein der Kerze betrachtete Luke jede einzelne Skizze aufs Genaueste.

Patrick setzte sich unterdessen erschöpft auf das Doppelbett. Sein Blick fiel auf den Nachttisch und die Gegenstände darauf: ein gerahmtes Porträt einer älteren Frau, die die verfluchte Medaillonkette trug, ein Rosenkranz, ein Kreuz, eine Kerze und eine vertrocknete Rose. Plötzlich fiel Patrick eine Unebenheit auf der Spitzendecke auf, auf der diese Reliquien drapiert waren. Er schlug sie um und entdeckte darunter einen verrosteten Schlüssel.

»Ich schau mal, wo der Schlüssel passt.« Patrick probierte jeden Schrank, jede Schublade und die Haustür. Der Schlüssel passte nirgends. Gerade als er aufgeben wollte, fiel ihm eine mit Tapete überzogene Tür in der Küche auf, die sie vorhin übersehen hatten. Mit zitternden Händen steckte er den Schlüssel ins Schloss und drehte ihn um. Die Tür sprang auf. Vor ihm führte eine steile Treppe in die Tiefe. Patrick entzündete eine Gaslaterne, die auf dem Küchentisch stand, und stieg hinunter.

Enttäuscht stellte er fest, dass er sich in einer Art Vorratskammer befand. Kartoffeln, Karotten und allerlei Einmachgläser standen penibel in einem Regal aufgereiht. Körbe und leere Weinkisten waren gegen die Wand gelehnt.

Patrick wollte gerade wieder nach oben, als er meinte, ein leises Klopfen zuhören. Er lauschte angestrengt. Nach einer halben Ewigkeit vernahm er das Geräusch erneut. Es kam aus dem hinteren Teil des Kellers. Dort stand eine Truhe, die mit altem Geschirr und Gläsern vollgestellt war.

Patricks Herz begann zu rasen. Mit seinem Arm fegte er alles, was auf dem Truhendeckel stand, zu Boden.

Mit zitternden Händen entriegelte er den Deckel, stemmte ihn auf und blickte in Camilles angstgeweitete Augen.

32. KAPITEL

New York, Oktober 1885

Patrick war froh, dass er zu einem Termin ins Rathaus gehen konnte. Er war für jede Ablenkung dankbar. Trotzdem drängte sich immer wieder das Bild von Camille in der Truhe vor sein inneres Auge. Ihm war klar, dass niemand wirklich ermessen konnte, welche Qualen und Todesängste sie im Haus des Mörders erlitten hatte. Es war kein Wunder, dass sie traumatisiert war, auch wenn sie tapfer versuchte, Contenance zu wahren.

Patrick hatte Camille in Windeseile von ihren Fesseln und dem Knebel befreit. Er war schockiert, wie bleich und elend sie aussah. Er hatte Camille hochgehoben, die schmale Stiege hochgetragen und auf das beigefarbene Sofa im Wohnzimmer gelegt. Erst dann hatte er nach Luke gerufen.

Luke war hinzugeeilt und hatte sich neben Camille gekniet. Freudentränen standen ihm in den Augen. »Gott sei Dank, du lebst! Ich wäre meines Lebens nicht mehr froh geworden, wenn dir etwas …«

»Wo ist Mr Brown?«, hatte Camille ihn mit heiserer Stimme unterbrochen.

»Er wird keinem Menschen mehr etwas antun können. Er ist tot«, sagte Patrick beruhigend.

Camille hatte ihren Kopf zur Seite gedreht. »Ich will nur noch nach Hause.«

Luke hatte ihre Hand genommen. »Ich weiß, dass es dir schwerfallen wird, aber hast du die Kraft, uns zu erzählen, was passiert ist?«

Camille hatte genickt und stockend alles erzählt, was ihr widerfahren war. Patrick und Luke hatten angespannt zugehört. Als sie gerade geendet hatte, klopfte es plötzlich an der Tür. Jimmy und Susan stürmten herein.

Susan sah Camille auf dem Sofa liegen und rannte zu ihr. »Ich bin so glücklich, dass sie dich gefunden haben. Ich will gar nicht viele Worte verlieren, aber ich weiß, wie es in dir aussieht. Der Gewalt eines Mannes ausgeliefert zu sein, ist das Schlimmste, das es gibt. Wie gut, dass der Mörder tot ist. Ich hätte es nicht durchgestanden, ihm vor Gericht in die Augen blicken zu müssen. Zwar macht das Olivia und Amanda nicht mehr lebendig, aber wir können dadurch beide besser damit umgehen, was er uns angetan hat.«

Während die beiden Frauen leise miteinander gesprochen hatten, hatte Patrick Jimmy zugeflüstert: »Woher wusstet ihr, dass wir hier sind?«

»Einer der Polizisten hat uns gesagt, dass wir Luke und dich hier antreffen würden und dass der Mörder überfahren wurde«, antwortete Jimmy.

»Ich habe das Gefühl, dass Camille das Gespräch mit Susan guttut. Wir werden bestimmt noch eine Weile hierbleiben. Kannst du Camilles Tante bitte Bescheid geben, dass ihre Nichte in Sicherheit ist?«

Jimmy war sofort aufgebrochen.

Patrick hatte Camille ein Glas Wasser gebracht und ihr geholfen, sich aufzusetzen. Susan hatte Camille eine Decke um die Schultern gelegt und sie im Arm gehalten. Irgendwann hatte Camille Patrick angeschaut und gesagt: »Ich halte es in diesem Haus nicht mehr aus. Bring mich bitte zu meiner Tante, Patrick!«

Er hatte sie hochgehoben, Luke und Susan zugenickt und Camille zur Kutsche getragen. Sie hatte ihren Kopf müde und völlig entkräftet an seine Schulter gelegt und die Augen geschlossen.

Auf dem Nachhauseweg hatten sie sich an den Händen gehalten. Patrick hatte beruhigend auf sie eingeredet. Die geflüsterten Worte waren ihm lächerlich vorgekommen, wenn er sich vergegenwärtigte, was sie durchgestanden hatte.

»Es ist vorbei, du bist in Sicherheit«, hatte er ständig wiederholt und ihr dabei zärtlich über den Kopf gestrichen.

Camille hatte sich eng an ihn geschmiegt. Tränen waren ihr unaufhörlich über die Wangen gekullert. »Ich weiß gar nicht, warum ich nicht aufhören kann zu weinen«, hatte sie geschluchzt.

Als sie in der Fifth Avenue vor dem Haus von Lady Catherine eingetroffen waren, hatte Patrick Camille eindringlich gefragt, ob er nicht doch mitkommen sollte, um ihr beizustehen bei all den tausend Fragen, die jetzt auf sie niederprasseln würden.

»Ich weiß, du bist mit deinen Gedanken bei mir«, hatte Camille gesagt und ihn sanft auf die Wange geküsst. »Aber ich will jetzt erst einmal mit niemandem reden und eine Weile allein sein. Ich muss versuchen, das ganze Chaos in meinem Kopf zu ordnen.«

»Das verstehe ich, Sweetheart. Lass mich dich wenigstens in dein Zimmer tragen.«

Camille hatte dankbar genickt.

In dem Moment war Tante Catherine zur Kutsche gestürmt und hatte den Schlag aufgerissen. »Gott sei Dank! Du bist wohlbehalten wieder da. Du machst dir keine Vorstellungen, was ich in den letzten vierundzwanzig Stunden durchgemacht habe! Ich bin so froh, mein Kind!«

Patrick hatte Camille ins Haus getragen. Alle Hausangestellten hatten sich um Camille geschart.

»Camille hat Unvorstellbares erlitten. Sie braucht jetzt erst einmal Ruhe. Ich bringe sie in ihr Zimmer und lege sie ins Bett.«

Tante Catherine hatte die Vorhänge zugezogen und sich an Patrick gewandt: »Danke, dass Sie Ihr Versprechen gehalten und mir das Kind heil zurückgebracht haben! Es wird das Beste sein, wir lassen Camille jetzt erst einmal schlafen! Ich bleibe bei ihr.«

So erschöpft Patrick auch gewesen war, er war zu aufgewühlt gewesen, um schlafen zu können. Deshalb hatte er beschlossen, in die Redaktion zu gehen. Die Kollegen hatten ihn freudig begrüßt. Es hatte sich längst herumgesprochen, dass der Mörder von Olivia und Amanda die französische Kollegin gekidnappt hatte, diese inzwischen aber glücklicherweise befreit war.

Einige Redakteure hatten ihn umringt und mit Fragen und Kommentaren überhäuft.

»Ich war schon immer der Meinung, dass Frauen nichts im Journalismus zu suchen haben. Egal, wie viel Talent Camille auch haben mag, der Job ist und bleibt zu gefährlich für das weibliche Geschlecht«, hatte sein Kollege Edgar gemeint, der sich seit vielen Jahren nicht davor scheute, seine Nase in den trübsten Sumpf aus Verbrechen, Kriminalität und spektakulären Unglücksfällen zu stecken. »Ich sage es noch einmal, auch auf die Gefahr hin, mich zu wiederholen: Wenn sich so eine zierliche Person wie Camille schon zum Schreiben berufen fühlt, warum verfasst sie dann nicht einen Roman?«

»Altes Haus! Die Zeiten ändern sich. Vom Wiederholen werden deine verfluchten Vorurteile auch nicht besser. Frauen stellen fünfzig Prozent der Bevölkerung dar. Da haben sie verdammt noch mal auch ein Recht darauf, ihren eigenen Standpunkt zu formulieren oder einen Kommentar zu lesen, der von einer Geschlechtsgenossin verfasst wurde. Das müsstest du Dickschädel doch kapieren!«, hatte der Sportreporter aufgebracht angemerkt.

Eine kurze Pause war entstanden.

»Betty, sei doch so gut und bring uns bitte eine Runde Kaffee. Oder schreiben ab jetzt die Frauen, und die Männer kochen Kaffee?«, hatte der Redakteur gefeixt, der über Wirtschafts- und Finanzangelegenheiten berichtete.

Die Sekretärin hatte genervt die Augen verdreht und auf dem Absatz kehrtgemacht. »Entschuldige, Patrick, aber niemand hat Zeit für einen Pressetermin im Rathaus. Ich frage dich ungern nach allem, was du gerade erst durchgemacht hast, aber vielleicht lenkt es dich ja ab. Es geht um die Beleuchtung der Freiheitsstatue. Bist du schon wieder in der Lage zu arbeiten?«

Patrick hatte zwar wenig Lust verspürt, in die City Hall am Broadway zu gehen, trotzdem hatte er zugesagt. Die Arbeit hatte ihm immer über schwierige Situationen hinweggeholfen.

Patrick trat vor das Zeitungshaus und blinzelte in die tief stehende Sonne. Eigentlich war es ein wunderschöner Herbsttag. Das Laub leuchtete in tausend Farben. Er hoffte inständig, dass die grauenhaften Erlebnisse in Ashton Browns Haus kein neues schweres Trauma bei Camille ausgelöst hatten. Erneut war sie, wie damals in Paris, einem Mann ausgeliefert gewesen, der rücksichtslos ihren Willen gebrochen hatte.

So schlimm die Ereignisse gewesen waren, so dankbar war er, dass Camille mit heiler Haut davongekommen war. Welche Spuren das Erlebnis in ihrer Seele hinterlassen hatte, würde erst die Zeit zeigen.

Tief in seinem Inneren wusste und hoffte er, dass seine Liebe zu ihr so stark sein würde, um alle seelischen Verletzungen heilen zu können.

Patrick blickte an der Fassade des Rathauses hoch. Er hasste dieses geschmacklose Gebäude. Der Stilmix aus nachempfundener französischer Renaissance und georgianischer Architektur wirkte zusammengewürfelt. Was für ein Mischmasch! So ziemlich alles, was in den verschiedenen europäischen Städten an Baustilen jemals kreiert worden war, fand sich hier in einem einzigen Gebäude vereint.

Patrick fragte an der Pförtnerloge, wo der informelle Pressetermin mit William Russell Grace stattfinden würde.

»Sie kommen reichlich spät«, bemerkte der Pförtner trocken. »Der Herr Bürgermeister und Ihre Kollegen von der Presse sind im kleinen Sitzungssaal.«

Patrick schaute den Pförtner fragend an.

»Treppe links hoch, dann geradeaus, dann zweimal links. Sie können den Raum gar nicht verfehlen.«

An einem langen Eichentisch saßen etliche Reporter, die für andere Zeitungen arbeiteten und die er fast alle mehr oder weniger gut kannte.

Er nickte entschuldigend in die Runde und nahm auf einem mit grünem Samt bezogenen Stuhl Platz. Patrick kramte seine Schreibutensilien aus der Tasche, um sich Notizen machen zu können.

William Russell Grace war mitten in einer eindringlichen Rede. Grace gehörte der Demokratischen Partei an und hatte sich zeitlebens für die Realisierung der Freiheitsstatue engagiert. »Liebe Freunde der Presse«, fuhr er in seinem starken irischen Akzent fort, »unser hochverehrter und geschätzter Präsident Grover Cleveland hatte einen wirklich genialen Einfall, wie die Freiheitsstatue, die ja nun bald aufgerichtet werden wird, an Bedeutung noch gewinnen könnte.«

Alle Augen ruhten gespannt auf ihm.

»Der Präsident kennt New York wie kein Zweiter. Er weiß um die Tücken des Hafens für die Seefahrt. Deshalb hat dieser kluge Mann die Idee geboren, aus der Freiheitsstatue auch einen Leuchtturm zu machen, der für die Schiffe Sicherheit und Orientierung bieten wird.«

Die Vertreter der Presse schauten ihn ungläubig an.

»Wie soll das gehen, Mr Grace?«, fragte ein junger Reporter.

William Grace genoss die Aufmerksamkeit, die seine Ankündigung hervorrief. »Meine Herren, wie Sie alle wissen, hält die Freiheitsstatue in ihrer rechten Hand eine Fackel, ein Sinnbild der Lebendigkeit, des Erhellens und Erleuchtens. Genau dort wird kein Geringerer als der Erfinder der elektrischen Glühlampe, Thomas Edison, eine Vielzahl seiner modernen Lichtquellen installieren. In der Fackel der Freiheitsstatue wird diese neue amerikanische Erfindung somit ihren Siegeszug um die Welt antreten.«

Einige der anwesenden Männer klatschten begeistert.

Russel Grace beendete mit einer Geste den Applaus. »Ich möchte Sie bitten, vorerst keine Silbe über die Idee unseres verehrten Präsidenten zu veröffentlichen. Noch müssen eine Menge Vorarbeiten und Überlegungen angestellt werden, damit das Projekt überhaupt gelingen kann.«

Patrick klappte seine Kladde zu. Er verspürte keine Lust, sich mit kritischen Fragen in dieser Runde hervorzutun. Die ganze Geschichte schien ihm noch sehr unausgegoren zu sein. Er hörte, wie ein erfahrener Kollege fragte: »Was hält Monsieur Bartholdi von der Idee, schließlich ist die Freiheitsstatue seinem Genius entsprungen? Wird er mit Mr Edison zusammenarbeiten? Gibt es dazu schon irgendwelche konkreten Pläne? Wird die Leuchtturmfunktion schon zusammen mit der Einweihung der Freiheitsstatue feierlich in Betrieb genommen?«

Fast alle Anwesenden waren aufgestanden und umringten den Bürgermeister.

Auch Patrick hatte sich erhoben, verließ aber den Sitzungssaal, ohne sich noch einmal umzudrehen. Die Idee, aus der Freiheitsstatue auch noch einen Leuchtturm zu machen, war tatsächlich bestechend, das musste er zugeben. Ohne Zweifel würde die Akzeptanz des Monuments dadurch weiter zunehmen. Gut, dass er sich aufgerafft hatte und ins Rathaus gegangen war.

Camille würde die Idee des Präsidenten sicher auch gut gefallen. Patrick wusste aus eigener Erfahrung, dass es wichtig war, nach einem traumatischen Erlebnis möglichst schnell wieder ganz normale Themen zu besprechen. Das würde sie beide hoffentlich bald wieder im normalen Alltag ankommen lassen. Camille war eine starke Frau. Die Zeit würde alle Wunden heilen und die Schrecken vergessen lassen.«

Inzwischen war es Abend geworden. Patrick wollte Camille unter keinen Umständen stören und beschloss, Luke von der Wache abzuholen. Er konnte den heutigen Abend unmöglich allein verbringen. Unterwegs kaufte er eine Flasche Whiskey und ein paar Sandwiches. Als er sein Fahrrad an die Hauswand lehnte, kam Luke gerade heraus.

»Das trifft sich gut. Hast du Lust, einen Schluck mit mir zu trinken?«

Luke nickte müde.

»Auch wenn's blöd klingt: Gehen wir zu mir oder zu dir? Wir können den Whiskey ja schlecht auf der Parkbank trinken.«

»Lass uns in mein Büro gehen. Ich habe gerade den Bericht über Ashton Brown abgeschlossen. Die letzten Puzzleteile haben zusammengepasst und ein komplettes Bild ergeben.«

Luke holte aus seiner Schreibtischschublade zwei Gläser. Patrick schenkte ein und sie prosteten sich zu.

»Auf uns!«, meinte Luke. »Das ist gerade noch mal gut gegangen. Ich bewundere Camille, wie tapfer sie sich verhalten hat.«

»Ja, sie ist wirklich eine starke Frau.«

»Hättest du vermutet, dass dieser Ashton Brown ein Mörder ist?«

Patrick schüttelte den Kopf, während Luke fortfuhr: »Hätten wir diesen Verdacht früher haben müssen? Wenn der alte Johnson uns den Namen nicht verschwiegen hätte, wäre alles anders gekommen.«

»Johnson hätte eher seine Söhne geopfert, als gegen die Regeln der Loge zu verstoßen. Brown war wahnsinnig! Kein Mensch konnte vorhersehen, dass die Ablehnung bei den Freimaurern und der Verlust seiner Kette so katastrophale Folgen haben würden.«

Beide tranken schweigend einen Schluck.

»Welche fehlenden Puzzleteile konnten deine Männer denn heute zusammentragen?«

»Ich kann den Fall jetzt abschließen. Kurz zusammengefasst ergibt sich folgendes Bild: Mr Brown wurde bei den Freimaurern zurückgewiesen, weil er Alkoholiker war. Das war auch der Grund, warum man ihm auf der Baustelle gekündigt hat. Als er seine Kette nicht zurückbekam, ist er durchgedreht. Nach dem Mord an Olivia ist er für zwei Monate nach Washington gereist. Von da aus hat er sich immer wieder an Johnson gewandt und die Kette verständlicherweise zurückgefordert. Als der Bauunternehmer aus den bekannten Gründen nicht reagierte, schrieb er die erste anonyme Nachricht an uns. Brown ist zurück nach New York gekommen und hat wohl kombiniert, dass die Kette bei den Prostituierten in der Alden Street sein musste. Amandas Verhängnis war, dass sie gelacht hat, weil sie gar nicht wusste, wovon dieser Mann redete. Danach hat er den zweiten anonymen Brief geschickt, um Mr Johnson in die Enge zu treiben. Den Rest weißt du.«

33. Kapitel

New York, November 1885

Als Camille an Patricks Arm den von zahllosen Kandelabern erhellten Salon betrat, traute sie ihren Augen nicht. Noch nie hatte sie das geräumige Esszimmer so großartig geschmückt gesehen. Ihre Tante und Valerie hatten sich mächtig ins Zeug gelegt.

»Was Alva Vanderbilt kann, das kann ich schon lange!«, hatte sie letzte Woche kundgetan, als sie Camille den Entschluss mitteilte, ihr zu Ehren ein Dinner zu geben. Tante Catherines Backen hatten vor Eifer geglüht. »Liebes Kind, ich werde alle einladen, denen wir deine Rettung zu verdanken haben und die in der Zeit, seit du bei mir bist, deine Freunde geworden sind. Es ist eine illustre Gesellschaft, aber das ist jetzt der perfekte Anlass, um wieder in Übung zu kommen. Seit Jahren habe ich keine Abendgesellschaft mehr gegeben, leider bin ich – was das angeht – etwas eingerostet. Ich mag zwar nicht mehr die Jüngste sein, aber ich bin weiß Gott auch noch nicht so alt, dass ich mich dieser Herausforderung nicht mehr gewachsen sehe. Endlich ist wieder Leben in meinem Haus, und bei aller Trauer um deinen verstorbenen Onkel habe ich in den letzten turbulenten Wochen, die ich dank dir erleben durfte, gemerkt, wie langweilig und eintönig mein Leben doch geworden ist. Es wird allerhöchste Zeit, dies zu ändern!«

Stolz hatte sie Camille ihre Gästeliste überreicht. »Von zweien deiner Bekannten weiß ich den Nachnamen gar nicht, aber das ist hoffentlich ohne Belang. Wenn ich die Situation richtig einschätze, hat noch nie einer unserer Gäste eine Einladung in die Fifth Avenue erhalten; sie werden allesamt leicht zu beeindrucken sein. Du musst dich selbstverständlich um nichts kümmern, Camille. Sei einfach von Herzen froh, dass du noch am Leben bist, und erhole dich von den Strapazen!«

Camille hatte die Gästeliste ungläubig angestarrt. Patrick und seine Schwester Olivia, Luke Smith, Susan Adams, Jimmy, Valerie und der Kutscher Jack standen darauf. »Mit uns beiden werden wir neun Personen sein. Eine nette kleine Runde!«

»Aber Tante Catherine, hast du dir das auch gut überlegt? Wenn ich dir vor zwei Monaten den Vorschlag gemacht hätte, dass du dich mit deinen Dienstboten, einem Schwarzen, einem Polizisten, einem Journalisten der von dir so verhassten *New York World* und einer Prostituierten an einen Tisch setzen musst, hättest du mich vermutlich hochkant aus dem Haus geworfen! Woher kommt der Sinneswandel?«

Tante Catherine hatte Camille liebevoll in den Arm genommen. »Nun, selbst in meinem fortgeschrittenen Alter kann man sich noch ändern. Alt ist man nur, wenn man stur ist und nicht bereit dazuzulernen. Die Nacht, in der ich um dein Leben bangen musste, war die schlimmste meines Lebens. Ich war Stunde um Stunde in heller Aufregung und bin mir sicher, wenn du nicht gerettet worden wärst, wäre ich jetzt tot und läge bereits neben deinem Onkel auf dem Friedhof.«

»Es tut mir so leid, dass ich dir so viel Kummer bereitet habe. Ich wünschte, das alles wäre nie geschehen!«

»Na, aber du kannst doch nichts dafür. Wenn einer Schuld hat, dann dieser schreckliche Mr Brown, dessen Namen wir niemals wieder in meinem Haus aussprechen wollen und der inzwischen hoffentlich in der Hölle schmort!« Sie hatte theatralisch ein Kreuz auf ihre Brust geschlagen. »Aber dank dem glücklichen Ende deiner Gefangennahme muss ich feststellen, dass die Ereignisse dazu beigetragen haben, über meinen Charakter nachzudenken.« Sie hatte Camille an der Hand genommen und diese gedrückt. »Ich habe in der Panik und in der Wut schreckliche Dinge gesagt, die mir jetzt sehr leidtun. Besonders Mr O'Sullivan musste sich Ungeheuerliches von mir anhören, und ich kann nur hoffen, dass er mir nicht allzu gram ist. Falls er meine Einladung ausschlägt, würde ich es verstehen, aber ich hoffe, dass er mir verzeihen wird. Vielleicht könntest du ein gutes Wort für mich einlegen?«

Camille hatte genickt und ihrer Tante beruhigend über den Rücken gestreichelt. »Patrick hat ein großes Herz und er schätzt dich. Mach dir also bitte keine Sorgen. Er wird als Erster zusagen, da bin ich mir sicher.«

Tante Catherine hatte erleichtert aufgeatmet. »Was die restlichen Gäste angeht, so hat jeder Einzelne zu deiner Rettung und Genesung beigetragen. Mr O'Sullivan war sogar so nett und hat mir seine Schwester vorbeigeschickt, damit sie mir die Zeit vertreibt, bis wir endlich Nachricht erhalten. Ich bin heute noch gerührt, dass er bei aller eigenen Verzweiflung daran dachte. Du kennst Miss O'Sullivan ja noch nicht, aber ich muss sagen, im Gegensatz zu ihrem Bruder ist sie eine ganz reizende Person. Sie erlebte wohl selbst Schlimmes, denn sie hat sich mustergültig verhalten. Ohne viel zu reden, saß sie neben mir auf dem Sofa und hat mir nur ab und zu Tee nachgeschenkt. Und obwohl ich sie eigentlich wegschicken wollte, war ich am Schluss doch froh, dass sie geblieben ist. Ich brauche dir sicher nicht zu sagen, dass sie den gleichen irischen Dickschädel besitzt wie ihr Bruder. Er hat sich ja auch nie wegschicken lassen.«

Camille lächelte.

»Tja, ich muss sagen, Olivia O'Sullivan ist nicht nur hübsch anzusehen, sie hat auch hervorragende Manieren. Irritierend ist nur, dass sie ständig über irgendetwas stolpert!«

»Sie sieht wohl sehr schlecht, hat Patrick mir verraten.«

»Ach, das ist der Grund? Das hätte sie mir doch sagen können.« Tante Catherine hatte geseufzt. »Jeder meiner Gäste hat einen anderen Makel. Aber das ist genau das, was ich dir sagen wollte, Camille. Ich habe in der Zeit des Hoffens und Bangens plötzlich eine Erkenntnis gehabt. Ich werde jetzt auf meine alten Tage tolerant werden! Ich habe beschlossen, großmütig und gerecht zu werden. Es kann kein Zufall sein, dass auf einmal so viele Menschen in mein Leben treten, mit denen ich unter normalen Umständen nie verkehrt hätte. Und mir dies auch verbeten hätte! Es wäre normalerweise unter meiner Würde gewesen, auch nur einen von ihnen eines Blickes zu würdigen. Du musst Folgendes wissen: Mein zweiter Vorname ist Minerva, und diese war im alten Rom bekanntermaßen die Göttin der Toleranz. Meine Eltern, deine Großeltern, werden sich wohl etwas dabei gedacht haben, als sie mir diesen Vornamen gaben. Ich habe so viele Vorurteile, dass ich fast daran ersticke. Und obwohl ich so unfreundlich war, waren alle Personen auf der Gästeliste ausgesprochen reizend zu mir. Dass ich Susan ins Herz geschlossen habe, weißt du ja bereits. Eine Prostituierte! Niemals hätte ich es für möglich gehalten, dass eine Frau mit so einem Beruf so nett sein kann. Aber ich muss gestehen, auch der dunkelhäutige junge Mann, dieser Jimmy, gefällt mir. Er hat mir die frohe Nachricht überbracht, dass du lebst und dass es dir den Umständen entsprechend gut geht.« Tante Catherine errötete erst, dann hüstelte sie verlegen. »Und ich muss gestehen, ich bin ihm vor Freude um den Hals gefallen. Er war mir aber gar nicht böse und hat nur gelacht. Wenn der das umgekehrt bei mir gemacht hätte, hätte ich augenblicklich die Polizei gerufen und dafür gesorgt, dass man ihn wegsperrt.« Sie seufzte kurz auf. »Ein hübscher Kerl ist das, das muss ich schon sagen.«

»Ja, er ist wirklich ein ganz besonders kluger, loyaler junger Mann. Sein größter Wunsch ist es, eines Tages auch Journalist zu werden. Und das wird ihm gelingen, daran habe ich keinen Zweifel!«

»Dann hätten wir noch den Polizisten, der dich zusammen mit Mr O'Sullivan gerettet hat. Er scheint mir auch ein anständiger Mensch zu sein.«

Camille nickte. Dann fragte sie: »Und warum willst du Valerie und Jack einladen? Glaubst du nicht, dass sie es etwas seltsam finden werden?«

»Sicher wird es für sie ungewohnt sein, aber das ist mir egal. Sie haben mich seit Jahr und Tag treu und ohne je zu klagen mit all meinen Launen ertragen. Ich nehme an, sie werden sich freuen. Und eines muss ich noch hinzufügen: Alle unsere Gäste sind freundlicher und zugewandter gewesen als irgendjemand auf einer der Einladungen von Alva Vanderbilt, denen ich beiwohnen durfte. Mag sein, dass Alvas Gäste allesamt vornehmer und exquisiter sind, man muss aber auch sagen, dass sie im Vergleich zu unserer Abendgesellschaft stinklangweilig sind!«

Camille war aufgesprungen und ihrer Tante um den Hals gefallen. »Tante Catherine, ich kann dir gar nicht sagen, wie sehr ich mich auf den Abend freue, und ich danke dir von ganzem Herzen, dass du dir die Mühe machst und für alle ein schönes Festmahl in deinem wunderschönen Haus organisierst!«

»Ehrlich gesagt ist der Plan auch etwas aus der Not heraus geboren. Ich habe jetzt in mir die Minerva entdeckt, aber ich weiß natürlich, dass die meisten anderen Menschen in New York noch nicht so weit sind: Kein einziges akzeptables Restaurant hätte uns mit dieser zusammengewürfelten Truppe Einlass gewährt. Und es ist wichtig, dich von den Geschehnissen etwas abzulenken. Ein gemeinsamer Abend wird uns allen guttun. So, genug geplaudert, ich muss jetzt mit der Köchin das Menü zusammenstellen. Ruh du dich aus und denk an etwas Schönes! Du hast viel mitgemacht. Ich weiß, du bemühst dich, stark zu sein und dir nichts anmerken zu lassen, und die Zeit heilt alle Wunden, aber du musst dir auch die Zeit dazu nehmen.« Sie hatte sich umgedreht und durchs Haus gerufen: »Valerie, wo steckst du nur? Immer wenn man dich braucht, bist du nicht da! Komm zu mir, wir haben einiges zu organisieren. Und sei so gut und lass Mademoiselle ein heißes Bad ein.«

Während sich Camille insgeheim gedacht hatte, wie schön es war, dass ihre Tante vor Vitalität nur so strotzte und um Jahre jünger wirkte, war diese in die Küche gestürmt und hatte Camille sprachlos stehen lassen.

Alle waren gekommen und hatten sich nach Möglichkeit herausgeputzt. Schmunzelnd sah Camille, dass Jimmy einen Anzug von Patrick trug, der ihm nicht so recht passte. Die Ärmel waren etwas zu lang, und an den Schultern spannte der graue Stoff. Trotzdem sah er umwerfend darin aus. Der Kutscher Jack beeindruckte in seiner Livree, und Susan trug ein elegantes fliederfarbenes Kleid, das wie angegossen saß.

»Jimmy hat mir diesen edlen Fetzen von seinem ersten Gehalt gekauft. Ist das nicht süß?«, hatte Susan Camille strahlend zugeflüstert.

Auch Olivia war festlich gekleidet. Das hellblaue Spitzenkleid und ihre rote Lockenmähne waren ein Hingucker. Sie sah ihrem Bruder verblüffend ähnlich.

Luke Smith war genauso wie Patrick mit einem weißen Hemd, schwarzen Hosen und einem schwarzen Frack bekleidet.

Als Letzte betrat Valerie den Salon. Sie trug ihr teuerstes Kleid und war sichtlich nervös.

Jetzt saßen alle etwas verlegen an der festlich geschmückten Tafel und bestaunten Tante Catherines Werk. Sie hatte wirklich keine Mühen und Kosten gescheut. Alle schwärmten von den wunderschönen, üppigen Blumenarrangements und den Girlanden aus Rosenblüten, die über jeder Tür hingen. Es schien, als hätte die Gastgeberin sämtliche Herbstblumen der großen Floristen in New York aufgekauft. Das Hauspersonal hatte tagelang ihr teuerstes Porzellan und die großen Vasen, die seit Jahren auf dem Dachboden eingestaubt waren, auf Hochglanz poliert. Sogar eine neue Brokattapete mit türkis- und altrosafarbenen Ornamenten hatte sie eigens anbringen lassen.

Nun erhob Tante Catherine sich von ihrem Stuhl und läutete dreimal ein goldenes Glöckchen, das vor ihr auf der blütenweißen Tischdecke stand.

Augenblicklich schwiegen alle Gäste.

»Meine Lieben, bevor wir unser kleines Festmahl beginnen, möchte ich ein paar Worte an euch richten. Wir feiern heute Thanksgiving.« Sie wandte sich direkt an Camille: »Liebes, du bist ja die Einzige, die diesen amerikanischen Brauch nicht kennt. Darum erkläre ich dir kurz, was es mit Thanksgiving auf sich hat: Traditionell findet dieser Abend seit ein paar Jahren am vierten Donnerstag im November statt. Präsident Lincoln hat dies angeordnet. Früher wurde Thanksgiving, so wie bei uns daheim in Frankreich das Erntedankfest, im Oktober gefeiert. Es erinnert der Legende nach an ein gemeinsames Essen vor über zweihundert Jahren, an dem die indianischen Ureinwohner und die ersten Pioniere im heutigen Texas zusammen feierten. Wenn ich recht weiß, waren es Indianer vom Stamm der Wampanoag. Die Legende wird immer wieder anders erzählt, aber sei's drum … Nun, eigentlich haben die Indianer die Pioniere damit vor dem Verhungern gerettet, und zum Dank wurden die Indianer anschließend ausgerottet, aber das ist eine andere Geschichte ... Von allen neuen Feiertagen, die ich als Französin in Amerika kennenlernen durfte, hat mir Thanksgiving immer am besten gefallen. Es ist der Tag, an dem man mit der Familie und Freunden zusammenkommt und Gott dankt für all das Gute, das uns widerfahren ist. Ich habe dieses Jahr so viel Grund, Gott zu danken, wie noch nie, weil Camille gerettet wurde!«

Die Anwesenden klatschten begeistert.

»Jeder Einzelne von euch hat auf seine Art ihr und mir geholfen. Nicht nur in der schrecklichen Nacht ihrer Gefangennahme, sondern auch in der Zeit danach. Dass meine Nichte heute wieder lachen und glücklich sein kann, haben wir euch allen zu verdanken. Sie hat zwar einen Schock erlitten, aber ihr alle habt geholfen, dass sie den recht schnell überwinden konnte und jetzt so wunderschön und glücklich hier bei uns sitzt.« Tante Catherine schnäuzte sich lautstark in ein Taschentuch. »Ich wollte eigentlich gar nicht so rührselig werden. Genug geplaudert, das Dinner ist hiermit eröffnet.«

Die Hausherrin hatte für den Abend eigens zwei Diener engagiert, die nun dampfende Schüsseln mit Köstlichkeiten hereintrugen. Als Vorspeise wurde eine Kürbissuppe serviert. Danach gab es gefüllten und gerösteten Truthahn. Der Vogel war auf jedem Teller bereits in mundgerechte Stücke filetiert worden. Süßkartoffelpüree, Rosenkohl und glasierte Karotten waren die Beilagen. Die Köchin hatte sich selbst übertroffen.

Während des köstlichen Essens wurden die Gespräche immer lebhafter, und die Anwesenden tauten immer mehr auf. Die Wärme im Zimmer und der französische Rotwein lösten die Zungen. Alle unterhielten sich kreuz und quer über den Tisch hinweg.

Lächelnd beobachtete Camille, wie Tante Catherine interessiert eine Zeichnung von Valeries Kindern begutachtete, Jack erzählte Jimmy ausführlich von den beiden Pferden, während Jimmy nur Augen für Susan hatte. Camille sog die Stimmung in sich auf. Sie wollte diesen Moment für immer festhalten. Der Duft des köstlichen Essens, der Rotwein, das Gelächter und die Lebensfreude waren Balsam für ihre geschundene Seele. Es war das erste Mal seit Wochen, dass sie das Gefühl hatte, alles könnte wieder normal in ihrem Leben werden. Plötzlich wurde sie aus ihren Gedanken gerissen, denn Patrick legte sanft seine Hand auf ihren Unterarm.

»Ein ausgesprochen schöner Abend, nicht wahr?«, flüsterte er ihr ins Ohr. »Und Lady Catherine muss irgendetwas eingenommen haben. Sie hat mich heute noch gar nicht gepiesackt!«

Als hätte ihre Tante dies gehört, klopfte sie an ihr Glas und bat erneut um Ruhe. Sie ließ ihren Blick über den Tisch schweifen und blieb an Patricks Gesicht hängen.

»Bevor gleich das Dessert serviert wird, habe ich noch eine kleine Überraschung für euch. Einer der Herren unserer geselligen Tafelrunde hat mir vor dem Dinner mitgeteilt, dass er heute Abend seine Verlobung bekannt geben will. Ich erteile ihm hiermit das Wort!«

Camille wurde knallrot, und ihr Herz begann vor Aufregung zu rasen. Sie sah Patrick irritiert an, doch der zuckte nur fragend mit den Schultern.

Luke Smith räusperte sich laut, schob seinen Stuhl zurück und stand auf. »Danke, Lady Catherine. Ich mach es kurz: Olivia und ich werden heiraten, und alle Anwesenden sind hiermit herzlich eingeladen!«

Die Gäste applaudierten, und von allen Seiten wurden Glückwünsche gerufen. Camille registrierte erleichtert, dass Patrick lächelte. Offensichtlich konnte er sich inzwischen mit dem Gedanken anfreunden, dass seine Schwester einen wesentlich älteren Mann heiraten würde.

»Du brauchst mich gar nicht so erstaunt anzuschauen, Camille. Mein zweiter Vorname ist auch Minerva«, meinte er grinsend.

Als Camille schallend zu lachen begann, ergriff Lady Catherine wieder das Wort: »Ich hoffe, dass heute Abend nicht noch eine zweite Verlobung bekannt gegeben wird. Bevor irgendjemand auf dumme Gedanken kommt, bitte ich zum Dessert!«

Die Flügel der Salontür öffneten sich, und die beiden Diener brachten zwei ausladende Tabletts mit türkischem Mokka, Apple Pie sowie Kürbiskuchen mit Schlagsahne herein.

Patrick stieß seine Schwester, die links von ihm saß, freundschaftlich mit dem Ellenbogen an und flüsterte ihr zu: »Du hättest mich ruhig vorwarnen können, Schwesterherz. Ich bin zwar nicht so erstaunt, wie du vielleicht denkst, aber es wäre trotzdem nett gewesen, wenn einer von euch einen Ton gesagt hätte!«

»Um nichts auf der Welt hätte ich mir den Spaß entgehen lassen wollen, dein verdattertes Gesicht zu sehen! Ich habe Luke verboten, mit dir darüber zu reden. Er wollte doch tatsächlich bei dir um meine Hand anhalten!«

»Wenn er es gemacht hätte, hätte ich nicht Nein gesagt. Ich wünsche dir alles Glück der Welt, Olivia!« Patrick küsste seine Schwester auf die Wange. »Und deinen zukünftigen Kindern wünsche ich die guten Augen ihres Vaters!«

»Weißt du, Patrick, dass Luke sich endlich getraut hat, mir seine Gefühle zu offenbaren, liegt nur an dir und dieser schrecklichen Geschichte mit Camille. Ich liebe ihn schon eine ganze Weile, und ich wusste natürlich, dass er mich auch liebt, aber sich eingebildet hat, dass er viel zu alt für mich ist. Der Dummkopf!« Lächelnd prostete sie ihrem zukünftigen Gatten, der gerade angeregt mit Jimmy plauderte, über den Tisch hinweg zu. »Als würde sein Alter eine Rolle für mich spielen. Aber er hat nie den Mut gehabt, mit mir zu reden. Erst als Camilles Leben in Gefahr war, hat er mir seine Liebe gestanden. Er war so entsetzt, dass er gleich am Tag nach ihrer Rettung zu mir kam und um meine Hand angehalten hat.«

»Du wirst lachen, aber als wir damals in unserem Pub tanzen waren, hab ich mir gedacht, dass ihr eigentlich ein schönes Paar abgeben würdet. Also lag damals schon etwas in der Luft, oder?«

Olivia nickte lachend. »Jetzt haben wir aber genug von mir geredet. Wie sieht es denn bei dir aus? Hattest du denn schon den Mut, zu deinen Gefühlen zu stehen?« Sie sah ihren Bruder herausfordernd an und fuhr fort, ohne seine Antwort abzuwarten: »Du wolltest ja immer frei und ungebunden sein und bleiben. Das ist wohl nicht mehr der Fall, oder? Du bist über beide Ohren in sie verliebt – und sie in dich!«

Patrick nickte. »Schwesterlein, du kannst dir sicher vorstellen, wie es in mir ausgesehen hat, als ich befürchten musste, dass ich Camille nie wiedersehen würde. Ich bin fast um den Verstand gekommen! Wir waren davor schon ein Paar, aber dieses Erlebnis hat unsere Liebe noch stärker gemacht. Ich kann mir ein Leben ohne sie nicht mehr vorstellen, ob mit oder ohne Trauschein, das ist einerlei.«

Obwohl Susan Camille gerade von der neuesten Strumpfmode erzählte, die sie vor ein paar Tagen beim Einkaufen mit Lady Catherine entdeckt hatte, hatte Camille das Gespräch zwischen Patrick und seiner Schwester mit einem gespitzten Ohr mitverfolgt. Sie ließ ihren Blick über die Runde schweifen. Camille wollte den Abend nicht enden lassen, ohne sich selbst auch bei allen Anwesenden zu bedanken. Sie klopfte an ihr Glas und erhob sich. »Ihr Lieben, es ist so schön, euch alle an einem Tisch versammelt zu haben! Dass du das ermöglich hast, dafür möchte ich dir, Tante Catherine, von Herzen danken. Jeder von euch hat mir in den letzten Wochen auf seine Art sehr geholfen. Ihr seid meinem Herzen alle so nah. Ihr habt mir mit Liebe, Fürsorge, Zuwendung und Humor so sehr geholfen, über mein schreckliches Erlebnis hinwegzukommen. Ich kann euch gar nicht sagen, wie wichtig das für mich war. Ihr habt mir keine Möglichkeit gegeben, zu sehr in Traurigkeit und Grübeln zu verfallen. Das war die beste Medizin! Wenn ich heute Abend wieder mit euch fröhlich sein und lachen kann, dann ist es jedem Einzelnen von euch zu verdanken!«

Alle hoben ihre Gläser und riefen: »Prost! Auf dich, Camille!«

34. KAPITEL

Fast ein Jahr später
New York, 28. Oktober 1886

Camille lehnte sich weit aus dem geöffneten Fenster und beobachtete staunend die jubelnde Menschenmenge auf der Straße.

Wie schade, dass es heute regnete!

Sie war ganz allein im Büro und hatte beschlossen, das Spektakel von hier oben zu bestaunen, da sie nicht in der Masse der Zuschauer eingepfercht sein wollte. Außerdem war der Blick vom zweiten Stock bestens.

Bereits am frühen Morgen hatte die Parade zur Einweihung der Freiheitsstatue begonnen. Hunderttausende säumten die Straßen; Tante Catherine hatte sogar behauptet, dass über eine Million Zuschauer erwartet würden. Präsident Cleveland, der der Schirmherr der Festlichkeiten war, führte die Parade höchstpersönlich an.

Der feierliche Festzug war in den frühen Morgenstunden am Madison Square gestartet, genau an der Stelle, an der vor wenigen Jahren der Arm mit der Fackel ausgestellt worden war. Blas- und Marschkapellen aus dem ganzen Land waren angereist, um ihre monatelang eigens einstudierten Stücke zu spielen. Über zwanzigtausend Männer in französischen Uniformen zogen die Straßen hinunter und schwenkten die Trikolore. Die Stimmung war ausgelassen und noch fröhlicher und feierlicher als bei der Ankunft der *Isère* im Hafen. Seit Stunden waren die Zuschauer auf den Beinen, aber das tat der guten Laune keinen Abbruch. Alle Häuser, an denen die Parade vorbeizog, waren in den Farben der französischen Flagge geschmückt. Sie marschierten vom Madison Square in die Fifth Avenue, weiter zum Broadway und dann an die Südspitze von Manhattan zum Battery Park.

So etwas hat selbst New York noch nicht gesehen. Niemand kann so ausgelassen feiern wie die Amerikaner, dachte Camille. Sie freuen sich wie die Kinder über das Spektakel.

Der Festzug hatte sogar extra einen kleinen Umweg eingelegt, um Joseph Pulitzer zu Ehren am Hauptgebäude der *New York World* vorbeizumarschieren. Camille gönnte ihm von Herzen diese Ehrerbietung. Kein anderer Amerikaner hatte sich derart engagiert und für die Realisierung der Statue gekämpft. Er war sich sogar nicht zu schade gewesen, noch einmal eigens darauf hinzuweisen, dass die Idee von Frédéric-Auguste Bartholdi stammte. Zum Dank hatte er dem begnadeten Bildhauer eine exquisite Brosche bei Tiffany anfertigen lassen, die er von den übrig gebliebenen Spendengeldern bezahlte.

Pulitzer hatte Camille erzählt, wie gerührt Bartholdi ob des Geschenks gewesen sei. »Niemand hat daran gedacht, dem Mann für sein Lebenswerk zu danken. Über zwanzig Jahre hat er unentgeltlich all seine Zeit, sein Wissen und sein Talent für diese Idee geopfert. Mit keinem Geld der Welt könnte man seine Leistung aufwiegen.« Er hatte eine Pause gemacht und aus dem Fenster gesehen. »Ich kenne meine Landsleute. Sie werden es noch erleben, Camille, in ein paar Jahrzehnten weiß kaum noch jemand, dass die Freiheitsstatue ein Präsent Frankreichs war. Wir Amerikaner haben leider die Eigenart, uns jede Erfindung oder Leistung gänzlich einzuverleiben.«

Camille war immer wieder erstaunt, wie vorausschauend und visionär Pulitzer dachte. Ihm hätte die besondere Ehrung seines Einsatzes heute sicherlich gut gefallen, aber er war gar nicht im Haus. Er gehörte zu Recht zu den zweitausendfünfhundert geladenen Ehrengästen, die auf Bedloe's Island erwartet wurden. Auch Patrick zählte dazu. Er hatte alles darangesetzt, für sie ebenfalls eine Einladung für den offiziellen Teil der Einweihung zu erhalten. Doch vergeblich. Obwohl die Feier sich um eine große und herrliche Frau drehte, waren nicht einmal eine Handvoll Frauen geladen.

Camille hätte jetzt noch aus der Haut fahren können vor Zorn. Sie hatte mehrmals bei den Behördenvertretern nachgefragt, was der Grund für dieses diskriminierende Verhalten war, und die lapidare Antwort bekommen, bei dem zu erwartenden Gedränge stünde zu befürchten, dass das schwache Geschlecht verletzt werden könnte. Camille hatte die Begründung anfangs für einen schlechten Scherz gehalten. Aus Sicherheitsgründen durften keine Frauen zugegen sein? In dem herrschenden Gedränge auf den Straßen war es viel gefährlicher, und da sagte niemand etwas! Auch die Reden und Ansprachen wurden allesamt von Männern gehalten, es war der blanke Hohn!

Als Patrick die offizielle Begründung für die Ablehnung erfahren hatte, war er ebenfalls außer sich gewesen. »Wie können sie ausgerechnet dich, die du mit der Freiheitsstatue auf der *Isère* hergekommen bist, ausschließen? Bei der Einweihung, auf die wir seit eineinhalb Jahren warten! Wenn sie dir den Zugang verweigern, gehe ich auch nicht hin!«

Es hatte ihre ganze Überzeugungskraft gebraucht, ihm dies auszureden.

»Der Freiheitsstatue habe ich es zu verdanken, dass ich die Liebe meines Lebens gefunden habe.« Sie hatte ihn auf den Mund geküsst und ihm zärtlich über die Wange gestreichelt. »Ohne Lady Liberty wäre ich immer noch in Paris und du hier in New York, und wir wüssten nicht einmal, dass es den anderen gibt. Der Freiheitsstatue zu Ehren sollte wenigstens einer von uns bei der Einweihung auf der Insel dabei sein. Ich muss schon sagen: Es kommt mir inzwischen wie eine halbe Ewigkeit vor, als ich damals in Paris meinen Artikel geschrieben habe, in dem ich mich über die mangelnde Gleichstellung von Frauen und Männern beklagt habe. Dabei ist das eigentlich noch gar nicht so lange her. Viel geändert hat sich in der Welt seitdem nicht, muss ich leider feststellen. Alles, was ich bemängelt habe, trifft immer noch zu. Frauen werden schlechter bezahlt, wir dürfen nicht wählen, wir dürfen nicht in die Politik, Altersarmut grassiert unter uns Frauen stärker, und auch bezüglich des Schulsystems und der Gesundheitsversorgung stehen wir um einiges schlechter da als ihr Männer!«

Patrick hatte genickt. »Ich weiß, Camille, du hast mit allem recht. Es ist unfair. Ich liebe deinen Eifer, daran etwas ändern zu wollen! Und du weißt, dass ich dich immer und in allem unterstützen werde.«

»Nun, dann wird es dich sicher freuen zu hören, dass ich mich entschieden habe, am Tag der Einweihung bei meinen neuen Freundinnen, den New Yorker Suffragetten, in ihrem Boot mitzufahren. Wir werden die Gunst der Stunde nutzen und bei der nautischen Regatta dabei sein. Immerhin sind der Präsident der Vereinigten Staaten und der Bürgermeister von New York anwesend. Wir haben in den letzten zwei Wochen Transparente entworfen, auf denen wir das Wahlrecht für uns Frauen fordern! Wir werden sehr viel Publikum haben, und ich bin mir sicher, dass wir andere Frauen dadurch motivieren werden, uns zu unterstützen. In was für einer Welt leben wir eigentlich? Es muss sich jetzt endlich etwas ändern! Falls du und ich jemals eine Tochter haben sollten, möchte ich, dass sie wählen darf, wenn sie eines Tages so alt ist wie ich jetzt.«

Patrick hatte sie hochgehoben und herumgewirbelt. »Von allen Sätzen, die du gerade gesagt hast, hat mir der letzte am besten gefallen! Wenn ich mir deine fünf Schwestern und meine Schwester so anschaue, ist die Wahrscheinlichkeit recht hoch, dass wir mindestens eine Tochter bekommen, und es wäre auch mein größter Wunsch, dass sie keinerlei Nachteile erfahren muss, weil sie ein Mädchen ist. Wir werden ihr erzählen, dass ihr Vater auf der Insel die Freiheitsstatue eingeweiht hat und ihre Mutter vom Boot aus zuschauen musste, dafür aber für ihr Wahlrecht und gegen die Unterdrückung der Frauen gekämpft hat.« Er hatte sie leidenschaftlich geküsst. »Wir sollten sie Liberta nennen! Allerdings dürfen wir es mit den Frauenrechten nicht übertreiben. Sonst muss ich mich am Ende noch vor euch beiden in Acht nehmen. Mir reicht es, wenn ich mich mit dir herumstreiten muss. Ein paar Privilegien werden mir bleiben, zum Beispiel möchte ich nie gezwungen werden, einen Rock anzuziehen, und ich werde mich ganz sicher nie schminken!«

Als Camille jetzt am Fenster der Redaktion an ihr Gespräch dachte, musste sie lächeln. Patrick war ein wundervoller Mann und er hatte so viel Humor! Sie wusste, dass kein einziger Tag mit ihm langweilig werden würde. Sie liebte seine einfühlsame, tolerante Art. Er war der erste Mann in ihrem Leben, der sich wirklich ernsthaft bemühte, die Nöte der Frauen zu verstehen. Sie fühlte sich ihm so nah wie keinem anderen Menschen. Auch körperlich erlebte sie mit ihm ein Glück, das sie nie für möglich gehalten hätte.

Während sie ihren Gedanken nachhing, klopfte es plötzlich an der Bürotür.

Susan kam über das ganze Gesicht strahlend herein. Sie hatte ein neues Kleid an und sah wieder einmal umwerfend aus.

»Was für ein Sauwetter! Ich bin jetzt schon patschnass!« Lächelnd klappte sie ihren Regenschirm zusammen.

»Du bist trotzdem auf die Minute pünktlich, meine Liebe. Wie hast du das bei dem Chaos da draußen nur geschafft?«

»Dank Lady Catherines Lektionen breche ich sehr zeitig auf, denn Pünktlichkeit ist die Höflichkeit der Könige und ein Zeichen bester Erziehung.« Sie lachte schallend. »Als Gesellschafterin deiner Tante weiß ich inzwischen, was sich gehört.« Sie drückte Camille einen Kuss auf die Backe. »Na ja, Jacks Talent als Kutscher war vielleicht auch ein Grund!«, fügte sie grinsend hinzu. »Unglaublich, was für eine tolle Stimmung da draußen herrscht. Die ganze Stadt ist im Freudentaumel, und das alles bloß wegen der ollen Statue. Nur schade, dass Jimmy nicht kommen konnte. Ich vermisse ihn so sehr!« Sie kramte in ihrer Handtasche und zog einen Brief heraus. »Übrigens hat mir Jimmy geschrieben. Ich soll dir diesen Artikel hier geben. Er stammt von seinem neuen Boss. Der ist kein Freund der Freiheitsstatue, so viel steht fest! Lady Catherine hat ihn mir vorgelesen und erklärt. Er soll demnächst gedruckt werden. Doch lies selbst.«

Camille nahm den Brief neugierig entgegen. Jimmy hatte es geschafft, bei der *Cleveland Gazette*, der ersten afroamerikanischen Zeitung, einen Job zu ergattern. Nicht zuletzt auch dank Pulitzers Empfehlungsschreiben. Jimmy war seitdem im siebten Himmel, obwohl er New York und vor allem Susan sehr vermisste.

»»Die Freiheit erleuchtet die Welt‹, in der Tat! Der Ausdruck widert uns an. Diese Regierung ist eine schreiende Farce! Sie kann ihre Bürger innerhalb ihrer eigenen Grenzen nicht beschützen oder vielmehr, sie tut es nicht. Schmeißt die Bartholdi-Statue mitsamt Fackel und allem in den Ozean, bis die Freiheit dieses Landes derartig ist, dass es einem biederen und fleißigen Farbigen möglich ist, seinen Lebensunterhalt und den seiner Familie in anständiger Weise zu verdienen, ohne gekukluxt, womöglich ermordet zu

werden, ohne dass seine Tochter und Ehefrau auf schockierende
Weise behandelt und sein Eigentum zerstört wird. Die Vorstellung,
dass die ›Freiheit‹ dieses Landes ›die Welt erleuchtet‹ oder gar
Patagonien, ist zutiefst lächerlich …«

Nachdenklich faltete Camille das Typoskript zusammen. Sie
konnte den Autor nur zu gut verstehen. Die Kluft zwischen der
theoretischen Demokratie und der Realität war riesengroß, zu
groß. Es würde Jahre, vielleicht Jahrzehnte dauern, bis sämtliche Ungerechtigkeiten beseitigt waren. Camille hatte Zweifel,
ob das überhaupt jemals gelingen würde. Aber trotz allem war
mit der Freiheitsstatue in ihren Augen zumindest ein Anfang
gemacht worden. Durch dieses Symbol wurden in der ganzen Welt Diskussionen entzündet und bestehende Meinungen
hinterfragt. Es ging nicht nur um die Gleichberechtigung von
Mann und Frau, es ging auch um Arm und Reich, Schwarz und
Weiß. Vielleicht war es die Aufgabe von Lady Liberty, alle zum
Nachdenken anzuregen, was Freiheit eigentlich bedeutet und in
was für einer Welt jeder leben wollte.

»Wartet Jack unten auf uns, oder müssen wir zu Fuß zum
Hafen?«, fragte Camille. Sie sahen zum Fenster hinaus. »Auf
den Straßen ist mit der Kutsche kein Durchkommen mehr. Wir
müssen wohl oder übel laufen!«

Als die beiden im Hafen ankamen, trauten sie ihren Augen
nicht. Trotz des schlechten Wetters waren Hunderte Boote
unterwegs und umkreisten die kleine Insel Bedloe's Island.

Susan und Camille hatten in dem Getümmel
Schwierigkeiten gehabt, das richtige Boot zu finden, aber jetzt
saßen sie zusammen mit den anderen zwanzig Frauen in der
großen Barkasse.

Lillie Devereux Blake, die den Protest ins Leben gerufen
hatte, erhob sich und hielt ein großes Transparent in die Höhe.

»Gleiches Recht für alle« stand darauf. Die Frauen klatschten begeistert.

»Ich danke euch von Herzen, meine Lieben, dass ihr alle gekommen seid. Es ist wirklich ein Skandal, wie wir hier behandelt werden. Lediglich zwei Frauen sind unter den zweitausendfünfhundert geladenen Gästen, als wenn uns das nicht auffallen würde! Ich habe tagelang Flugblätter verteilt und in persönlichen Gesprächen versucht, unsere Geschlechtsgenossinnen davon zu überzeugen, dass heute der richtige Tag ist, um unseren Unmut zu demonstrieren. Ich weiß nicht, wie viele Jahre es noch dauern wird, aber ich werde nicht eher ruhen, bis wir die gleichen Rechte erhalten wie unsere Väter, Ehemänner und Söhne.«

Wieder applaudierten die Bootsinsassinnen frenetisch.

»Wir werden nicht als rechtlose Frauen geboren, wir werden dazu erzogen! Es gibt nichts, was wir nicht tun könnten! Wir trauen es uns meistens nur nicht zu oder lassen uns beim kleinsten Widerstand entmutigen. Frauen, wir begehren auf! Ich habe mich nie als machtlos und abhängig empfunden, aber ich bin immer wieder entsetzt, wie viele Frauen sich von unserer Gesellschaft vorschreiben lassen, wie sie zu leben haben.«

Die anwesenden Frauen klatschten erneut, und Susan flüsterte Camille ins Ohr: »Wie recht sie hat! Ich bin so froh, dass wir hier sind, Camille. Mrs Blake ist eine tolle Frau!«

Camille nickte. »Sie hat mich letzte Woche angesprochen, ob ich den Mut habe, bei dieser Protestaktion mitzumachen. Ich habe gleich zugesagt.«

»Kennst du Mrs Blake schon länger?«

»Nein. Ich habe gehört, sie ist auch eine Journalistin und hat sogar Romane geschrieben. Bei mir zu Hause in Frankreich wäre so eine Protestaktion undenkbar. Nicht nur, dass ich keine einzige Frau kenne, die dazu aufrufen würde, es würde auch niemand kommen, da bin ich mir sicher. Die Frauenbewegung ist hier viel weiter als in Europa. Das ist wunderbar!«

»Lady Catherine hat mir erzählt, dass Mrs Blake eine stadtbekannte Schönheit war. Sie hat mit dem Vorurteil aufgeräumt, dass sich nur hässliche Frauen für Frauenrechte einsetzen. Ihr Mann unterstützt sie wohl voll und ganz bei ihren Aktionen.« Susan sah Camille begeistert an. »Ich bin richtig stolz, dass wir heute hier sind.«

Die Rednerin fuhr fort: »Ich könnte nun klagen, dass wir nur so wenige sind, aber auch zwanzig Frauen haben die Macht, etwas zu verändern. Wir sind nicht verängstigt und folgsam. Wir müssen unser Schicksal endlich selbst in die Hand nehmen! Niemand wird für unsere Rechte kämpfen. Wenn wir auf die Unterstützung der Männer warten, wird sich in hundert Jahren noch nichts tun. Also, lasst uns nicht verzagen und …«

In dem Moment ertönte ein lautes Schiffshorn, und ein zweites, kleineres Boot näherte sich ihnen.

Fünf Frauen winkten ihnen lachend zu und hielten ebenfalls ein Plakat hoch, auf dem »Frauenwahlrecht« stand. Auch von der anderen Seite kam ein Boot, in dem nur Frauen saßen. Sie riefen in Sprechchören: »Wahlrecht für Frauen, wir fordern das Wahlrecht für uns Frauen!«

»Mr President, wenn Sie gedacht haben sollten, Sie können eine Frauenskulptur mit diesem riesigen Brimborium einweihen, ohne eine einzige Frau einzuladen, dann haben Sie sich geschnitten!«, rief eine ältere Dame aufgebracht.

»Ja, so ist es. Wir werden uns heute Gehör verschaffen!«, riefen die Damen von allen Seiten.

»Wir werden nicht den Mund halten, falls Sie das glauben, Mr President. Die Zeit der wohlerzogenen, schweigenden, alles duldsam ertragenden Weibchen ist vorbei!«, schrie Mrs Blake heiser und hob ihr Plakat in die Höhe. Sie drehte sich um und rief gut gelaunt: »Wir werden immer mehr, da hinten kommen noch zwei Boote. Also, Mädels, lasst uns näher an Bedloe's Island ranfahren. Die erlauchten Herren sollen uns sehen und hören. Wir werden den feierlichen Festakt etwas durcheinanderbringen!«

Wie auf ein geheimes Zeichen hin holten die Frauen aus ihren Einkaufstaschen Kochtöpfe hervor, auf die sie mit Holzlöffeln einschlugen. Der Lärm, den sie verursachten, war so groß, dass er die Marschmusik auf einer der Nachbarjachten übertönte.

Trotz des Regens war die Stimmung der Frauen ausgelassen und fröhlich. Die Boote fuhren immer dichter an die Insel heran. In lauten Sprechchören skandierten die Frauenrechtlerinnen ihre Meinung. Camille konnte sehen, dass einige der Ehrengäste, die in den hinteren Reihen saßen, irritiert zu ihnen herüberschauten. Manche hoben wütend die Faust in ihre Richtung oder schüttelten verächtlich den Kopf.

Camille hatte Zweifel, dass man sie auf der Insel überhaupt hören konnte, dafür kamen sie nicht dicht genug heran, aber die Plakate würde man auf jeden Fall lesen können. Sie würde Patrick später fragen, ob er sie gesehen hatte.

In dem Moment kam ein weiteres Boot ganz dicht an ihres heran. Fünf Polizisten saßen darin.

»Unverschämtheit! Macht, dass ihr nach Hause kommt!«, schrie einer von ihnen. »Wenn ihr nicht still seid, stecken wir euch allesamt ins Gefängnis!«

»Der Präsident der Vereinigten Staaten hält gerade seine Rede, und ihr grölt hier rum! Habt ihr denn gar keinen Respekt?«

Mrs Blake rief wütend: »Das ist nicht mein Präsident, denn ich durfte ihn nicht wählen. Wenn man uns zur Wahl gehen lassen würde, hätten wir vielleicht auch Respekt!«

Camille hörte nur noch mit einem Ohr dem heftigen Streit zwischen Mrs Blake und den Polizisten zu. Sie waren so nah an der Insel, dass sie die in die französische Flagge eingehüllte Lady Liberty in ihrer ganzen imposanten Größe bestens sehen konnte.

Plötzlich wurde die Flagge heruntergezogen, und die Freiheitsstatue war enthüllt. Camille bekam eine Gänsehaut und spürte, dass Susan sie ergriffen bei der Hand fasste.

»Wir sind Zeugen eines historischen Moments«, sagte Camille aufgewühlt, ohne den Blick von der Statue abzuwenden.

Es war ein überaus ergreifender Augenblick, und selbst die Polizisten und Mrs Blake waren verstummt. Alle sahen mit offenem Mund und ungläubigem Blick nach oben.

35. Kapitel

New York, 28. Oktober 1886

Als Patrick am Morgen aufwachte und den Vorhang zurückzog, war er von dem Sauwetter draußen entsetzt.

Er hatte sich extra ein neues weißes Hemd und einen neuen Hut gekauft. Bereits gestern Abend hatte er seinen besten schwarzen Anzug aus dem Schrank geholt. Seine schwarzen eleganten halbhohen Schuhe waren frisch poliert. Es galt, sich von seiner besten Seite zu zeigen.

Am gestrigen Nachmittag hatte er sich mit José Carlos, einem jungen Experten aus der neu geschaffenen Wetterredaktion, getroffen, um herauszufinden, ob es wirklich keinerlei Aussicht auf Wetterbesserung gab. José telegrafierte in so viele amerikanische Städte, dass die Drähte in der *New York World* glühten. Vielerorts hatte er Freunde und Bekannte, die wie er brennend daran interessiert waren, das Wetter durch wissenschaftliche Messergebnissen möglichst genau vorherzusagen. Er schrieb und erhielt Telegramme zu Windstärken und -richtungen, zu Niederschlagsmengen und Temperaturen, aber auch zu Wolkenarten. Es kamen Mitteilungen aus Washington, Philadelphia und Pittsburgh. Ja, sogar aus Ottawa hatten sie Nachricht erhalten. Das Ergebnis war und blieb niederschmetternd.

Patrick sah zum Himmel. Gerade sieht es so aus, als stünde die nächste Sintflut unmittelbar bevor, dachte er.

Als er von zu Hause aufbrach, ging er direkt in Richtung Fifth Avenue. Menschenmassen schoben sich vor und zurück. Er hatte noch nie einen solchen Auflauf erlebt.

Als er von der gegenüberliegenden Straßenseite Lady Catherines Villa erblickte, verblüffte ihn die alte Dame wieder einmal.

Im Vorgarten stand ein großes Zelt, stilsicher in den Farben Blau, Weiß und Rot. Dort spielte mit Inbrunst und Herzblut eine zehnköpfige Blaskapelle laute Marschmusik.

Die Hausherrin höchstpersönlich schenkte mit ihren Angestellten Rotwein aus einem großen Fass an die Teilnehmer und Zuschauer der Parade aus.

Patrick überquerte die Straße und begrüßte Lady Catherine. »Ich hatte ja keine Ahnung …«

»Hauptsache, Sie sind jetzt da und helfen uns«, sagte sie streng. »Ich habe Valerie losgeschickt, damit sie noch irgendwo Wein auftreibt. Meine beiden Bordeauxfässer sind fast leer. Es ist unglaublich, was die Leute am frühen Vormittag schon trinken.« Sie wollte ihm ein Tablett mit Gläsern in die Hand drücken. »Los, Patrick, fassen Sie mit an!«

»Ich würde liebend gern hier den Mundschenk geben. Das ist sicher lustiger, als sich die langweiligen Reden bei der offiziellen Zeremonie anzuhören. Aber Sie wissen doch ganz genau, dass das leider nicht geht.«

»Einen Versuch war es wert. Wenn man euch braucht, habt ihr immer etwas anderes vor.« Sie lächelte freundlich. »Es ist schon gut, Patrick. Camille ist auch längst geflohen und bei den Frauen, die man vergessen hat einzuladen. Trinken Sie wenigstens ein Gläschen.«

Patrick trank schnell seinen Wein aus und eilte zum Madison Square Park weiter. Er sah von fern, dass Präsident Cleveland, Bartholdi und einige andere Honoratioren bereits eingetroffen waren und nun wie begossene Pudel auf einer Tribüne standen.

»Die stehen sicher schon über eine Stunde hier im Regen. Warum gehen die nicht ins Trockene oder spannen wenigstens ihre Schirme auf?«, wunderte sich ein großer Mann neben Patrick.

»So etwas kann nur ein Zivilist sagen«, war die erboste Antwort eines Herrn, der eine französische Gardeoffiziersuniform trug. »Die Herrschaften können unmöglich ihren Posten verlassen, solange der Zug der Delegationen noch nicht vorüber ist. Das wäre ein Affront!«

Patrick trat ungeduldig von einem Bein aufs andere. Nach einer halben Stunde entschloss er sich, in Richtung Hafen aufzubrechen. Er lief neben dem Festzug her und versuchte, sich die verschiedenen Uniformen für seine Reportage einzuprägen. Je weiter sich der Zug vom Madison Square entfernte, desto besser wurde die Stimmung. Es hörte plötzlich auf zu regnen. Die Menschen tanzten ausgelassen auf der Straße. Seine Heimatstadt hatte es schon immer verstanden, fröhlich zu feiern. Aber das hier übertraf alles Bisherige. Auch er ließ sich anstecken.

Als er an der New York Stock Exchange ankam, sah er, dass sogar die Börsianer die Fenster aufgerissen hatten. Man hätte denken können, Silvester, Weihnachten und Ostern wären auf einen einzigen Tag gefallen, so euphorisch waren alle!

Einige Schulklassen sangen, und amerikanische und französische Fahnen wurden geschwungen. Einer der Schüler warf übermütig seine Tasche in die Luft, seine Kameraden folgten seinem Beispiel.

Patrick beobachtete, wie einer der Aktienhändler seinen roten Börsenticker-Streifen klein riss und unter dem Gejohle der Kinder auf diese herunterrieseln ließ.

Immer mehr Börsianer erschienen an den Fernstern mit langen Papierstreifen und taten es ihrem Kollegen gleich.

Der Anblick war atemberaubend. Nicht nur die Schüler hatten ihren Spaß, auch die Erwachsenen feierten ausgelassen den Konfettiregen der Börsenhändler.

Mehr und mehr Menschen strömten voller Erwartung zum Battery Park. Patrick geriet mitten in einen Tumult. Es ging nicht mehr vor und nicht mehr zurück.

»Man sieht ja überhaupt nichts«, schimpfte eine dicke Frau mit großem Regenschirm.

Die Menschen riefen alle durcheinander.

»Lassen Sie doch wenigstens die Kinder nach vorn!«

»Da sieht man genauso wenig! Nicht schieben! Sie erdrücken mich ja!«

»Hilfe, ich bekomme Platzangst!«

»Dann hätten Sie zu Hause bleiben müssen.«

»Ich bin extra mit meiner Gemahlin aus Philadelphia angereist, um der Zeremonie beizuwohnen, und jetzt so ein Reinfall!«, empörte sich ein älterer Mann.

»Ich dachte, die Freiheitsstatue wäre in ein riesiges Tuch gehüllt?«

»Ist sie ja auch.«

»Wo steht sie denn? Sie soll doch so unglaublich groß sein!«

»Meine Herrschaften, sie ist nur im Moment nicht zu sehen.« Ein New Yorker versuchte, die Streitenden zu beschwichtigen.

»Wie, im Moment nicht zu sehen?«

»Lady Liberty steht auf Bedloe's Island und die Insel ist im Augenblick in Nebel gehüllt. Wir müssen alle nur ein wenig warten. Irgendwann ...«

»Da oben! Schaut mal! Ich habe ein Stückchen Arm gesehen. Ooohh. Jetzt ist wieder alles in Nebelschwaden getaucht.«

»Schade.«

Patrick beschloss, gleich nach Bedloe's Island überzusetzen. Von hier aus hatte er selbst bei seiner Größe keine Sicht. Mühsam drängte er sich zu der Stelle am Kai, von der die Barkassen ablegten.

Vor ihm standen an die fünfzig Männer in der Schlange, die alle auf ein Boot warteten. Patrick hoffte insgeheim, dass sie vielleicht keine Einladung besäßen, doch er wurde eines Besseren belehrt.

»Natürlich habe ich eine offizielle Einladung. Was denken Sie denn? Ich bin Kongressabgeordneter in Washington! Die Organisatoren haben nur leider versäumt, genügend Schiffe für die Überfahrt bereitzustellen.«

»So eine Blamage. Mehr als fünfzehn Personen passen in so eine kleine Nussschale nicht hinein. Und bis die Männer uns hingerudert haben, vergeht eine Ewigkeit.«

»Wer kam nur auf die absurde Idee, zweitausendfünfhundert Gäste nach Bedloe's Island einzuladen, ohne sich zu überlegen, wie sie übergesetzt werden können?«

»Ich hatte einen Riesenkrach mit meiner Frau, weil sie keine Einladung erhielt. Inzwischen glaube ich, sie hat heute das bessere Los gezogen.«

Patrick musste mehr als eine Stunde ausharren, bis er schließlich einen Platz in einer der Barkassen ergattern konnte.

Mittlerweile war er vollkommen durchnässt.

Die Überfahrt war stürmisch und kalt. Gischt peitschte über das Mündungsbecken des Hudson Rivers, und der Bootsführer hatte seine liebe Not, Kurs zu halten.

Als sie die Hälfte der Strecke zurückgelegt hatten, sah Patrick plötzlich zum ersten Mal an diesem Tag Lady Liberty.

Ihre riesige Gestalt tauchte aus dem Nebel auf. Alle im Boot jubelten und klatschten.

»Mein Gott, ist das Weib groß!«

»Sensationell!«

»Vorhin habe ich schon bereut, hergekommen zu sein. Der weite Weg und die Strapazen haben sich aber doch gelohnt!«

»Ich bin froh, Zeitzeuge zu sein.«

»Ein Meisterwerk!«

»Unglaublich!«

Auch Patrick bekam bei dem Anblick eine Gänsehaut. Die Freiheitsstatue war in eine unvorstellbar große französische Flagge eingehüllt, die klatschnass um ihren massigen Körper hing. Es war ein unwirklicher, aber trotzdem wunderbarer Eindruck, dessen Wirkung sich niemand entziehen konnte.

Patrick verließ als Letzter das Boot, das sofort wieder ablegte, um weitere Ehrengäste abzuholen.

Offensichtlich hatte niemand vom Festkomitee die neuen Möglichkeiten der Wettervorhersage genutzt. Nirgends auf der Insel war ein Zelt aufgestellt worden, die Veranstaltung fand unter freiem Himmel statt. Patrick suchte das Publikum nach bekannten Gesichtern ab. Alles, was in der Stadt Rang und Namen hatte, war gekommen. Niemand wollte sich dieses Ereignis entgehen lassen.

Camille hatte recht gehabt. Nirgendwo war eine Frau zu sehen. Von seinem Sitzplatz in der vorletzten Reihe konnte er nur Madame Bartholdi erkennen.

Zur Unterhaltung spielte Mr Gilmore, der musikalische Leiter und Dirigent des Orchesters, ein Potpourri aus französischen und amerikanischen Marsch- und Blasmusikstücken. Da noch immer nicht alle Gäste eingetroffen waren, musste er mit dem Konzert erneut von vorn beginnen.

Eigentlich hätte Baron Quisac für das französische Komitee die Festrede halten sollen, aber der Arme war leider an einer Grippe erkrankt und brachte keinen Ton heraus.

Als Leiter der französischen Delegation sollte der berühmte Ferdinand de Lesseps als erster Redner in Erscheinung treten. Patrick war gespannt, was dieser zu Recht hochberühmte Diplomat, Ingenieur und Geschäftsmann zu sagen haben würde. Mit der Fertigstellung des Sueskanals und der Planung des Panamakanals hatte er sich bereits zu Lebzeiten überragende Denkmäler gesetzt. Niemand anderes war dazu berufen, seinen Landsmann Frédéric-Auguste Bartholdi zu würdigen. Die beiden Männer verband der unumstößliche Glauben, eine großartige Idee realisieren zu können. Sie hatten einen langen Atem bewiesen, und das Auftreten von Schwierigkeiten hatte sie nur umso stärker angespornt.

Ferdinand de Lesseps trat jetzt ans Rednerpult. Applaus brandete auf.

Nachdem er in knappen, wohlgesetzten Worten die mehr als zwanzig Jahre während Geschichte der Freiheitsstatue grob skizziert hatte, kam er zum eigentlichen Kern seiner Ausführungen: der Ingenieurskunst.

»Heute sind wir, die wir hier versammelt sind, Zeugen eines einmaligen historischen Ereignisses. Mit der Freiheitsstatue werden wir die höchste Statue der Welt einweihen.«

»Bravo, bravo, bravo!«

»Niemand hätte es für möglich gehalten, dass man eine Figur aus Kupfer von über sechsundvierzig Metern würde aufstellen können. Dazu bedurfte es männlicher Ingenieurskunst sowie einhundertdreizehn Tonnen Stahl und siebenundzwanzig Tonnen Kupfer. Vor allem aber brauchte es einen Konstrukteur, der es verstand, alle Teile zu einem großen Ganzen zusammenzusetzen. Viele haben mitgeholfen, aber nur einem gebührt der Lorbeerkranz: Frédéric-Auguste Bartholdi.«

Erneut brandete Applaus auf.

Wie Patrick wusste, war eigentlich vorgesehen gewesen, dass der Bildhauer nun ein paar Dankesworte sagen sollte, doch der Franzose war so überwältigt, dass er nicht dazu in der Lage war. Er erhob sich und verbeugte sich stumm.

Patrick schaute von seinem Platz aus an der verhüllten Freiheitsstatue empor. Es grenzte an ein Wunder, dass während der gesamten Bauarbeiten kein einziger Arbeiter tödlich verunglückt war. Zu Recht ärgerten sich die Arbeiter über den dichten Nebel, der ihnen heute den Blick vom Battery Park auf das kolossale Bauwerk verwehrte.

Als nächster Redner wurde Senator William M. Evarts, der Vorsitzende des New Yorker Komitees, angekündigt.

Patrick richtete sich auf, um ihn besser sehen zu können. Evarts war ein enger Freund von Pulitzer und hatte sich durch sein unermüdliches Sammeln von Geldern für den Sockel ebenfalls große Verdienste erworben. Leider war er kein sonderlich guter Redner und erging sich in unzähligen Wiederholungen.

Während Evarts' Rede stand Bartholdi die ganze Zeit mit einer Kordel in der Hand da. Dummerweise missverstand der Franzose eine ungewöhnlich lange Pause in der Rede des Senators als verabredetes Zeichen. Er zog an der Kordel, und die klitschnasse Fahne fiel herunter. Die Freiheitsstatue war enthüllt!

Tosender Applaus brandete auf. Der Jubel der Zuschauer brachte den Redner abrupt zum Ende.

Patrick verschlug es fast die Sprache angesichts dieses einmaligen Anblicks. Er hatte Lady Liberty auch noch nie ohne Gerüst gesehen. Er wünschte, Camille würde neben ihm sitzen und sie könnten diesen bewegenden Moment teilen. Es war wirklich grotesk, dass ein Denkmal, das eine Frau darstellte, enthüllt wurde, und keine Frauen eingeladen worden waren.

Plötzlich wurde er von seinem Nebensitzer angestoßen. »Schauen Sie mal da rüber. Unglaublich, was sich diese Weiber erlauben! Sie stören den festlichen Augenblick der Einweihung!«

Patrick sah in die Richtung, in die der Mann zeigte. Auf einem der unzähligen Boote machte er das leuchtende Orange von Camilles Bluse aus. »In einem der Boote sitzt meine zukünftige Frau. Ich bin sehr stolz auf sie! Die Welt bleibt nicht stehen. Diese Frauen sind mutig und kämpfen für ihre Rechte.«

»Wenn meine Frau in einem dieser Boote sitzen würde, würde ich sie unverzüglich in eine Nervenheilanstalt einweisen lassen. Mir sind diese Suffragetten ein einziger Graus. Frauen sind hysterisch und emotional. Sie können einfach nicht klar denken.«

»Wie können Sie so etwas sagen?« Patrick sprang auf und funkelte den Mann wütend an. »Es gibt keinen Grund, Frauen zu diskriminieren!«

»Doch. Sie sind intellektuell nicht in der Lage, komplexe Sachverhalte zu verstehen. Deshalb ist es richtig, dass sie nicht wählen dürfen!«

»Das kann doch nicht Ihr Ernst sein. Meinen Sie, es war ein Zufall, dass Bartholdi eine Frauenfigur geschaffen hat? Die Zeit des Kolosses von Rhodos ist endgültig vorbei. Lady Liberty ist die Botschafterin einer neuen Ära!«

Ein Herr, der vor ihnen saß, drehte sich böse um. »Pst! Ruhe jetzt! Sehen Sie nicht, dass unser Präsident das Rednerpult betreten hat?«

Patrick setzte sich widerwillig wieder hin.

Grover Clevelands knappe Ansprache war mitreißend und voller Elan. Er schloss mit den Worten: »Wir wollen weder vergessen, dass die Freiheit hier ihr Haus gebaut hat, noch sollten wir ihren gewählten Altar vernachlässigen. Ein Lichtstrom soll die Dunkelheit der Ignoranz und der Unterdrückung des Menschen durchdringen, bis die Freiheit die ganze Welt erleuchtet.«

Begeistert sprangen die Männer auf und jubelten. Einige *Übermütige* warfen ihre Zylinder in die Luft.

Patrick wandte sich süffisant an seinen Sitznachbarn. »Sehen Sie! Auch unser Präsident hat sich gegen Ignoranz und Unterdrückung ausgesprochen. Seine Meinung zu ändern ist leichter, als man denkt. Wie wäre es, wenn Sie gleich heute damit anfangen?«

EPILOG

Camille und Patrick waren völlig außer Atem. Es hatte über eine halbe Stunde gedauert, bis sie die zweihundertfünfundsiebzig Stufen der Wendeltreppe erklommen hatten. Immer wieder hatten sie angehalten und die gigantische Konstruktion bestaunt. Sie gehörten zu den ersten Besuchern, denen es erlaubt worden war, ganz nach oben auf die Aussichtsplattform im Strahlenkranz der Statue zu steigen. Oben angekommen, bewunderten sie den einzigartigen Ausblick. Zu ihren Füßen lag ganz New York!

»Ohne mich würdest du wahrscheinlich immer noch bei Wasser und Brot im Gefängnis sitzen«, scherzte Patrick.

»Du hast Susan und mich eine halbe Ewigkeit in der Zelle schmoren lassen. Noch dazu in unseren nassen Kleidern!«, entgegnete Camille in gespielter Empörung.

»Eine Suffragette muss allerhand aushalten können«, meinte Patrick. »Niemand wusste, wo man euch nach der Demonstration hingebracht hatte. Gut, dass wir Luke haben.« Er küsste Camille auf die Wange. »Ohne ihn hätte ich dich und

Susan unmöglich so schnell befreien können.« Er lachte und legte einen Arm um ihre Hüfte.

Schweigend genossen sie den atemberaubenden Ausblick.

»Etwas blümerant wird mir in dieser Höhe ja schon. Aber es war eine grandiose Idee von Monsieur Bartholdi, in der Krone eine Aussichtsplattform zu planen. Hättest du gedacht, Patrick, dass wir eines schönen Tages gemeinsam hier oben stehen?«

»Nein, sicher nicht. Aber ich könnte mir nichts Schöneres vorstellen.«

»Ich auch nicht!« Sie winkte ein paar neuen Besuchern zu, die gerade an Land gingen. »Glaubst du, dass Lady Liberty in zweihundert Jahren immer noch hier steht?«

»Ganz bestimmt. Sie wird immer ein starkes Symbol für die Freiheit und die Menschenrechte sein!«

»Es ist schon seltsam, wie das Leben so spielt. Als kleines Mädchen habe ich den Kopf der Freiheitsstatue bei der Weltausstellung in Paris bewundert, und jetzt bin ich in New York und schaue aus ihm heraus in die Welt.«

»Ich kenne kein anderes Paar, das so eine schöne Liebesgeschichte hat wie wir, Candy. Das Schicksal meint es wirklich gut mit uns!« Patrick strich Camille liebevoll über ihr schwarzes Haar. Er blickte ihr tief in die Augen und raunte: »Ich muss dir etwas gestehen.«

»Was denn?« Camille sah Patrick erwartungsvoll an.

»Ich weiß nicht, wie ich es dir beibringen soll, aber ich habe einen neuen Job in Aussicht.«

»Wirklich?«

Patrick nickte langsam.

»Hat dich Pulitzer etwa zum Chefredakteur ernannt?«

»Ja, das hat er! Aber es geht um einen anderen Job. Ich habe mich hinter deinem Rücken bei einer Zeitung in einer anderen Stadt beworben. Ich bin jung und habe noch nichts von der Welt gesehen. Meine Reiselust ist geweckt.«

Camille sah Patrick sprachlos an.

»Bist du gar nicht neugierig?« Er zog ein Kuvert aus dem Jackett und begann einen Brief vorzulesen:

Sehr geehrter Mr O'Sullivan,
mit großer Freude teilen wir Ihnen mit, dass wir Sie
gern am 1. Januar 1887 bei uns in Paris als neuen
Kollegen willkommen heißen.
Hochachtungsvoll
Jules Aragon

Patrick sank vor Camille auf die Knie. »Du bist die Liebe meines Lebens. Von euch Frauen wird immer erwartet, dass ihr euren Männern überallhin folgt. Vielleicht sollte es einmal andersherum sein?«

»Patrick, das würdest du für mich tun?« Sie küsste ihn auf den Mund. »Ich weiß doch, wie sehr du an New York hängst. Einen größeren Liebesbeweis konntest du mir nicht machen.«

Patrick stand auf und lehnte sich an die Brüstung. »Etwas nervös werde ich bei der Vorstellung schon, nach Frankreich überzusiedeln. Besonders, weil ich kein einziges Wort dieser Sprache verstehen oder sprechen kann.«

»Ich werde dir Französisch beibringen!«, rief Camille begeistert, woraufhin Patrick grinsend erwiderte: »Ich weiß nicht, ob das eine gute Idee ist. So wie Baron Quisac dank dir Englisch spricht, möchte ich lieber auf dein Angebot verzichten!«

Camille schmiegte sich zärtlich an ihn. »Ich habe übrigens auch eine Überraschung für dich. Du wirst es nicht glauben, aber Mr Pulitzer hat mir heute Morgen einen Vertrag als Redakteurin bei der *New York World* angeboten.«

»Das ist ja wunderbar. Herzlichen Glückwunsch!« Patrick küsste Camille leidenschaftlich.

»Und was sollen wir jetzt machen?«, fragte er nach einer Weile. »New York oder Paris?«

»Wir sind frei, Patrick! Wir müssen uns nicht heute entscheiden. Ist es nicht ein wundervolles Gefühl, dass wir tun und lassen können, was wir wollen?«, fragte Camille lachend und strahlte vor Glück.

ANHANG

HISTORISCHE FAKTEN, FIGUREN UND SCHAUPLÄTZE DES ROMANS

Das Ende des 19. Jahrhunderts steht ganz im Zeichen der Industrialisierung. Die Diskrepanz zwischen Arm und Reich ist so groß wie nie zuvor. Wenige Millionäre stehen dem Heer der Einwanderer und Arbeitssuchenden gegenüber. Die Emanzipationsbewegung beginnt. New York wird in der zweiten Hälfte des 19. Jahrhunderts zum Ort der Hoffnung und der unbegrenzten Möglichkeiten. Es gilt das Recht des Stärkeren, Einwanderer und Einheimische führen einen erbitterten Konkurrenzkampf.

New York ist zu dieser Zeit der Brennpunkt für die rauen Kräfte des Kapitalismus. Die Stadt am Hudson River verändert sich von Grund auf, kein Stein bleibt auf dem anderen.

DIE FREIHEITSSTATUE

Im Mai 1885 wurde die in Paris von Frédéric-Auguste Bartholdi und Gustave Eiffel konstruierte, sechsundvierzig Meter hohe Freiheitsstatue zerlegt, in Kisten verpackt und mit der Fregatte *Isère* als Geschenk der Grande Nation zum hundertjährigen Jubiläum der amerikanischen Unabhängigkeitserklärung nach New York verschickt. Bis heute erinnert sie an das gemeinsame revolutionäre Erbe und die Freundschaft beider Länder.

Nur wenige wissen, dass die Freiheitsstatue ein freimaurerisches Werk ist. Der Schöpfer Bartholdi gehörte der Loge ebenso an wie Eiffel, der die technischen Voraussetzungen beisteuerte. Freimaurer in Frankreich sammelten das Geld für die Statue, amerikanische Freimaurer finanzierten einen Teil des Sockels. Und freimaurerische Rituale begleiteten den Aufbau des Monuments.

Das Projekt drohte zu scheitern, da die amerikanische Regierung und die Stadt New York die steigenden Kosten für den Sockel nicht aufbringen wollten bzw. konnten. Als Lady Liberty am 20. Juni 1885 in New York ankam, war nur ein Teil des Fundaments fertiggestellt.

Der Börsencrash von 1873 hatte zu einer wirtschaftlichen Depression geführt, die über ein Jahrzehnt währte. Die

Freiheitsstatue war nicht das einzige Bauprojekt, das unter Geldmangel litt. Der Initiative von Joseph Pulitzer, dem Herausgeber der Zeitung *New York World*, war es zu verdanken, dass mit einer beispiellosen Spendenkampagne die nötigen Mittel schließlich doch noch aufgebracht wurden. Pulitzer versprach, den Namen jedes einzelnen Spenders in seinem Blatt zu veröffentlichen, und sei der Geldbetrag noch so klein. Im August 1885 standen die benötigten 120.000 Dollar von 150.000 Spendern bereit. Die New Yorker Bürger ermöglichten durch ihren Obolus, dass die Freiheitsstatue schließlich ihren Sockel erhielt, der jedoch erst im April 1886 fertiggestellt wurde. Bis alle technischen Probleme gelöst waren, verging ein weiteres halbes Jahr.

Die Idee, die Freiheitsstatue auch als Leuchtturm zu nutzen, wurde wegen technischer Probleme wieder verworfen.

Die feierliche Einweihung fand am 28. Oktober 1886 unter dem Jubel der New Yorker Bevölkerung statt. Es regnete jedoch so stark, dass die Veranstaltung ein einziges Fiasko wurde.

Seitdem steht die Kupferstatue für die Botschaft, dass die Freiheit die ganze Welt erleuchten möge.

Freunde der Dichterin Emma Lazarus stifteten 1903 ihr zu Ehren eine Bronzetafel mit ihrem Gedicht »The New Colossus«, die seither im Inneren des Sockels hängt.

Bis heute ist Lady Liberty das wichtigste und meistabgebildete Monument der Vereinigten Staaten von Amerika und ein Touristenmagnet. Seit 1994 ist sie Weltkulturerbe. Die UNESCO beschreibt in ihrer Erklärung die Bedeutung der Statue als Meisterwerk des menschlichen Geistes. »Sie ist ein dauerhaftes starkes Symbol für Ideale wie Freiheit, Frieden, Menschenrechte, Abschaffung der Sklaverei, Demokratie und birgt eine Chance in sich, um zum Nachdenken, zu Debatten und zum Protest anzuregen.«

Die im Roman beschriebene Konfettiparade fand tatsächlich während des Festumzugs am 28. Oktober 1886 statt. Damals warfen Börsenhändler Unmengen an Börsenticker-Papierstreifen aus den Fenstern. Seitdem haben sich Konfettiparaden in der Stadt New York bis zum heutigen Tag etabliert.

Historische Figuren

Frédéric-Auguste Bartholdi (1834–1904), französischer Bildhauer und Schöpfer der Freiheitsstatue.

Grover Cleveland (1837–1908), 22. und 24. Präsident der USA.

Lillie Devereux Blake (1833–1913), amerikanische Frauenrechtlerin.

Gustave Eiffel (1832–1923), konstruierte das »Innenleben« der Freiheitsstatue.

William Russell Grace (1832–1904), Bürgermeister von New York.

Richard Morris Hunt (1828–1895), Architekt des Sockels der Freiheitsstatue.

Édouard René Lefebvre de Laboulaye (1811–1883), französischer Jurist und Publizist. Von ihm kam 1865 der Impuls, den Vereinigten Staaten von Amerika die Freiheitsstatue zu schenken.

Emma Lazarus (1849–1887), amerikanische Dichterin, die im Jahr 1883 das Gedicht »The New Colossus« verfasste.

Ferdinand de Lesseps (1805–1894), Erbauer des Sueskanals, französischer Diplomat.

Joseph Pulitzer (1847–1911), ungarisch-amerikanischer Journalist und Verleger, der sich vom Kofferträger zum einflussreichsten Pressemagnaten der USA hocharbeitete. Der wichtigste amerikanische Literaturpreis, der Pulitzerpreis, geht auf ihn zurück und wird seit 1917 verliehen.

Alva Vanderbilt (1853–1933), New Yorker High-Society-Lady und amerikanische Frauenrechtlerin der Belle Époque.

Danksagung

Verena Betz und ihren Kolleginnen und Kollegen von Amazon Publishing sowie Stefan Wendel sei an dieser Stelle von Herzen gedankt.

Zeitfracht Medien GmbH
Ferdinand-Jühlke-Straße 7
99095 Erfurt, Deutschland
produktsicherheit@kolibri360.de

Druck:
CPI Druckdienstleistungen GmbH
im Auftrag der
Zeitfracht Medien GmbH
Ein Unternehmen der Zeitfracht - Gruppe
Ferdinand-Jühlke-Str. 7
99095 Erfurt